MARIE NIEBLER

WE ARE LIKE THE Sky

Roman

Auch wenn einige Schauplätze real existieren, sind alle handelnden Personen und die Handlung in diesem Roman frei erfunden. Ähnlichkeiten mit lebenden oder verstorbenen Personen wären rein zufällig.

1. Auflage 2023
Originalausgabe
© 2022 by Marie Niebler
© 2022 by MIRA Taschenbuch in der
Verlagsgruppe HarperCollins Deutschland GmbH, Hamburg
Der Abdruck aus dem Gedicht *Stopping by Woods on a Snowy Evening* von
Robert Frost erfolgt
mit freundlicher Genehmigung des Autors.
Gesetzt aus der Stempel Garamond
von GGP Media GmbH, Pößneck
Druck und Bindung von GGP Media GmbH, Pößneck
Printed in Germany
ISBN 978-3-7457-0336-8
www.harpercollins.de

Liebe Leser:innen,

dieses Buch behandelt Themen, die bei bestimmten Menschen unerwünschte Reaktionen hervorrufen können. Falls du glaubst, möglicherweise betroffen zu sein, findest du auf der letzten Seite eine genaue Auflistung.
Achtung: Diese enthält Spoiler für die Handlung.

The woods are lovely, dark, and deep,
But I have promises to keep,
And miles to go before I sleep,
And miles to go before I sleep.

— ROBERT FROST, STOPPING BY WOODS ON A SNOWY EVENING

Für alle mit Glaskastengefühl.
Ich sehe euch.
Ich höre euch.
Ich fühle euch.
Wir waren nie allein.

&

Für meine wundervolle,
einzigartige,
unersetzliche Familie

Playlist

Novo Amor – Haven
Lily Kershaw, Goody Grace – Now & Then
Gregory Alan Isakov – If I Go, I'm Goin
Michael Kiwanuka – Solid Ground
Zoe Wees – Control
CLOVES – Don't Forget About Me
Ben Howard – Black Flies
Julia Alexa – please hold me
Gregory Alan Isakov – That Sea, The Gambler
Jakob Joiko – July
Woodlock – I Loved You Then (And I Love You Still)
Ocie Elliott – Forest Floor
Matt Maeson – Bank On The Funeral
Billie Marten – Bird
SYML – Take Me Apart
Bastille, The Chamber Orchestra Of London – Another Place
Oh Wonder – Lonely Star
SYML – Everything All At Once
Olivia Dean – Slowly
Joy Oladokun – look up
SYML – God I Hope This Year Is Better Than The Last
Bon Iver – Flume
Damien Rice – The Box
Joy Williams – Front Porch
FINNEAS – Lost My Mind
Sierra Eagleson – Comatose
SYML, Jenn Champion – Leave Like That
Emma Hamel – After The Credits Roll
SYML – Sweet Home

Kapitel 1

LEEVI

Er trägt keine Jacke. Und das, obwohl es heute nur zehn Grad hat und der Wind uns mit fast fünfundzwanzig Meilen pro Stunde ins Gesicht peitscht. Durch die eiskalten Böen schmerzen meine Wangen, und trotz des Windbreakers, der mich sonst sogar auf See warm hält, fröstelt es mich.

Mr. Williams scheint das nicht zu stören. Zumindest ist er mit nicht mehr als einem Strickpullover bekleidet.

Er sitzt gut zweihundert Meter von mir entfernt vornübergebeugt auf einem Felsen am Strand und betrachtet etwas am Boden. Nein, er starrt auf seinen Fuß. Seinen *nackten* Fuß. Hat er wirklich keine Schuhe an, oder halluziniere ich? Alles erscheint mir wahrscheinlicher, als dass ausgerechnet Mr. Williams bei diesem Mistwetter eine Art Barfuß-Sinnesspaziergang am Meer macht.

Doch da sitzt er. Live und in Farbe. Mittlerweile bin ich nah genug, um seine blauen Lippen und das Blut an seinem Fuß zu erkennen.

Mr. Williams hebt den Kopf und schaut sich scheinbar ratlos um. Sein Blick schweift über die Häuser oben an der Straße, dann rüber nach Vancouver Island, wo sich die vom Wind gepeitschten Bäume dunkelgrau in Grau vom Horizont abheben. Er sieht verloren aus. Hat er sich wieder verirrt? Es würde mich nicht wundern, so oft, wie das in letzter Zeit passiert ist. Aber dass er dabei rumläuft, als wären das hier die Bahamas und nicht die Westküste Kanadas, ist neu.

Der alte Herr schlingt die Arme um seinen Körper, als würde er frieren, und ich beschleunige meine Schritte weiter. Die letzten Meter über den groben Kies jogge ich auf ihn zu. Wenigstens hat er sich nicht zu einem Badeausflug entschieden. Das Wasser ist mit ziemlicher Sicherheit eiskalt, und ich hätte wenig Lust, ihn da rauszuziehen.

»Mr. Williams!«

Auf mein Rufen hin dreht er den Kopf zu mir. Sein Blick findet meinen, und kurz glaube ich, Erleichterung darin zu sehen. Doch sie währt nur einen Moment. Danach wird seine Miene abweisend. Ich habe nichts anderes erwartet. Er reckt das Kinn, streckt den Rücken durch, und ich bin mir nicht sicher, ob ich das als Stolz oder als reine Trotzhaltung interpretieren soll. Beides nicht unbedingt die besten Voraussetzungen für ein Gespräch.

»Geht es Ihnen gut?« Normalerweise mache ich einen Bogen um den ehemaligen besten Freund meines Vaters, doch nun gehe ich vor Mr. Williams in die Hocke und scanne seinen Körper mit meinem Blick nach weiteren Verletzungen ab.

Bis auf seinen linken Fuß scheint er komplett wohlauf zu sein. Wahrscheinlich ist er barfuß in eine Scherbe oder eine Muschelschale getreten, denn ich entdecke weit und breit keine Schuhe.

»Bestens«, meint er knapp und reibt sich die Arme. Ich wage diese Aussage anzuzweifeln. Und zwar so was von.

»Was ist passiert?«, frage ich vorsichtig und ziehe meine Jacke aus. Sofort fährt mir der eiskalte Wind unter den Hoodie, und ich beiße die Zähne zusammen.

»Mistwetter, nicht wahr?«, übergeht Mr. Williams meine Frage und nickt dankbar, als ich ihm den Windbreaker hinhalte, damit er reinschlüpfen kann. »Ich verstehe gar nicht, warum es heute so kalt ist.«

»Es ist Oktober«, rutscht es mir verwundert heraus. Sofort verfinstert sich seine Miene wieder, und ich klappe den Mund zu. Das Letzte, was ich brauche, ist, dass Mr. Williams glaubt, ich würde ihn belehren wollen. »Und der Sturm ...« Ich lasse den Satz unbeendet, um nicht noch mehr Falsches zu sagen, und strecke fragend die Hand nach seinem Fuß aus.

»Ich bin wo reingetreten«, bestätigt er meine Vermutung und hebt das Bein leicht an. Vorsichtig greife ich seinen Knöchel und nehme die Wunde in Augenschein. Ohne das Blut abzutupfen, ist allerdings schwer zu sagen, wie tief sie ist. Warum musste eigentlich ausgerechnet ich ihn hier entdecken? Ich bin müde von der Arbeit und will einfach nur nach Hause und lesen.

»Ich rufe Sally«, beschließe ich.

»Was? Wieso das denn?« Mr. Williams zieht seinen Fuß zurück. »Das ist gar nicht nötig, Junge. Ich gehe heim und klebe ein Pflaster drauf, mehr ist das doch nicht.«

»Und wie wollen Sie nach Hause kommen? Auf einem Bein hüpfend? Sie reiben nur noch mehr Dreck in die Wunde, wenn Sie durch den Kies stapfen. Wir brauchen einen Verbandskasten, und ich werde Sie hier nicht allein sitzen lassen, um einen zu holen.«

Bevor er weiter protestieren kann, ziehe ich mein Smartphone aus der Hosentasche und wähle die Nummer meiner besten Freundin Laina. Ich bereue es jetzt schon. Eigentlich sind Mr. Williams und unsere Bürgermeisterin Sally gute Freunde, doch jeder weiß, dass die beiden momentan nur noch streiten. Sie macht sich Sorgen um ihn, weil er immer vergesslicher wird, und er ist genervt davon. Aber für diesen Quatsch habe ich jetzt keinen Nerv.

»Leevi?«, ertönt Lainas Stimme an meinem Ohr. Sie klingt irritiert. Wahrscheinlich, weil ich sie nie – wirklich nie – anrufe. Bevor ich etwas sagen kann, setzt sie bereits nach. Okay, korrigiere. Sie *schreit*. »Leevi! Du hast dich wieder auf dein Handy gesetzt!«

»Au!«, fluche ich und halte das Smartphone weiter von meinem Ohr weg. »Tinnitus lässt grüßen!«

»Oh!« Laina wirkt sofort peinlich berührt. »Tut mir leid! Ich dachte nicht, dass du wirklich dran bist, und hatte keine Lust, wieder zwanzig Minuten mit deinem Hintern zu telefonieren.«

»Du hättest damals auch auflegen können«, erinnere ich sie und muss grinsen, wenn ich an unser letztes Telefonat zurückdenke. Das Lachen vergeht mir, als ich zufällig Mr. Williams in die Augen schaue, der grimmig auf mich herunterblickt.

»Nächstes Mal«, murmelt Laina, und ich kann förmlich sehen, wie rot ihre Wangen sind. Sie schämt sich heute noch dafür, dass sie damals fünfzehn Minuten lang versucht hat, Kontakt mit mir aufzunehmen, während das Handy in meiner Hosentasche steckte. Mich hingegen hat es nicht überrascht. Nichts liegt ihr ferner, als einfach ein Telefonat zu beenden. Selbst wenn es bedeutet, ein sehr einseitiges Gespräch mit meiner rechten Pobacke zu führen.

»Erreichst du deine Mom?«, wechsle ich das Thema. »Ich habe ihre Nummer nicht und brauche Hilfe am Strand, ein Stück nördlich der Bäckerei. Mr. Williams hat sich am Fuß verletzt und blutet.«

»Oje! Okay, ich rufe sie sofort an!«

»Danke. Sag ihr, sie soll wenn möglich Schlappen und eine Jacke für ihn mitbringen, er friert und hat keine Schuhe. Bis dann.«

»Ähm … okay? Ich sag's ihr! Bye!«

Ich beende das Gespräch, damit Laina es nicht tun muss, und lege das Handy vorsichtig neben mich auf den Kies. Als ich wieder zu Mr. Williams aufschaue, hat dieser den Blick aufs Meer geheftet und presst die blauen Lippen aufeinander. Ich kann seinen Ausdruck nicht deuten. Er wirkt ein wenig zerknirscht, fast nachdenklich, so als würde er gerade im Stillen mit sich ringen. Seine Augen glänzen verdächtig, und er scheint darauf bedacht zu sein, mich nicht mehr anzusehen.

»Tut Ihnen sonst noch etwas weh?«, frage ich.

Seufzend schüttelt er den Kopf, was mehr wie ein Ja als ein Nein aussieht. Und ich glaube, ich verstehe ihn. Körperliche Schmerzen hat er vielleicht keine. Aber wer weiß, was in seinem Inneren vorgeht.

Eine Nachricht von Laina leuchtet auf meinem Display auf. Sie ist so kurz, dass ich sie schon in der Vorschau lesen kann.

Laina: Mom ist gleich da.

»Sally kommt«, teile ich dem älteren Herrn mit. »Wir verbinden Ihren Fuß und bringen Sie nach Hause, okay? Hilft die Jacke?«

Er brummt. »Du warst schon immer ein guter Junge, Leevi.«

Irritiert hebe ich die Brauen. »Ähm … danke.« Mr. Williams kennt mich schon seit meiner Geburt. Seine Tochter Riven und ich waren lange unzertrennlich. Aber seit Dad und er sich zerstritten haben, schien er auch auf mich nicht mehr besonders gut zu sprechen zu sein. Umso merkwürdiger, nun so etwas von ihm zu hören.

Er nickt geistesabwesend, und ein harter Zug legt sich um seine Mundwinkel. »Dein Vater muss sehr stolz auf dich sein.«

»Das ist er, Sir.«

Wir schweigen. Mr. Williams starrt auf die Wellen ein paar Meter vor uns. »Läuft das Geschäft gut?«, fragt er irgendwann und sieht mir wieder flüchtig ins Gesicht.

»Ach, mal so, mal so«, weiche ich aus. »Wie die Fische eben Lust haben.«

Dad würde mich vermutlich lynchen, wenn er wüsste, dass ich mit Mr. Williams über ihn spreche. Er würde nicht wollen, dass irgendjemand außerhalb der Familie von unseren Problemen erfährt. Erst recht nicht jemand, auf den er einen solchen Groll hegt wie auf Mr. Williams.

»Das weiß man nie«, stimmt der alte Herr nachdenklich zu und beobachtet, wie Blut von seiner Ferse auf den Kies tropft.

»Wo sind denn Ihre Schuhe?«, wage ich zu fragen.

Frustriert atmet er aus. »Zu Hause.«

Ich verkneife mir eine Nachfrage, auch wenn ich nur zu gern wüsste, warum. Hat er es nicht geschafft, sich passend anzuziehen? Dachte er, es wäre noch Sommer? Mit zitternden und von der Kälte kalkweißen Fingern zieht er die Jacke enger um sich, und ein flaues Gefühl breitet sich in meinem Magen aus. Seine Zerstreutheit, oder wie auch immer man das nett formulieren mag, wird allmählich ernst. Noch sind die Temperaturen halbwegs erträglich, aber der Winter steht vor der Tür. Und in seinem Alter ist selbst mit einer scheinbar harmlosen Unterkühlung nicht mehr zu spaßen.

Aus dem Augenwinkel nehme ich eine Bewegung wahr, die meine Aufmerksamkeit auf sich zieht. Eine Gestalt im quietschgelben Regenmantel schlittert soeben die kleine Böschung zum Strand hinunter und kommt über den Kies auf uns zugerannt. Sally hat einen Erste-Hilfe-Koffer in der Hand und eine Decke unter den anderen Arm geklemmt. Die Kapuze ist ihr vom Kopf gerutscht, und ihre wilden grauen Locken fliegen im Wind. Mr. Williams folgt meinem Blick und grunzt missbilligend. »Du hättest sie nicht anrufen sollen«, meint er. »Die hat mir gerade noch gefehlt.«

Entnervt atme ich aus. Auch die beiden waren jahrzehntelang beste Freunde. Wenn ich mir auch nur vorstelle, so etwas jemals über Laina zu sagen ... Selbst über Riven würde ich nie so sprechen, und zu ihr habe ich schon seit zehn Jahren keinen Kontakt mehr. Für Mr. Williams jedoch scheint es normal zu sein, seine ehemaligen Freunde schlechtzumachen.

»Sie will nur helfen«, erwidere ich ruhig.

»Helfen!« Er schnaubt. »Alles bringt sie durcheinander. Wem soll das helfen, hm?«

Ich bin mir nicht sicher, wovon er redet. Statt einer Antwort ringe ich mir ein halbherziges Lächeln ab und winke Sally zu. Möglichst entspannt, um ihr zu bedeuten, dass sie sich Zeit lassen kann, denn ich kenne ihre Tollpatschigkeit. Ich sehe schon förmlich vor mir, wie sie auf den nassen Steinen ausrutscht. Ein Verletzter reicht mir.

Glücklicherweise schafft sie es unversehrt bis zu uns. »Richard!«, japst sie, kommt zum Stehen und ringt keuchend nach Luft. Ich wappne mich schon mal für das Schlimmste. Wenn sie jetzt anfangen zu zanken, wird an diesem Strand gleich die Hölle los sein, und davon wäre ich nur ungern ein Teil. Ich stehe auf, verschränke fröstelnd die Arme vor der Brust und trete einen Schritt zurück, um Sally Platz zu machen. Sie drückt mir die Decke in die Arme, und ich lege sie dem älteren

Herrn um. Ein Paar Gartenschlappen fällt dabei aus dem Bündel.

»Was ist passiert?«, will die Bürgermeisterin wissen und geht vor Mr. Williams in die Hocke. Der Erste-Hilfe-Koffer fliegt auf, und sie wühlt darin herum.

»Was soll schon passiert sein?«, blafft er sie an. »Ich bin in eine Scherbe getreten, oder was weiß ich!«

»Und warum in Gottes Namen bist du barfuß?«

»Warum nicht? Gibt's neuerdings ein Gesetz dagegen, oder was?«

»Richard, es ist Oktober!«

»Ja, danke. Ich habe einen Kalender. War das jetzt eine Antwort auf meine Frage?«

Sally funkelt ihn an und zieht seinen Fuß etwas zu grob zu sich heran. »Alter Sturkopf! Gib doch wenigstens zu, dass du ein Problem hast!«

»Und was für ein Problem soll das sein? Abgesehen von dir natürlich.«

Ich zücke mein Smartphone und schreibe mit vor Kälte klammen Fingern eine Nachricht an Laina.

Leevi: Deine Mom ist da. Schickst du jetzt noch jemanden, der mich rettet?

Laina: So schlimm?

Leevi: Ruf schon mal die Tatortreiniger. Das gibt ganz üble Flecken auf dem Kies.

Laina antwortet mit einem augenrollenden Emoji. Ich sende ihr im Gegenzug das Gif aus *The Shining*, in dem eine Flutwelle aus Blut durch den Hotelflur auf die Kamera zurollt.

Leevi: Den müssen wir auch mal wieder schauen.

Laina: Ohne mich. Frag Tommy! Von dem Film krieg ich Albträume.

Diesmal ist meine Antwort ein Gif von Danny, dem fünfjährigen Protagonisten des Films, der auf seinem Dreirad sitzt und schockiert in die Kamera schaut. Ein gutes Äquivalent dafür, wie Laina guckt, wenn man ihr etwas ansatzweise Gruseliges zeigt.

Sally und Mr. Williams zetern unterdessen munter weiter. Sein Fuß ist provisorisch verbunden, er trägt die Schlappen, und Sally schließt laut schimpfend den Koffer. Mr. Williams versucht immer wieder, ihre Schimpftirade zu unterbrechen, was sie mit noch lauteren Flüchen unterbindet.

Seufzend stecke ich mein Handy weg und helfe dem älteren Herrn auf die Beine. Er funkelt mich jetzt noch böser an, vermutlich, weil ich mich in seinen Augen mit Sally verbündet habe. Sie will ihn von der anderen Seite stützen, aber er wimmelt sie zischend ab und verlagert sein Gewicht stattdessen mehr auf mich. Ich stöhne innerlich auf – er ist ganz schön schwer – und versuche, mir nichts anmerken zu lassen. Gemeinsam setzen wir uns Richtung Dorf in Bewegung. Bis zu Mr. Williams' Haus sind es zum Glück nur ein paar Minuten. Inzwischen ist mir in meinem Hoodie verdammt kalt.

»Du musst dich unbedingt aufwärmen«, belehrt Sally ihn. »Ich mache dir gleich eine Kanne Tee und …«

»Willst du auch noch Hühnerbrühe kochen und mir eine aufgeschnittene Zwiebel hinter die Ohren reiben, Mom?«, frotzelt Mr. Williams.

»Wann begreifst du endlich, dass wir dir nur helfen wollen, Richard?« Sally ist die Frustration deutlich anzuhören.

»Und wann begreift ihr, dass ich eure Hilfe weder will noch brauche?«, schießt er zurück.

Als derjenige, der gerade geschätzt siebzig Prozent von Mr. Williams' Körpergewicht trägt, wage ich das zu bezweifeln. Doch ich halte brav meine Klappe.

»Das werden wir ja sehen!« Jetzt klingt Sally geradezu triumphierend. Ich werfe ihr einen fragenden Blick zu.

Dieser Tonfall ... Was heckt sie aus?

Sie grinst mich freudlos an und stapft ein paar Meter voraus, wodurch Mr. Williams nur noch ihren Rücken anpflaumen kann. Es scheint ihn nicht zu stören. Er wettert und wettert.

Der Weg zu seinem Haus kommt mir endlos vor, doch schließlich haben wir es geschafft. Ich nehme meinen Windbreaker entgegen, den er sich abstreift, kaum dass er über die Türschwelle gehumpelt ist, und will mich bereits verabschieden, als Sally mich am Oberarm zurückhält.

»Ich brauche dich hier noch«, raunt sie mir zu und zieht mich nach drinnen.

Ich war seit zehn Jahren nicht mehr in diesem Haus, doch es scheint sich nicht viel verändert zu haben. Sofort überkommt mich eine regelrechte Flutwelle an Nostalgie. Was Riven wohl macht? Sie war auch schon lange nicht mehr hier, glaube ich.

»Oh, oh«, kommentiere ich Sallys Ankündigung trocken und schlüpfe in meine Jacke. Ich bin durchgefroren bis auf die Knochen und würde mich jetzt nur zu gern genau wie Mr. Williams auf dem Sofa in eine Decke einwickeln. Vorzugsweise bei mir zu Hause, wo mein Buch in Reichweite ist und ich weit weg von dem Streit bin, der hier gleich wieder entbrennt.

»Als Unterstützung«, zischt Sally. »Wenn ich Richard mitteile, dass in ein paar Minuten der Arzt hier ist.«

»*Was?*«, donnert Mr. Williams' Stimme durchs Zimmer. Jetzt stöhne ich wirklich auf. Sally zieht demonstrativ die Tür hinter mir zu, während er wieder von der Couch aufsteht und mit wutentbranntem Gesichtsausdruck auf uns zumarschiert. Ich habe das Bedürfnis, wie eine eingesperrte Katze an der Tür zu kratzen. Lasst mich raus! Ich bin zu jung zum Sterben.

»Ganz recht!«, ruft Sally und stemmt die Hände in die Hüften. Sie fordert es regelrecht heraus. Und als ich den Blick des alten Herrn treffe, muss ich den Gedanken von eben revidieren. Ich bin in dieser Situation keine Katze. Ich bin das Kaninchen im Löwenkäfig. Und bevor mir eine Ausrede einfällt, mit der ich mich retten könnte, bricht auch schon die Hölle los.

RIVEN

Mir bleiben exakt zwei Minuten, bis das Meeting beginnt, und Dad ruft schon wieder an. Vor weniger als zwanzig Sekunden habe ich seinen Anruf weggedrückt, und es klingelt bereits erneut. Mit der Hand am Türgriff halte ich inne und versuche zu verhindern, dass der Stapel Portfolio-Ordner auf meinem linken Arm das Gleichgewicht verliert. Er wackelt gefährlich, und ich klemme ihn mir unter dem Kinn fest, während ich umständlich auf meinem Smartphone, das obenauf liegt, den roten Hörer drücke. Beim zweiten Auflegen versteht Dad hoffentlich, dass es kein Versehen von mir war und auch nicht an einer schlechten Verbindung oder seinem Telefon liegt. Dad und Technik …

Mit Ende sechzig ist er eigentlich noch nicht so unglaublich alt, aber in letzter Zeit benimmt er sich gern so. Und mitunter nervt das ganz schön.

Ich liebe meinen Vater. Über alles. Doch er weiß genau, dass ich um diese Uhrzeit noch arbeite, und gerade habe ich wirklich keine Zeit für einen seiner Anrufe aus Langeweile, in denen er mir die immergleichen Geschichten erzählt und die immergleichen Fragen stellt.

Erneut greife ich nach der Türklinke. Die anderen sind schon alle drinnen, und Faiza wird ohnehin nicht begeistert sein, dass ich so kurz vor knapp auftauche. Leider ging es nicht anders. Mein letzter Klient kam zu spät und hatte noch dazu Entscheidungsschwierigkeiten, die an eine Midlife-Crisis grenzten, wodurch er meinen gesamten Zeitplan durcheinandergeworfen hat. Natürlich hat er sich am Ende unserer dreistündigen Odyssee aus Vorschlägen für genau das Outfit entschieden, das ich ihm am Anfang vorgeschlagen hatte.

Wieder schaffe ich es nicht, die Tür zu öffnen, weil mein Smartphone vibriert. Mann, Dad! Was ist denn so wichtig?

Frustriert greife ich nach dem Handy, und der Stapel Ordner auf meinem Arm verliert endgültig das Gleichgewicht. Sie donnern gegen die Tür des Meetingraums, und einer von ihnen landet mit der Kante auf meinem Fuß, genau zwischen den Striemen meiner High Heels.

Ich fluche und *ver*fluche mich noch im selben Moment dafür. Das hat man drinnen sicher gehört. Großartig! In diesem Zimmer sitzen Faizas *Hearts and Arrows* – ihre hochkarätigsten Klienten, die sie nach einem besonders teuren Diamantschliff benannt hat –, und ich komme nicht einfach nur zu spät, sondern verteile auch noch unsere Präsentation lautstark fluchend auf dem Flur.

Genervt nehme ich den Anruf entgegen und bücke mich gleichzeitig nach den Ordnern. »Dad, ich kann gerade wirklich nicht!«, zische ich in mein Smartphone. Hoffentlich überspielt Faiza den Auftritt mit ihrem charismatischen Small Talk. »Ich hab jetzt ein wichtiges Meeting mit …«

»Ähm, Riven?«

Ich erstarre und nehme das Smartphone kurz von meinem Ohr, um aufs Display zu schauen. Doch, das ist Dads Festnetznummer. Aber die Männerstimme am anderen Ende ist nicht die meines Vaters. Ihr fehlt das Kratzen des Alters und sein nüchterner, rationaler Tonfall. Stattdessen klingt sie weicher, fast schon warm, und gleichzeitig so dringlich, dass mir schlagartig kalt wird. Gänsehaut überzieht meine Arme. Ich lasse die Ordner liegen und richte mich auf.

»Wer ist da?«, frage ich unsicher.

Der Fremde räuspert sich. Im Hintergrund höre ich Stimmen, die diskutieren. »Hi. Sorry, hier ist Leevi.«

»Leevi?«, wiederhole ich verwirrt.

»Leevi Myers? Wir waren befreundet, bevor du weggezogen bist.«

Ich schnaube. »Ich weiß, wer du bist, Leevi.« Als könnte ich ihn vergessen. Wir waren nicht nur befreundet, wir waren unzertrennlich. Ein Herz und eine Seele. So jemanden vergisst man nicht, egal, wie lang es her ist. »Aber warum rufst du von

Dads Telefon aus an? Ist was mit ihm?« Allein der Gedanke lässt mich erschaudern, und Panik schnürt mir die Kehle zu. »Was hat er?«, bringe ich hervor. »Wo ist er?«

Die Tür vor meiner Nase wird aufgerissen, und Faiza steckt ihren topfrisierten Kopf zu mir heraus. Mit weiten Augen schaut sie mich an. »Riven! Was wird das? Wir warten!« Ihr Blick fällt auf das Smartphone an meinem Ohr und die Ordner zu meinen Füßen. Missbilligend verzieht sie den Mund.

Hilflos deute ich auf mein Handy, aus dem erneut Leevis Stimme ertönt. *Gleich*, forme ich mit den Lippen.

»Also«, setzt er an, während Faiza widerwillig die Tür schließt. »Erst mal, deinem Dad geht es so weit gut. Er ist hier und auf den Beinen. Aber Sally hat mich beauftragt, dich anzurufen. Sie meint, du oder jemand von deinen Geschwistern sollte herkommen, um ihm Vernunft einzureden. Ich zitiere nur«, fügt er hinzu.

»Vernunft einreden?«, wiederhole ich irritiert.

Leevi holt tief Luft. »Ich hab ihn vorhin barfuß und ohne Jacke am Strand gefunden. Hier stürmt es, also wirklich kein Wetter für einen netten Sonntagsspaziergang, und er hatte sich am Fuß verletzt. So was kommt aktuell öfter vor. Er verirrt sich immer wieder auf der Insel und findet nicht mehr nach Hause. Sally hat ihm jetzt einen Arzt aus Port McNeill gerufen, der eben da war. Dein Dad wollte sich nicht untersuchen lassen, er durfte sich nur seinen Fuß anschauen, aber nachdem Sally dem Arzt alles erzählt hat, will er deinen Vater an eine Gedächtnisklinik weiterleiten. Er denkt, er sollte sich besser komplett durchchecken lassen, um die Ursache für seine … Ausflüge zu finden. Was dein Vater natürlich überhaupt nicht einsieht. Deswegen wäre es vielleicht besser, wenn einer von euch … ah, fuck.« Leevi wird von lautem Gebrüll unterbrochen.

»*Raus aus meinem Haus!*«, donnert eine Stimme im Hintergrund, und ich zucke zusammen.

»War das etwa Dad?«, frage ich entsetzt. Das kann doch gar nicht sein. Noch nie in meinem Leben habe ich ihn so laut werden hören. Dad schreit oder flucht nicht. Ganz egal, was wir als Kinder verbrochen haben oder wie heftig er sich mit Mom in den Haaren hatte, er blieb immer gefasst. Die Ruhe in Person.

»Jep«, bestätigt Leevi leise.

»Dad schreit nie!«, spreche ich meinen Gedanken laut aus.

Wieder brüllt jemand im Hintergrund.

»Ich wage zu widersprechen«, meint Leevi trocken. »Es … eskaliert hier gerade ein bisschen. Sally macht sich große Sorgen um ihn, aber er will das nicht hören. Seiner Meinung nach geht es ihm bestens. Nur sehen wir alle, dass es schlimmer wird, und …«

Es knallt, und plötzlich höre ich die Stimme meines Vaters so deutlich, als würde er direkt ins Telefon rufen. Sie geht mir durch Mark und Bein. »*Sag mal, Bursche! Ich glaub, ich werd nicht mehr!*«

Oh nein …

»Mr. Williams, ich kann das erklären. Ich versuche nur …«

»*Her mit meinem Telefon! Halten mich jetzt alle für senil, oder was? Nur weil dieser Möchtegern-Arzt mit seinem Job überfordert ist?*«

»Das hat niemand behauptet, Sir. Wir …«

»*Ich sagte her damit! Sofort!*«

»Aber …«

Es knackt in der Leitung, und der Anruf ist abrupt beendet. Mein Herz rast. Ich kann nicht glauben, was ich soeben gehört habe. Weder das, was Leevi erzählt hat, noch die Tatsache, dass das wirklich mein Vater gewesen sein soll. Sofort drücke ich den Rückruf, doch es klingelt und klingelt und klingelt …

In dem Moment, in dem die Mailbox rangeht und ich erneut anrufen will, wird die Tür vor meiner Nase wieder aufgerissen. Diesmal schiebt Faiza sich ganz zu mir auf den Flur und schließt sie hinter sich. Sie rückt geschäftsmäßig ihren pinkfarbenen Blazer zurecht und stemmt die Hände in die Hüften.

»Riven, ich brauche meine Assistentin *im* Meetingraum und nicht telefonierend auf dem …« Sie stockt mitten im Satz und mustert mich. Ihr Gesichtsausdruck wandelt sich von verärgert zu besorgt. »Was ist los?«

Ich kann nicht sofort antworten. Mein Körper ist wie in Schockstarre, und meine Gedanken überschlagen sich. Ich muss in dieses Meeting. Meinen Job machen. Abliefern. Faiza beeindrucken, damit sie ein gutes Wort für mich einlegt.

Aber Dad ...

Ja, was ist nun eigentlich mit Dad?

Was Leevi mir eben erzählt hat, kam völlig aus dem Nichts. Ich wusste nicht, dass mein Vater in irgendeiner Weise Probleme hat. Dass er sich verirrt. Dass er Gedächtnisprobleme hat. Und warum lässt er das nicht untersuchen? Was, wenn es etwas Ernstes ist?

Was mache ich denn jetzt? Ich kann nicht einfach durchs ganze Land fliegen, um einem erwachsenen Mann *Vernunft einzureden*, ich habe immerhin einen Job! Eine Karriere, oder zumindest den Ansatz von einer.

Aber wenn Dad mich braucht? Wenn es ihm wirklich schlecht geht und er sich sonst diesem Klinikbesuch verweigert, den er dringend nötig hat? Das würde zu ihm passen. Er war schon immer ein Sturkopf.

Faiza drückt auffordernd meinen Arm und holt mich aus meinen kreisenden Gedanken.

»Mein Dad«, bringe ich heraus. »Er ... Ihm geht es nicht gut?« Ich bin mir nicht sicher, ob es eine Aussage oder eine Frage ist. Am Telefon klang er putzmunter. Nur eben nicht mehr wie Dad, sondern wie ein völlig Fremder. Wie ausgetauscht. Dass er Leevi so anbrüllt – ausgerechnet Leevi! »Ich ... Kann ich ihn noch mal anrufen? Bitte ...«

Faizas Augen werden weit, von ihrer Strenge bleibt keine Spur. »Natürlich! Oh, Riven, klar kannst du! Weißt du was, mach Feierabend. Ich übernehme da drin, das schaffe ich auch allein. Dein Dad ist wichtiger! Und wenn noch etwas ist, schreibst du mir, ja? Das ist gar kein Problem.«

»Danke, Faiza.«

»Ach ...« Sie drückt mich fest an sich, löst sich wieder von mir und sammelt in Rekordgeschwindigkeit die Ordner vom Boden auf. Mit einem letzten besorgten Blick verschwindet sie wieder im Meetingraum und lässt mich allein auf dem Gang zurück. Ich brauche einen Moment, bevor ich mich aus meiner Starre gelöst habe. Mit wackligen Knien laufe ich in Richtung unseres Büros und versuche dabei erneut, Dad anzurufen. Es klingelt lang. Doch diesmal hebt er ab.

»Ja?« Es ist nicht seine übliche freundliche Begrüßung. Und seine Stimme klingt rauer als sonst. Ob das daran liegt, dass er eben so rumgebrüllt hat? Oder hat er sich bei seinem Barfußausflug zum Strand gleich eine Erkältung geholt?

»Hi, Dad«, bringe ich hervor.

Er zögert. »Riven, bist du es?«

»Ja. Zeigt dein Telefon es etwa nicht an?«

»Ich hab nicht draufgeschaut. Warum rufst du an?«

Normalerweise kann man Dad anhören, dass er sich freut, wenn ich mich melde. Nicht heute. Er klingt frustriert und ein wenig zerstreut.

Ich betrete das Büro und lasse mich hinter meinen Schreibtisch sinken. Bis auf einen Stapel Unterlagen, den Faiza dort abgelegt haben muss, ist er ordentlich aufgeräumt. Die Tischplatte ist fast komplett leer, alles ist da verstaut, wo es hingehört. Es ist eine Angewohnheit, die ich definitiv von meinem Vater habe.

Faizas Arbeitsplatz auf der anderen Seite des Raumes hingegen ist das reinste Chaos. Meist findet sich dort gerade genug freier Platz, dass sie ihren Laptop abstellen kann. Und das, obwohl ihr Tisch fast doppelt so groß ist wie meiner. Alles liegt voller Magazine, ausgedruckter Mails, Galaplanungen, Schneideranfragen und Rechnungen. Es ist mir ein Rätsel, wie sie da durchblickt. Aber zum ersten Mal kann ich dem Bild etwas abgewinnen, denn in meinem Kopf herrscht ein ähnliches Durcheinander.

»Riven?«, hakt Dad nach, weil ich noch nicht geantwortet habe.

Ich seufze. »Willst du mir vielleicht erklären, was das eben war?«

Schweigen am anderen Ende. »Dich hat der Bursche also angerufen«, stellt Dad schließlich fest. »Die hören sich selbst nicht reden, sag ich dir! Maßlose Übertreibungen!«

»Es klang irgendwie nicht so, als würde Leevi übertreiben«, widerspreche ich leise. »Warum sollst du in eine Gedächtnisklinik?«

»Ach, weil dieser Arzt keine Ahnung von seinem Beruf hat! In meinem Alter ist man eben nicht mehr so fit wie mit zwanzig, das ist doch normal!«

»Aber du warst barfuß am Strand, Dad. Ohne Jacke. Wie warm ist es bei euch? Zwölf Grad?«

Wieder Schweigen. Dann: »Das hat er also gesagt, hm?«

»Ja. War es etwa nicht so?«

Eine Antwort bleibt aus. Einen Moment tritt Stille ein. Unruhig streiche ich über die Tischkante und starre auf den Kalender an der Wand neben mir. Nächste Woche stehen haufenweise Termine an. Faiza zählt auf mich. Sie hat endlich angefangen, mir die Betreuung einzelner Kunden vollständig zu überlassen, damit ich mich beweisen kann. Und dadurch rückt die Beförderung, von der ich schon so lange träume, immer mehr in greifbare Nähe. Doch ausnahmsweise ist die Karriere nicht meine oberste Priorität. Nicht, wenn es bedeutet, dass ich meinen eigenen Vater im Stich lasse, obwohl er Hilfe braucht.

Dazu kommt, dass ich schon lange nicht mehr auf Malcolm Island war. Sollte ich …? Aber Faiza …

Letztendlich knicke ich ein.

»Ich buche einen Flug für morgen«, beschließe ich.

»Was?« Dad klingt entsetzt. »Du musst doch arbeiten! Hier ist alles bestens, mach dir wirklich keine Sorgen.«

»Ich habe ohnehin noch Urlaub übrig. Der verfällt, wenn ich ihn nicht nehme. Ich komme dich besuchen und begleite dich zu dieser Gedächtnisklinik.«

»Ich muss nicht in diese verdammte Klinik!«, blafft er, und ich erschrecke über seinen Tonfall. Dass er mit anderen Menschen so spricht, ist eine Sache. Aber mit mir?

»Dad …«

»Hier ist alles in Ordnung!«, wiederholt er. Es klingt weiterhin energisch, doch ich glaube, er versucht wenigstens, es möglichst ruhig zu sagen.

Langsam atme ich aus. Mit seiner Reaktion hat er mir leider das Gegenteil bewiesen. Es ist eben nichts mehr in Ordnung. Aber schön, wenn er darauf beharrt …

»Dann komme ich eben einfach so zu Besuch.«

»Riven …«

»Was, darf ich dich jetzt nicht mal mehr besuchen? Wir haben uns schon viel zu lange nicht gesehen. Wenn alles in Ordnung ist, können wir ja eine schöne Woche miteinander verbringen, vielleicht sogar mal wieder wandern gehen oder so.«

»Der Boden ist aufgeweicht, und es ist furchtbar windig.«

»Dann bleiben wir eben drinnen. Auch gut.«

Eine Pause tritt ein. Noch nie klang Schweigen so missmutig.

»Wann kommst du dann?«, fragt Dad widerwillig. »Dich muss ja jemand abholen.«

»Ich muss erst nach einem Flug schauen, aber mach dir deswegen keine Sorgen. Ich nehme einfach ein Taxi.«

»Von Port Hardy aus? Das kostet ja ein Vermögen! Falls es da überhaupt Taxis gibt. Und ich habe ja kein Auto mehr, also …« Er scheint sich wirklich dagegen zu sträuben, dass ich zu Besuch komme. Und das macht mich so misstrauisch, dass ich mich erst recht an dem Plan festbeiße.

»Ich werde schon eins finden, Dad. Mach dir keine Sorgen.«

Er seufzt. »Nein, kommt gar nicht infrage! Die lange Reise und dann noch am Flughafen festsitzen … Du kommst sicher erst nachmittags an, oder?«

»Wahrscheinlich. Ich bin immerhin den ganzen Tag unterwegs.«

»Dann soll dich dieser rotzfreche Fischerjunge abholen, wenn er schon so frei ist, dich mit *meinem* Telefon anzurufen! Was dem einfällt …!«

»Er meinte es sicher nur gut«, versuche ich ihn zu beschwichtigen. So ein Gezeter kenne ich von meinem Vater gar nicht. Er redet sich regelrecht in Rage.

»Ja, ja! Gut meinen sie es angeblich alle! Was ich davon halte, interessiert keine Sau!«

»Jetzt beruhig dich erst mal wieder, Dad. Ich bin gerade noch im Büro. Wie wär's, ich fahre nach Hause, buche die Flüge und rufe dich wieder an. Klingt das gut?«

»Na, wenn du unbedingt meinst. Aber meinetwegen brauchst du nicht zu kommen.«

Ich unterdrücke ein Seufzen. »Bis gleich, Dad.«

»Bis gleich, Küken.« Der alte Kosename bringt mich zum Schmunzeln, weil er ihn mit derselben Zuneigung sagt, wie er es meine ganze Kindheit über getan hat. Doch in diesem Moment trägt er auch einen bitteren Beigeschmack mit sich. Ich frage mich unweigerlich, wie lange er das wohl noch sagen wird. Wie viel ich noch von meinem Vater habe, der nun schneller alt wird, als mir lieb ist.

»Hab dich lieb, Dad.« Ich lege auf, und erst, als mein Handydisplay wieder schwarz wird, erlaube ich es mir, tief durchzuatmen.

Reagiere ich wirklich über? Hat Leevi am Telefon übertrieben? Oder macht Dad mir etwas vor? Doch seit wann ist er unehrlich zu mir? Das alles sieht ihm überhaupt nicht ähnlich.

Faiza wird nicht begeistert sein, dass ich so spontan Urlaub nehme. Sicher ist es für sie schon schwierig genug, das Meeting allein zu managen. Da drin sitzt ein kompletter Blockbuster-Cast. Ihre *Hearts and Arrows* betreut sie zwar ausschließlich selbst, aber meine Unterstützung wäre trotzdem wichtig gewesen, um Fragen zu beantworten, alle mit Getränken bei Laune zu halten und Faizas Unterlagensalat in Ordnung zu bringen, sodass sie nicht ständig nach etwas suchen muss. Einen Moment bin ich in Versuchung, ihr doch noch zur Seite zu springen. Aber …

Dad ist jetzt wichtiger als meine Karriere.

Ich buche die Flüge noch im Büro und habe Glück. Gleich morgen früh geht ein Fünf-Stunden-Direktflug nach Vancouver, und von dort aus kann ich nur knapp eineinhalb Stunden später einen Anschlussflieger nach Port Hardy nehmen. Bis zur

Ankunft auf Malcolm Island bin ich insgesamt neun bis zehn Stunden unterwegs. Der Hauptgrund, weshalb ich so selten dort bin und den nächsten Besuch schon so lange aufschiebe.

Ich packe meinen Laptop ein, um unterwegs wenigstens ein bisschen arbeiten zu können, und brauche fast zwanzig Minuten, um einen Urlaubsantrag zum Ausfüllen zu finden, den ich Faiza gemeinsam mit einer Notiz auf den zugeklappten Laptop lege. Sicherheitshalber schreibe ich ihr noch eine kurze Textnachricht, damit sie ihn auch findet, und mache mich auf den Heimweg.

Ich überlege, Mom oder meine Geschwister anzurufen, um sie zu informieren. Aber ohne zu wissen, ob oder was Dad eigentlich hat, erscheint mir das nicht sehr sinnvoll. Ich will erst mal alles möglichst unvoreingenommen auf mich wirken lassen und mir selbst ein Bild machen. Ohne dass die ganze Familie mir direkt reinredet, was sie zweifelsohne tun würden.

Es hat immerhin seine Gründe, dass Leevi ausgerechnet mich angerufen hat und nicht etwa meinen Bruder Jaspar. Denn gefühlt bin ich das einzige Familienmitglied, das sich noch wirklich für unseren Vater interessiert. Sicher auch die Einzige, die spontan dreitausend Meilen quer durch Kanada fliegen würde, nur um sicherzugehen, dass es ihm gut geht. Und allein bei dem Gedanken wird mir wieder mulmig zumute.

Kapitel 2

LEEVI

Vor den Fenstern der Wartehalle des Flughafens von Port Hardy biegen sich die Bäume im Wind. Dunkle Wolken ziehen über den Himmel und drohen mit Regen. Hier drinnen jedoch ist es warm.

Seit einer halben Stunde tigere ich um die hölzernen Blumenkübel herum, die in der Mitte des Raumes stehen und sich mit schlichten Sitzbänken abwechseln. Dank des ungünstigen Fährenfahrplans war ich viel zu früh hier, und an Stillsitzen ist heute nicht zu denken.

Seit ich weiß, dass Riven herkommt, habe ich das Gefühl, mein Herzschlag wäre aus dem Takt geraten. Eine ungewohnte Unruhe hat sich in mir breitgemacht, so als wäre diese Begegnung etwas Weltbewegendes.

Ich weiß nicht, was ich erwarten soll. Sollte ich mich darauf freuen, meine ehemalige beste Freundin wiederzusehen? Oder ist unsere Freundschaft schon so lange her, so geprägt von dem Streit unserer Väter, dass da faktisch nichts mehr zwischen uns ist? Das kann ich mir gar nicht vorstellen. Dass Riven und ich Fremde sind, kommt mir völlig abwegig vor, dabei ist es die bittere Realität.

Als Kinder waren wir unzertrennlich, haben gemeinsam die Insel unsicher gemacht, uns Ärger eingehandelt und ihn zusammen wieder ausgebadet. Unsere Namen wurden so oft zusammen genannt, dass sie fast schon ein eigenes Wort bildeten. Wir waren beste Freunde, die Art, bei der die Leute behaupten, es würde kein Blatt dazwischenpassen. Und ich weiß nicht, ob ich je wirklich aufgehört habe, so zu fühlen.

In den zehn Jahren seit ihrem Umzug war Riven einfach weiter ... Riven. Doch nun habe ich das Gefühl, mit meiner Anwesenheit hier meinen Vater zu hintergehen, und vielleicht ist es ohnehin naiv zu glauben, dass es ihr genauso geht. Vielleicht muss ich in wenigen Minuten einsehen, dass hier tatsächlich eine Fremde vor mir steht, die letztendlich ebenso wenig über mich weiß wie ich über sie.

Alles in mir verkrampft sich bei diesem Gedanken. Aber weit hergeholt ist er nicht. Das letzte Mal, dass ich sie gesehen habe, ist mindestens vier Jahre her. Die letzte Unterhaltung, wenn man von dem Telefonat gestern absieht, fünf oder sechs. Sie bestand aus unangenehmem Small Talk bei Brenda im Supermarkt. Ein typisches Gespräch zwischen zwei unbeholfenen Teenagern, von denen zumindest einer unverhältnismäßig nervös war.

Ich weiß noch, wie sehr ich gehofft habe, mit ihr über etwas Bedeutungsvolles sprechen zu können. Wie früher, als wir uns alle Sorgen anvertraut haben, jeden Funken Angst, jede noch so kleine Begeisterung. Stattdessen haben wir über das Wetter und ihre Highschool in Toronto geredet, und ich habe so getan, als würde mich das wehmütige Ziehen, das ich dabei empfunden habe, nicht von innen heraus zerfressen. Wahrscheinlich wird es gleich wieder so sein.

Geht es ihr genauso, wenn sie an mich denkt? Oder bin es nur ich, der nicht loslassen kann? Schon die ganze Zeit frage ich mich, wie ihre Stimme jetzt wohl klingt. In echt, ohne die Verfälschung durch ein Telefon. Ich frage mich, wie sie aussieht, ob sie ihre Haare noch so lang trägt wie damals, was sie arbeitet, was ihre Hobbys sind, was sie gerne isst.

Es sind teilweise Belanglosigkeiten, die mich die ganze Nacht wach gehalten haben, obwohl ich gestern am Strand an Ort und Stelle hätte einschlafen können. Warum nur ist mir das so verdammt wichtig? Riven hat meine Kindheit so geprägt, dass ich das Gefühl habe, sie wäre immer noch ein Teil von mir. Dabei ist diese Version von ihr vermutlich längst jemand anders geworden. Verschluckt von ihrem neuen Leben in Toronto, in dem es kein Meer, keinen Vater und keinen Leevi gab.

Zum wiederholten Mal lasse ich mich auf eine der hölzernen Bänke sinken. Gemeinsam mit dem Mintgrün der Wände vermitteln die hohen Zimmerpflanzen in den Kübeln neben mir ein fast schon tropisches Ambiente.

Auf den dunkelblauen Polsterstühlen zu beiden Seiten des Raumes warten nur zwei weitere Menschen. Außerhalb der Urlaubssaison ist der Flughafen selten voll, und in die kleinen Maschinen passen ohnehin nicht viele Passagiere. Ein Mann weiter hinten am Eingang beobachtet mich schon die ganze Zeit mit misstrauischem Blick. Wahrscheinlich macht ihn mein unruhiges Auf und Ab nervös.

Ich schaue wieder aus dem Fenster. Rivens Flug hat ein paar Minuten Verspätung, vermutlich wegen des Windes. Hoffentlich gab es keine größeren Turbulenzen.

Seufzend ziehe ich den zerfledderten Thomas-Hardy-Roman aus meiner Jackentasche, schlage die aktuelle Seite auf und starre darauf. Als Lesen kann man es wohl nicht bezeichnen. Meine Augen folgen den Buchstaben, aber würde ich das Buch nicht ohnehin halb auswendig kennen, hätte ich keine Ahnung, was in dem Kapitel passiert. Ich kriege nichts mit.

Stattdessen stelle ich mir vor, wie Riven aussieht. Frage mich, ob ihre Augen wirklich so dunkel sind wie auf den alten Fotos von ihr. Fast schwarz, sodass man regelrecht in ihnen versinken kann. Ob sie lächelt, wenn sie mich sieht? Wie begrüßt man eine ehemalige beste Freundin? Mit einer Umarmung? Einem Händeschütteln? Einem höflichen und viel zu befangenen Nicken?

Noch während mein Gehirn das Szenario wieder und wieder durchspielt, bemerke ich aus dem Augenwinkel eine Bewegung und schaue auf. Ein Mann um die vierzig kommt aus Richtung der Gepäckausgabe um die Ecke, eine Reisetasche über der Schulter. Mit eiligen Schritten geht er an mir vorbei auf den Ausgang zu. Hinter ihm nähert sich das Geräusch von Rollkoffern.

Ich packe das Buch wieder in meine Jackentasche. Ein jüngeres Paar mit Kind kommt ebenfalls in die Halle, danach eine alte Dame, die von dem misstrauisch dreinschauenden Mann in Empfang genommen wird.

Und dann sehe ich *sie*.

Ich erkenne Riven sofort. Kaum dass ich ihr Gesicht erblicke, schießen mir tausend Fotos und Erinnerungen an sie durch den Kopf, als würde mein Gehirn wie in einer dieser CSI-Serien einen Fingerabdruck abgleichen. Sie sieht älter aus. Und sie ist verdammt schön. Vertraut schön. Riven-ist-endlich-wieder-hier-schön.

Ihre braunen Haare sind ein wenig kürzer als früher und fallen in leichten Wellen bis über die Schultern ihres dunkelgrauen Mantels. Der Kragen ist hochgeschlagen, was ihre helle Haut und die rosigen Wangen betont. Darunter trägt sie einen cremefarbenen Strickpullover und eine graue Stoffhose mit weiten Beinen und hohem Bund.

Suchend, geradezu zögerlich wandert ihr Blick durch den Raum und trifft meinen dennoch so unerwartet, dass mir für einen Moment die Luft wegbleibt. Ihre braunen Augen verschlucken mich mehr, als sie es auf einem Bild je gekonnt hätten, und ein unruhiges Flattern macht sich in meinem Magen breit. Es wird begleitet von einem Ziehen in meiner Brust. Einer Mischung aus Wehmut, Unsicherheit und Vorfreude. Gleichzeitig habe ich das Gefühl, als würde der gesamte Schmerz des Vermissens der letzten zehn Jahre in diesem Augenblick auf mich einprasseln. War es schon immer so, dass mich allein Rivens Anblick derart bewegt?

Ich stehe auf und nehme vage wahr, wie ihr Blick an mir herunterwandert. Über den offenen Windbreaker, den verwaschenen Hoodie und die zu alte Jeans. Sie hingegen wirkt in ihren Klamotten geradezu unnahbar. Als wäre sie einem Fashion-Magazin entsprungen und nicht einem Flugzeug.

Der erste Schritt auf sie zu kostet mich seltsam viel Überwindung. Doch dann lächelt sie, und mein ganzer Körper kribbelt, weil es so sanft und herzlich wirkt, dass all die Zweifel und Sorgen von eben in den Hintergrund treten.

Wir begegnen uns auf halber Strecke. Riven zieht einen großen Hartschalenkoffer neben sich her, in den sie mit ein paar Verrenkungen wahrscheinlich selbst reingepasst hätte, und ich schiebe, kurz bevor ich sie erreiche, die Hände in die Jackentaschen, um mich nicht doch mit einem Handschlag zu blamieren.

Sofort fällt mir auf, dass Riven kleiner ist als ich. Locker zehn Zentimeter, und das, obwohl ich nur einen Meter vierundsiebzig groß bin. Sie bleibt stehen und sieht zu mir hoch. »Hi«, grüßt sie mich schüchtern, und beim Klang ihrer Stimme bricht ein Lächeln aus mir heraus. Sie klingt warm und weich und so vertraut, als würden wir täglich miteinander sprechen. Der Knoten in meinem Inneren scheint sich endgültig zu lösen. Scheiß auf unsere Familien. Das hier, das ist nur zwischen uns beiden, nicht zwischen unseren Vätern.

»Hey«, erwidere ich. Es folgt Schweigen, doch seltsamerweise ist es nicht unangenehm. Riven und ich sehen uns an, mustern uns, wägen ab. Und plötzlich glaube ich zu wissen, dass es ihr genauso geht wie mir. »Wie war der Flug?«, frage ich schließlich.

Riven zieht die Nase kraus, und ich verstehe sofort, was das heißt. Ich habe tausend Gedankenschnappschüsse von ihr vor Augen, auf denen sie genau dieses Gesicht macht. Riven, die im unerwarteten Regen nass wurde. Riven, die beim Pfützenspringen Wasser in die Gummistiefel bekommen hat. Riven, der das Pausenbrot von ihrer Mom nicht schmeckt. Riven, die mir sagt, dass sie wegzieht. Es ist ihr universelles Zeichen für Unzufriedenheit.

»Ruckelig«, gibt sie nur zerknirscht zurück.

»Die kleinen Maschinen schüttelt es bei dem Wind ganz schön durch, oder? Soll ich?« Ich ziehe eine Hand aus der Tasche und deute mit dem Kopf zu dem silbernen Rollkoffer.

»Oh, geht schon. Dein Tag war sicher schon anstrengend genug. Danke fürs Abholen übrigens. Ich wollte ein Taxi nehmen, aber Dad hat darauf bestanden, dich zu schicken.«

Warum Mr. Williams dabei ausgerechnet an mich gedacht hat, ist mir ein Rätsel. Es wundert mich, dass er bewusst dafür sorgt, dass ich Zeit mit seiner Tochter verbringe. Mein eigener Vater jedenfalls war nicht besonders begeistert, als ich ihm davon erzählt habe. Wir setzen uns in Bewegung, und ich muss mich bemühen, den Blick nach vorn zu richten, statt Riven permanent anzustarren. Dennoch glaube ich zu spüren, wie sie mich mustert. Das Gefühl verursacht eine angenehme Gänsehaut auf meinen Armen.

»Ist wirklich keine Ursache«, versichere ich ihr. »Unser Wagen muss ohnehin ab und zu mal weiter als fünfhundert Meter bewegt werden, damit uns das Ding nicht unter dem Hintern wegrostet. Und ich weiß ehrlich gesagt nicht, ob die hier in Port Hardy wissen, was ein Taxi ist. Da würden sie dich vermutlich anschauen, als hättest du nach einem Einhorn gefragt. Sally wollte mir die Aufgabe übrigens abnehmen, aber ich glaube, weder du noch dein Dad hätten das gewollt. Sie hätte dir in der halben Stunde Fahrt beide Ohren abgekaut.« Ich zwinkere Riven zu, und sie lächelt erneut, diesmal jedoch wehmütiger.

»Wie schlimm ist es mit den zweien? Dad hat gestern ziemlich über sie geflucht.«

Ich zucke mit den Schultern. »Ich weiß nicht genau. Sie liegen sich ständig in den Haaren. Sally versucht schon seit Wochen, deinen Dad zum Arzt zu kriegen, und er ist furchtbar genervt davon. Mittlerweile muss er sie nur sehen und bläht schon die Backen auf wie ein Kugelfisch auf Abwehr.«

Der Vergleich entlockt Riven zumindest ein belustigtes Schnauben. Die Glasschiebetüren der Eingangshalle öffnen sich für uns, und kalter Wind bläst mir ins Gesicht. Er wirbelt Rivens Haare durcheinander und zerrt an unseren offenen Jacken.

Einen Moment lang bleibt sie stehen, schließt die Augen und atmet tief durch, als müsste sie den Geruch nach Salz und See verinnerlichen. Hat sie das vermisst? Den Ozean? Den Wind? Doch bevor ich mir weiter Gedanken darüber machen kann, schüttelt sie bereits den Kopf, öffnet die Augen wieder und folgt mir über den Parkplatz. »Ich verstehe das einfach nicht«, meint sie leise. »Dad und Sally waren so gut befreundet.«

Genau wie unsere Eltern, schießt es mir durch den Kopf. Und was ist daraus geworden?

»Die kriegen sich wieder ein«, versichere ich ihr dennoch.

»Und deinem Dad wird es sicher guttun, dass du jetzt da bist.«

»Ich hoffe es. Allzu begeistert schien er nicht zu sein.« Ihr enttäuschter Tonfall weckt in mir das Bedürfnis, ihr einen Arm umzulegen und sie an mich zu drücken, doch ich halte mich zurück.

»Das liegt aber an den Umständen und nicht an dir«, versichere ich stattdessen und schaue ihr ins Gesicht.

Wieder so ein trauriges Lächeln. »Wahrscheinlich hast du recht.« Unser alter Ford Pick-up kommt hinter einem Jeep in Sicht, und Riven seufzt auf. »Bert!«

»Jep«, bestätige ich grinsend. »Schön, dass wenigstens du ihn auch so nennst. Ich bin leider der Einzige, der seinen Spitznamen noch verteidigt.«

»Ist das wirklich noch der Alte?«, will sie wissen. »*Unser* Bert?«

»Klar. Gut, wenn man es genau nimmt, besteht er mittlerweile zu geschätzt achtzig Prozent aus Ersatzteilen, aber Dad würde den Wagen nicht mal aufgeben, wenn er mitsamt der Karre im Meer versinkt. Ich glaube echt, er würde aus Prinzip drin sitzen bleiben und mit ihm untergehen. Bert ist ihm heilig.«

Riven lacht, und von dem Geräusch stellen sich mir erneut die Armhärchen auf. Ich bereue es immer mehr, sie nicht umarmt oder ihr wenigstens die Hand geschüttelt zu haben. Das Bedürfnis, sie zu berühren, drängt sich immer mehr in mein Bewusstsein. Ich weiß gar nicht, wieso. Ich will nur wissen, wie sich ihre Haut anfühlt. Ob sie wirklich so gut in meine Arme passt. Ob es so schön wäre, wie ich es mir vorstelle. Dabei sollte ich es mir nicht vorstellen. Ich weiß weder, wo diese Gedanken herkommen, noch, was ich mit ihnen anfangen soll.

»Genau so habe ich deinen Vater in Erinnerung«, stellt Riven fest. »Ich würde ihn als liebevollen Sturkopf beschreiben.«

Es wundert mich, dass sie ihn trotz allem, was passiert ist, so positiv beschreibt. Würde man mich nach meiner Meinung über Mr. Williams fragen, bräuchte ich vermutlich länger, um akzeptable Worte zu finden. Tief atme ich durch. »Ich fürchte, damit triffst du den Nagel auf den Kopf«, gestehe ich. Und gleichzeitig wird mir bewusst, wie anders ich *Riven* in Erinnerung hatte. Weniger ... anziehend.
Weniger verwirrend.

RIVEN

Ich kann nicht glauben, dass sie den Wagen noch haben. Und dass er immer noch so verdammt gut aussieht. Das mit dem Rost war nur ein Scherz, oder? Der orangefarbene Lack glänzt wie neu, auf dem weißen Ralleystreifen in der Mitte ist kein Spritzer Dreck zu sehen, und soweit ich es beurteilen kann, hat der Ford nicht den kleinsten Kratzer. Bestimmt fährt Leevi sehr vorsichtig, weil das Auto seinem Dad so wichtig ist. Und ich kann nicht anders, als zu glauben, dass Leevi generell vieles mit Bedacht tut. Früher mag er ein stürmischer kleiner Junge gewesen sein, aber jetzt nehme ich ihn anders wahr.

In den wenigen Minuten, seit wir uns begrüßt haben, habe ich den Eindruck bekommen, dass er gefasst ist. Ruhig. Vielleicht sogar besonnen. Er strahlt dieses Gefühl so intensiv aus, dass es mir schwerfällt, es nicht sofort als gegeben anzusehen. Womöglich liege ich falsch, und er ist in Wirklichkeit ganz anders. Vielleicht trügt mich meine sonst so verlässliche Menschenkenntnis. Aber in diesem Moment ist Leevi wie ein Ruhepol. Während der Wind über uns hinwegrauscht und in meinem Inneren die Gedanken an Dad Sorgenkarussell fahren, scheint er gänzlich stillzustehen und mich von all dem Wirbel abzuschirmen. Er ist groß geworden. Und wenn ich ehrlich bin, auch ziemlich attraktiv. Wenn er mich anschaut, verursacht es jedes Mal ein leises Flattern in meiner Magengrube, das eigentlich nichts zwischen uns zu suchen hat.

Ich beobachte, wie er meinen Koffer auf die Ladefläche hievt, mit einer Plane abdeckt und ihn anschließend festbindet. Der Wind zerrt an seiner offenen Jacke und zerzaust seine ohnehin schon chaotische Frisur noch weiter. Leevis dunkle Haare sind kurz, oben etwas länger als an den Seiten und leicht gelockt. Er fährt sich mit einer Hand hindurch und sucht gleichzeitig in seiner Hosentasche nach dem Autoschlüssel. Sein Blick trifft meinen, und das vertraute schiefe Grinsen, das mir bei unserer Begrüßung schon kurz den Atem hat stocken lassen, kehrt zurück. Wie vorhin bilden sich dabei Lachfältchen um seine braunen Augen und lassen es so echt, so authentisch wirken, dass mir warm ums Herz wird. Gott, ich habe ihn vermisst. Ihn, das Meer, die Insel. Das wird mir jetzt erst klar, nachdem ich mir jahrelang eingeredet habe, ich hätte es überwunden. Doch ich würde am liebsten das Gesicht an Leevis Brust vergraben und ein bisschen weinen.

Er beugt sich an mir vorbei, um die Tür aufzusperren, und obwohl ich dabei unnötig im Weg stehe, rühre ich mich nicht von der Stelle. Leevi ist nicht nur groß, sondern vor allem erwachsen geworden. Sein Gesicht hat nichts mehr von den jungenhaften, rundlichen Zügen von damals. Sein Kinn, seine Nase, seine Wangenknochen – alles wirkt auf eine positive Art und Weise kantiger, fast wie gemeißelt. Seine helle Haut ist gebräunt, was mich vermuten lässt, dass er entweder im Sommer jede freie Minute draußen verbracht hat oder im Urlaub war. Auf seinen Wangen kann ich einen leichten Bartschatten erahnen, der ihn älter wirken lässt, als er ist.

Leevi hat nichts von der Hochglanzschönheit der Promis, die zu uns ins Fashion Consulting kommen. Doch trotzdem, oder genau deswegen, sieht er gut aus. Sein Äußeres hat etwas Bodenständiges, Authentisches, das unglaublich anziehend auf mich wirkt.

Vielleicht liegt es aber auch daran, dass ich selbst nach all den Jahren immer noch das Gefühl habe, ihn zu kennen. Ihm vertrauen zu können. Mit ihm ... sicher zu sein, weil uns nichts und niemand etwas anhaben kann, wenn wir zusammen sind. So wie früher. Zwölf Jahre lang haben wir uns gemeinsam unverwundbar gefühlt, und das konnte auch ein Jahrzehnt in Toronto nicht zerstören.

Fast ist es, als wäre zwischen damals und heute keine Zeit vergangen. Als hätten wir nie aufgehört, ein Team zu sein. Irgendwie macht mich das seltsam sentimental.

Er öffnet mir die Wagentür, und ich klettere ihm voraus über die durchgehende Sitzbank auf die Beifahrerseite. Der Geruch im Inneren des Autos lässt alte Erinnerungen wieder an die Oberfläche treiben. Es ist der Duft von abgewetztem Leder und den Waldfruchtbonbons, nach denen Leevis Dad so süchtig ist, dass man sie selbst ohne seine Anwesenheit riechen kann. Der Duft von einem großen Fetzen Kindheit, von Gelächter und übermütigen Kinderplänen, von Sommer und Erschöpfung und schmutzigen Füßen, von Regenprasseln auf der Windschutzscheibe und von vor Nässe auf der Haut klebenden Klamotten.

Unzählige Male saßen wir in diesem Wagen, Leevis Dad am Steuer. Er hat uns auf der Insel herumkutschiert, uns manchmal mitgenommen, weil es sich anbot, uns bei Unwetterwarnungen vom Strand abgeholt. Oft durften wir ihn begleiten, wenn er auf Vancouver Island Besorgungen gemacht hat. Und hin und wieder hat er uns sogar von der Schule abgeholt, um mit uns am Nachmittag einen Ausflug zu machen.

Seltener ist Leevis Mom gefahren. Mrs. Myers hat immer geflucht. Der Wagen sei ihr zu groß, zu alt, ein richtiges Mistteil. Leevi und ich haben über jedes Schimpfwort, das ihr herausgerutscht ist, gekichert und dafür warnende Blicke kassiert. Und jedes Mal schwor sie, uns nie wieder irgendwohin zu fahren, was sie natürlich nicht eingehalten hat.

Leevi setzt sich hinter das Lenkrad und holt mich in die Gegenwart zurück. Der kleine Junge von damals darf jetzt selbst fahren. Zehn Jahre ist unsere Freundschaft her, und in all der Zeit hatten wir kaum Kontakt. Wie konnte das passieren?

Warum nur haben wir das so einschlafen lassen? Wie konnten wir uns derart vergessen?

»Arbeitet dein Dad noch als Fischer?«, frage ich.

Leevi startet den Motor, und etwas daran, wie er den Zündschlüssel dreht – so als wäre es das Selbstverständlichste auf der Welt –, jagt mir einen angenehmen Schauer über den Rücken. »Jep. Ich bezweifle auch, dass sich das je ändern wird.«

»Und was machst du?« Interessiert beobachte ich ihn.

Leevis Lächeln wird blasser. Er lenkt den Wagen vom Parkplatz und zögert einen Moment. »Dasselbe. Ich bin nach der Highschool bei ihm eingestiegen. Es sollte eher eine Zwischenlösung sein, ist dann aber so geblieben.«

»Oh. Wow!« Damit habe ich nicht gerechnet. Dabei ist es doch naheliegend. Es ist schön, dass Leevi in die Fußstapfen seines Vaters tritt. Bei mir ist es ja nicht anders, meine Geschwister und ich arbeiten alle ebenso wie Mom in der Modeindustrie. Warum habe ich dann erwartet, dass er etwas völlig anderes macht? Lehrer vielleicht, das könnte zu ihm passen. Oder ein kreativer Beruf.

»Was ist mit dir?«, will Leevi wissen. »Was macht man so im großen Toronto?«

Ich habe das Gefühl, dass er absichtlich das Thema wechselt, also hake ich nicht weiter nach. »Ich arbeite als Fashion-Consultant-Assistentin.«

Leevi wirft mir einen Seitenblick zu. »Das klingt kompliziert. Was ist das?«

»Nein, überhaupt nicht. Wir beraten vor allem Promis und Models in Modefragen und helfen je nach Wunsch bei der Wahl eines Outfits für Filmpremieren, Galas, Abendessen und so weiter. Für viele stellen wir auch ganze Garderoben zusammen und erarbeiten so ein neues Image von der Person, das durch die Kleidung nach außen getragen wird.«

Leevi hat belustigt die Brauen hochgezogen. »Und das soll nicht kompliziert sein? Das klingt, als würde da einiges an Wissen und Arbeit dahinterstecken. Muss man dafür studieren?«

»Nicht unbedingt. Theoretisch kann man auch quer einsteigen, wenn man sich halbwegs auskennt. Aber ich habe dafür extra Fashion an der Ryderson-Universität studiert.«

»Das ist beeindruckend.«

Verstohlen lächele ich. »Danke.«

Leevi belässt eine Hand am Lenkrad, mit der anderen rückt er seine Jacke zurecht. »Das ist dann wohl der Moment, in dem es peinlich für mich wird.«

Kurz bin ich von der Aussage irritiert. Leevi sagt es so ernst, als würde er sich darüber wirklich Gedanken machen. Aber dann wirft er mir erneut einen Blick zu und grinst spitzbübisch.

Lachend sehe ich an ihm herunter. »Keine Sorge. Auf den roten Teppich solltest du damit vielleicht nicht, aber sonst ist dein Outfit solide *casual*. Ich fürchte ehrlich gesagt auch, mit Anzug und Goldkettchen würdest du auf Malcolm Island eher negativ auffallen.«

»Das kommt drauf an. Ist es negativ, wenn die Leute was zum Lachen haben?«

»Touché«, erwidere ich schmunzelnd.

»Du würdest mir also Anzug und Goldkettchen empfehlen? Habe ich das richtig verstanden?«

Wieder muss ich lachen. Die Vorstellung ist zu skurril. »Nein. Davon würde ich dir wohl eher höflich abraten. Besonders von den Kettchen.«

»Das kann ich zwar nur schwer nachvollziehen, aber na gut. Und was würden Sie mir stattdessen empfehlen, Miss Williams?«

»Wong«, verbessere ich ihn automatisch, und Leevi schaut verwirrt zu mir rüber. Sein Blick huscht zu meiner Hand. Erwartet er dort einen Ring, oder was? Ich schnaube belustigt. »Der Nachname meiner Mom?«

»Ah!«, stößt er aus. »Tut mir leid, da hätte ich auch selbst drauf kommen können. Du hast ihn angenommen? Das wusste ich gar nicht.«

»Nach der Scheidung, ja. Wir alle haben das. Oder vielmehr mussten wir. Ich wurde ehrlich gesagt nicht gefragt.« Wahrscheinlich, weil Mom klar war, dass ich es nicht wollen würde. Ich hätte viel lieber Dads Namen behalten und alles beim Alten belassen, wo es nur ging.

»Nesthäkchenfluch, was?«, meint Leevi.

»So ungefähr. Wobei ich das jetzt streng genommen auch nicht mehr bin.«

Wieder ernte ich einen Blick unter gehobenen Brauen.

»Mom hat noch ein Kind mit ihrem neuen Mann bekommen«, erkläre ich. »Rosie. Sie ist sieben.«

»Dann seid ihr jetzt fünf Geschwister? Das reicht ja schon für eine Karriere als Familienband.«

»Ja. Nur dass bei uns niemand ein Instrument spielen oder singen kann.«

Leevi grinst. »Es hat ja keiner gesagt, dass ihr gut sein müsst.«

»Ich kann es mal vorschlagen. Aber ich fürchte, Rosie und ich müssten die Show allein schmeißen. Bei Jaspar, Naemi und Jenna müsste ich wohl erst einen Antrag dafür stellen. Wobei, wenn ich so darüber nachdenke, hat Rosie auch keine Zeit. Dienstag muss sie zum Ballett, Mittwoch ist Malkurs, Donnerstag Reiten …«

»Deine Schwester hat einen volleren Terminplan als ich«, stellt Leevi trocken fest. »Und wie genau lernt man in einer Großstadt Reiten?«

»Indem man sehr viel Geld ausgibt.«

»Okay. Ich schätze, Rosie hat es ganz gut.«

»Ja.« Das stimmt wohl. Aber gleichzeitig irgendwie auch nicht.

Ich würde meine Kindheit niemals gegen ihre tauschen wollen. Die raue Natur der Küste gegen Beton, durchgetaktete Terminpläne und den Lärm der Straße. Wenn ich daran denke, was ihr alles entgeht, wird mir schwer ums Herz. Rosie wird nie mit den Füßen voller Schlamm nach Hause kommen oder im Wald Schnecken sammeln und sich mucksmäuschenstill ins Gebüsch kauern, weil Bambi vorbeikommt, das sie nicht erschrecken will. Ihre Kindheit ist laut und hektisch und bis obenhin vollgestopft mit Terminen. Ich hingegen kam von der Schule und habe gemacht, worauf ich Lust hatte. Damals fand Mom das noch gut. Aber auch sie hat sich verändert und muss bei ihrer letzten Tochter jetzt alles anders machen. Alles *richtig*.

Leevi und ich verbringen die Fahrt damit, uns auf den neuesten Stand zu bringen. Ich erzähle ihm von meinem beendeten Studium, Faiza und dem Hollywood-Cast, den sie stemmen muss. Im Gegenzug erzählt er mir von sich. Davon, dass er und sein Vater jetzt allein mit dem Fischerboot rausfahren, weil seine Mom es gesundheitlich nicht mehr schafft. Von Tommy, mit dem wir zur Schule gegangen sind und der die Bäckerei seiner Eltern übernommen hat. Von Laina, die mittlerweile Leevis beste Freundin ist, sich ganz der kleinen Inselbücherei verschrieben hat und diese jetzt leitet.

Es ist merkwürdig, all diese Namen zu hören und kein aktuelles Bild mehr vor Augen zu haben. Mit Laina wurde ich zwar als Kind nie richtig warm, aber Tommy ist mir lebhaft im Gedächtnis geblieben. Er war damals der Kleinste in unserem Alter und hat versucht, das damit zu kompensieren, dass er regelmäßig mit seinen Pausenbroten angegeben hat. Mit Erfolg. Sie sahen immer unfassbar lecker aus, und die meisten von uns hätten nur zu gern mit ihm getauscht.

Wie ich den Leuten wohl im Gedächtnis geblieben bin? Nach so langer Zeit in Toronto bin ich vermutlich nur noch das Mädchen, das damals mit Leevi die Insel unsicher gemacht hat und dann weggezogen ist.

Als wir nach einer halben Stunde endlich den Hafen von Port McNeill erreichen und ich Malcolm Island am Horizont erblicke, ist aus dem zaghaften Kribbeln in meinem Bauch ein ausgewachsenes Stechen geworden. Mein Herz ist so voll mit Wehmut und Sehnsucht, dass es schmerzt. Das Gefühl von Nachhausekommen ist warm und schwer, legt sich wie eine Decke über mich. In meiner Brust wird es eng, und die Sorge um Dad kriecht mir wieder die Kehle hoch.

Wir haben Glück und müssen nicht lange auf die Fähre warten. Leevi parkt den Wagen auf dem Oberdeck, und schon bald nähern wir uns schaukelnd der Insel.

Aus der Ferne sieht das kleine Fischerdorf Sointula noch aus wie damals, als jeder meinen Namen kannte und ich den Weg zum Strand im Schlaf gefunden hätte. Damals, als diese fünfzehn Meilen lange Insel alles war, was ich hatte und brauchte.

Die Trennung meiner Eltern konnte ich seltsamerweise gut verkraften. Unser Umzug hingegen war eines der schmerzhaftesten Erlebnisse meines Lebens. Hätten sie mir die Wahl gelassen, ich wäre bei Dad geblieben. Zu Hause. Ich wollte nie in die Großstadt, weg von meinen Freunden, ans andere Ende des Landes. Und bis heute frage ich mich manchmal, was hier aus mir geworden wäre.

Doch Mom und Dad waren sich einig. Sie wollten uns Geschwister nicht trennen. Also trennten sie stattdessen Dad und mich. Das Herz und die Seele.

Ich weiß noch, wie ich ihm damals gestanden habe, dass ich bei ihm bleiben will. Er hat mir die Tränen von den Wangen gewischt, während seine eigenen unaufhaltsam liefen.

Als Leevi nach einer weiteren halben Stunde den Ford von der Fähre lenkt, ist es, als wäre ich in der Zeit zurückgereist. Das Ladenschild von *Brenda's Choice*, dem Supermarkt direkt am Hafen, hat noch immer eine kaputte Leuchtreklame und dieselbe ausgeblichene Schrift im Schaufenster. Ein Stück weiter erstrahlt die *Chocolate Dreams Bakery* in ihrem neuen Glanz. Etwa zwei Jahre nach meinem Wegzug wurde das Gebäude renoviert, sodass die Gäste jetzt dank einer Fensterfront den Ozean überblicken können.

Leevi lenkt den Wagen durch die schmalen Straßen, und ich sehe aus dem Fenster. Die Häuser im Dorfkern sind leicht verwittert, aber das macht ihren Charme aus. Ich kenne sie nicht anders, und dadurch, dass sich hier nie etwas zu verändern scheint, habe ich bei jedem meiner seltenen Besuche das Gefühl, als würde ich geradewegs durch eine Erinnerung spazieren. Hin und wieder bekommt ein Haus einen neuen Anstrich, selten wird mal gebaut oder etwas ganz abgerissen. Doch insgesamt wirkt alles wie in der Zeit eingefroren. Einzig bei Dads

Haus ist mir der langsame Verfall wirklich bewusst. Aber selbst das wird noch Jahrzehnte stehen, bevor es zum Problem wird.

»Es sieht immer noch alles aus wie früher«, stelle ich seufzend fest.

»Ja. Hier tut sich nicht viel.«

»Das ist irgendwie schön«, gestehe ich und ernte einen fragenden Seitenblick. Ich zucke mit den Schultern. »Es hat etwas Beständiges, findest du nicht? Das strahlt Sicherheit aus.«

Leevis Mundwinkel zuckt, und er schaut erneut auf die Straße. »Beständigkeit ist nicht immer sicher«, gibt er zu bedenken. »Aber ich verstehe, was du meinst.«

Ich verstehe allerdings nicht, wie *er* das meint. Doch bevor ich nachfragen kann, parkt er den Wagen vor Dads Haus, wendet sich mir zu und mustert mich aus seinen braunen Augen. Einen Moment lang bringt sein Blick mich völlig aus dem Konzept. Aus irgendeinem unerfindlichen Grund steigt mir Hitze ins Gesicht.

»Bereit?«, fragt er vorsichtig.

Mit seiner Frage kommt auch meine Nervosität zurück. Ich schlucke und nicke eifrig.

»Das wird schon alles«, verspricht er mir leise, als hätte er meine Gefühle durchschaut.

Ich ringe mir ein Lächeln ab. »Noch mal danke fürs Abholen.«

Leevi winkt ab, steigt aus dem Wagen und macht sich daran, meinen Koffer von der Ladefläche zu heben. Gemeinsam erklimmen wir die Stufen der Veranda und bleiben vor der Haustür stehen. Unschlüssig reibt er sich über den Hinterkopf und befeuert damit das mulmige Gefühl in meinem Bauch noch mehr.

»Soll ich dir vielleicht meine Nummer geben?«, will er wissen. »Falls irgendetwas ist. Oder du dich langweilst.« Er zwinkert mir scherzhaft zu, und ich spüre, wie ich erneut rot werde. In meinem Bauch beginnt es zu flattern, als wäre es etwas Besonderes, seine Handynummer zu haben. Gott, es ist nur Leevi! Leevi, den ich als Kind täglich gesehen oder angerufen habe.

Leevi, den ich komplett aus den Augen verloren hatte. Leevi, der jetzt zufällig verdammt attraktiv ist und noch dazu ein guter Gesprächspartner.

»Klar, das wäre toll!«, bringe ich hervor. Ich krame mein Handy aus meiner Handtasche und öffne einen neuen Kontakt, sodass er seine Nummer eintippen kann. Kaum dass er es mir zurückgibt, schicke ich ihm eine Nachricht. Ein einzelnes Kaninchen-Emoji, das mir von meiner Tastatur automatisch vorgeschlagen wird, weil ich es viel zu oft benutze. In Leevis Jackentasche summt es, und er grinst schief.

»Danke«, sage ich zum wiederholten Mal. Kurz zögern wir. Oder vielleicht bin das auch nur ich. Dann mache ich einen Schritt auf Leevi zu und umarme ihn.

Das wollte ich schon am Flughafen tun. Und so, wie er mich an sich drückt, bereue ich es, darauf verzichtet zu haben. Seine Wärme umfängt mich, gemeinsam mit seinem Duft. Er ist so dezent, dass ich ihn vorher nicht bemerkt habe, aber Leevi riecht gut. Frisch, nach Meer und Inselwind, aber auch einfach nur nach ihm. Nach früher. Nach zu Hause.

Leevis Umarmung fühlt sich erschreckend heilsam an. Vorher wusste ich nicht, wie sehr ich sie brauche. Jetzt hingegen muss ich mich dazu überwinden, ihn wieder loszulassen, statt das Gesicht an seiner Halsbeuge zu vergraben.

Langsam lösen wir uns voneinander, und ich atme tief durch. Leevis Blick ist unergründlich und hält mich eine gefühlte Ewigkeit gefangen. In Wirklichkeit vergehen wohl nur ein paar Sekunden, bis er leise »Mach's gut« raunt, mir den Rücken zuwendet und zurück zu seinem Auto geht. Ich starre ihm hinterher und spüre dem Kribbeln nach, das sich in meinem Körper ausgebreitet hat. Das ist definitiv komisch. Und ich sollte mich nicht so fühlen. Ich glaube, die Aufregung wegen Dad bringt alles in mir durcheinander.

Kopfschüttelnd wende ich mich der Tür zu und drücke die Klingel. Obwohl ich einen Schlüssel habe, kommt es mir unhöflich vor, ihn jetzt zu benutzen. Ich wohne hier nicht mehr, und es ist Dads gutes Recht, seinen Besuch selbst einzulassen.

Die Tür geht auf, und ich höre, wie Leevi hinter mir den Motor anlässt. Ich erhasche einen Blick in Dads strahlendes Gesicht, dann zieht er mich auch schon stürmisch in seine Arme und drückt mich an seine Brust.

»Dad!«, stoße ich lachend hervor und winde mich weit genug aus seinem Griff, um ihm einen Kuss auf die Wange zu geben. Er ist dünner geworden, das merke ich sofort. Aber seine Umarmung ist fest. Er riecht angenehm, ein bisschen nach angebratenen Zwiebeln, und aus dem Haus schlägt mir der Duft von Essen entgegen. Er kocht.

»Du bist früh dran!«, beschwert er sich und hält mich in einer Armeslänge Abstand von sich. Mit seinen blauen Augen mustert er mich wachsam von oben bis unten. »Und gut siehst du aus! Wie eine richtige Karrierefrau, ja! Oder ein Promi!«

Belustigt verdrehe ich die Augen. »Übertreib doch nicht. Und früh dran? Ich bin vor zehn Stunden aus dem Haus!«

»Das Essen ist jedenfalls nicht fertig. Du musst noch ein paar Minuten warten.« Er lässt mich los, nimmt meinen Koffer und zieht ihn nach drinnen. Ich betrete hinter ihm das Haus und schließe die Tür. Obwohl der Duft des Essens schwer in der Luft hängt, umfängt mich sofort der vertraute Geruch von Kindheit. Von Filmabenden mit meiner Familie auf der Couch, gemeinsamen Abendessen, lautstarkem Streit im Flur, Türenknallen und Tränen im Kinderzimmer. Von Versöhnung, Umarmungen und Geborgensein.

Ich lasse den Blick schweifen. Die Möbel im offenen Wohnzimmer stehen noch genauso wie damals. Die drei großen dunkelroten Sofas, gegenüber der Fernseher, an der hinteren Wand der hohe, dunkle Holzschrank. Nur Dads Orchideen auf den Fensterbrettern sehen ein wenig mitgenommen aus.

Mein Vater verschwindet in die Küche, und ich folge ihm. Auch hier ist alles beim Alten. Er hat sich bis heute nicht von der Eckbank aus Holz und den drei durchgesessenen Stühlen verabschiedet, die um den Tisch herum stehen. Auf dem Herd köchelt etwas in einem Topf vor sich hin, das verdächtig nach meinem Lieblingscurry duftet.

Einzig die Arbeitsplatte sticht mir ins Auge. Dad hat beim Kochen scheinbar den gesamten Kühlschrank aus- und bisher nicht mehr eingeräumt. Früher konnte er das überhaupt nicht leiden. Selbst während des Kochens hat er die Küche immer so sauber wie möglich gehalten. Wenn ich ihm als Kind dabei geholfen habe, bestanden meine Aufgaben größtenteils darin, die bereits benutzten Zutaten wieder wegzuräumen. Heute war er scheinbar so in Eile, dass er dafür keine Zeit hatte.

»Dein Zimmer ist auch noch nicht fertig«, beklagt er sich und rührt in dem Topf. Ich schaue ihm über die Schulter und seufze zufrieden. Es ist wirklich das indische Curry, das ich so liebe. In einem kleineren Topf auf der hinteren Platte kocht der Reis.

»Macht nichts«, beschwichtige ich ihn.

»Na, und wie das etwas macht! Du kannst doch nicht in einem staubigen Bett schlafen!«

»Das ist doch schnell bezogen. Das mache ich später, okay?«

»Ach was! Das erledige ich jetzt. Das Essen braucht sowieso noch fünf Minuten.«

Er will bereits zur Tür, aber ich halte ihn am Unterarm zurück. »Dad, jetzt warte doch mal. Das hat doch noch Zeit. Wollen wir uns nicht erst mal unterhalten?«

Er runzelt die Stirn und sieht sich kurz um. »Unterhalten, ja ... Oh! Trinken. Du brauchst noch was zum Trinken.« Er öffnet den Hängeschrank über unseren Köpfen und holt zwei Gläser heraus. »Wasser? Saft? Eistee?«

»Mir reicht ein Wasser, danke.« Ich gehe kurz zurück in den Flur, um meinen Mantel und meine Schuhe auszuziehen. Als ich wiederkomme, hat Dad trotzdem alle möglichen Getränke auf den Tisch gestellt. Erschöpft lasse ich mich auf die Bank sinken und ziehe das Glas zu mir heran.

»Wie lange hast du jetzt Urlaub?«, will er wissen. Er steht am Herd, rührt im Topf und wirft mir über seine Schulter hinweg einen Blick zu.

»Bis Ende nächster Woche. Vorerst.«

»Vorerst?«

»Na ja, ich könnte ihn noch verlängern. Falls du hier Hilfe brauchst …«

»Hier ist alles in bester Ordnung, Riven«, widerspricht er mir. Er bemüht sich, seine Stimme ruhig klingen zu lassen.

»Okay. Ich dachte nur. Ich habe noch so viel Urlaub übrig. Dieses Jahr habe ich noch so gut wie keinen genommen.«

Er schüttelt den Kopf. »Du arbeitest zu viel. Das sage ich dir ja schon lange.«

Ich lächle schwach. »Leider bleibt einem keine andere Wahl, wenn man in dem Job vorankommen will. Und noch dazu wurde mir das praktisch vererbt. Oder hast du damals etwa Urlaub genommen?«

Natürlich hat Dad recht. Hätte Leevi mich nicht angerufen, hätte ich vermutlich bis Weihnachten durchgearbeitet.

»Na, das war etwas anderes!«, widerspricht er. »Ich war allein mit dreißig Kindern! Ohne mich hättet ihr euch ja zu Tode gelangweilt! Außerdem war die Arbeit mein Urlaub.«

»Mhm«, mache ich nur vielsagend und schmunzle in mich hinein. Dad hat früher den Jugendclub auf der Insel geleitet. Vier leibliche Kinder waren ihm scheinbar nicht genug. Aber er war perfekt für den Job, das kann man nicht leugnen. Dad ist der fürsorglichste, verständnisvollste Mann der Welt, und er ist in seiner Arbeit aufgegangen. Es wundert mich bis heute, dass er schon mit sechzig aufgehört hat. Vielleicht war es für ihn nach der Trennung von Mom und unserem Wegzug einfach zu schmerzhaft, sich um all die fremden Kinder und Jugendlichen zu kümmern.

»Wie kommt deine neue Nachfolgerin zurecht?«, frage ich. »Lavender? Du hast schon länger nichts mehr von ihr erzählt.«

Nachdem der Club jahrelang leer stand, hat sich im Sommer ein Neuzugang auf der Insel der Renovierung angenommen. Dad war anfangs nicht begeistert, weil Sally von ihm wollte, dass er die junge Frau ein wenig unterstützt und berät. Aber ich glaube, sie konnte ihn von sich überzeugen. Zumindest hat er sie letztens ohne Murren zu sich eingeladen, um ihre Ideen durchzusprechen.

»Gut, gut«, meint er. »Sie ist beliebt bei den jungen Leuten, wie ich höre. Gerade machen sie ein …« Er schüttelt den Kopf und schnalzt ungeduldig mit der Zunge. »Wie heißt es? Ein Projekt machen sie. Im letzten Monat haben sie gemeinsam den ganzen Clubgarten umgegraben und neu bepflanzt.«

»Klingt nach viel Arbeit.«

»Sollte man meinen. Nach zwei Wochen waren sie fertig. Unfassbar, oder? Woran arbeitet ihr gerade?«

»Immer noch an der Premiere.«

»Ah«, macht er, ohne sich zu mir umzudrehen. »Die Premiere …«

Er klingt nicht so, als wüsste er, wovon ich spreche. »Von diesem Actionthriller?«, erinnere ich ihn. »Ich hab dir davon erzählt.«

»Ach ja!« Dad tut zumindest so, als würde er sich erinnern, doch ich habe das dumpfe Gefühl, dass dem nicht so ist. Wahrscheinlich hat er momentan auch viel anderes im Kopf. »Das klingt aber wichtig. Brauchen sie dich da nicht?«

»Faiza schafft das schon allein. Bei so wichtigen Klienten darf ich bisher sowieso nur unter Aufsicht arbeiten.«

»Und diese Faiza braucht keine Aufsicht?«

»Faiza ist meine Chefin«, erinnere ich ihn etwas irritiert. Zumindest das hätte er sich schon merken können.

»Stimmt ja«, meint er kühl, und ich verziehe das Gesicht. Ich wollte ihm nicht auf die Füße treten.

Dad füllt zwei Teller und stellt sie auf den Tisch. Sein freudiges Lächeln von vorhin ist verblasst und wirkt aufgesetzt. Seine Brauen sind kaum merklich zusammengezogen, was ihm einen unzufriedenen Ausdruck verleiht.

Eigentlich wollte ich nicht gleich mit der Tür ins Haus fallen, doch ich schätze, es macht nicht viel Unterschied, ob ich das Thema jetzt anspreche oder später.

»Was genau war denn gestern los?«, wage ich zu fragen und nehme den Löffel, den er mir hinhält.

Dads Miene verfinstert sich weiter. »Sally weiß nicht, was sich gehört, das war los!«

»Aber es stimmt, dass du barfuß am Strand warst?«

»Ich habe nur einen Spaziergang gemacht, Riven.« Er schaut mich dabei nicht an, sondern wendet sich demonstrativ wieder dem Herd zu, um in dem Topf zu rühren, den er längst von der heißen Platte gezogen hat.

Ich zögere. Dass Dad so abweisend reagiert, bin ich nicht gewohnt. Und damit bestätigt er ungewollt, was Leevi mir gestern erzählt hat. Ich würde meinem Vater nie böse Absichten unterstellen. In diesem Moment allerdings bin ich mir sicher, dass Leevi die Wahrheit gesagt hat und Dad sie mir nicht sagen *will*. »Zu was für einem Spezialisten genau hat der Arzt dich geschickt?«

Er schnaubt. »Hab ich mir nicht gemerkt. Irgendein Arzt in Campbell River. Ich fahre doch nicht drei Stunden, nur damit der mir sagt, dass alles in Ordnung ist!«

»Wir könnten einen Ausflug daraus machen«, schlage ich vor. »Campbell River ist echt schön. Ist da nicht auch dieses saisonale Aquarium?«

»Das ist zu«, behauptet Dad. »Die lassen im September alle Tiere wieder frei. Da waren wir schon mal mit euch.«

»Stimmt, das weiß ich noch. Jenna durfte einen Seeigel freilassen.«

»Ja. Und Jaspar hatte diesen Oktopus, vor dem er sich furchtbar geekelt hat.«

Ich muss lachen. »Er hatte Angst, dass ihn das Ding aus Rache für die Gefangenschaft anspringt, sobald er es freilässt. Aber er wollte es auch nicht abgeben.«

Er schnaubt. »Das Drama werde ich nie vergessen. Der arme Aquariummitarbeiter, der ihm helfen sollte, hatte jedenfalls mehr Probleme mit deinem Bruder, als ihm der Oktopus je hätte machen können.« Dad grinst verschmitzt und setzt sich endlich zu mir. »Wie geht's Jaspar? Er lässt so selten von sich hören.«

Ich verbringe das Abendessen damit, Dad auf den neuesten Stand zu bringen. Nicht dass ich in letzter Zeit besonders viel Kontakt zu meinen Geschwistern gehabt hätte. Aber durch den

Familienchat bekomme ich immerhin das Wichtigste mit. Meinen Vater mal anzurufen, scheint allerdings keiner von ihnen für nötig zu halten. Er wusste noch nicht mal von Jaspars Beförderung zum Projektleiter, und die ist fast ein Jahr her. Dieses Detail enthalte ich ihm besser vor. Vielleicht tut es dann ein bisschen weniger weh.

Ich weiß, dass Jas, Naemi und Jenna selbst viel Stress haben. Genau wie Mom und ich sind sie karrierefokussiert und eigentlich immer am Arbeiten. Aber wenigstens ein Mal im Monat könnte man doch seinen Vater anrufen, oder? Ist das zu viel verlangt?

Dad hingegen scheint deswegen keinen Groll zu hegen. Er hört mir aufmerksam zu, stellt Nachfragen und erkundigt sich nach Rosie. Das Gespräch beruhigt mich. Er wirkt ganz normal. Wie immer. Wie früher. Zugewandt, herzlich und zumindest geistig fit. Trotzdem wäre es mir lieber, er würde sich durchchecken lassen. In seinem Alter sind Vorsorgeuntersuchungen besonders wichtig, auch wenn er das nicht einsehen will.

Als ich aufgegessen habe, huscht Dad doch aus der Küche, um oben mein Zimmer herzurichten. Kopfschüttelnd räume ich unterdessen die Teller in die Spülmaschine und die Arbeitsplatte auf, die noch immer voller Gemüse, Gewürzdosen und leerer Konserven steht. Bis Dad wiederkommt, ist die Küche blitzblank. Nur die heißen Töpfe mit den Resten stehen noch auf dem Herd. Er holt eine Packung Chips aus dem Vorratsschrank und wedelt damit.

»Gleich läuft *CSI: Miami*. Was sagst du?«

»Klar! Klingt gut.« Dad schaut diese Serie schon seit meiner Kindheit. Dass er ihrer noch nicht überdrüssig geworden ist, ist ein Wunder. Dabei müsste er längst alle Folgen in- und auswendig kennen.

Er klemmt sich die Getränkeflaschen unter den Arm, schnappt sich unsere Gläser und verschwindet ins Wohnzimmer. Kein Wort darüber, dass ich die Küche aufgeräumt habe.

Ich runzle die Stirn. Es ist nicht so, dass ich ein Danke erwarte. Zumindest nicht, weil ich es brauche. Für mich ist es selbstverständlich, im Haushalt zu helfen. Ich erwarte es, weil Dad sich *immer* für so etwas bedankt. Doch diesmal ist es ihm augenscheinlich nicht mal aufgefallen.

Ich schüttle den Gedanken ab. Wahrscheinlich sorgen die Ereignisse von gestern dafür, dass ich zu viel in solche Kleinigkeiten hineininterpretiere. Vielleicht hat Dad es einfach als selbstverständlich gesehen, dass die Küche sauber ist, und nicht weiter darüber nachgedacht.

Der Fernseher läuft schon, und ich hole auf dem Weg zum Sofa mein Handy aus meiner Manteltasche. Im Laufe des Tages haben sich einige Nachrichten angesammelt. Ein Update von Faiza, belangloses Geplänkel von ein paar Freunden, eine von Mom. Ich beschließe, sie später zu lesen, und öffne nur die neueste, die vor dem Essen noch nicht da war. Von Leevi.

Er hat auf mein Kaninchen-Emoji mit einem Gif reagiert. Darin hoppelt das weiße Kaninchen aus dem uralten *Alice im Wunderland*-Film mit seiner riesigen Taschenuhr durch die Gegend und beschwert sich darüber, dass es schon so spät sei. Ich schicke ein lachendes Emoji zurück und setze mich zu Dad aufs Sofa, der gerade durch die Programme zappt.

Leevi sieht die Nachricht sofort. Binnen Sekunden antwortet er, und mein Herz macht einen nervösen Hüpfer.

Leevi: Warum ein Kaninchen?

Riven: Weil ich es süß finde.

Leevi: Verstehe.

Dann schreibt er nichts mehr. Ich weiß nicht, was ich erwartet habe. Scheinbar mehr als das, denn eine leise Enttäuschung macht sich in mir breit. Ich lege das Smartphone beiseite und ziehe eine Decke über meine Beine. Dad geht noch mal in die Küche, um eine Schüssel für die Chips zu holen, die er füllt und zwischen uns stellt. Dann beginnt auch schon das Intro der Serie.

Mein Handy vibriert und zeigt mir eine neue Nachricht von Leevi an. Diesmal besteht sie nur aus einem einzigen Zeichen: einem viel zu niedlichen Robben-Emoji. Ich muss lächeln.

Riven: Du hast einen guten Geschmack.

Leevi: Sicher? Vielleicht habe ich eine Kommode voller Goldkettchen.

Riven: Das glaube ich erst, wenn ich es sehe.

Leevi: Ich kann dir leider nicht anbieten, sie dir zu zeigen, ohne creepy zu klingen.

Riven: Das stimmt, aber es wäre immer noch besser, als wenn du fragen würdest, ob ich mal einen echten Hasen sehen will.

Leevi: Mist, das wollte ich als Nächstes schreiben. Wie geht's deinem Dad?

Riven: Soweit ich das beurteilen kann, gut. Wir schauen CSI: Miami.

Leevi: Freiwillig?

Riven: Ich fürchte schon.

Leevi: Alles klar. Das mit dem guten Geschmack bleibt dann wohl mir überlassen. ☺

Riven: Ich wette, Lieutenant Horatio Caine wäre sehr interessiert an deiner Goldkettchensammlung.

Leevi: Nachvollziehbar. Zu seinem Glück teile ich gern. Dann mal viel Spaß euch. Sag Bescheid, falls du und dein Dad ein paar Serienempfehlungen braucht.

Riven: Das Angebot nehme ich gerne an. Sogar ich kenne die Folge hier schon auswendig.

Leevi: Alles klar. Die Not ist also groß. Ich schreib morgen 'ne Liste. 😊 Gute Nacht!

Er schickt erneut ein Robben-Emoji, und ich muss schmunzeln. Ich erwidere die Verabschiedung mit einem Kaninchen, lege mein Handy beiseite und versuche, das Bild von Leevi mit Goldkettchen aus meinem Kopf zu kriegen. Oder das Bild von Leevi einfach so. Leevis Gesicht. Leevis Augen. Leevis leicht gelockte Haare …
    Mit mäßigem Erfolg.

Kapitel 3

RIVEN

Die Nacht in meinem alten Kinderzimmer war die erholsamste seit Langem. Obwohl das Bett winzig ist und knarzt, habe ich geschlafen wie ein Stein. In diesem Haus zu liegen, auf dieser Insel, hat etwas Beruhigendes.

Durch die geschlossenen Fenster hört man nicht wie gewohnt Krankenwagen, deren Sirenen scheinbar durchgehend durch die Straßen Torontos hallen. Da ist kein Verkehr, keine Menschenmengen, kein Baulärm oder laute Lieferwagen. Stattdessen sind da nur das leise Meeresrauschen und der Wind, der an den alten Fensterläden rüttelt.

Über meinem Bett hängt noch immer ein Baldachin aus Tüll, den Dad für mich vor vielen Jahren mit zahllosen selbstleuchtenden Sternen beklebt hat. Wenn ich nicht schlafen konnte, habe ich sie als Kind stundenlang angestarrt und versucht, sie zu zählen.

Dad selbst hat sein Zimmer nur zwei Türen weiter auf der anderen Seite des Flurs. Es ist schön, ihn in meiner Nähe zu wissen. Alles fühlt sich so vertraut an. Heimelig. Sicher.

Dank der drei Stunden Zeitverschiebung zwischen hier und Toronto bin ich gestern früh ins Bett und konnte ausschlafen. Jetzt liege ich mit dem Laptop auf dem Sofa und arbeite Faizas E-Mails ab, während Dad um mich herumwuselt und das Haus putzt. Er schüttelt die Decken aus und legt sie ordentlich zusammen, saugt Staub, wischt die Schränke und Regale ab, gießt die Blumen und räumt den Couchtisch auf. Nicht dass dort viel gelegen hätte. Aber die wenigen Habseligkeiten werden dennoch genauestens sortiert. Während ich gestern fast glaubte, sein Ordnungsdrang hätte sich in den letzten Jahren verabschiedet, scheint er heute noch stärker zu sein, als ich es gewohnt bin.

»Ist das Arbeit oder Vergnügen?« Er ist vor mir stehen geblieben, den Staublappen in der Hand, und beäugt meinen Computer.

Ertappt schaue ich zu ihm hoch, woraufhin Dad skeptisch die Brauen hebt. »Arbeit«, gestehe ich. »Aber es ist nicht mehr viel. Nur noch ein paar Mails und dann die Unterlagen, die ich für Faiza vorbereiten muss.«

»Warum musst du Unterlagen vorbereiten, wenn du Urlaub hast?«

»Na ja ... ich *muss* nicht«, winde ich mich heraus. »Aber sie braucht die.«

»Dann soll sie es selbst machen, würde ich sagen.«

Ich verkneife mir mein nächstes Argument – dass ich ihr das ja schuldig bin, nachdem ich so kurzfristig abgehauen bin. Er soll nicht denken, dass ich ihn dafür verantwortlich mache. Außerdem muss ich mir dann sicher wieder anhören, dass ich ja gar nicht hätte kommen brauchen.

»Es ist nicht so viel«, versichere ich ihm.

»Willst du das nicht lieber lassen? Schau doch stattdessen fern oder lies ein Buch. Du weißt ja, wo meine Sammlung ist.« Er nickt zu dem Holzschrank an der Wand, schnappt sich seinen Putzeimer und stiefelt die Treppe hoch.

Eigentlich hat er recht. Ich stelle den Laptop beiseite und gehe rüber zum Schrank. Im Inneren reihen sich Dads uralte, zerfledderte Taschenbücher eng aneinander. So wie ich ihn kenne, alles Klassiker. Ich sehe *Sturmhöhe, Vom Winde verweht, Jane Eyre, Stolz und Vorurteil, Das Bildnis des Dorian Gray, Der große Gatsby*. Kaum zu glauben, dass Dad die alle gelesen hat. Wahrscheinlich sogar mehrmals, denn als ich eines von ihnen aus dem Regal ziehe und aufschlage, finde ich darin haufenweise an den Rand gekritzelte Anmerkungen, teils mit unterschiedlichen Stiften.

Die Treppenstufen hinter mir knarzen, als Dad wenig später wieder runterkommt. »Hast du was gefunden?«, fragt er und tritt neben mich.

»Du hast ganz schön viel Auswahl«, gestehe ich. »Ich wüsste gar nicht, wo ich anfangen soll.«

»Na, warte mal.« Er stellt seinen Eimer ab und lässt einen Finger über die Buchrücken wandern. Immer wieder zieht er einzelne hinaus, bis er mir einen kleinen Stapel überreicht. »Ich glaube, die könnten dir gefallen.«

Zweifelnd nehme ich sie entgegen. Ganz obenauf liegt *Die Wellen* von Virginia Woolf. Ich schiebe es beiseite und entdecke darunter *Am grünen Rand der Welt* von Thomas Hardy.

»Eins meiner Lieblingsbücher«, sagt Dad stolz und deutet darauf. »Aber leider sehr lang. Das ist vielleicht nicht das Richtige für den Einstieg. *Vom Winde verweht* hätte ich dir ja empfohlen, aber na ja ... tausend Seiten.«

Mir entweicht ein Schnauben. »Das könnte ich dir dann in zehn Jahren zurückbringen.«

»Ach was.« Er grinst und verschwindet wieder in die Küche. Ich setze mich mit den Büchern aufs Sofa und entscheide mich nach einigem Überlegen dazu, mit *Die Wellen* anzufangen. Der Klappentext klingt spannend, doch leider komme ich nur schleppend voran. Die Sprache ist ungewohnt, und ich versuche ständig vergeblich, aus Dads Anmerkungen am Rand schlau zu werden. Wahrscheinlich versteht man sie nur, wenn man das Buch selbst schon mal gelesen hat, weshalb ich sie irgendwann ignoriere. Das Einzige, was mich jetzt noch ablenkt, ist Dad selbst, der wie ein aufgescheuchter Bienenschwarm um mich herumschwirrt. Sitzt er auch mal still? Oder putzt er immer den ganzen Tag?

Ich hebe den Kopf, um ihm eine Pause vorzuschlagen, stocke jedoch. Mein Vater steht am Fenster und gießt seelenruhig die Blumen. Eine nach der anderen, von rechts nach links.

Genau wie vorhin schon.

Ein mulmiges Gefühl macht sich in mir breit, und ich lege leise den Roman beiseite. »Wie oft müssen die eigentlich gegossen werden?«, frage ich betont beiläufig.

Ich bin so eine schlechte Schauspielerin, doch Dad scheint meinen Tonfall nicht zu bemerken. »Einmal die Woche.«

»Nur so selten?«

»Orchideen brauchen nur einen Schluck. Sie mögen es nicht so nass.«

Zögerlich stehe ich auf und trete neben Dad ans Fensterbrett. Die gelbe Orchidee mit den pinkfarbenen Sprenkeln in der Mitte der Blüte sieht als eine der wenigen noch völlig gesund aus. Vorsichtig nehme ich sie aus ihrem Übertopf.

»Was machst du da?«, will mein Vater wissen. Es plätschert leise, und ein Blick in den Topf verrät mir, dass darin zentimeterhoch das Wasser steht. Einen Moment lang verharre ich nur und starre die tropfende Pflanze an.

Mir fällt es schwer, einen klaren Gedanken zu fassen. In meinem Inneren hat sich alles verknotet. Langsam wende ich mich Dad zu, der einen unlesbaren Gesichtsausdruck aufgesetzt hat.

»Da hab ich wohl zu viel reingekippt«, behauptet er und will bereits die nächste Orchidee gießen.

»Dad«, halte ich ihn zurück. Widerwillig sieht er mich an.

Ich verziehe das Gesicht. Wie soll ich dieses Gespräch anfangen? Was, wenn er sich wieder nur rausredet? Oder steigere ich mich gerade rein? Tief atme ich durch. »Wann hast du zuletzt gegossen?«, will ich wissen.

Er zuckt ratlos mit den Schultern. »Vor einer Woche.«

»Sicher? Das war das letzte Mal, dass du diese Gießkanne in der Hand hattest?«

Er runzelt die Stirn. Sein Blick huscht durchs Zimmer, als würde er nach einem Anhaltspunkt suchen, der ihm dabei hilft, sich zu erinnern. Kurz öffnet er den Mund, sagt aber nichts.

»Du hast erst vor einer Stunde gegossen«, sage ich leise und stelle die Orchidee in den Topf zurück.

Seine Augen weiten sich. Sein Mundwinkel zuckt verräterisch. »Ja!«, erwidert er trotzig. »Das weiß ich wohl!«

»Ich habe dich aber gerade gefragt, wann du das letzte Mal gegossen hast, und du …«

»Ich dachte, du meintest die Frage anders.« Er sagt es so ruppig, dass es keinen Widerspruch zulässt, und wendet sich energisch ab.

Es sticht.

Es sticht wie Hölle, weil Dad mich noch nie derart enttäuscht hat und mir gleichzeitig die Angst um ihn ihre eiskalten Klauen in den Nacken gräbt. Gänsehaut überzieht meine Arme, und ich straffe die Schultern, um mir selbst Mut zu machen. Jetzt keinen Rückzieher. Egal, wie schwer es ist. Wir müssen da durch. Genau deshalb bin ich hergekommen, oder? Ich war darauf vorbereitet. Halbwegs …

»Du könntest mir wenigstens die Wahrheit sagen«, bringe ich hervor. Meine Stimme zittert. Ich bemühe mich, sie ruhig zu halten. »Und mich nicht belügen, Dad.«

Er erstarrt mitten in der Bewegung. Seine Hand verkrampft sich um den Griff der Gießkanne, und mir wird schlecht.

Es ist eine heftige Anschuldigung, die ich ihm da an den Kopf gedonnert habe. Wir waren immer ehrlich zueinander, das war einer der Grundpfeiler unserer Beziehung. Doch gerade bin ich mir sicher, dass er mir etwas vormacht. Ich habe es in seinem Gesicht gesehen, ebenso deutlich, wie ich ihm fast jedes Gefühl von den Augen ablesen kann. Ich kenne ihn zu gut, als dass er so etwas vor mir verbergen könnte.

»Ihr tut alle so, als wäre ich krank, nur weil mein altes Hirn hin und wieder einen kleinen Aussetzer hat.« Weiterhin hat er mir den Rücken zugewandt. Seine Stimme ist leise, und er rührt sich nicht.

»Ich habe nicht gesagt, dass du krank bist«, widerspreche ich so ruhig wie möglich. »Aber ich glaube auch nicht, dass es normal ist, sich nicht daran zu erinnern, was man vor einer Stunde getan hat, oder sich im Oktober barfuß und ohne Jacke an den Strand zu stellen. Leevi hat gesagt, du verirrst dich auch manchmal. Was ist, wenn das im Winter passiert, Dad? Wenn dich mal niemand findet? Wie sollen wir sicher sein, dass so was nicht passiert, wenn wir gar nicht wissen, woran es liegt? Willst du denn keine Klarheit haben?«

Er braucht eine schmerzhafte Ewigkeit für die Antwort. Ich starre auf seinen Rücken und zwinge mich zum Atmen. »Nein«, erwidert Dad schließlich so leise, dass ich es fast nicht höre. »Will ich nicht, Riven.«

Der Unterton, der in seiner Stimme mitschwingt, bricht mir das Herz. Denn erst jetzt erkenne ich, was er unter all dem Trotz verborgen hat. Furcht.

Langsam trete ich an Dad heran und umarme ihn von hinten. Ich schlinge die Arme eng um seine Mitte und lehne meine Wange an seinen Rücken. Meine Finger zittern, und er legt seine freie Hand fast schon zögerlich über sie.

»Sich nicht damit zu befassen, ist keine Lösung«, flüstere ich. »Wirklich nicht. Es macht alles nur noch schlimmer. Bitte lass mich einen Termin in dieser Klinik für dich ausmachen.«

Er braucht wieder eine ganze Weile. Dann spüre ich endlich, wie er nickt. Sein Widerwillen ist ihm deutlich anzumerken, doch wenigstens stimmt er zu. »Ich habe mir den Namen nicht gemerkt«, gesteht er mit rauer Stimme. »Am besten, du rufst in der Arztpraxis in Port McNeill an und fragst nach. Ich denke, die regeln das.«

LEEVI

Mein Handy lässt mich aus dem Schlaf hochschrecken. Es vibriert auf meinem Bauch, begleitet von dem Standardklingelton und einem entnervten Aufstöhnen neben mir.

»Leevi, Mann, ich will den Film sehen!«

Ich blinzle gegen das Licht des Fernsehers an. Tommy hat den Blick auf den Bildschirm geheftet, auf dem ein Blockbuster aus dem letzten Jahr läuft, und vermutlich nicht mal bemerkt, dass ich eingeschlafen war. Müde reibe ich mir die Augen und schaue aufs Display. Kurz nach neun, und Riven ruft an.

Sofort bin ich wach, rapple mich aus dem Bett auf und husche mit wenigen Schritten aus dem Zimmer. Ich drücke auf *Annehmen*, während ich die Tür hinter mir schließe, und unterdrücke gleichzeitig ein Gähnen.

»Hey.« Ich muss mich räuspern, um die Heiserkeit loszuwerden. »Alles okay?«

»Hi.« Rivens Stimme jagt mir Gänsehaut über die Arme. Sie klingt aufgewühlt. Und nicht auf eine gute Art. »Tut mir leid. Hab ich dich etwa geweckt?«

Wie hat sie das denn jetzt rausgefunden? Großartig. Ich hatte eigentlich nicht vor, mich gleich als Opa zu outen, der normalerweise um acht ins Bett geht. »Ich bin beim Filmschauen eingeschlafen, also alles gut.« Ich lehne mich an den Türrahmen und fahre mir durch die Haare. Durch das Holz meiner Zimmertür höre ich leise die Filmmusik dudeln. »Warum rufst du an?«

»Verzweiflung?«, scherzt Riven halbherzig, und in mir zieht sich alles zusammen. Ich will nicht, dass es ihr schlecht geht, und ich sehe mich schon halb die Treppe runterhasten, die Autoschlüssel schnappen und zu ihr fahren. »Kann ich dich noch mal um einen Gefallen bitten?«, hält sie mich zurück.

»Immer«, erwidere ich ernst.

»Also ... ich habe Dad heute dazu überredet, einen Termin bei dieser Gedächtnisklinik auszumachen.«

»Okay. Das ist gut, oder nicht?«

Riven seufzt. »Ja. Aber auch beängstigend. Wir sollen direkt einen ganzen Tag einplanen, und ... es klingt so ernst. Oh Gott, ich kann gar nicht darüber nachdenken.«

»Das ist bestimmt Routine«, beschwichtige ich sie. »Sie wollen ihn eben möglichst genau unter die Lupe nehmen.«

»Ich hoffe es.«

Ich warte darauf, dass sie noch etwas sagt, doch Riven schweigt. »Und um was für einen Gefallen geht es?«, frage ich.

Sie zögert. »Ich weiß ja, dass deinem Vater der Ford heilig ist, aber ... könnten wir Bert vielleicht für den Termin am Montag leihen? Dad weigert sich, Sally um Hilfe zu bitten und sie nach ihrem Pick-up zu fragen. Ich passe auch gut darauf auf, ich schwöre.«

Ich runzle die Stirn. Dad verleiht den Wagen wirklich nicht leichtfertig – erst recht nicht an Mr. Williams. Dass Riven lieber uns fragt als Sally, wundert mich. Noch dazu ist es ein ganz schönes Stück bis nach Campbell River. »Wie lang braucht ihr ihn denn? Montag und Dienstag?«

»Nur am Montag. Wir fahren morgens hin und abends wieder nach Hause.«

»Du willst danach noch fahren?« Meine Sorge ist mir vermutlich deutlich anzuhören.

»Klar. In der Klinik dauert es höchstens bis achtzehn Uhr. Also sind wir spätestens um neun zu Hause.«

»Trotzdem ist es da schon dunkel«, gebe ich zu bedenken. »Und ihr hattet sicher einen anstrengenden und wahrscheinlich ziemlich aufwühlenden Tag.«

Und was macht sie, wenn sie im Krankenhaus schlechte Neuigkeiten bekommen? Wenn Mr. Williams wirklich eine schlimme Krankheit hat? Wie soll Riven sich dann noch drei Stunden lang auf die Straße konzentrieren? Sicher wird sie sich auch schon auf der Hinfahrt Sorgen machen, und das wiederum macht mir welche. In so einem Zustand sollte man nicht Auto fahren. Der Klinikbesuch wird stressig genug, sie muss sich nicht auch noch mit dem Verkehr herumschlagen.

Riven seufzt. »Ich weiß, dass es ungünstig ist, aber Dad möchte nicht im Hotel übernachten. Es wird schon gehen. Notfalls machen wir eine Pause oder so. Ich bin sowieso ein bisschen aus der Übung, was Autofahren angeht, deswegen … Oh, Mist, das hätte ich besser nicht sagen sollen, oder? Aber ich passe wirklich gut auf den Wagen auf, ich verspreche es!«

Ich muss schmunzeln. »Das glaube ich dir. Darf ich trotzdem einen Gegenvorschlag machen?«

»Natürlich darfst du.«

»Wie wär's, wenn ich euch fahre?«

Kurz stockt Riven. »Was? Aber … das dauert den ganzen Tag! Das musst du wirklich nicht, Leevi.«

»Das stört mich nicht. Ehrlich gesagt ist mir das lieber, als dass du dir all diesen Stress machst. Und eure Chancen, dass Dad euch den Wagen überlässt, steigen damit exorbitant an.«

»Wie standen sie denn vorher?«

Muss sie das wirklich erst fragen? »Ganz ehrlich? Ich schätze, seine Antwort wäre irgendwo zwischen ›Nur über meine Leiche‹ und der pochenden Ader an seiner Stirn gewesen.«

»Das sind schlechte Aussichten«, gesteht sie.

»Leider ja. Also?«

»Wenn das wirklich in Ordnung für dich ist?« Die Frage klingt zurückhaltend. Typisch Riven.

»Sonst hätte ich es nicht angeboten. Ich gehe kurz runter und rede mit Dad, dann melde ich mich noch mal, ja?«

Riven atmet tief durch. »Danke, Leevi. Und sag auch deinen Eltern vielen Dank von mir.«

»Klar. Mach ich. Bis gleich.« Ich lege auf und muss mich einen Moment lang sammeln. Der Gedanke daran, mehrere Stunden neben Riven in diesem Auto zu sitzen, macht mich ungewohnt nervös. Daran, wieder ihr angenehm süßlich-würziges Parfum zu riechen, das mir gestern die ganze Fahrt über in der Nase hing. Ihre Stimme direkt neben mir zu hören. Ihren Blick auf mir zu spüren …

Mann, Leevi, reiß dich zusammen! Hier geht es um einen freundschaftlichen Gefallen! Nicht um deine schrägen Fantasien. Außerdem wird ihr Vater mit im Wagen sitzen. Sehr romantisch, wirklich. Und vorher muss ich erst mal *meinen* Vater davon überzeugen, dass ich mit dieser Aktion keinen Hochverrat an unserer Familie begehe.

Ich lasse Tommy weiter in Ruhe den Film schauen und husche die Treppe runter zum Wohnzimmer. Durch die geschlossene Tür höre ich schon den Fernseher, und drinnen erwartet mich ein vertrauter Anblick. Mom und Dad sitzen auf dem Sofa. Sie hat die Beine auf seinem Schoß und strickt, seine liegen auf dem Couchtisch, wo eine Flasche seines alkoholfreien Biers steht.

»Dad?« Ich trete hinter das Sofa und stütze mich mit den Ellbogen zwischen den beiden auf der Rückenlehne ab.

»Hm?«, brummt er. Müde dreht er den Kopf zu mir und schaut mich an. Ihm fallen fast die Augen zu, seine kurzen grauen Haare sind zerzaust. Kein Wunder nach dem Tag heute. Der Wind auf See war stärker als sonst, und wir hatten ordentlich zu kämpfen, um die Netze bei dem Wellengang einzuholen.

Mom lässt interessiert ihre Stricknadeln sinken. Sie hat Tommy vorhin, als er kam, dazu genötigt, sich Wolle auszusuchen, aus der sie jetzt ein überdimensionales Paar Socken für seine Riesenfüße strickt. Als hätte sie nicht längst die ganze Insel mit einem lebenslangen Sockenvorrat versorgt. »Ist Tuomas etwa schon gegangen?«, will sie wissen und wirkt enttäuscht. Ich verdrehe innerlich die Augen. Bis heute hat sie sich nicht daran gewöhnt, ihn einfach Tommy zu nennen, so wie alle anderen auch.

»Nein, der ist oben.«

»Ah. Gut. Was ist los?«

Ich wende mich wieder meinem Vater zu. »Ich bräuchte zwei Gefallen.«

Skeptisch zieht er die Brauen zusammen. »Ah ja?«

»Ich muss Montag frei machen und hätte gern den Wagen.« Ich formuliere es ganz bewusst nicht als Frage. Früher habe ich das, aber in neunundneunzig Prozent der Fälle reagiert Dad darauf mit einem Nein. Dabei ist er nicht mal mein Chef. Zwar hat er das letzte Wort, aber wir sehen uns grundsätzlich als gleichberechtigt an. Das war eine meiner Bedingungen, als ich nach der Highschool all meine Träume begraben habe, um seine am Leben zu halten.

»So, so, musst du das?«, fragt er hörbar abgeneigt.

Ich zögere einen Moment, da es mir eigentlich nicht zusteht, ihm von Mr. Williams' Klinikbesuch zu erzählen. Doch hätte Riven ihn so nach dem Wagen gefragt, wäre das wohl auch als Argument gefallen. »Ich fahre Mr. Williams nach Campbell River, für einen Arztbesuch.«

Das bringt Dad einen Moment aus dem Takt. »Du tust *was*?«, blafft er. »Seit wann bist du sein Chauffeur?«

»Bin ich nicht«, erwidere ich ruhig. »Aber er hat eine Untersuchung dort und braucht meine Hilfe.«

»Du hast doch gestern erst seine Tochter vom Flughafen abgeholt. Soll sie ihn doch hinbringen.«

»Ich will ihn und Riven danach nicht noch so weit fahren lassen.«

Mit grimmiger Miene streicht er sich durch den Bart und schüttelt den Kopf. »Und was ist mit unserer Arbeit? Soll ich allein rausfahren, oder was?«

»Das sollst du auf keinen Fall, Dad. Du könntest ja auch mal eine Pause machen, wie wär's? Ich weiß, das ist dir ein Fremdwort, aber es könnte dir guttun.«

Ein harter Zug legt sich um seine Mundwinkel, und er wendet das Gesicht wieder dem Fernseher zu. »Solange die Saison nicht zu Ende ist, müssen wir einholen, was wir nur können. Wann verstehst du das endlich, Leevi?«

»Wir machen aktuell kaum Ertrag, Dad. Der eine Tag wird wohl kaum …«

»Genau deswegen ist ja jeder Tag so wichtig!«, unterbricht er mich. »Geld wächst verdammt noch mal nicht auf Bäumen!«

Leider schwimmt es aber auch nicht mehr im Meer.

Ich verkneife mir die Erwiderung. »Dann fahren wir dafür eben am Samstag raus«, biete ich ihm einen Kompromiss an.

»Das sollten wir ohnehin tun«, murrt er.

Mom schüttelt sofort den Kopf, was ihre kurzen rotbraunen Locken in Bewegung bringt. »Leevi hat recht, Bernard! Erholung ist wichtig! Wenn du Montag frei hast, könnten wir ja endlich mal wieder in die Stadt fahren!«

Ich glaube, das ist für meinen Vater so ziemlich das Gegenteil von Erholung. »Leevi braucht den Wagen«, erinnert er sie zerknirscht.

»In Port McNeill fährt sicher ein Bus!«

Ich glaube, sie hätte ihm genauso gut vorschlagen können, hinzuschwimmen. Oder wahlweise über tausend Nagelbretter bis in die Stadt zu kriechen. Dementsprechend empört schaut Dad sie jetzt an.

»Ihr findet schon was«, versuche ich mich aus dem Gespräch zu ziehen.

»Warum muss Richard überhaupt in diese Klinik?«, will Dad wissen. »Kann er nicht hier untersucht werden?«

»Das geht uns nichts an, Schatz«, erinnert Mom ihn.

»Mein Wagen geht ihn auch nichts an, und den will er sich trotzdem leihen.«

»Du könntest ihn ja mal besuchen und ihn selbst danach fragen. Wenn du jetzt weißt, dass es ihm nicht gut geht …« Sie widmet sich wieder ihrer Wolle und lässt diesen abstrusen Vorschlag zwischen uns im Raum hängen. Mom und ich wissen beide nur zu gut, dass so etwas nicht passieren wird.

Dad schnaubt. »Schön. Nimm den Wagen. Ich muss sowieso das Netz mal wieder ordentlich flicken. Und das Deck schrubben.«

Ich drücke seine Schulter und versuche gar nicht erst, ihm das auszureden. Es wäre ohnehin zwecklos. »Danke. Und auch vielen Dank von Riven.«

Mom wird hellhörig. »Ihr habt also wieder Kontakt?«

»Ein bisschen«, winde ich mich.

»Oh, lad sie doch mal zum Essen ein! Und grüß sie lieb von uns!«

Dad grunzt abfällig, sagt aber nichts. Ich ignoriere es. »Mach ich.«

»Oh, und schickst du Tuomas noch mal rein, bevor er geht? Er muss die Socken anprobieren!«

Ich verspreche ihr auch das und rufe auf dem Weg nach oben Riven zurück. Fast sofort nimmt sie ab. »Schönen Gruß von meinen Eltern. Montag geht in Ordnung.«

»Oh, danke, Leevi!« Sie klingt ein wenig gelöster als vorhin. »Grüß sie zurück! Das ist wirklich lieb von euch allen, ich bin dir was schuldig.«

»Gar kein Ding, wie gesagt.«

»Du wohnst also noch zu Hause?«

Ich lehne mich mit dem Rücken gegen meine Zimmertür. Drinnen läuft der Film noch. Nachdem ich ohnehin die Hälfte verpasst habe, weil ich eingeschlafen bin, nehme ich es Tommy nicht übel, dass er nicht pausiert hat.

»Zwangsweise, ja. Hier auf der Insel eine kleine Wohnung zu finden, ist nicht so einfach.«

Und wir hätten sie auch nicht finanzieren können, aber das lasse ich mal außen vor. Normalerweise stört es mich nicht, noch hier zu wohnen. Ich komme gut mit meinen Eltern aus. Wir wechseln uns mit dem Haushalt ab, ich habe einen kurzen Arbeitsweg, und wir müssen uns weniger Sorgen ums Geld machen. Doch gerade hätte ich Riven lieber etwas anderes erzählt. Sie soll in mir nicht mehr den Jungen von damals sehen. Ich weiß nicht, warum, aber sie soll wissen, dass sie nicht die Einzige von uns beiden ist, die erwachsen geworden ist.

»Kann ich mir vorstellen«, meint sie. »Ich bin erst vor einem Jahr ausgezogen, als ich endlich mit dem Studium fertig war. In Toronto ist alles furchtbar teuer. Mittlerweile bereue ich es ein bisschen, mir statt der Wohnung keine WG gesucht zu haben. Es kann echt einsam werden.«

Ich muss mir unweigerlich vorstellen, wie Riven allein und niedergeschlagen in einer teuren Designerwohnung sitzt und sich langweilt.

Ob sie in solchen Momenten ihre Freunde anruft?

Ob sie nächstes Mal mich anrufen würde?

Oder vergisst sie mich wieder, sobald sie zurück in Toronto ist? Wird unsere Freundschaft hier wiederbelebt, oder ist es nur ein letztes Aufglimmen, bevor sie endgültig erlischt?

»Danke, dass du uns fährst«, sagt Riven in mein Schweigen hinein. Scheiße, ich hätte etwas auf ihre Aussagen erwidern sollen. Jetzt ist es zu spät. »Das bedeutet mir viel.«

»Ist doch selbstverständlich«, erwidere ich, und mir entkommt ein Satz, der sich anfühlt, als würde ich verzweifelt nach einem letzten Strohhalm greifen. »So macht man das unter Freunden.«

Kann man ein Lächeln hören? Auch wenn jemand nichts sagt? Ich bilde es mir zumindest ein. In meinem Magen flattert es, und zugleich fragt eine Stimme in meinem Inneren, was das sollte. *Freunde ...*

»Stimmt«, erwidert sie leise. »Ich schreibe dir noch mal wegen der Uhrzeit, okay?«
»Geht klar.«
»Gute Nacht, Leevi.«
Ich habe einen Kloß im Hals. »Nacht, Riven.«
Sie legt auf, und ich atme tief durch.
Warum wühlt mich ein simples Telefonat so auf? Warum rast mein Herz jetzt? Warum liegt mir dieses Wort von eben immer noch so schwer auf der Zunge?
Als ich wieder in mein Zimmer gehe, würdigt Tommy mich kaum eines Blickes. Er ist völlig auf den Fernseher fixiert. »Wo warst du, Mann?«, fragt er halb geistesabwesend. »Du hast so einen guten Dialog verpasst! Und die Kamerafahrt! Ich schwöre, das war so krass. Du musst dir den Film noch mal anschauen. Und ich akzeptiere kein Nein!«
»Tust du das jemals?«, frage ich und bewege kurz die Maus meines Laptops, der am Fernseher angeschlossen ist, bevor ich mich neben Tommy aufs Bett setze. Die Zeitanzeige leuchtet auf. Der Film geht nur noch zwanzig Minuten.
Verdrossen schaut er mich an, dann wird sein Blick plötzlich neugierig. »Mit wem hast du telefoniert?«
»Riven. Und Mom will, dass du gleich noch mal die Socken anprobierst.«
»Riven?« Grinsend wackelt er mit den Brauen. »Warum ruft sie dich an?«
Genervt verdrehe ich die Augen. »Sie wollte wissen, ob du schon erwachsen geworden bist. Ich hab ihr erklärt, dass das nie passieren wird.«
»Mhmmm«, macht er vielsagend. »Aber ich wette, Riven ist jetzt seeehr erwachsen. So alt-genug-zum-Daten-erwachsen. Und du auch, also ...«
Ich schlage ihn mit einem Kissen. »Halt die Klappe und schau deinen Film.« Mit seinen Andeutungen macht Tommy das Chaos in meinem Kopf nur noch schlimmer. Und das kann ich wirklich nicht gebrauchen.
»Schön«, meint er, zieht das Kissen an sich und schiebt es

sich hinter den Kopf. »Diesmal kommst du mir davon. Aber nur, weil der Film so fucking gut ist.«

»So gut, dass ich eingeschlafen bin«, gebe ich zu bedenken.

»Du schläfst ständig ein. Das ist kein Qualitätsmerkmal. Und jetzt Ruhe! Ich versteh hier kein Wort. Diese Dialoge, ich schwöre. Fucking Meisterwerk!«

Kapitel 4

RIVEN

Als Leevi den Ford nach fast drei Stunden Fahrt auf den Parkplatz der Klinik in Campbell River lenkt, durchströmt mich eine Mischung aus Angst und Erleichterung. Wenn wir heute Abend wieder nach Hause fahren, haben wir hoffentlich Gewissheit. Da drin erwarten uns Antworten. Vielleicht nicht die, die wir hören wollen, aber die, die wir brauchen, um unsere Leben wieder zu ordnen.

In den letzten Tagen sind mir immer mehr Eigenheiten an Dad aufgefallen, die er früher nicht hatte. Wie er beim Kochen oft sämtliche Schubladen öffnen muss, bevor er findet, was er sucht, obwohl bei ihm seit jeher eine Ordnung herrscht, die jedes Logistikzentrum neidisch machen würde. Wie er oft dieselben Fragen wiederholt, manchmal am selben Tag, manchmal kurz hintereinander. Wie er das Haus kein einziges Mal verlassen hat.

Er bekommt auch keine Anrufe. Keinen Besuch. Es ist, als hätte Dad sich völlig von den anderen Bewohnern der Insel abgeschottet, während früher das halbe Dorf bei uns ein und aus ging. Woran liegt das? Sind diese Beziehungen einfach im Sand verlaufen, oder hat Dad sie alle bewusst von sich gestoßen, um seine Probleme zu verheimlichen?

Allein der Gedanke ist mir unerträglich. Kein Mensch ist für Einsamkeit gemacht. Und Dad am allerwenigsten. Dass er nicht mal mehr mit seiner besten Freundin Sally spricht, tut mir im Herzen weh.

Ich begleite meinen grimmig dreinschauenden Vater in die Klinik, während Leevi im Auto auf uns wartet. Ich hoffe, er holt sich später wenigstens mal etwas zu essen in der Cafeteria oder setzt sich für eine Weile in ein warmes Café. Heute scheint zwar die Sonne, aber der Wagen wird trotzdem auskühlen, und ich will nicht, dass Leevi friert. Allein der Gedanke befeuert mein schlechtes Gewissen. Als wären die insgesamt sechs Stunden Fahrt heute nicht schlimm genug.

Die Frau an der Anmeldung lächelt freundlich und bittet uns, noch im Wartebereich Platz zu nehmen. Mit zusammengepressten Lippen schlurft Dad neben mir her und lässt sich wortlos auf einen der Stühle sinken.

Ich fürchte, der Tag wird lang werden. Und mehr als unangenehm für alle Beteiligten. Schon die Fahrt hierher hat sich angefühlt wie ein Spießrutenlauf. Dad war ungewohnt angespannt und leicht reizbar, weshalb Leevi den Small Talk schon nach kurzer Zeit aufgegeben und stattdessen das Radio eingeschaltet hat.

»Willst du was essen?«, frage ich Dad und setze mich neben ihn. Die Stühle sind nur dünn gepolstert. Es fühlt sich an, als würde ich direkt auf dem Plastik sitzen. Zu spät fällt mir wieder ein, dass Dad wegen der Blutabnahme ja gar nichts essen darf. Der Arme. Er muss am Verhungern sein, und ich erinnere ihn auch noch daran.

Er schüttelt nur den Kopf und zieht sich seine Mütze ab. Die hat er schon, seit ich denken kann. Früher haben ihn die anderen Kinder oft Mr. Holmes genannt, weil er mit ihr ein wenig aussieht wie Sherlock Holmes. Nur die Pfeife hat gefehlt und wird es auch immer tun. Mein Vater hielt noch nie etwas von Rauchen oder Alkohol. Jetzt gräbt er die Finger in den dunklen Stoff der Kappe, umklammert sie, als bräuchte er Halt.

Ich greife nach Dads Hand und drücke sie sanft. Er erwidert die Berührung halbherzig, fast schon resigniert. Ein paar Minuten sitzen wir schweigend so da. Ich schaue aus dem Fenster, vor dem sich orangerote Laubbäume im Wind wiegen, und Dad sieht hinunter auf den Boden.

Irgendwann halte ich die Stille nicht mehr aus und entziehe ihm meine Finger. Ich öffne meine Handtasche, in die ich neben den belegten Brötchen, die wir vorhin besorgt haben, einige von Dads Büchern gepackt habe. Die, die er mir letzte Woche empfohlen hat und von denen ich hoffe, dass er sie selbst auch mochte.

»Willst du vielleicht was lesen?«, frage ich und halte sie ihm hin. Ich dachte mir schon, dass er an den Zeitschriften, die links neben ihm ausliegen, kein Interesse haben wird.

Er schüttelt den Kopf und muss sich räuspern, bevor er antwortet. Schon den ganzen Morgen hat er kaum gesprochen. Das letzte Mal vor Stunden. »Nein, danke«, krächzt er. »Jetzt nicht.«

»Okay«, sage ich bemüht neutral, verstaue die Bücher wieder in meiner Tasche und lehne mich zurück. Erneut Schweigen. Verzweifelt versuche ich, es zu füllen. »Sag mal, wie geht es eigentlich …«

»Auch nicht reden, Riven«, unterbricht er mich leise, ohne mich anzuschauen. »Später, okay?«

Ich verkneife mir ein Seufzen. Will er die ganze Zeit über still vor sich hin starren? »Meinst du nicht, dass …« Ich stocke mitten im Satz. Ein Mann mittleren Alters im obligatorischen weißen Kittel ist hereingekommen und sieht uns an. »Mr. Williams?«, fragt er.

Wir stehen auf, und er schüttelt Dad die Hand. Der Fremde lächelt, mit der perfekten Mischung aus Freundlichkeit und Befangenheit. »Mein Name ist Dr. Peters. Ich bin heute für Sie zuständig, in Ordnung? Und Sie müssen die Tochter sein?« Er reicht mir ebenfalls die Hand, und ich versuche mich an einem Lächeln. »Wenn Sie mir gleich folgen würden, dann können wir alles Weitere besprechen. Es steht heute eine Reihe von Untersuchungen an, aber ich bin sicher, Sie kommen gut zurecht, Mr. Williams. Anfangen sollten wir vielleicht mit der Blutabnahme, damit Sie anschließend etwas essen können, und dann unterhalten wir uns ein wenig. Jetzt haben Sie noch viel Energie.«

Ich nicke bereits, doch mein Vater versteift sich. »Riven, warum wartest du nicht lieber mit Leevi?«, schlägt er vor. »Geht in ein Café und macht euch einen schönen Tag oder so.«
Verwirrt schaue ich ihn an. »Was? Ich hab doch gesagt, ich begleite dich.«
Dad erwidert nichts, doch sein Blick spricht Bände. Dazu der leicht missmutige Zug um seine Mundwinkel ... *Das will ich aber nicht*, scheint er zu sagen.
Dr. Peters schaut zwischen uns hin und her und gibt sich sichtlich Mühe, eine neutrale Miene aufzusetzen. »Wenn Sie die Untersuchungen lieber allein machen möchten, ist das natürlich in Ordnung. Aber ich bräuchte Ihre Tochter trotzdem für eine Fremdanamnese. Einfach nur ein kurzes Gespräch unter vier Augen. Vielleicht erledigen wir das direkt, während eine meiner Kolleginnen Ihnen das Blut abnimmt und Sie in Ruhe frühstücken.«
Dad nickt und lässt sich wieder auf den Stuhl sinken, ohne mich anzuschauen.
»Miss Williams, wenn Sie mir eben folgen würden?«
Ich bringe es nicht übers Herz, den Nachnamen zu korrigieren. Nicht jetzt, vor Dad. »Soll ich dir die Bücher dalassen?«, frage ich ihn und ziehe die Brötchentüte aus meiner Handtasche.
Er schüttelt den Kopf, nimmt sie mir aber trotzdem ab, und mir bleibt nichts anderes mehr übrig, als Dr. Peters durch einen langen Gang bis in sein Büro zu folgen.
Hinter einem großen Eichenschreibtisch nimmt er Platz. Ich setze mich ihm gegenüber und umklammere meine Handtasche ebenso fest wie Dad im Wartezimmer seine Mütze.
»Nehmen Sie es nicht persönlich«, rät Dr. Peters mir mit sanfter Stimme. »Für die Betroffenen ist es schwer, die körperlichen Veränderungen, die sie durchmachen, zu akzeptieren. Es verletzt oft den Stolz, wenn sie sich nicht mehr auf ihr Gedächtnis verlassen können. Ich bin sicher, Ihr Vater wird sich Ihnen wieder öffnen, sobald er das für sich selbst verarbeitet hat.«

Ich nicke nur, unfähig, etwas zu erwidern. Wahrscheinlich hat Dr. Peters recht. Aber das ändert nichts daran, dass ich mich furchtbar ausgeschlossen fühle. Fast ein bisschen verraten. Ich dachte, wenigstens mit mir wäre Dad offener.

Das letzte Mal habe ich so empfunden, als meine Eltern mir gesagt haben, dass mit der Scheidung auch ein Umzug ansteht – ans andere Ende des Landes. Die Erinnerung schmerzt bis heute.

»Es ist jedenfalls gut, dass Sie hier sind, denn Ihre Einschätzung ist wichtig, um die Symptome Ihres Vaters einzuordnen.« Er rüttelt an der Maus seines Computers und zieht die Tastatur näher zu sich heran. »Vielleicht beginnen wir erst einmal mit der Ausgangssituation. Was für ein Verhältnis haben Sie denn zu Ihrem Vater? Wohnen Sie noch zu Hause?«

Ich erzähle Dr. Peters alles, was ich weiß. Angefangen bei Dads genereller Zerstreutheit bis hin zu seinem unfreiwilligen Ausflug an den Strand, den ich nur aus zweiter Hand wiedergeben kann. Dr. Peters tippt meine Aussagen fleißig in den Computer ein und lässt sich dabei kein bisschen anmerken, ob sie ihn beunruhigen oder nicht.

Ich wünschte, er würde mir ein Zeichen geben. Mich irgendwie in seinen Kopf schauen lassen, sodass ich herausfinden kann, wie es um Dad steht.

Als er mir schließlich auf meine Nachfrage hin eine regelrechte Liste mit Untersuchungen herunterrattert, die Dad heute durchlaufen muss, wird mir schlecht. Lumbalpunktion, MRT, Ultraschall ... »Das ist alles nur Routine, oder?«, frage ich, während wir bereits zurück zum Wartebereich laufen.

Dr. Peters schenkt mir ein verständnisvolles Lächeln. »Für diese Symptomatik schon, ja.«

Und was soll das jetzt bedeuten? Ich schaffe es nicht mehr nachzufragen. Er ist bereits um die Ecke getreten und hat Dad aufgerufen. Dieser scheint sich im Verlauf der letzten halben Stunde noch mehr versteift zu haben. Keine Ahnung, wie Dr. Peters gleich in einem Gespräch etwas aus ihm herausbekommen will.

»Miss Williams, hinterlassen Sie doch am besten Ihre Telefonnummer beim Empfang. Wir werden Sie eine halbe Stunde, bevor Ihr Vater fertig ist, anrufen, ist das in Ordnung? Dann müssen Sie nicht den ganzen Tag hier sitzen.«

Ich nicke widerwillig und greife nach Dads Hand. Mit einem riesigen Kloß im Hals drücke ich seine Finger. »Ist das okay?«, krächze ich. »Ich kann auch hierbleiben.«

»Ist schon gut.« Schwach erwidert er den Druck und wirft mir noch einen flüchtigen Blick zu, bevor er Dr. Peters zum Büro folgt. Das mulmige Gefühl in meinem Bauch bleibt zurück.

Ich spiele mit dem Gedanken, trotzdem einfach im Wartezimmer zu bleiben. Doch wahrscheinlich würde mich meine innere Unruhe wortwörtlich auffressen, wenn ich untätig hier herumsitzen und Däumchen drehen müsste.

Wie besprochen hinterlasse ich am Empfang meine Handynummer und trete auf den Parkplatz. Eine frische Brise weht mir ins Gesicht, und ein paar Sonnenstrahlen, die sich durch das bunte Laub der Bäume kämpfen, wärmen meine Wangen. Der Ford steht noch da, und diese Tatsache erleichtert mich ungemein. Leevis Anwesenheit kommt mir vor wie ein Rettungsring, auf den ich mit ungeduldigen Schritten zueile. Doch das Führerhäuschen scheint leer zu sein. Macht er einen Spaziergang? Ob er sein Handy mitgenommen hat? Oder …

Gerade als ich ihm schreiben will, entdecke ich einen braunen Haarschopf, der am Beifahrerfenster lehnt. Ich trete ganz an den Wagen heran und sehe, dass Leevi die Beine auf der durchgehenden Sitzbank ausgestreckt hat, den Rücken gegen die Tür gelehnt, und liest.

Leise klopfe ich an die Scheibe, und er zuckt zusammen. Verwirrt dreht er sich zu mir um, und ich hebe mit einem verlegenen Lächeln die Hand.

Leevi setzt sich auf und öffnet mir die Tür. »Hey.« Er klingt verwundert. Sicher hat er genauso wenig wie ich damit gerechnet, dass ich so schnell wieder da bin.

»Hi. Tut mir leid, ich wollte dich nicht erschrecken.«

»Hast du nicht.« Aus dem Augenwinkel sehe ich, wie er ein Lesezeichen zwischen die Seiten seines Buches schiebt, doch sein Blick ruht weiter auf mir. Seine braunen Augen mustern mich, und ich sehne mich unweigerlich nach der Wärme, die in ihnen liegt. Schon wieder würde ich am liebsten auf der Stelle die Arme um Leevi schlingen und mein Gesicht an seiner Brust vergraben. Bei ihm fällt es mir leicht, mich sicher zu fühlen. Es ist einfach selbstverständlich. Und genau diese Sicherheit ist es, wonach ich mich gerade sehne.

»Warum bist du schon wieder da?«, fragt er vorsichtig.

Ich atme tief durch. »Dad will es allein machen.«

Ich wähle diese Formulierung ganz bewusst. Beziehe es nur auf ihn, nicht auf mich. In meinem Kopf jedoch lautet der Satz anders. Dort höre ich: Er will mich nicht dabeihaben. Und davon blutet mein Herz. Hier draußen fühle ich mich so hilflos und nutzlos wie noch nie zuvor.

Leevi rutscht zur Seite und klopft auf den freien Platz neben sich. Ich steige in den Wagen und schließe die Tür hinter mir. Das Rascheln der Blätter und der Lärm der nahen Straße verstummen fast. Die Geräusche werden gedämpft und die Sorgen in meinem Kopf im Gegenzug lauter. Nur Leevis Stimme übertönt sie noch.

»Was liest du da?«, wechsle ich das Thema. Wenn ich weiter über diese Klinik nachdenke, überstehe ich den Tag nicht.

Leevi hält mir das Buchcover entgegen, und mir entfährt ein kurzes Lachen.

»Wirklich?«

»Was genau ist daran so lustig?«, fragt er und zieht amüsiert eine Braue hoch. »Das ist ein Klassiker.«

Statt einer Antwort wühle ich in meiner Handtasche und krame kurz darauf eine ältere und sehr viel zerfledderte Ausgabe desselben Romans daraus hervor. *Am grünen Rand der Welt* von Thomas Hardy. Angeblich eins von Dads Lieblingsbüchern. Mit einem schelmischen Grinsen halte ich es Leevi entgegen.

Der starrt das Buch an, als hätte ich ihm soeben offenbart, dass ich eine professionelle Auftragskillerin bin und er als Nächster auf der Liste steht.

Er schaut zu mir, dann wieder auf den Roman. Ich habe schon die Befürchtung, etwas falsch gemacht zu haben, als Leevi schließlich staubtrocken sagt:

»Wenn du das gerade ernsthaft auch liest, müssen wir leider heiraten.«

Mir entfährt ein Schnauben. Mein Magen macht einen Satz. »*Leider?*«, wiederhole ich gespielt empört und schlage ihm scherzhaft mit dem Buch gegen die Schulter. Mein Herz hat sich unterdessen verabschiedet. Es rast plötzlich mit geschätzten zweihundert Schlägen pro Minute davon.

Als wir fünf waren, wollten wir unbedingt heiraten. Sehr zu unserem Leidwesen. Jahrelang mussten wir uns im Dorf die Geschichten darüber anhören. Es gibt sogar Bilder von einem feierlich dreinschauenden kleinen Leevi mit schwarzer Fliege und mir mit einem Küchentuch als Schleier.

Ich kann meinen Blick nicht von seinem lösen. Ein Schauer läuft mir über den Rücken, und Leevi verzieht nachdenklich einen Mundwinkel.

»Leider für dich«, stellt er klar und nimmt mir vorsichtig das Buch ab. Unsere Finger berühren sich, und meine Hand zuckt unabsichtlich, so als würde sie ihn festhalten wollen. Wie meint er das denn? Er würde schon Ja sagen, aber ich sicher nicht? Oder hat er irgendwelche nervigen Eigenschaften, von denen ich noch nichts weiß? Vielleicht schnarcht er ja. Sicher wollte er nur das damit sagen. Nichts weiter. Und ich sollte aufhören, mir das vorzustellen. Sowohl eine Hochzeit als auch einen schlafenden Leevi. Aber wenn ihm dann seine braunen Locken in die Stirn fallen, würde ich ihm vielleicht sogar ein Schnarchen verzeihen …

Leevi hat das Buch aufgeschlagen und sieht mit gehobenen Brauen zu mir hoch. »Also«, beginnt er und dreht es zu mir. »Was haben Sie dazu zu sagen, Mr. *Richard Williams, 1979*?« Er tippt auf den Namen meines Vaters, der auf der ersten Seite steht.

Ich lächle scheinheilig. »Ich fürchte, du musst leider Dad heiraten.«

Leevi schüttelt den Kopf und blättert weiter. Offenbar besieht er sich Dads zahllose Anmerkungen am Rand. »Ganz ehrlich?«, fragt er. »Wenn ich das hier so lese, will ich das vielleicht sogar. Kluger Mann, dein Vater.« Er gibt mir das Buch zurück, und ich streiche nachdenklich mit dem Daumen über den Umschlag.

Leevi hat recht, Dad ist intelligent. Und auch gebildet. Früher hat er jeden Morgen die Zeitung gelesen, um sich »geistig fit zu halten«. Kein Wunder, dass es ihn so mitnimmt, wenn er jetzt das Gefühl hat, ihm würde das alles wie Wasser durch die Finger rinnen, weil er sich manchmal nicht mehr an Dinge erinnern kann.

»Hey.« Leevis Stimme ist sanft. Ich schaue zu ihm auf und treffe seinen besorgten Blick. »Das heißt, du hast jetzt erst mal etwas Zeit totzuschlagen, oder? Wann musst du wieder rein?«

»Irgendwann heute Abend.«

»Okay.« Leevi greift nach meiner Hand und drückt sie flüchtig. Erneut zucken dabei meine Finger, aber viel zu schnell lässt er wieder los und rutscht rüber auf den Fahrersitz. Die Wärme seiner Berührung bleibt angenehm auf meiner Haut zurück und hinterlässt ein Kribbeln in meinen Fingerspitzen. »Dann gehen wir jetzt erst mal frühstücken, wie klingt das? Pancakes?«

Trotz allem muss ich lächeln. Auch diese Vorliebe hat er sich gemerkt. »Mit einer ganzen Flasche Ahornsirup bitte.«

Wir finden ein kleines Café direkt am Meer, in dem Leevi und ich uns einen großen Teller Blaubeer-Pancakes teilen. Mit dem Frühstück wird alles besser. Zumindest fühlt sich dieser Tag mit vollem Magen und der Süße des Ahornsirups auf der Zunge nicht mehr völlig unmöglich an. Wir essen drinnen und setzen uns anschließend mit je einer großen Tasse Kaffee auf die Terrasse. Bei dem guten Wetter heute wurden Polster, Kissen und Decken auf den Sitzgelegenheiten verteilt, und wir entscheiden uns für eine Bank direkt an der Hauswand, die etwas windgeschützter liegt. Ich breite eine Decke über unseren Beinen aus, lehne mich zurück und atme seufzend die salzige Meeresbrise ein, die uns entgegenweht.

Campbell River liegt am gleichnamigen Fluss, der sich vom Lake Campbell aus seinen Weg durch die Stadt sucht – rund hundertdreißig Meilen von Port McNeill entfernt an der nordöstlichen Küste Vancouver Islands. Auf der gegenüberliegenden Seite der Meerenge vor uns wird Quadra Island in das Licht der Oktobersonne getaucht. Das bunte Laub der Bäume strahlt golden, rot und orange und spiegelt sich auf den seichten Wellen der Strait of Georgia.

Auf der Insel waren wir früher manchmal mit der Familie wandern. Der Main Lake ist im Sommer wunderschön, weshalb sich sogar die weite Anreise mit vier nörgelnden Kindern gelohnt hat. Ich vermisse das. Gemeinsam mit jemandem die raue Natur zu erkunden, ganz ohne Zeit- oder Termindruck. Diese Losgelöstheit, die man als Kind noch hatte. Dieses schwerelose Gefühl von Sorglosigkeit, das gerade nicht ferner sein könnte.

»Was denkst du?«, fragt Leevi leise.

Ich wende ihm das Gesicht zu. Scheinbar hat er sich heute nicht rasiert, denn sein Bartschatten ist dunkler als beim letzten Mal, die Stoppeln deutlich sichtbar. Ob sie sich rau anfühlen? Oder eher weich? Einen Moment lang bin ich von dem Gedanken wie hypnotisiert, bis ich registriere, welche Frage Leevi gestellt hat. Ausnahmsweise sollte ich vielleicht nicht unbedingt die Wahrheit mit ihm teilen. Das könnte ein wenig komisch werden.

»Ich mache mir Sorgen«, gestehe ich.

»Wegen der Untersuchung?«

Missmutig verziehe ich das Gesicht und hefte den Blick wieder aufs Wasser. »Ich habe Dr. Peters gegoogelt.«

»Und?«, fragt Leevi sanft.

Ich schlucke. »Er spezialisiert sich auf neurodegenerative Erkrankungen.«

»Zum Beispiel …?«

Ich lege den Kopf in den Nacken und schließe kurz die Augen, um mich zu sammeln und die Tränen zurückzuhalten, die gemeinsam mit den Worten aus mir herauswollen. »Alzheimer. Demenzen.«

Leevi atmet tief durch. Langsam stellt er seine Tasse auf dem Fensterbrett hinter uns ab und lehnt sich weiter zurück. Er legt seinen Arm um meine Schultern, und als ich mich leicht in die Berührung sinken lasse, zieht er mich enger an sich und lehnt seinen Kopf gegen meinen. Ich umklammere meine Tasse fester und schmiege mich endlich an seine Brust. Sanft streicht Leevi mit den Fingerspitzen über meinen Handrücken und hinterlässt mit seiner Berührung eine warme Spur auf meiner Haut. »Noch ist nichts sicher«, erinnert er mich.

»Aber das vermuten doch alle, oder?«, flüstere ich. »Seine Aussetzer …«

»Könnten alles Mögliche sein. Hey. Was auch immer los ist, ihr schafft das, okay? Und du bist damit nicht allein. Ich bin da. Das ganze Dorf ist da, um euch zu helfen.«

Mein Herz wird eng, und ich schließe meine brennenden Augen. »Ich weiß. Es ist nur … Ich kann ihn nicht verlieren, verstehst du? Ich hatte so wenig von ihm. Ich hätte ihn öfter besuchen müssen. Ich hätte da sein müssen …«

»Du warst da«, sagt er bestimmt. »Immer nur einen Anruf entfernt.«

»Es fühlt sich aber nicht so an, als wäre das genug.«

»Tut es nie, glaub mir. Und ist es trotzdem. Du liebst ihn, Riv. Und du zeigst es auch. Niemand verlangt oder erwartet mehr.« Die Art, wie Leevi diesen alten Spitznamen sagt, so nah an meinem Ohr, sendet eine angenehme Gänsehaut über meine Arme.

Ich weiß, dass er recht hat. Trotzdem fällt es mir schwer, seine Worte zu glauben. Sie zu verinnerlichen. Ich wäre gern mehr für Dad da gewesen. Am liebsten hätte ich ihn nie verlassen. Aber das war nicht meine Entscheidung. Und wahrscheinlich hätte es auch nichts an der Situation heute geändert. Wahrscheinlich hätten Dads Gedächtnisprobleme ihn genauso hart getroffen, und er hätte mich ebenso wenig in der Klinik mit dabeihaben wollen, weil sein Stolz es nicht anders zulässt.

Aber wenn er wirklich krank ist …?

Wenn wir all die sorgenfreie Zeit, die wir noch gehabt hätten, vergeudet haben?

»Soll ich für dich drinnen nach mehr Ahornsirup fragen?«, raunt Leevi mir ins Ohr. Ein wohliger Schauer läuft mir über den Rücken. Gleichzeitig muss ich lachen. »Vielleicht haben sie ein Fass da. Mit Flaschen gibt sich doch heutzutage keiner mehr zufrieden.«

»Ich will nicht wissen, was ein ganzes Fass Ahornsirup kostet«, gebe ich zu bedenken und gehe damit auf seinen willkommenen Ablenkungsversuch ein.

»Ich könnte Bert dafür verpfänden. Dad würde es sicher verstehen.«

»Damit meinst du, er würde dich umbringen, oder?«

»Langsam und qualvoll«, bestätigt Leevi trocken und schmiegt seine Wange kaum merklich an meinen Kopf.

Ich rutsche ein wenig auf der Bank nach vorn, sodass ich mich bequemer an ihn lehnen kann. Vermutlich sollte seine Geste nur eine tröstliche Umarmung werden, aber ich nutze sie schamlos aus. Jetzt ist es … Kuscheln. Mit Leevi, der so wunderbar warm ist und dessen Fingerspitzen weiter in zarten Kreisen über meinen Handrücken und mein Handgelenk streichen. Und ich will nicht, dass er aufhört. Ich brauche das. Ich brauche ihn.

»In dem Fall verzichte ich freiwillig auf den Sirup«, lasse ich ihn wissen. »Ich glaube, dich brauche ich dringender.«

Er lacht heiser. »So viel, wie du vorhin von dem Zeug auf deine Pancakes gekippt hast, ist das ein großes Kompliment.«

Ich hebe den Kopf, um ihm ins Gesicht sehen zu können. In seine vertrauten braunen Augen, die es irgendwie schaffen, all meinen Schmerz mit nur einem Blick zu lindern. »Ist es«, bringe ich mit Mühe heraus. »Deine Freundschaft hat mir gefehlt, Leevi.«

Seine Mundwinkel zucken. Er mustert mich eine Weile und scheint nach einer Antwort zu suchen. »Du mir auch«, raunt er dann.

Ich. Ihm. Kein Wort von Freundschaft. Und doch tun wir beide so, als würde seine Aussage nicht etwas fundamental anderes bedeuten als meine. Er klingt so ... liebevoll. Und ich kriege Gänsehaut. Überall. Gute Gänsehaut und gleichzeitig traurige. Meine Lippen versuchen sich an einem Lächeln, das keines werden kann, weil Wehmut sich schwer um mein Herz legt.

Ihn habe ich auch verpasst. All die Jahre, die ich weg war ...

Mit niemandem in Toronto hätte ich meine Sorgen um Dad geteilt. Weder mit meinen Freunden dort noch mit meiner Familie. Ich habe ihnen noch nicht einmal von dem Termin in der Klinik erzählt, um nicht darüber sprechen zu müssen. Um nicht dazu verpflichtet zu sein, meine überfordernden Gefühle in Worte zu packen. Um das alles nicht realer zu machen, als es ist, und mich nicht von ihren Meinungen beeinflussen zu lassen.

Doch mit Leevi kommt es mir selbstverständlich vor, darüber zu reden. Nicht, weil er es ohnehin schon weiß, sondern weil ich das Gefühl habe, dass er mich kennt. *Wirklich* kennt. Nicht nur damals, sondern auch heute noch. Und das ist etwas Besonderes. Für mich zumindest.

Vorsichtig lasse ich den Kopf wieder gegen seine Schulter sinken und kuschle mich enger an seine Seite. Seine Wärme trotzt der frischen Brise, die uns immer wieder in die Haare fährt. Ich beobachte die Wellen der Strait of Georgia und das bunte Laub der Bäume und versuche, nur an Leevi zu denken statt an Dad.

Es ist erstaunlich leicht. Vielleicht, weil seine Berührung auf meiner Hand ein Prickeln verursacht und mir sein kaum merklicher Duft nach Meer in der Nase hängt.

»Willst du noch was unternehmen?«, fragt er nach einer

Weile, ohne sich zu rühren. »Hier in der Nähe sind eine Kunstgalerie und eine Buchhandlung. Und weiter im Süden gibt's ein Museum und ein Kino.«

»Gleich, ja?«, flüstere ich. »Ich will noch einen Moment hier sitzen.«

»Klar.« Leevi klingt, als würde es ihm wirklich kein bisschen ausmachen. »Nimm dir alle Zeit der Welt.«

Nur wenige Stunden später hat sich jegliche Ruhe, die Leevi mir im Café geschenkt hat, in meiner Nervosität aufgelöst wie in hoch konzentrierter Säure. In meinem Inneren brodelt es. Es blubbert und brennt und ätzt. Ich sitze vor Dr. Peters' Büro auf einem einsamen Plastikstuhl, den Kopf in den Nacken gelegt, die Augen geschlossen, und lausche auf die Stimmen im Inneren des Raumes.

Als ich ankam, war Dad bereits drinnen, die Tür geschlossen. Die Empfangsdame hat mich angewiesen, draußen zu warten, während Dr. Peters Dad »ins Bild setzt«. Das muss bedeuten, dass es eine Diagnose gibt. Und ich soll sie nicht hören, denn sonst hätten sie wohl die fünf Minuten, die Leevi und ich zu dem Zeitpunkt noch von der Klinik entfernt waren, abwarten können.

Ich schlucke gegen die Enge in meinem Hals an. Dr. Peters' gefasste Stimme schallt zu mir durch, unterbrochen von Dads aufgebrachtem Bariton. Schon wieder klingt er so fremd. Niemals wäre ich auf die Idee gekommen, dass der Mann, der im Büro dieses Arztes laut wird, mein Vater sein könnte. Doch genau dieser reißt soeben von innen die Tür auf, setzt sich im Gehen mit einem wütenden Blick über seine Schulter die Mütze auf und stapft aus dem Zimmer.

»Wir wollen Ihnen nur helfen, Mr. Williams«, höre ich Dr. Peters sagen. Ich stehe auf und umklammere die Handtasche mit dem frischen Gebäck fester, das wir Dad aus dem Café mitgebracht haben.

»Und ich habe gesagt, ich will das nicht hören!« Dad wirbelt herum, stockt kurz, als er mich erblickt, und marschiert dann ohne ein weiteres Wort in Richtung Ausgang. Hilflos öffne ich den Mund, bringe aber keinen Ton heraus. Dr. Peters fährt sich über die kurz geschorenen grauen Haare und presst unglücklich die Lippen zusammen.

»Was …«, ist alles, was ich hervorbringe. Einen Moment lang weiß ich nicht, ob ich mit dem Arzt sprechen oder lieber Dad folgen soll. Aber wo will er schon hin? Leevi wird nicht ohne mich fahren. Ich hoffe nur, dass Dad seinen Ärger nicht an ihm auslässt.

»Was hat er?«, frage ich. Klang meine Stimme schon immer so wackelig? Ich habe das Gefühl, als würde ich die Silben zu einem instabilen, schiefen Turm aufstapeln, der jede Sekunde in sich zusammenstürzen könnte, wenn der Wind sich falsch dreht oder eine Erschütterung ihn aus dem Gleichgewicht bringt.

Diese Sekunde ist jetzt. Dr. Peters trifft meinen Blick, und unter meinen Füßen wird der Boden zu Sand. Eine mitleidige Betroffenheit liegt in seiner Miene. Doch seine Worte sind es, die mir den Rest geben.

»Es tut mir leid, Miss. Aber das ist vertraulich. Ohne das Einverständnis Ihres Vaters darf ich Ihnen das nicht sagen.«

Es gibt also etwas, das er mir sagen *könnte*. Eine Diagnose, die mein Vater vor mir geheim hält, als wäre ich nur eine nervige Nachbarin aus dem Dorf, die es nicht lassen kann, ihre Nase in anderer Leute Angelegenheiten zu stecken. Als wäre seine Krankheit, welche auch immer es sein mag, nicht dazu in der Lage, auch mein Leben auf den Kopf zu stellen, meine Pläne ins Wanken zu bringen, mein Herz zu zertrümmern.

Ich merke erst, dass ich kurz vorm Heulen bin, als Dr. Peters mir zögerlich eine Hand auf die Schulter legt. »Na, na«, macht er und drückt sanft zu. »Geben Sie ihm ein bisschen Zeit. Er kann mich jederzeit anrufen. Oder Sie können es gemeinsam machen, hm? Wenn Ihr Vater so weit ist.«

Verzweifelt blinzle ich gegen die Tränen an, die sich unerbittlich in mir nach oben kämpfen. Dr. Peters nimmt seine Hand zurück und reicht mir stattdessen eine seiner Visitenkarten aus einem Plastikfach unter dem Namensschild neben der Tür. »Ich weiß, dass die Reaktion Ihres Vaters schwer zu verstehen ist, Miss Williams. Aber er braucht Sie jetzt mehr denn je. Lassen Sie sich von seinem Verhalten nichts anderes einreden. Ihre Unterstützung ist wichtig, und er wird darauf zurückkommen.«

»Mhm«, mache ich nur tonlos, schiebe mit zitternden Fingern das Kärtchen in meine Manteltasche und schüttle Dr. Peters flüchtig die Hand. »Danke. Ich muss …« Mein Blick wandert den mittlerweile leeren Gang entlang. Dads Schritte sind längst verklungen, und in meinem Inneren herrscht ein derartiges Chaos, dass ich nicht weiß, welches der hundert erdrückenden Gefühle ich zuerst empfinden soll.

»Gehen Sie ruhig«, entlässt Dr. Peters mich mit einem milden Lächeln. Ich nicke flüchtig und sprinte los. Durch den leeren Gang, vorbei an der verdutzt dreinschauenden Empfangsdame im Eingangsbereich.

Dad scheint sein Tempo gedrosselt zu haben, denn die gläsernen Schiebetüren der Klinik schließen sich eben erst hinter ihm. »Dad!«, keuche ich. Er sieht sich flüchtig um, schüttelt den Kopf und stapft energisch auf den alten Ford zu, der in Sichtweite auf dem Parkplatz steht.

Ich stolpere nach draußen. Die kühle Abendluft empfängt mich, legt sich feucht und süßlich auf meine Haut. Es ist seltsam, sich nicht über den Geruch eines vergangenen sonnigen Tages zu freuen. Den Duft nicht tief einatmen zu können, sondern ihn stockend und voller Verzweiflung in die Lungen zu saugen, weil es sich anfühlt, als würde man ersticken. Der Himmel ist dunkler geworden. Die Sonne ist hinter einem der umstehenden Gebäude versunken, und mit ihr all meine Hoffnung, diesen Tag ohne eine Hiobsbotschaft zu überstehen.

»Dad«, fordere ich wieder und schließe zu ihm auf. »*Dad!*«
»Nein, Riven.«
»Du kannst nicht vor mir weglaufen! Ich bin deine Tochter!«
»Das heißt nicht, dass ich dir Rede und Antwort schulde«, erwidert er, ohne seine Schritte zu bremsen oder sich zu mir umzudrehen.
»Heißt es nicht?« Meine Stimme wird schrill. »Willst du so tun, als ginge es mich nichts an? Es vor mir geheim halten? Bist du so ein sturer, stolzer Bock geworden, dass du nicht mal mehr mit *mir* darüber sprechen kannst?«
Ich erschrecke über meine eigenen Worte. Aber noch mehr erschrecke ich über Dads, der stehen bleibt und zu mir herumwirbelt. »Da gibt es nichts zu besprechen, Riven!«, blafft er mich an. So ungezügelt und wutentbrannt, dass ich erstarre. »Die wollen doch nur Geld mit mir machen, indem sie mich krankreden! Ich habe dir von Anfang an gesagt, dass alles in Ordnung ist, wann verstehst du das endlich!«
Die verdammten Tränen sind wieder da. Was erzählt er da für einen Quatsch? Wann hat Dad angefangen, so einen Mist zu glauben? Ich spüre Hitze auf meinen Wangen, durchbrochen von den kalten, feuchten Linien, die ein paar vereinzelte Tränen hinterlassen. Mit dem Handrücken wische ich sie weg. »Das findest du also in Ordnung?«, stoße ich aus. »Dass du so mit mir redest? Womit hab ich das verdient, Dad?«
Leevi tritt hinter meinem Vater um den Ford herum, die Brauen fragend gehoben. Ich schüttle nur schwach den Kopf. Er muss sich nicht auch noch in die Schusslinie stellen.
»Ich müsste nicht so reden, wenn ihr aufhören würdet, mir einzureden, ich sei krank!«
»Hat das MRT dir das also *eingeredet*?«, platzt es aus mir heraus. »Oder die Blutabnahme? Oder die Lumbalpunktion? Was kam raus bei diesen Untersuchungen, was angeblich nicht wahr ist?«
Dad sieht aus, als würde er gleich platzen. Doch es interessiert mich kein bisschen. Ich bin so fertig von der Sorge um ihn, dass ich meine Gefühle einfach nicht mehr zurückhalten kann.

»Was willst du mir nicht sagen, Dad?«, bohre ich weiter. »Was ist die verdammte Diagnose?«

Leevi ist an uns herangetreten und hebt abwehrend die Hände. »Vielleicht fahren wir erst mal nach H–«

»Du brauchst dich gar nicht einzumischen!«, fährt Dad ihn an und stößt Leevi so heftig vor die Brust, dass dieser einen Schritt rückwärts stolpert. »Du bist doch erst schuld an diesem Mist! Kommst ganz nach deinem Vater! Hätten du und Sally eure verdammten Nasen aus meinen Angelegenheiten herausgehalten, statt heimlich irgendwelche Ärzte und meine Tochter anzurufen, wäre ich jetzt noch gesund!«

Dann wäre ich noch gesund.

Der Satz bricht mir das Herz. Glasvasenartig trifft er auf die harte Erkenntnis, dass Dad tatsächlich krank ist, und zerschellt in eine Milliarde Scherben.

Er und Leevi stehen sich gegenüber. Die Schultern meines Vaters sind nach unten gesackt. Leevi hat weiterhin abwehrend die Hände erhoben und sieht ihn mit vor Schreck geweiteten Augen an, als könnte er ebenso wenig wie ich fassen, was Dad soeben getan hat.

»Ich habe Alzheimer.«

Es ist nur ein Flüstern. So leise, dass ich bete, es mir eingebildet zu haben. Vielleicht hat es der Wind hergeweht. Es könnte dieselbe Brise gewesen sein, die gerade die Blätter zum Rascheln und mich zum Frösteln bringt. Gänsehaut breitet sich auf meinem gesamten Körper aus. Aber nicht die gute Art, die Leevi mir beschert, sondern die, die Dinge kaputt macht und Ruinen zurücklässt.

»Was?«, krächze ich.

Langsam dreht Dad sich zu mir um, doch er sieht mir nicht in die Augen. Stattdessen fixiert er den dunklen Teer zu unseren Füßen. Seine Hände sind zu Fäusten geballt, seine Lippen eine dünne Linie. »Ich habe Alzheimer, Riven.«

Dann wäre er noch gesund.

Ich verstehe es jetzt. Warum er es nicht ausgesprochen hat. Ich will nicht mehr, dass er es sagt. Ich will in der Zeit zurück und es verhindern, es vergessen. Ich will es für eine Lüge halten, ebenso wie er sich eingeredet hat, es wäre eine.

In meinem Kopf findet sich kein einziger klarer Gedanke mehr. Ich spüre nur noch die Enge in meiner Brust, die mir die Luft abdrückt.

Mit wackligen Beinen mache ich einen Schritt auf Dad zu. Ich scheine verlernt zu haben, wie man läuft. Wie man einen Fuß vor den anderen setzen soll, wenn einen ein solches Gewicht nach unten drückt. Doch mein Körper übernimmt für mich. Plötzlich stürme ich auf Dad zu, falle ihm um den Hals. Heulend und schluchzend, weil alles in mir zerbricht und schmerzt und … nicht sein darf.

Es darf einfach nicht sein.

Bitte nicht er.

Nicht Dad.

Nicht *wir*.

Auch Dad schluchzt auf. Er drückt mich an sich, fester, als ich es ihm zugetraut hätte. Ich halte ihn eng umschlungen und habe das Gefühl, mich in seinen Armen aufzulösen. Meine gesamte Welt zerfällt wie die Schaumkronen von gestrandeten Wellen, löst sich gemeinsam mit dem schwindenden Licht der untergehenden Sonne in nichts auf. Dads Worte schieben sich über mich wie die Nacht sich über den Tag und tauchen alles in eine endgültig scheinende Dunkelheit.

Ich kann nicht mehr.

Verdammt, ich kann einfach nicht mehr.

Dad weint an meiner Schulter, und ich habe das Gefühl, als würden meine Beine gleich nachgeben. Etwas in mir *muss* kaputtgegangen sein, weil es schier unmöglich ist, dass ich nach dieser Wahrheit noch funktioniere. Ich will etwas sagen, bringe aber kein Wort heraus. Nur die Tränen fließen unaufhörlich. Reglos stehen wir da und weinen, ohne dass irgendetwas besser wird.

Irgendwann spüre ich eine Hand auf meiner Schulter. Leevis. Sie liegt genau da, wo vorhin noch die von Dr. Peters lag, aber sie ist unendlich tröstender.

Schwerfällig hebe ich den Kopf von Dads Schlüsselbein und schaue ihn an. Mittlerweile ist die Parkplatzbeleuchtung angegangen, und hinter Leevi hat sich der Abendhimmel in dunklem Indigo gefärbt. Sein Gesicht ist voller Mitgefühl, doch falls ihm die Situation unangenehm ist, lässt er es sich nicht anmerken. Ich atme zittrig ein, und Leevi streicht zögerlich mit seiner Hand hinunter zu meinem Rücken.

Ich wünschte, er würde näher kommen und ebenfalls seine Arme um mich schließen. Es reicht nicht mehr, dass Dad das tut. Mein Herz sehnt sich so sehr nach Leevis Berührung, als könnte nur er es wieder zusammensetzen.

»Ich will euch nicht stören, aber wie wäre es, wenn wir fahren?«, fragt er leise. »Wir müssen die letzte Fähre erwischen.«

Schniefend löst Dad sich von mir, reibt sich über das Gesicht und flüchtet förmlich ins Auto, ohne zu uns hochzuschauen.

Ich schaue von ihm zu Leevi und bleibe an seinen braunen Augen hängen. Keiner von uns sagt etwas. Stattdessen mache ich einen schüchternen, fast schon hilflosen Schritt auf ihn zu und bin erleichtert, als er mich daraufhin in seine Arme zieht. Ich kralle mich in seinen Pullover und atme seinen Duft ein. Ein paar Sekunden verharren wir so, in tröstlicher Zweisamkeit. Es kostet mich einiges an Überwindung, mich auch von ihm loszumachen und ihn wieder anzusehen.

»Danke«, hauche ich. Leevi schüttelt nur den Kopf. Er legt mir eine Hand auf den Rücken und führt mich um das Auto herum zur Fahrerseite, von wo ich auf den Platz in der Mitte rutsche. Dad sagt kein Wort. Er schaut stur aus dem Beifahrerfenster.

»Willst du was essen?«, frage ich leise. Leevi startet den Motor und lenkt den Wagen vom Parkplatz, zurück in Richtung Malcolm Island. Dad schüttelt den Kopf, doch ich habe das süße Gebäck bereits aus meiner Handtasche gewühlt und öffne die Tüte mit den Schokodonuts. Zwar ist mir furchtbar übel, und ich bin noch satt von den Pancakes heute Mittag, aber Schokolade macht angeblich glücklich, nicht wahr? Oder vielleicht wenigstens weniger traurig.

Stück für Stück breche ich von dem Donut ab, kaue, schlucke, atme tief durch. Ich schmecke kaum etwas, konzentriere mich auf die Scheinwerfer, die uns auf dem Highway entgegenkommen und weniger werden, je weiter wir uns von Campbell River entfernen. Auf Leevis Finger am Lenkrad und seinen kaum wahrnehmbaren Duft, der zu mir herüberweht. Auf das leise Trällern des Radios und das Röhren des alten Motors.

Ich konzentriere mich auf alles gleichzeitig, damit ich an nichts mehr denken muss, aber leider funktioniert das nicht. Die Sorgen lassen nicht locker und verfolgen mich dennoch bis nach Hause.

LEEVI

Eine beklemmende Traurigkeit füllt das Innere von Dads altem Pick-up, weitet unser Schweigen in unangenehme Stille aus und legt sich so schwer auf meine Brust, als wäre es meine eigene. Noch immer habe ich Mr. Williams' Worte von vorhin nicht ganz verarbeitet. Und das, obwohl sie mich eigentlich gar nicht betreffen. Wie muss es ihm und Riven erst damit gehen? Ihre Realität hat sich mit einem einzigen simplen Satz um hundertachtzig Grad gedreht. Und ich wünschte, ich könnte etwas tun. Ihnen irgendwie helfen. Doch in meinem Kopf ist nur gähnende Leere.

Ungefähr auf halber Strecke lehnt Riven sich an meine Seite und lässt ihren Kopf auf meine Schulter sinken. Ich lege ihr einen Arm um und bin froh über das Automatikgetriebe des Fords. Im Café hat Rivens Nähe noch ein aufgeregtes Kribbeln in meiner Magengrube verursacht. Jetzt hingegen bin ich wie betäubt von den Neuigkeiten. Ich kann mir nur noch halbherzig Gedanken darüber machen, wieso sie mir so sehr vertraut, dass sie sich von mir trösten lässt. Warum wir uns selbst nach all den Jahren noch so verbunden fühlen, dass es uns wie zwei

Magnete zusammenzieht. Warum es mir so vorkommt, als würde ich permanent unter Strom stehen, wenn sie in meiner Nähe ist.

Nach einer schier endlosen Fahrt parke ich den Wagen endlich vor Mr. Williams' Haus und stelle den Motor ab. Riven löst sich unbeholfen von meiner Schulter, während ihr Vater bereits die Tür öffnet. War sie eingeschlafen?

Ich schaue zu ihr rüber und sehe, wie sie müde blinzelt. Mittlerweile bin auch ich völlig erschöpft. Selbst die kalte Nachtluft, die ins Innere des Fords strömt, kann mich nur teilweise wiederbeleben. Sie riecht nach Salz und dem nahen Wald.

»Danke für die Fahrt, Leevi«, sagt Mr. Williams und schaut flüchtig zu uns. »Ich gehe jetzt ins Bett.«

»Dad«, setzt Riven leise an.

»Morgen, Küken. Bitte. Gute Nacht.« Sie widerspricht nicht. Mr. Williams steigt aus und erklimmt schwerfällig die Stufen der Veranda. Er sieht erschöpft aus. Niedergeschlagen. Wir sehen dabei zu, wie er die Tür aufsperrt, sie angelehnt lässt und wenig später das Licht im Flur ausgeht.

Riven atmet hörbar aus, als hätte sie bis eben die Luft angehalten. »Kann ich irgendwas für dich tun?«, frage ich leise. Sie dreht sich nicht zu mir um. Starrt nur weiter auf das dunkle Haus.

»Ich ... ich weiß gar nicht, Leevi«, flüstert sie. »Du hast schon so viel getan.«

Ohne weiter darüber nachzudenken, greife ich nach ihrer Hand, die auf ihrem linken Oberschenkel liegt, und verschränke meine Finger mit ihren. Ihre Haut ist wärmer als erwartet. Sie glüht förmlich.

Endlich dreht sie sich zu mir um. Zum wiederholten Mal heute stehen Tränen in ihren Augen, ihre Unterlippe bebt.

»Kann ich vielleicht noch kurz hier sitzen bleiben?«, krächzt sie. »Oder musst du ins Bett? Oh Gott, du musst sicher früh raus. Bitte vergiss, dass ich gefragt habe. Du hast genug getan, Leevi. Wirklich. Danke. Ohne dich ...« Ihre Stimme bricht, und sie bringt den Satz nicht zu Ende. Ich schüttle den Kopf, schnalle mich ab und rutsche näher an sie heran.

»Ich bin ganz dein«, lasse ich sie wissen und lege meinen Arm um ihre Schultern. Die Dankbarkeit in ihrem Blick lässt mich all meine Zweifel an dieser Entscheidung sofort vergessen. Es könnte mir nicht egaler sein, dass Dad mich pünktlich um fünf Uhr morgens abfahrbereit erwartet. Riven lehnt sich an meine Seite und reibt sich über das Gesicht. »Willst du darüber reden?«, frage ich.

Ein Kopfschütteln. Ihr Körper bebt, und ihr entweicht ein Schluchzen.

»Hey«, raune ich und ziehe sie an meine Brust. Sie schnieft, krallt die zierlichen Finger in den Stoff meines Pullovers und vergräbt das Gesicht an meiner Schulter. »Hey«, sage ich wieder und streiche ihr über den Rücken. Ich fühle mich hilflos. Mein Herz schmerzt für sie, doch mir fehlen die Worte, um irgendetwas anderes, etwas Sinnvolles zu sagen.

»Sorry«, bringt sie schluchzend hervor. »Können wir vielleicht einfach schweigen?«

»Klar«, erwidere ich sanft, lehne mich an die Fahrertür und ziehe Riven mit mir. Ich bin zu k.o., um noch länger aufrecht zu sitzen und sie zu stützen, aber ich denke gar nicht daran, sie loszulassen.

Riven schmiegt sich an mich, und ich schlinge meine offene Jacke um ihren Körper. Sie drückt sich enger an meine Seite, und ich umarme sie fester, lehne mein Kinn an ihren Kopf. »Lass es raus«, raune ich und versuche zu verhindern, dass ihre Schluchzer auch mir das Herz zerreißen. Denn wie soll ich für sie da sein, wenn ich genauso daran zerbreche?

Verdammter Alzheimer. Als wäre das Leben nicht so schon grausam genug.

Es dauert eine ganze Weile, bis Riven nicht mehr weint. Ich habe das Zeitgefühl verloren, aber im Inneren des Fords wird es allmählich kalt, und wir frösteln trotz der Nähe zueinander. Irgendwann löst sie sich von mir und wischt sich räuspernd mit dem Handrücken über das Gesicht.

»Danke«, krächzt sie. »Ich geh dann jetzt besser und lasse dich nach Hause.«

»Ich bring dich noch rein«, beschließe ich und streiche ihr über den Rücken. Dankbar schaut sie mich an. Ihre Augen sind rot, ihr Gesicht vom Weinen geschwollen. Trotzdem finde ich sie wunderschön und würde sie gern wieder an mich ziehen, ihr einen Kuss aufs Haar drücken und ihr versprechen, dass alles gut wird.

Gemeinsam steigen wir aus dem Wagen und erklimmen die Stufen zur Veranda. Riven drückt die angelehnte Tür auf und knipst das Licht im Flur an. Entkräftet streift sie sich ihre Schuhe und den Mantel ab und wirft stöhnend einen Blick in ihre Handtasche.

»Was ist los?«, frage ich.

»Das Gebäck«, murmelt sie und holt die Bäckertüten hervor. »Das muss ich noch wegpacken, sonst ist es morgen hart.«

»Lass mich das machen. Du gehst ins Bett. Ich zieh die Haustür danach einfach zu.«

Sie verzieht gequält das Gesicht. »Du hast doch schon so viel gemacht.«

»Ich glaube, das kriege ich gerade noch hin«, erwidere ich und nehme ihr die Tüten ab. »Ruh dich aus. Gute Nacht.«

»Danke, Leevi, wirklich ...«

»Gar keine Ursache.«

Riven versucht sich an einem traurigen Lächeln, das ich ehrlich erwidere, bevor sie die Treppe hochgeht. Ich betrete die Küche und brauche nicht lange, um eine große Dose zu finden, in der ich die Sachen halbwegs luftdicht verpacken kann, sodass sie hoffentlich morgen früh noch genießbar sind. Es gibt nichts Schlimmeres, als nach einer Nacht wie dieser aufzuwachen und kein gutes Frühstück zu haben.

Oben ist es bereits still, als ich wieder aus der Küche komme. Vielleicht ist Riven noch im Bad – oder direkt ins Bett. Es ist vermutlich übertrieben, aber ich vermisse ihre Wärme jetzt schon. Am liebsten würde ich sie die ganze Nacht festhalten und da sein, wenn sie aufwacht.

Mein Blick fällt auf einen kleinen Notizblock, der auf der Garderobe neben der Tür liegt. Ohne groß nachzudenken, schnappe ich mir den Stift und schreibe darauf. So ordentlich, wie ich kann, damit ich sie nicht mit meinem Gekrakel verschrecke. Anschließend falte ich den Zettel zusammen, beschrifte ihn mit Rivens Namen und lege ihn neben die Dose mit dem Gebäck auf die Küchentheke.

Vielleicht kann dieses Stück Papier statt mir für Riven da sein, wenn sie morgen wach ist. Sie ein wenig aufmuntern, während ich mit Dad auf See bin und zweifelsohne an sie denke. Vielleicht, aber auch nur vielleicht, kann sie den Worten genauso viel abgewinnen wie ich. Und vielleicht denkt dabei auch sie an mich.

> Hope is the thing with feathers
> That perches in the soul,
> And sings the tune without the words,
> And never stops at all.
> Emily Dickinson

Kapitel 5

RIVEN

Mir steht das wohl schwierigste Gespräch meines bisherigen Lebens bevor.

Es ist eine Minute vor achtzehn Uhr. Ich sitze in der Küche, Dad eine Tür weiter vor dem laufenden Fernseher, und mein Mauszeiger schwebt über dem Button für den Videoanruf.

Ich habe das Meeting mit meinen Geschwistern heute Mittag vereinbart, nachdem ich Dad überreden konnte, gemeinsam mit mir Dr. Peters anzurufen, um uns über das tatsächliche Ausmaß seiner Krankheit zu informieren. Noch sieht alles ganz in Ordnung aus – zumindest im Vergleich dazu, wie schlimm es werden kann. Aber Alzheimer ist unberechenbar, und egal, wie er sich im Verlauf der nächsten Wochen, Monate oder Jahre entwickeln wird – die Diagnose ist nun unsere Realität. Und damit auch die meiner Geschwister, die bisher nicht einmal ahnen, dass etwas nicht stimmt.

Ausgerechnet ich muss es ihnen jetzt sagen. Sie haben es verdient, darüber Bescheid zu wissen, und Dad drückt sich davor, es auszusprechen. Überhaupt drückt er sich davor, diese Realität zu akzeptieren. Aber wir müssen uns damit auseinandersetzen, und das so schnell wie möglich. Denn er kann nicht allein in diesem Haus bleiben.

Letzteres habe ich entschieden, nicht er, auf Empfehlung des Arztes. Dad sieht das natürlich anders.

Wenn es nach ihm ginge, könnte ich angeblich sofort wieder nach Toronto fahren und ihn allein lassen. Zumindest behauptet er das. Er beharrt weiterhin darauf, keine Hilfe zu brauchen und nicht krank zu sein. Leider ist die Wirklichkeit eine andere, egal, wie sehr er sich das einzureden versucht.

Es steht eine Veränderung bevor, so viel ist klar. Und dass er sich geweigert hat, Teil dieses Gesprächs zu sein, in dem wir über sie entscheiden wollen, macht alles noch schwieriger, als es ohnehin ist. Wir können es gar nicht richtig machen, egal, was für eine Lösung wir uns überlegen. Und nun muss ich zwischen Dad und meinen Geschwistern vermitteln, obwohl ich keine Ahnung habe, wie ich das anstellen soll.

Bevor ich mir auch nur ansatzweise passende Worte zurechtgelegt habe, ploppt auf meinem Bildschirm ein Gruppenanruf auf. Jaspar nimmt die vereinbarten Zeiten wie immer zu ernst, und schon nach kurzem Klingeln sehe ich, dass meine Schwestern ebenfalls im Gespräch sind. Sie warten nur noch auf mich. Auf die *wichtige Info*, die ich angekündigt habe, weil ich ihnen nicht mitten während ihrer Arbeitszeit in einer Textnachricht davon erzählen wollte.

Tief durchatmend, nehme ich den Anruf entgegen.

»… frage mich echt, was so wichtig ist. Mom wusste auch von nichts, als ich sie vorhin … oh! Riven!«

Naemi stockt mitten im Satz, was mir bestätigt, dass es soeben um mich ging. Natürlich. Man ist eine Minute zu spät, und schon wird die Zeit genutzt, um zu spekulieren. Toll, dass sie Mom hiervon erzählt hat. Das erklärt die verdächtigen »Wie geht es dir?«-Nachrichten von heute Nachmittag.

Natürlich weiß ich, dass ich es auch Mom bald sagen muss. Aber da sie diejenige ist, die Dad damals verlassen hat, steht sie nicht unbedingt oben auf der Liste. Besonders, da mir bewusst ist, dass der ungehemmte Informationsfluss zwischen ihr und meiner ältesten Schwester in beide Richtungen funktioniert.

»Na endlich«, brummt Jaspar, der dem Bild nach zu urteilen in seinem halbdunklen Büro sitzt. Durch die Zeitverschiebung ist es in Toronto schon neun Uhr abends, aber als Projektleiter eines großen Modelabels kennt er so etwas wie einen Feierabend nicht mehr.

Naemi sitzt in dem roten Samtsessel vor ihrem Bücherregal, dessen Inhalt sie – wie ich weiß – nur zu Dekorationszwecken gekauft hat, da sie keine Zeit zum Lesen hat. Und Jenna winkt mir aus ihrem Bett zu, die Haare in einem Handtuchturban und zwei Gelpads unter den Augen.

Wenn ich mir meine Geschwister so anschaue, wäre diese Unterhaltung per Chat vielleicht doch angemessener gewesen. Das hier grenzt an eine tragische Komödie. Besonders, als Jenna nun ein Fläschchen Nagellack öffnet.

»Hi«, sage ich zögerlich.

Naemi kneift die Augen zusammen, streicht sich eine dunkle Strähne hinters Ohr, die sich aus ihrer Hochsteckfrisur gelöst hat, und kommt näher an die Kamera. »Wo zur Hölle sitzt du denn?«, will sie wissen. Offenbar hat sie erkannt, dass ich nicht wie sonst in meiner Wohnung oder meinem Büro bin. »Ist das ... Das sieht aus wie Dads Küche.«

Jaspar hebt eine Braue. Jenna hält kurz mit dem Nagellackpinsel über ihrem Daumen inne und sieht auf.

»Du bist bei Dad?«, fragt sie ehrlich interessiert, während die anderen beiden eher skeptisch dreinschauen. Ich weiß nicht, wieso, doch je älter die Kinder dieser Familie werden, desto zerrütteter scheint ihre Beziehung mit unserem Vater. Jaspar und er haben kaum noch Kontakt, dabei ist er der einzige Sohn und erst mit neunzehn nach Toronto gezogen. Naemi, die zwei Jahre jünger ist, schickt Dad wenigstens noch Weihnachtskarten und ruft hin und wieder an. Und Jenna ... Ich glaube, Jenna liebt Dad. Sie ist nur generell furchtbar im Kontakthalten und Sich-Kümmern.

»Ja, seit ein paar Tagen«, gestehe ich und bin froh, dass der erste Schritt damit schon getan ist. Ihnen zu erklären, warum ich hier bin, erfordert jetzt zumindest keinen Themenwechsel mehr, zu dem ich mich erst durchringen müsste. Viel schwieriger ist es allerdings, die Worte auch auszusprechen.

»Habt ihr nicht momentan diese Blockbuster-Klienten?«, will Naemi misstrauisch wissen. »Und du machst Urlaub? Spontan, oder warum weiß davon niemand was? Du wurdest doch nicht gefeuert, oder?«

Mir bleibt kurz die Luft weg. Das ist ihre erste Vermutung, warum ich hier bin? Schmeichelhaft. Und sehr bezeichnend. Auf so vielen Ebenen.

»Wo ist Dad eigentlich?«, fragt sie weiter. »Sitzt er bei dir?« Sie reckt den Hals, als könnte sie so mehr von der Küche sehen.

»Nein, er ist im Wohnzimmer. Er … Ihm geht es nicht so gut. Deswegen bin ich hier.«

Zu sagen, dass er nicht am Gespräch teilnehmen wollte, bringe ich nichts übers Herz. Ich weiß, dass es nicht an meinen Geschwistern liegt. Dad liebt uns alle vier innig, egal, wie kalt sich Jaspar ihm gegenüber verhält, wie kurz angebunden Naemi bei ihren Telefonaten ist und wie oft Jenna seinen Geburtstag vergisst. Er kommt nur einfach nicht mit der Diagnose klar und schämt sich vermutlich, seine Krankheit vor ihnen zuzugeben. Doch ich glaube, an ihrer Stelle wäre ich, selbst wenn ich das wüsste, verletzt. Und meine Geschwister kennen unseren Vater nicht halb so gut wie ich.

»Dad ist krank?«, ruft Naemi aus. »Was hat er? Und wieso hast du nichts gesagt!«

Jenna macht große Augen und packt endlich ihren Nagellack weg. Jaspars einzige Reaktion ist es, sich in seinem Stuhl zurückzulehnen.

»Es war ein bisschen kompliziert«, winde ich mich. »Wir wissen es auch erst seit zwei Tagen und mussten das erst mal verarbeiten, deswegen …«

»Nun sag schon, was er hat!«, fordert Naemi gereizt.

»Hat er Krebs?«, fragt Jaspar ruhig, und ich kann nicht anders, als ihn böse anzufunkeln. Hinter seiner Stirn glaube ich ihn schon die Kosten einer Chemo ausrechnen zu sehen.

»Krebs?«, japst Jenna, jetzt schon Tränen in den Augen, und schlägt sich die halb lackierten Hände vor den Mund. »Oh nein!«

»Niemand hat Krebs!«, entfährt es mir, und dann reiße ich das Pflaster einfach ab, bevor sie sich noch weiter in irgendwelche Theorien hineinreden. »Dad hat Alzheimer.«

Die Stille, die darauf folgt, wird vom Rauschen von Jennas schlechtem Webcam-Mikro untermalt. Alle drei schauen mich an, als wüssten sie nicht, was sie mit dieser Information anfangen sollen. Habe ich undeutlich gesprochen? Hatte das Internet einen Hänger, und niemand hat mich gehört? Sie müssen doch irgendetwas sagen! Bitte. Ich halte dieses Schweigen nicht länger aus. Nicht auch noch mit ihnen.

»Shit«, murmelt Jaspar nur.

»Also erinnert er sich nicht mehr?«, fragt Jenna verwirrt.

»So funktioniert das nicht, Jen«, meint Naemi entnervt. »Aber wie wär's, wenn du das mal genauer ausführst, Riven! Wie schlimm ist es?«

»Er ist noch nicht dement«, stelle ich klar. »Bisher hat er nur hin und wieder Erinnerungslücken, primär, was sein Kurzzeitgedächtnis betrifft. Und er verliert des Öfteren die Orientierung, sodass er sich manchmal auf der Insel verläuft oder … seine Schuhe vergisst.« Ich brauche es ja nicht schönzureden. Es ist die Realität.

»Aber es wird schlimmer?«, fragt Naemi weiter.

»Vermutlich. Jedenfalls nicht mehr besser. Wir waren in einer Gedächtnisklinik, die darauf spezialisiert ist. In Zukunft soll Dad sich öfter durchchecken lassen, um den Verlauf zu kontrollieren, und der Arzt und ich sind uns einig, dass er nicht allein in dem Haus bleiben sollte. Gerade geht es zwar theoretisch noch, aber falls doch mal etwas ist, gibt es hier niemanden, der bemerkt, wenn er nicht nach Hause kommt oder sich verletzt.«

»Oh Gott«, kommt es von Jenna, die immer noch den Tränen nahe ist.

»Und das sagst du uns alles erst jetzt?«, beschwert Naemi sich. Sie setzt auf Ärger statt Trauer. Wie immer.

Ich verkneife mir einen Kommentar, dass sie in den letzten Jahren nicht gerade so wirkte, als sei sie interessiert an solchen Infos. »Wie gesagt, wir wissen es auch erst seit Kurzem«, rede ich mich heraus. »Vorgestern waren wir in der Klinik.«

»Wenn Dad nicht allein bleiben kann, braucht er entweder eine Pflegekraft oder ein Pflegeheim«, stellt Jaspar fest. Er tippt auf seiner Tastatur – mit Sicherheit, um die Preise zu googlen.

»Wobei ich es nicht einsehe, das riesige Haus weiter nur für ihn zu unterhalten. Und dahinten am Arsch der Welt jemanden zu finden, der sich rund um die Uhr um ihn kümmern kann, dürfte ziemlich unmöglich sein. Am besten, wir verkaufen das Haus und finanzieren davon irgendeine Pflegeeinrichtung. Vorzugsweise in Toronto, aber da könnte ich ihm wohl genauso gut einen Aufenthalt auf dem Mars vorschlagen.«

Mir wird schlecht. »Im Ernst, Jas?«, bringe ich hervor. »Das ist deine Reaktion auf diese Neuigkeit?«

»Was? Soll ich erst noch 'ne Stunde trauern, bevor ich Lösungen vorschlage? Dad ist krank – kacke, aber ist eben so. Besser, wir beschäftigen uns gleich mit der Frage, wie es weitergeht, statt es ewig aufzuschieben. Wie lang hast du noch Urlaub? Kannst du ihm beim Packen helfen?«

»Dir ist aber schon klar, dass Dad kein Hund ist, den du einfach in den Kofferraum setzen und ins Tierheim bringen kannst!«

»Er muss ja nicht gleich in ein Heim. Es gibt auch so was wie betreutes Wohnen, Riven. Bin ich jetzt in deinen Augen ein Unmensch, nur weil ich verhindern will, dass er das Haus in Brand steckt oder so?«

»Klar, natürlich sind das unsere einzigen Optionen! Dass er in deiner riesigen Luxuswohnung mit einzieht und wir uns um ihn kümmern, wäre ja auch viel zu abwegig! Du glaubst doch nicht ernsthaft, dass Dad freiwillig in ein Heim geht! Oder ins *betreute Wohnen.*« Ich male Gänsefüßchen in die Luft. »Er lässt mich nicht mal den Geschirrspüler einräumen, weil er keine Hilfe will!«

Jaspar schnaubt. »Er will auch nicht bei mir einziehen, da bin ich mir ziemlich sicher. Oder überhaupt nach Toronto. Wie du womöglich mitbekommen hast, hasst Dad die Großstadt. Also am besten, wir suchen ihm eine hübsche Unterkunft auf Vancouver Island, vielleicht sogar in der Nähe dieser Klinik. Oder alternativ etwas außerhalb von Toronto, dann ist er nicht in der Großstadt, aber für uns wenigstens erreichbar, wenn was sein sollte.«

»Was sagt denn Dad dazu?«, unterbricht Naemi Jaspars Planung. »Hast du ihn mal gefragt?«

»Er besteht darauf, dass er allein zurechtkommt.«

»War ja klar«, murmelt Jaspar.

»Dann sag ihm, allein gibt's nicht«, fordert Naemi. »Er kann sich überlegen, was davon er möchte. Aber irgendwas davon muss er nehmen. Meinetwegen bleibt er in dem Haus, aber dann wird eine Pflegekraft bei ihm einziehen. Und heul nicht rum wegen des Geldes, Jas, das kommt dir mittlerweile schon aus dem Arsch!«

»Verzeihung?!«

»Du hast mich schon gehört. Wie geht's Dad denn jetzt damit, Riv?«, will sie wissen. »Wie hat er die Diagnose aufgenommen?«

Komisch, dass *mein* Befinden sie überhaupt nicht zu interessieren scheint. Im Hintergrund höre ich Jaspar aggressiv auf seiner Tastatur herumhacken. Vermutlich schreibt er gerade eine dringende Mail an seinen Assistenten Jerry, der für ihn ASAP die Top-Hundert Pflegeheime in Kanada raussuchen soll oder so.

Statt mich darüber aufzuregen, erzähle ich meinen Geschwistern von dem Klinikbesuch und Dads Sturkopf, der scheinbar der Überzeugung ist, er könne die Krankheit einfach vertreiben, wenn er sie ignoriert.

Das Gespräch dauert nicht lange – wie immer. Aber immerhin habe ich danach das Gefühl, mit der Sache nicht mehr allein zu sein und halbwegs einen Plan zu haben, wie es weitergehen soll. Zudem hat Naemi versprochen, Mom davon zu erzählen, womit ich mir zumindest diesen Stress erspare.

Als ich etwa eine halbe Stunde später ins Wohnzimmer komme, hebt Dad nur widerwillig den Kopf. Ich sehe ihm an, dass er diese Unterhaltung lieber vermeiden würde. Doch er weiß genau, dass ich das nicht zulassen würde.

»Und?«, fragt er leise.

Seufzend lasse ich mich neben ihn sinken. »Du hast drei Möglichkeiten, Dad. Wir lassen dich nicht allein in diesem

Haus. Entweder, es zieht eine Pflegekraft mit ein, du ziehst in ein Heim, oder du kommst nach Toronto, und wir überlegen uns dort eine Lösung. Was davon du möchtest, ist deine Entscheidung. Aber ich reise hier nicht ab, bevor du sie getroffen hast.«

Auch das habe ich nur widerwillig beschlossen. Eigentlich müsste ich dringend zurück und Faiza wieder unterstützen. Aber notfalls habe ich immer noch ein paar Urlaubstage übrig, die ich aufbrauchen kann. Wenn ich Dad keinen Druck mache, windet er sich aus der Sache heraus. Bin ich erst wieder in Toronto, habe ich das Spiel verloren. Denn wie soll ich ihm aus dreitausend Meilen Entfernung noch irgendetwas vorschreiben? Er würde es vermutlich einfach ignorieren und nicht auf meine Nachfragen dazu eingehen.

Dad schnaubt. Es klingt geradezu empört. Und damit bestätigt er all meine Befürchtungen darüber, wie er auf diese Nachricht reagieren wird.

»Ich kann drei dieser drei Optionen mit hundertprozentiger Sicherheit ausschließen«, verkündet er. »Aber danke für das Angebot.« Er wendet sich wieder dem Fernseher zu.

»Dad ...«

»In ein Heim?!«, entfährt es ihm, und er wirbelt zu mir herum. »Ich bin doch nicht senil!«

»Du musst nicht in ein Heim, wie gesagt.«

»Nach Toronto gehe ich erst recht nicht! Und dass hier irgendjemand Fremdes einzieht, könnt ihr getrost vergessen! Ich brauche keinen Babysitter!«

Ich seufze. Seit der Diagnose ist er mies drauf. Und ich bin ehrlich gesagt ziemlich erschöpft. »Weißt du was? Schlaf einfach 'ne Nacht drüber. Wir besprechen das morgen.«

Erneut schnaubt er. Als wollte er sagen, dass ich das ebenso vergessen kann wie unsere Vorschläge.

Es macht mich so unendlich traurig, dass das zwischen uns steht. Dass wir unsere gemeinsame Zeit so verbringen – im Streit statt in Harmonie.

»Ich bin in meinem Zimmer, falls du mich suchst.«

Dad wirft mir einen missmutigen Blick zu, in dem Reue durchscheint. »Gute Nacht«, brummt er nur, und ich gehe ohne ein weiteres Wort nach oben. Dort angekommen, werfe ich mich mit meinem Smartphone aufs Bett und öffne den Chat mit Leevi. Der Zettel, den er mir am Montag geschrieben hat, liegt auf meinem Nachttisch, und jedes Mal, wenn ich ihn sehe, breitet sich ein warmes, kribbelndes Gefühl in meinem Bauch aus, das hartnäckig gegen die Traurigkeit ankämpft.

Hope is the thing with feathers.

Ich bin unfassbar dankbar, auf dieser Insel nicht allein zu sein.

LEEVI

Denken ist Folter. Und ich kann dennoch nicht damit aufhören.

Seit Riven auf der Insel ist, kriege ich ihr Gesicht nicht mehr aus meinem Kopf. Oder ihre Stimme aus meinem Ohr, ihre Berührungen von meiner Haut.

Sie ist überall, praktisch omnipräsent, und ich erwische mich mehrmals täglich dabei, wie ich mein Handy checke, um zu sehen, ob sie mir geschrieben hat. Normalerweise liegt das Teil irgendwo in einer Ecke und bekommt nur Beachtung, wenn ich mal zufällig daran vorbeilaufe, aber in den letzten Tagen quält mich eine Ungeduld, die mir bisher fremd war. Ich sehne mir ihre Nachrichten förmlich herbei. Starre auf den oberen Rand meines Displays und denke: »Komm schon, schreib etwas.«

Was zur Hölle ist mit mir los? Und kann das bitte wieder aufhören?

Ich stehe vor Rivens Haustür, die Hände in den Taschen meines Windbreakers vergraben, und fühle mich wieder wie am Flughafen in Port Hardy, als ich kurz davor war, die erwachsene Riven zum ersten Mal zu sehen. Wieder stelle ich mir vor, wie sie lächelt, wenn sie die Tür öffnet. Wie sich ihr Körper an meinem anfühlt, wenn sie mich umarmt. Wie ihre Haare meine Nase kitzeln. Wie sie riecht.

Nur, dass das neulich nur Spekulationen waren, reine Wunschvorstellungen. Jetzt hingegen weiß ich genau, wie es sich anfühlen wird. Schöner, als man es sich je ausmalen könnte. Und das schürt meine Sehnsucht nur noch mehr.

Ich habe ein Problem. Eins, das ich seit Rivens Ankunft zu verdrängen versuche und das doch ebenso omnipräsent ist wie Riven selbst:

Ich denke zu viel an sie.

Und vielleicht empfinde ich auch zu viel für sie.

Hinter der geschlossenen Haustür ertönt eine Stimme. Höchstwahrscheinlich Rivens, denn die ihres Vaters klingt tiefer. Wenig später macht sie mir auch schon auf, das Handy unters Ohr geklemmt. Sie bedenkt mich mit einem Lächeln und einer gehobenen Hand, die halb Gruß, halb *Warte kurz* ist.

»Ich will das genauso wenig wie du, aber das ändert leider nichts.« Riven klingt frustriert. Ich erahne eine Erwiderung am anderen Ende, und sie stöhnt auf. »Faiza ... Ich weiß, dass das Mist ist. Ja ... Das weiß ich doch, aber ich glaube einfach, es geht nicht anders. Ich habe sonst keine Chance mehr, ihn zu überzeugen. Wäre es nun in Ordnung oder nicht?«

Erleichterung breitet sich auf ihrem Gesicht aus. Allerdings nicht die unbeschwerte Art, sondern eher die, die man verspürt, wenn eine schlechte Nachricht ein kleines bisschen besser wurde. »Danke. Wirklich. Können wir dann am Montag noch mal genauer drüber reden? Da ist jemand an der Tür.«

Mir sinkt das Herz in die Hose. Montag? Ich meine mich erinnern zu können, dass Faiza ihre Vorgesetzte ist. Ob Riven schon wieder abreist? Sie ist doch erst eine Woche hier.

Erst ... Zugegeben, das ist für einen spontanen Besuch schon ziemlich lang. Aber wenn sie wieder nach Toronto fahren würde, hätte sie mir doch in einem unserer unzähligen Chats davon erzählt, oder? Außer, sie hat es heute erst entschieden und ...

Ich schlucke den Gedanken herunter. Warum werde ich so verdammt emotional, wenn ich nur daran denke, dass sie bald wieder abreist? Wie kann ich sie in der vergangenen Woche nur zweimal getroffen haben und trotzdem so sehr an ihr hängen? Scheiße …

Wenn das heute wirklich ein Abschied ist, muss ich die Zeit nutzen. Dann muss ich mir jede Sekunde mit dieser Frau einprägen, als wäre es die letzte. Alles andere würde ich bereuen.

Ich höre zu, wie Riven sich am Handy verabschiedet. Endlich lässt sie das Smartphone sinken und schaut mir wieder in die Augen. Ihre Wangen sind leicht gerötet, fast als würde sie sich ertappt fühlen. Warum? Weil ich jetzt mitbekommen habe, dass sie geht?

Gott, Leevi. Das weißt du doch noch gar nicht sicher. Vermutlich interpretiere ich gerade ein bisschen zu viel in dieses Telefonat hinein, kann das sein? Aber ich kann schon förmlich hören, wie sie mich fragt, ob ich sie zum Flughafen fahre. Oder zumindest hoffe ich, dass sie das tut. Dann hätten wir wenigstens noch eine Stunde mehr miteinander.

»Hi«, sage ich und muss mir auf die Unterlippe beißen, um nicht nach dem Telefonat zu fragen. Das geht mich nichts an. »Du hast eine Ablenkung bestellt?«, versuche ich es stattdessen. »Soll ich jonglieren oder lieber Feuer spucken?«

Ein Lächeln zupft an Rivens Mundwinkeln, aber keiner von uns macht Anstalten, den anderen zu umarmen. Vielleicht, weil ich immer noch die Hände in den Taschen vergraben habe und so nicht gerade nahbar wirke. Großartig, Leevi.

»Du kannst Feuer spucken?«

»Für dich würde ich mich aufopfern und es versuchen«, scherze ich halbherzig. »Du solltest nur vielleicht ein bisschen Sicherheitsabstand halten. Und ausnahmsweise mal nicht, weil ich nach Fisch rieche.« Ich zwinkere ihr zu.

Sie schnaubt. »Mir ist bisher kein Fischgeruch aufgefallen.«

Es sollte nur ein Witz sein, trotzdem bin ich erleichtert, dass sie das sagt. Riven jedoch fragt sich vermutlich, warum ich so merkwürdiges Zeug rede, denn sie mustert mich mit einer Mischung aus Belustigung und Verwirrung.

»Also, was für eine Ablenkung hast du wirklich geplant?«, will sie wissen. »Ich glaube, ich verzichte auf die Feuershow. Für unser aller Wohlergehen.«

Ich grinse schief und versuche, damit meine Nervosität zu überspielen. Als Riven mir gestern geschrieben hat, ob ich Zeit für sie habe, da sie es im Haus nicht mehr aushält, war ich erst aufgeschmissen. Im Winter gibt es hier kaum etwas zu tun. Wenn die Sommertouristen erst mal weg sind, fällt die Gegend in einen regelrechten Dornröschenschlaf, weshalb ich mir die halbe Nacht den Kopf darüber zerbrochen habe, was ich mit ihr unternehmen könnte. Aber langsam ist ein Plan entstanden, den sie hoffentlich ebenfalls gut findet und für den ich nicht Tommy um Hilfe bitten musste. Sein Augenbrauengewackel wollte ich mir wirklich nicht antun.

Dad war die letzte und leider auch größte Hürde. Ich musste ihn überreden, heute ein wenig früher zurückzufahren, damit wir rechtzeitig zum Nachmittag wieder zu Hause sind. Ich glaube, er führt mittlerweile Buch darüber, wie viele Tonnen Fisch ihm meinetwegen angeblich durch die Lappen gegangen sind.

»Wie wär's, wenn wir ins Kino gehen?«, schlage ich vor und balle in den Jackentaschen die Hände zu Fäusten. »In Port McNeill zeigen sie Freitagnachmittag immer alte Klassiker. Heute läuft *Breakfast at Tiffany's*.«

Hoffentlich findet Riven die Idee nicht furchtbar.

Doch ihre Miene hellt sich auf. »Das klingt super!«

Erleichtert lächle ich sie an. »Die Fähre geht in zwanzig Minuten. Schaffen wir das?«

Sofort nickt sie. »Klar! Ich zieh nur eben meinen Mantel an und sag Dad Bescheid.«

RIVEN

Es tut gut, mal wieder das Haus zu verlassen. Die letzten Tage bestanden primär aus Diskussionen mit Dad und einer endlosen Flut an Nachrichten von meiner Familie, die konstant aus der Entfernung ihren Senf dazugeben will. Ich glaube, sie – und damit meine ich primär Jaspar – verstehen nicht, dass mir die zahllosen Links zu Pflegeheimen nichts bringen, wenn Dad nicht in ein Pflegeheim will. Und was das betrifft, bin ich auf seiner Seite. Mir ist klar, dass er in irgendeiner Form Betreuung braucht. Aber ihn dafür gleich ins Heim zu stecken, liegt mir fern.

Einig sind wir uns deshalb noch lange nicht. Am liebsten wäre es mir, er würde mit nach Toronto kommen. Wir könnten gemeinsam in eine größere Wohnung oder ein Haus ziehen, und er bräuchte nur Unterstützung, während ich bei der Arbeit bin. Abends und nachts könnte ich nach ihm sehen. Ihm würde es entgegenkommen, weil er keine Lust darauf hat, von jemand Fremdem gepflegt zu werden. Und mir, weil ich die Zeit mit Dad, die mir noch bleibt, nutzen will, so gut es geht. Ich will mich nicht mehr mit Anrufen begnügen. Ich will meinem Vater endlich wieder näher sein, will unsere frühere Bindung zurück.

Doch Dad sträubt sich gegen diese Idee. Sein Hass auf die Großstadt scheint ebenso groß wie der auf Pflegeheime. Womit uns vorerst nur eine Option bleibt: eine Pflegekraft hier auf der Insel.

Immerhin hilft Jaspar, oder eher sein Assistent Jerry, fleißig bei der Suche. Allerdings mussten wir schnell feststellen, dass die Chancen nicht gerade gut stehen. Im Norden von Vancouver Island besteht eine hohe Nachfrage und kein großes Angebot an Pflegekräften. Und dass Dad auf Malcolm Island noch abgeschiedener lebt, hilft nicht unbedingt. Schon die ganze Woche zerbreche ich mir den Kopf über Lösungen. Und den Rest der Zeit verbringe ich damit, zu versuchen, Dad Vernunft einzureden. Er ist nach wie vor der festen Überzeugung, er könne einfach so weitermachen wie bisher und seine Diagnose ignorieren.

Umso dankbarer bin ich Leevi, dass er sich Zeit nimmt, um mich auf andere Gedanken zu bringen. Er war in den letzten Tagen immer da, wenn ich mir meinen Frust von der Seele reden musste. Jeden Abend haben wir miteinander geschrieben oder telefoniert, und ohne ihn wäre ich vermutlich längst verzweifelt. Seine ruhige Art nimmt mir einen Teil meiner Sorgen, und seine Nähe füllt mich mit einer Wärme, die mir mehr Kraft gibt, als ich mir zugetraut hätte.

Nach Dads Diagnose war ich völlig am Ende. Bin es immer noch. Wenn ich nur daran denke, ihn irgendwann zu verlieren, habe ich das Gefühl auseinanderzubrechen. Doch Leevi hält mich irgendwie zusammen. Einzig das Schwelen, das er in meiner Magengrube auslöst, macht mir Bauchschmerzen. Denn wenngleich es sich gut anfühlt, ist es auch gefährlich. Ich glaube, es wäre ein Leichtes, mit Leevi die Grenzen dieser Freundschaft zu überschreiten. Und genau das dürfen wir nicht tun.

Gemeinsam betreten wir das Kino in Port McNeill, und mich überkommt eine regelrechte Flutwelle von Nostalgie. Als Kinder waren wir oft hier. Noch immer hat das Gebäude nur einen kleinen Saal, in dem dieselben abgewetzten roten Sessel stehen wie damals. Man sieht der Einrichtung ihr Alter an. Auf den Sitzen ist teilweise die Farbe des Stoffes verblasst oder abgerieben, die hölzernen Armlehnen haben Kratzer und Macken. Die Lampen sehen aus wie aus dem neunzehnten Jahrhundert und geben dem Raum einen Vintage-Charme, der perfekt zum Film passt.

Ich erinnere mich noch lebhaft daran, wie wir hier immer an Leevis Geburtstagen herkamen. Er hat sich jedes Mal einen gemeinsamen Kinobesuch gewünscht, nur seine Eltern und wir beide. Damals hatte er die fragwürdige bis faszinierende

Angewohnheit, sein süßes Popcorn in die Käsesoße meiner Nachos zu tunken, und ich habe ihn jedes Mal damit aufgezogen. Ich hätte gern rausgefunden, ob er das immer noch macht. Aber außerhalb der Touristensaison verkaufen sie nur abgepackte Snacks wie M&Ms oder Chips, da sich alles andere für die wenigen Besucher nicht lohnt. Ich könnte ihn natürlich fragen. Aber irgendetwas hält mich zurück. Vielleicht, weil ich es lieber sehen würde, als es zu hören.

Wegen der Nachsaison ist der Saal bis auf uns beide leer. Leevi hat mich vorausgehen lassen, und so ist es jetzt an mir, uns Plätze auszusuchen. Ich betrete eine Reihe in der Mitte und zögere.

Wir könnten uns ganz normal auf zwei separate Sessel setzen. Aber es gibt auch eine Kuschelbank …

Allein, dass ich sie in Erwägung ziehe, sollte mir Sorgen machen. Doch ich sehne mich schon die ganze Woche nach seiner Nähe. Und Fakt ist, dass er mich besser zusammenhalten kann, wenn sein Arm um meine Schultern liegt und seine Wärme mich einhüllt. Ich weiß nur nicht so recht, ob Leevi das auch will. Oder ob er es am Tag des Klinikbesuchs nur getan hat, weil er sich dazu verpflichtet fühlte.

Unsicher bleibe ich vor dem Kuschelsitz stehen und drehe mich zu ihm um. »Ist das okay?«

Er hebt überrascht die Brauen.

Oh nein … Ich will ihn nicht vergraulen, indem ich zu anhänglich wirke. Wir sind nur befreundet, das ist mir mehr als bewusst. Wir könnten auch gar nichts anderes sein, weil ich nicht ewig auf der Insel bleibe. Und ich hinterfrage besser nicht, warum dieser Gedanke so wehtut.

»Klar«, sagt er unerwarteterweise und setzt sich. Okay, das … ist schön.

Ich nehme neben ihm Platz und rutsche peinlich berührt auf dem Polster herum. Warum mache ich jetzt so eine große Sache daraus, dass wir nebeneinandersitzen? Ich werde ja wohl neben einem Freund im Kino sitzen können, ohne grundlos rot zu werden.

Leevi hat seine Jacke schon im Foyer ausgezogen, und nun schäle ich mich ebenfalls aus meinem Mantel. Eventuell hätte ich das tun sollen, bevor wir sitzen, denn jetzt muss ich mich umständlich verrenken, um Leevi dabei nicht eine mit meinem Ellbogen zu verpassen.

»Warte.« Ich spüre, wie er mich am Arm festhält und mir aus dem Ärmel hilft. Und jetzt werde ich doch rot.

»Danke«, bringe ich hervor, ziehe den Mantel hektisch ganz aus, lehne mich wieder zurück und hefte den Blick auf den geschlossenen roten Vorhang vor uns.

»Hast du den Film schon gesehen?«, fragt Leevi.

»Nein«, gestehe ich und schaue verstohlen zu ihm rüber.

Belustigt runzelt er die Stirn. »Im Ernst? Ich bin enttäuscht! Hab ich deinen Geschmack nicht getroffen? Was schaust du denn gerne?«

»Doch! Schon eher RomComs. Also alles gut. Und du?«

Leevi zuckt mit den Schultern. »Sehr durchwachsen. Aber meist eher alte Filme oder Arthouse.«

»Wie alt ist alt?«, hake ich nach.

Sein Mundwinkel zuckt, und er lächelt verlegen. »Hollywood Golden Age?«

Ich schaue wohl ziemlich ratlos.

»Alles zwischen 1910 und 1960«, erklärt er. »*Breakfast at Tiffany's* fällt gerade noch mit rein.«

»Wow. Ich wüsste nicht mal, wo ich so alte Filme heutzutage finde«, gestehe ich.

»In meiner DVD-Sammlung.« Er grinst. Es ist dieses typische Leevi-Grinsen, das er schon als Kind hatte und das in mir jetzt den skurrilen Wunsch weckt, sein Gesicht zu berühren und über seine Wangen zu streichen. Warum auch immer.

»DVD?«, frage ich belustigt. »Nicht mal Blu-ray?«

»Gibt's meist nicht mal. Und wenn, dann nur sehr teuer. Da setze ich doch lieber auf Quantität statt Qualität.«

»Wie groß ist deine Sammlung denn?«

»Ich will nicht angeben, aber vermutlich größer als die des Kinos hier.« Er zwinkert mir zu.

Ich lache. »Okay, wenn du mit Popcorn aufwarten kannst, gehen wir nächstes Mal zu dir.«

Nächstes Mal. Ich sollte es ihm sagen. Wenn er nachfragt, dann …

Doch Leevi schnaubt nur leise und legt seinen Arm um mich. »Deal.«

Die Berührung lässt mich innerlich aufseufzen. Vorsichtig lehne ich mich an seine Seite und spüre sofort, wie sich mein Puls beschleunigt. Seine Nähe macht das mit mir. Jedes Mal bringt sie mich außer Atem.

Nur Freunde, erinnere ich mich. Andere machen das doch auch, dass sie miteinander kuscheln, ohne mehr zu wollen. Ich bin mir ziemlich sicher, dass Leevi so jemand ist. Aber ich muss es kompliziert machen, indem ich ständig darüber nachdenke, ob wir das wirklich können. Ob es nicht komisch ist.

Ist es nicht, verdammt. Das hier ist mein ehemaliger bester Freund und keine Barbekanntschaft aus Toronto. Der Mensch, der mich vermutlich besser kennt als irgendjemand sonst. Bei dem ich ganz ich selbst sein kann, ohne mir Gedanken machen zu müssen. Also sollte ich vielleicht endlich damit aufhören, genau das zu tun.

Der Vorhang geht auf, das Licht im Saal wird gedimmt, und ich schmiege mich enger an seine Seite. Er legt seine Hand auf meinen Arm und lehnt seine Wange an meinen Kopf, so wie er es schon in Campbell River getan hat. Die Berührung ist vertraut und aufregend zugleich.

Ich atme Leevis Duft und versuche, all meine Sorgen einfach zu vergessen. Nur leider denke ich stattdessen viel zu sehr an ihn.

Als wir nach dem Film auf die Fähre in Richtung Malcolm Island steigen, überkommt mich Schwermut. Nur noch eine halbe Stunde, dann bin ich wieder bei Dad. Inmitten von Verantwortung, die ich nicht wollte, und Entscheidungen, die ich nicht treffen kann. Gefangen zwischen Trauer, Sorge und einem allumfassenden Gefühl der Überforderung.

Die Sonne geht gerade unter, und der Herbstwind weht uns eisig in die Krägen. Trotzdem folgt Leevi mir kommentarlos an die Reling, statt vorzuschlagen, dass wir uns in den warmen Innenraum setzen.

Ich könnte jetzt nicht nach drinnen. Ich muss den Duft von Salz und Meer in mich aufnehmen und gegen meine Verzweiflung anatmen, die langsam in mir an die Oberfläche drängt. Mit klammen Fingern umfasse ich das kalte Metall des Geländers und schaue hinüber nach Sointula, das ins goldene Licht der Abendsonne getaucht wird. Unter uns schwappen seichte Wellen an den Bug.

Leevi stützt die Unterarme auf die Reling und folgt stumm meinem Blick. Ein paar Minuten stehen wir einfach so da, sagen kein Wort. Es ist ein schönes Schweigen. Ein heilsames, verständnisvolles. Eines, bei dem ich das Gefühl habe, gar nichts sagen zu müssen, um gehört zu werden.

»Danke für heute«, murmle ich trotzdem gegen den Wind. »Das hat wirklich gutgetan.«

»Glaub mir, ich bin der Letzte, bei dem du dich für einen Kinobesuch bedanken musst. Das ist mein Hobby.«

Ich wende ihm den Kopf zu und mustere ihn von der Seite. »Dem du aber auch allein nachgehen könntest«, stelle ich fest.

Leevi schmunzelt. Das Abendlicht gibt seinem Gesicht eine Sanftheit, die perfekt zu ihm passt. Gold spiegelt sich in seinen braunen Augen. »Ich mache es aber viel lieber mit Menschen, die ich mag.«

Wärme durchflutet mich. »Okay. Dann eben danke für alles.« Ich bringe kaum mehr als ein Flüstern zustande. Plötzlich habe ich einen dicken Kloß im Hals, der mir die Luft abdrückt. »Wirklich. Ohne dich wäre ich diese Woche verzweifelt, Leevi. Deine Nachrichten haben mich gerettet.«

Sein Gesichtsausdruck wird noch weicher, und ich habe das Gefühl, als würde Leevi mich mit seinem Blick in Watte packen.

Er schirmt mich ab – gegen den Wind, meine Sorgen, den Schmerz.

»Hey.« Langsam tritt er näher zu mir und zieht mich an sich. Ich vergrabe das Gesicht an seiner Brust und versuche, die Wehmut zu unterdrücken, bevor sie zu stark wird und diesen wunderschönen Nachmittag ruinieren kann. Vergeblich. Trotz Watte tut auf einmal wieder alles weh.

»Ist hart, hm?«, raunt Leevi, als könnte er meine Gedanken lesen. Ich nicke nur. »Du packst das, Riv.«

»Ja ... irgendwie.«

Er streicht mir übers Haar und über den Rücken.

Ich seufze auf. »Ohne dich wüsste ich wirklich nicht, wie ich die nächsten Monate hier überstehen soll.«

Leevi stockt. »Die nächsten Monate?«, wiederholt er verwirrt.

Verdammt. Ich erstarre ebenfalls. So wollte ich es ihm nicht sagen. Jetzt habe ich mich verplappert, und das wird der Botschaft nicht gerecht.

Stirnrunzelnd lehnt Leevi sich zurück, um mein Gesicht zu mustern. Schuldbewusst weiche ich seinem Blick aus.

»Ich wollte es dir eigentlich erst sagen, wenn es offiziell ist«, murmle ich.

»Wenn was offiziell ist?«

Ich schlucke. »Vorhin habe ich eine Freistellung beantragt. Bis Ende Januar. Solange das mit Dad nicht geklärt ist, kann ich nicht einfach wieder arbeiten gehen und ihn im Stich lassen.«

»Wow. Okay.« Ausnahmsweise kann ich Leevis Gesichtsausdruck nicht lesen. Freut er sich? Ist er enttäuscht, dass ich es geheim halten wollte?

»Was denkst du?«, frage ich leise.

Schnaubend schüttelt er den Kopf und hebt die Mundwinkel zu einem kaum merklichen Lächeln. »Ich freue mich, ehrlich gesagt. Ist das egoistisch von mir?«

Erneut muss ich schwer schlucken. Der Kloß in meinem Hals scheint wieder dicker zu werden, nur fühlt er sich jetzt weniger erdrückend an. Eher ... kribbelig. Mein ganzer Körper prickelt, während Leevis Blick langsam über mein Gesicht wandert. »Ich freu mich auch ein bisschen«, gestehe ich. »Aber nur, weil du da bist.«

Einen Moment lang zieht Leevi die Brauen zusammen und mustert mich geradezu nachdenklich.

Ich werde rot. »Tut mir leid, das war … unangebracht.«

»War es das?«, fragt er leise, und ich kriege keine Antwort mehr heraus. Aus dem Schwelen in meiner Magengrube ist soeben ein ausgewachsenes Feuer geworden.

Leevis Fingerspitzen wandern zwischen meine Haare bis in meinen Nacken. Ich erschauere und halte den Atem an. Eine wohlige Gänsehaut überzieht meine Arme, während er mich ein wenig enger an sich zieht und mir eine Strähne aus dem Gesicht streicht. Seine Knöchel streifen meine Wange. Ohne nachzudenken, hebe ich den Kopf ein wenig und schmiege mein Gesicht in Leevis Handfläche.

Er beugt sich zu mir herunter, und mein Herz, das eben noch stillzustehen schien, beginnt unkontrolliert zu rasen. Ich kann mich nicht rühren. Kann nur weiter in Leevis braune Augen schauen, seinen Duft atmen, seine Wärme spüren.

Seine Berührung hat alles Freundschaftliche verloren. Sie brennt wie Feuer auf meiner Haut, verursacht ein Engegefühl in meiner Brust und ein Kribbeln in meinem Bauch.

Leevis Atem streift meine Lippen, und mir entweicht ein Seufzen, das sogleich von seinen Lippen erstickt wird.

Er küsst mich.

Er küsst mich so sanft und zaghaft und liebevoll, dass ich in seinen Armen endgültig schmelze.

Leevis Lippen sind weich, sein Atem heiß, sein Kinn rau. Meine Gedanken überschlagen sich, und mein ganzer Körper scheint auf diesen Kuss zu reagieren, als hätte man Essig auf Backpulver gekippt. Meine Gefühle schäumen über. Ich bin wie in einem Rausch, mein Verstand weggespült von diesem Moment.

Vage nehme ich wahr, wie ich den Kuss erwidere. Wie ich mich beinahe hungrig an Leevi festklammere, meine Lippen für ihn öffne. Ich spüre seine Zunge an meiner, und im selben Moment erschlägt mich die Realität dessen, was wir hier tun.

Das geht nicht. Das geht wirklich absolut überhaupt gar nicht!

Ruckartig weiche ich zurück, und Leevi hält augenblicklich inne. Ein Blick in sein Gesicht genügt, um aus der rosa Gefühlswolke über meinem Kopf ein Gewitter zu machen. Ich sehe Verwirrung, Reue, Verlangen und pure Verzweiflung. Oder vielleicht ist das auch nur das, was ich selbst empfinde.

Scheiße.

Scheiße, Scheiße, *Scheiße*.

LEEVI

Das Brennen in meiner Brust hat sich gewandelt. Eben war es noch sehnsuchtsvoll, berauschend. Jetzt hingegen habe ich das Gefühl, als würde es mich von innen heraus zerfressen.

Ich weiß nicht, was ich tun soll. Ich will auf Abstand gehen, Riven Raum geben, doch sie klammert sich förmlich an mir fest, und ich bringe es nicht über mich, ihre verkrampften Finger aus meiner Jacke zu lösen. Trotzdem sehe ich ihr an, dass dieser Kuss falsch war.

Soeben habe ich etwas zerstört. *Alles* zerstört, auf die denkbar schlechteste Weise. Ich habe aus dem Funken, der zwischen uns geglommen hat, einen Waldbrand gemacht, und der hinterlässt nun nichts als Asche. Die Hitze von eben ist verpufft. Zurück bleibt eisige Kälte, die mich erschaudern lässt.

»Tut mir leid«, bringe ich hervor. Meine Stimme klingt kratzig und überfordert. »Ich wollte nicht ...«

Ja, was wollte ich nicht?

Sie küssen? Lüge.

Aber ich wollte sie nicht derart überfallen. Ich wollte nicht, dass es zwischen uns komisch wird. Ich wollte nicht, dass sie merkt, wie endlos verschossen ich in sie bin.

Jep. Letzteres ist wohl die bittere Realität. Wenigstens kann ich es jetzt vor mir selbst zugeben. Es zu leugnen, hat ohnehin keinen Zweck mehr. Dabei habe ich es die Woche über so sehr versucht. Ich hätte alles getan, um zu verhindern, dass diese Freundschaft jetzt schon in die Brüche geht, wo wir uns doch gerade erst wiederhaben. Nur mich beherrschen, das konnte ich offensichtlich nicht.

»Mir tut es leid«, flüstert Riven und löst sich langsam von mir. »Du hast nichts falsch gemacht.« Sie schaut zu mir hoch, mit diesen braunen Rehaugen, und mir wird schlecht. Denn wäre das wahr – hätte ich wirklich nichts falsch gemacht –, dann würde sie jetzt nicht aussehen, als wäre etwas kaputtgegangen. Als hätte sie sich geschnitten, an Splittern und Scherben. Alles meinetwegen. Und noch dazu sind ihre Augen voller Reue. Als wäre sie die Schuldige und nicht ich.

Ich schlucke schwer, komme jedoch nicht dazu, etwas zu sagen.

»Aber Leevi, ich ...« Riven ringt um Worte. Sie sieht immer gequälter aus, und ich bemühe mich um einen neutralen Gesichtsausdruck, der wohl letztendlich nur ihren spiegelt. Kaum merklich schüttelt sie den Kopf, ihre Stimme ist nur noch ein Flüstern. »Mein Zuhause ist in Toronto.«

Wie sehr kann ein einziger Satz schmerzen?

Ich glaube, in mir ist gerade etwas gestorben. Dabei wusste ich das doch längst. Mir war völlig bewusst, dass Riven nicht hierbleiben wird. Dass sie wieder geht. Aber zu hören, dass das nicht in ein paar Tagen sein wird, sondern erst in drei Monaten, hat etwas mit mir gemacht. Hat meine Sorgen seltsam gelöst. Hat Hoffnung keimen lassen, wo keine hingehört. Denn egal, wann sie mich verlässt, sie wird es tun. Und das Letzte, was ich will, sind Herzschmerz oder eine Fernbeziehung, für die ich mir aktuell nicht mal ein Flugticket leisten könnte.

Was habe ich mir dabei nur gedacht?

Erneut schüttelt Riven hilflos den Kopf, diesmal heftiger. Einige Haarsträhnen fallen ihr vom Wind zerzaust ins Gesicht, und der Anblick versetzt mir einen weiteren Stich. Wie wunderschön kann ein Mensch sein? Wie verdammt perfekt?

»Alles gut«, versichere ich und muss mich räuspern, damit wenigstens meine Stimme macht, was sie soll. »Tut mir wirklich leid. Das war … Das war nicht geplant.«

Riven atmet zittrig ein und wieder aus. Wie schauen uns in die Augen, und es tut mir körperlich weh, sie so nah bei mir zu haben und dennoch eine Grenze ziehen zu müssen. Eine Grenze, die ich eigentlich gar nicht will, weil es mir irrationalerweise egal ist, dass sie bald zurück nach Toronto geht. *Jetzt* ist sie hier. Gemeinsam mit diesen chaotischen Gefühlen in meiner Brust. Und ich würde allen Trennungsschmerz akzeptieren, wenn dafür dieses Sehnen aufhören würde.

Doch Riven will das nicht. Das hat sie eben klargemacht. Scheiße nur, dass sich das wie Folter anfühlt.

In ihren dunklen Augen spiegelt sich der Sonnenuntergang. Helles Gold in dem fast schwarz wirkenden Braun, und ich muss mich davon abhalten, sie noch mal zu berühren oder ihr die Haare aus dem Gesicht zu streichen.

War das alles vor dem Kuss auch schon so schwierig? Oder habe ich nun den letzten Damm der Zurückhaltung gebrochen und mich vollends in mein Verderben gestürzt?

Ich gebe es auf, mich erklären zu wollen. »Kommt nicht wieder vor«, verspreche ich stattdessen, und Riven zieht für einen winzigen Moment unzufrieden die Nase kraus. Dann scheint sie sich zu besinnen und versucht sich an einem Lächeln, das erzwungener nicht aussehen könnte. Zögerlich schlingt sie ihre Arme wieder um meine Mitte und vergräbt ihr Gesicht an meiner Brust. Überrascht drücke ich sie an mich.

»Ist das okay?«, flüstert sie.

Ich räuspere mich. »Mhm«, mache ich dann nur, weil ich sonst zu viel sage. Weil ich ihr sonst gestehe, dass alles okay wäre und gleichzeitig nichts wirklich okay ist. Dass ich mehr will. Dass es wehtut, weil etwas fehlt, und sich gleichzeitig gut anfühlt, weil ich wenigstens etwas von ihr habe. Doch ich weiß nicht, was sie dann denken würde. Ob sie dann doch lieber

Abstand wahren würde, statt mich wieder so nah an sich heranzulassen. Und ich will sie nicht verlieren.

Riven ist ... wichtig geworden. Egal, ob sie nun eine Freundin ist oder mehr. Sie hat es irgendwie geschafft, in nur einer Woche aus dem erwachsenen Leevi wieder einen Jungen zu machen, der ohne sie nicht kann.

Ich ziehe sie enger an mich, atme erneut ihren Duft, und verdammt, es ist definitiv Folter. Die schlimmste Art. Trotzdem werde ich diese Frau nicht wieder loslassen. Nicht freiwillig. Sie ist nicht nur wichtig, sie ist *alles*.

»Leevi?«

Wenn sie meinen Namen so sagt, tut mir alles weh. »Ja?«

»Ich weiß, es ist furchtbar egoistisch von mir, das ausgerechnet jetzt zu sagen, aber ...« Ihre Stimme zittert. Weint sie etwa? Das wollte ich nicht. »Ich brauche dich wirklich«, bringt sie hervor. »Als Freund. Ohne dich ... ich wüsste einfach nicht ...« Ihre Stimme bricht.

»He.« Ich lehne meinen Kopf gegen ihren und streiche ihr über den Rücken. »Keine Sorge, ich gehe nirgendwohin.«

»Ich meine, ich verstehe, wenn du das nicht willst. Wenn es dir nicht reicht oder du Abstand brauchst ...«

»Riv.« Der Spitzname kommt mir ganz automatisch über die Lippen. »Ich war schon immer dein Freund. Damals genauso wie in all den Jahren, in denen wir uns nicht gesehen haben. Das war immer selbstverständlich für mich. Und ich werde jetzt nicht damit aufhören, nur weil ...« *Weil wir auch mehr sein könnten.* Aus meiner Sicht zumindest. Doch aus ihrer nicht. Und das ist okay. »Nur weil meine Gefühle gerade ein bisschen durcheinander sind. Mach dir um mich keine Sorgen, okay?«

»Das ist alles so unfair«, schnieft sie und vergräbt ihr Gesicht an meinem Hals.

Bei der Berührung entsteht in meinem Bauch ein mulmiges, beinahe beklemmendes Gefühl. »Was genau?«, hake ich nach.

»Alles. Die Welt.«

Sanft streiche ich ihr über den Rücken. »Ja. Ich weiß.«

»Ich wollte dich nicht verletzen.«

»Hast du nicht«, verspreche ich. *Das war ich selbst.*

Riven schluckt, räuspert sich und löst sich von mir. Auch ich hebe den Kopf, versuche mich wieder auf etwas anderes zu konzentrieren statt nur auf sie.

Während wir in diesem Moment verloren waren, hat sich die Fähre unaufhaltsam auf Malcolm Island zubewegt. Auf das Ende unseres gemeinsamen Nachmittags. Und irgendwie fühlt es sich an, als nahte damit auch das Ende von uns. Als würde ich Riven verlieren, sobald wir am Hafen getrennte Wege gehen. Und das kann ich nicht.

»Es tut mir wirklich leid«, beteuere ich erneut. »Wollen wir vielleicht noch einen Kaffee trinken bei Tommy? Ich lad dich ein. Als Wiedergutmachung.«

Riven seufzt. »Du musst doch nichts wiedergutmachen, Leevi ...«

Peinlich berührt reibe ich mir über den Hinterkopf. »Doch, irgendwie schon.«

Riven zögert. »Gibt es da Pancakes?«, fragt sie halb skeptisch, halb hoffnungsvoll.

»Äh ... ja. Sicher«, schwindle ich. »Ich wette, er lässt sie dich sogar in Ahornsirup ertränken, wenn du ihn lieb danach fragst.«

Sie atmet auf. »Okay. Du hast mich überzeugt. Ich telefoniere nur eben mit Dad, ob alles in Ordnung ist.« Sie entfernt sich ein paar Schritte, und ich ziehe eilig mein Smartphone aus der Jackentasche.

Leevi: Ich hab gehört, heute ist Pancake-Tag in der Bäckerei?

Ich hoffe inständig, dass Tommy gerade nicht bedienen muss oder sich wieder mit der Kundschaft verquatscht hat. Glücklicherweise antwortet er sofort.

Tommy: Hä?

Leevi: Du hast doch alles da für Pancakes?

Tommy: ... Ja? Immer noch: Hä?

Leevi: Dann bereite bitte einfach schnell einen Teig vor und stell mir die unangenehmen Fragen später. Ach ja, und Ahornsirup.

Tommy: Sonst noch Wünsche, der feine Herr? Soll ich noch ein Tänzchen für dich aufführen?

Leevi: Darüber können wir reden, wenn ich dich das nächste Mal über die Insel kutschiere, hm?

Tommy: ... Pancakes coming right up.

Leevi: Vergiss den Sirup nicht.

Tommy schickt mir als Antwort einen Mittelfinger.

»Okay, Dad kommt zurecht«, verkündet Riven und tritt wieder neben mich.

»Gut.« Ich versuche mich an einem Lächeln und packe unauffällig mein Smartphone weg. »Dann steht dem gesunden Abendessen ja nichts mehr im Weg.«

Kapitel 6

LEEVI

In der Bäckerei umfängt uns warme, nach Gebäck und Kaffee duftende Luft. Wie jeden Freitagnachmittag ist die *Chocolate Dreams Bakery* gut besucht. Viele der kleinen Cafétische vor der bodentiefen Fensterfront sind besetzt, und die Leute genießen die letzten Strahlen der untergehenden Sonne.

Ich erspähe Jonnes Eltern in einer Ecke, die irgendwelche Baupläne vor sich ausgebreitet haben, Mrs. Philipps mit ihrem Neffen Kenny, der gerade versucht, ein Stück Torte mit den Fingern zu essen, und noch einige andere bekannte Gesichter. Eins von ihnen setzt soeben ein übertrieben freundliches Lächeln auf und hebt vielsagend die Augenbrauen.

Tommy hat die Unterarme auf dem Verkaufstresen abgestützt und mustert mich und Riven so erwartungsvoll, als hoffe er, dass einer von uns ein Kunststück aufführt. Ich verdrehe die Augen, was Riven glücklicherweise nicht sieht, da sie sich noch im Raum umschaut, und gehe ihr voraus zur Theke. Sie folgt mir geistesabwesend und scheint meinen besten Freund erst zu bemerken, als wir direkt vor ihm stehen. »Hey«, grüße ich ihn. »Riven, das ist Tommy. Kennt ihr euch noch?«

»Oh«, bringt sie heraus, sichtlich überrumpelt. »Wow. Ja, klar! Ähm ...«

»Sprich es einfach aus«, schnaubt Tommy und streckt ihr grinsend eine Hand hin. »*Wow, bist du gewachsen!* Oder so. Kann ich von dir leider nicht behaupten. Wirkt für mich eher, als wärst du geschrumpft, Williams.«

Riven lacht auf und ergreift seine Hand. »Ich wollte nicht unhöflich sein, aber das ist hier wohl nicht so geläufig ...«

»Hattest du Tommy etwa höflich in Erinnerung?«, frage ich gespielt bestürzt.

»Ich bin ein wahrer Gentleman«, behauptet er. Auf meinen fragenden Blick hin verschränkt er nur beleidigt die Arme vor der Brust.

»Könnten wir einen Kaffee kriegen, du Gentleman?«, frage ich. »Und einen großen Teller Pancakes, bitte.«

Tommy setzt wieder dieses übertriebene Lächeln auf und klimpert mit den Wimpern. »Mit Ahornsirup?«, fragt er zuckersüß.

Interessiert sieht Riven zwischen uns hin und her. Ich fürchte, ich werde gerade rot. Wenn der Arsch mich jetzt auflaufen lässt ...

»Ja«, sage ich bemüht ruhig. »Das wäre super.«

»Klar«, säuselt er, dreht sich um und verschwindet in die Küche. »Kommt sofort!«

»Alles okay zwischen euch?«, fragt Riven leise. »Er wirkt ein bisschen angefressen.«

Räuspernd wende ich mich ab. »Vielleicht muss er mal aufs Klo. Wollen wir uns setzen?« Noch immer spüre ich ihren Blick auf meiner Haut und greife mir verlegen in den Nacken.

Gott, was erzähle ich da? Er muss mal aufs Klo? Eilig steuere ich auf einen freien Tisch zu und versuche, meinen Puls wieder auf eine normale Geschwindigkeit runterzufahren. Warum bin ich denn plötzlich wieder so nervös? Es ist kein Date, verdammt. Ich versuche lediglich, meinen Fehler von eben geradezubiegen.

Zum Glück kommt Tommy bereits an unseren Tisch, während Riven sich noch aus ihrem Mantel schält. Er stellt zwei Tassen Kaffee, einen großen Teller Pancakes und eine Flasche Ahornsirup, die mit ziemlicher Sicherheit aus seiner Wohnung stammt, vor uns ab.

»Danke«, sagt Riven lächelnd. Tommy schmunzelt, klopft mir auf die Schulter und verzieht sich. Ich wage es, wieder ihren

Blick zu treffen, und schiebe ihr auffordernd den Teller und den Sirup hin.

»Wie ist das Verhältnis?«, frage ich. »Eins zu acht?«

»Das wäre ein bisschen wenig Sirup, oder nicht?«, scherzt sie.

Ich runzle die Stirn. »Ich meinte ein Teil Pancakes, acht Teile Sirup.«

»Oh.« Riven lacht, und ich grinse. »Schon eher.«

Während sie die dunkle Flüssigkeit über ihr Essen gießt, kündigt mein Handy mit einem Vibrieren eine neue Nachricht an. Ich will es ignorieren, aber es folgt bereits eine weitere. Und noch eine. Und noch eine …

Er wird doch nicht …

Ich schaue nach rechts und sehe Tommy, der mit finsterer Miene hinter der Auslage steht und mich anstarrt, sein Smartphone in einer Hand. Kurz tippt er darauf herum, dann vibriert meines erneut.

Widerwillig hole ich es aus meiner Tasche und sehe darauf.

Tommy: Wenn gleich einer von den anderen Gästen kommt und will, dass ich ihm auch Pancakes mache, hast du ein Problem! Verstanden?

Tommy: Ist das hier ein Diner, oder was?

Tommy: Mit MEINEM Ahornsirup!

Tommy: Hast du gehört, Myers???

Die fünfte Nachricht ist ein Gif von Leonardo DiCaprio in *Wolf of Wallstreet*, der gerade einen Wutanfall erleidet.

Abermals verdrehe ich die Augen. »Sorry«, murmle ich an Riven gewandt und tippe eine Antwort.

»Mh?«, macht sie nur abwesend mit vollem Mund und schaut von ihrem Teller auf.

Leevi: Schön. Was willst du als Entschädigung?

Tommy: Eine Flasche Sirup und eine Zusage für morgen Abend.

Leevi: Was willst du mit einer ganzen Flasche Sirup?? Drin baden?

Tommy: Ich glaube, du hast noch nicht verstanden, wer hier die Oberhand hat, mein Freund.

Leevi: Schön. Meinetwegen. Hast du eigentlich schon mal über einen Einstieg in die Mafia nachgedacht?

Tommy: Sehr lustig. Wie wär's, wenn du das Handy mal wegpackst, dein Date wartet.

Dieser … Ich lasse das Smartphone zurück in meine Jackentasche gleiten und treffe Rivens Blick. Sie mustert mich neugierig, und ich fühle mich seltsam ertappt. Mein *Date*. Schön wär's, wirklich. Und warum kann ich eigentlich selbst nach diesem Desaster von einem Kuss eben nicht aufhören, so zu denken?
»Was Wichtiges?«, fragt sie, und ich schüttle den Kopf.
»Kann warten.«
Riven nickt, widmet sich wieder ihrem Teller, und ein beklommenes Schweigen hüllt uns ein. Ich trinke meinen Kaffee und versuche, sie nicht beim Essen zu beobachten.
Oh Mann, was für ein Mist. Kriegen wir diese Unbefangenheit irgendwie wieder zurück?
»Schmeckt es?« Tommys Hand landet auf meiner Schulter und reißt mich aus meinen Gedanken. Genervt schaue ich zu ihm auf. Sein Blick haftet auf Riven, aber er hat diese … Aura

um sich. Diese Ausstrahlung, die ihn immer umgibt, wenn er irgendetwasausheckt.

Ich hoffe, er denkt an den Sirup. Den bekommt er nämlich ganz sicher nicht, wenn er Riven jetzt doch verkündet, dass er keine Pancakes auf der Karte hat.

»Ja, die sind wirklich lecker!«, antwortet sie ehrlich. »Gut, dass du die Bäckerei übernommen hast. Die Leute würden hier sonst was verpassen, glaube ich.«

Er winkt ab. »Vieles backt auch meine Mom noch. Aber sie schafft eben nicht mehr alles. Ehrlich gesagt fühle ich mich eher noch wie die Aushilfe als der Geschäftsführer. Sag mal, was machst du eigentlich morgen Abend?«

Ich erstarre. Riven schaut ein wenig verwirrt. »Ähm ... ich weiß noch nicht, wieso?«

»Wir machen einen Filmabend. Auri, ich und der da.« Tommy wuschelt mir durch die Haare, und ich ducke mich unter seiner Hand weg. Das ist also seine Rache. Großartig. Er hätte die Situation unmöglich noch komplizierter machen können. »Jonne, Lavender und Laina sind auch eingeladen. Komm doch dazu! Filmvorschläge werden angenommen.«

»Und rigoros abgelehnt«, füge ich hinzu und greife nach meiner Kaffeetasse, um irgendwas zu tun zu haben.

»Das stimmt gar nicht!«, echauffiert Tommy sich. »Neue Gäste haben außerdem einen Welpenbonus!«

»Was soll das denn sein?«, frage ich und hebe belustigt eine Braue.

Tommy boxt mir gegen die Schulter, und mein Kaffee schwappt gefährlich. »Jetzt frag nicht so komisch. Willst du, dass Riven kommt, oder nicht?«

Ich bin mir nicht sicher, ob Tommy mich gerade verkuppeln oder bloßstellen will. Er soll bitte schnellstmöglich mit beidem aufhören. Er und Riven schauen mich erwartungsvoll an, sie mit einer deutlichen Spur Verunsicherung.

»Doch, natürlich!«, bringe ich hervor. »Ich würde mich freuen, mal mit normalen Menschen einen Film zu sehen statt mit zwei obsessiven Schokoladenfanatikern.«

Wieder kassiere ich einen Hieb gegen die Schulter und stelle meine Tasse vorsichtshalber ab. »Schokolade kann man wenigstens essen, im Gegensatz zu deinen langweiligen Büchern. Also, Riven, kommst du? Es gibt auch Kuchen.«

Sie wirft mir wieder einen Blick zu, und ich lächle. Zögerlich willigt sie ein.

»Sehr gut! Dann um sieben bei mir. Leevi kann dir den Weg zeigen. Auri wird sich freuen, dich wiederzusehen.« Er zieht ab und macht sich daran, einige der Tische abzuräumen und abzuwischen. Mir entgeht nicht, dass er dabei immer wieder neugierig in unsere Richtung schaut.

Riven hat einen großen Bissen Pancakes auf ihre Gabel aufgespießt und dreht ihn nachdenklich hin und her. »Ist das wirklich okay?«, fragt sie.

»Klar.«

»Nicht komisch?«

Ich verziehe das Gesicht. »Vermutlich wird es komisch, ja. Aber wir können einfach so tun, als würden wir es nicht merken?«

Sie verzieht das Gesicht. »Und ich störe auch sicher nicht?«

»Wieso solltest du?«

»Okay. Ich … will mich nur nicht aufdrängen oder so.«

Ich schnaube. »Wenn hier jemand aufdringlich ist, dann Tommy.«

Sie schmunzelt verhalten. »Aber immerhin macht er verdammt gute Pancakes.«

»Oh ja.« Ich greife nach der zweiten Gabel, die Tommy uns vorhin gebracht hat. »Darf ich?« Vielleicht fühle ich mich normaler, wenn ich Riven nicht nur beim Essen beobachte.

»Klar! Ich würde die Portion sowieso niemals schaffen. Macht ihr so was öfter? Filmabende, meine ich.«

»Regelmäßig. Aber ich passe auch manchmal. Es ist nicht so gut mit meinen Aufstehzeiten vereinbar.«

»Verstehe. Nervt dich das nicht, immer so früh aus dem Bett zu müssen?«

Ich kann gar nicht beschreiben, wie sehr es das tut. Doch ich schlucke das Geständnis herunter. Riven würde nachfragen.

Und das würde dieses furchtbare »Ich hasse meinen Job«-Fass öffnen. Die Büchse der Pandora, die ich verbittert geschlossen halte, um den Frieden innerhalb der Familie zu wahren. »Anfangs hat es das. Mittlerweile hab ich mich wohl dran gewöhnt«, behaupte ich stattdessen.

Bevor ich mir allzu viele Gedanken darüber machen kann, führen Riven und ich bereits ein Gespräch. Sie fragt nach meiner Arbeit, meinen Eltern, der Freundschaft zu Tommy, und ich erkundige mich im Gegenzug nach ihrem Leben. Aber jedes Mal landen wir dadurch wieder bei ihrem Vater, ihren Geschwistern und der frustrierenden Sackgasse, in der sie sich momentan zu befinden scheint.

Es ist klar, wie sehr das Thema Riven mitnimmt. Sie will ihrem Dad helfen. Aber so, wie ich es mitbekommen habe, scheint es unwahrscheinlich zu sein, eine Pflegekraft auf die Insel zu bekommen, und alle anderen Optionen schließt er aus. Selbst die, mit ihr nach Toronto zu ziehen. Ich kann ihn verstehen. Für mich wäre das auch nichts.

Nach etwa einer halben Stunde klingelt Rivens Handy. Ein Blick aufs Display, und ihre Miene verfinstert sich.

»Meine Schwester«, stellt sie fest. »Das könnte länger werden, tut mir leid. Aber wir sehen uns dann morgen?«

»Klar. Um sieben. Ich schreib dir einfach noch mal.«

Riven lächelt verhalten und steht auf. »Danke. Bis dann!« Sie schnappt sich ihren Mantel, hält sich das Smartphone ans Ohr und läuft zum Ausgang. »Hey, Naemi«, höre ich noch. »Was ist los?« Dann fällt die Tür hinter ihr zu.

Unschlüssig schaue ich ihr nach und beobachte sie dabei, wie sie sich etwas umständlich den Mantel anzieht und den Platz in Richtung von Mr. Williams' Haus überquert. Was für ein Durcheinander. Nachdenklich trommle ich mit den Fingern gegen meine leere Tasse und bemerke Tommy und sein rotzfreches Grinsen erst, als er sich damit direkt in mein Sichtfeld schiebt.

»Uhuhuuuu!«, macht er und lässt sich auf Rivens frei gewordenen Platz sinken. Er wackelt mit den Augenbrauen, und ich presse die Lippen zusammen, um mir möglichst jegliche Reaktion zu verkneifen. »Was genau läuft da?«, will er wissen.

»Ich geh gleich vor dir weg, wenn du nicht mit dem Quatsch aufhörst«, murre ich.

»Du könntest mir nie entkommen, Myers. Mit deinen kurzen Beinen … Tu doch nicht so.«

Ich muss lachen und bewerfe ihn mit einer zusammengeknüllten Serviette. »Als ob du auf den Stelzen schneller wärst. Und mit diesen Riesenfüßen bleibst du nur überall hängen.«

Tommy fasst sich gespielt getroffen ans Herz. »Ich halte ja vieles aus, aber dass du jetzt auch noch meine Füße beleidigst …! Wobei … Mit deiner Größe siehst du wahrscheinlich auch nicht viel mehr von mir, was?«

Ich schnaube. »Touché. Die sind aber auch nicht zu übersehen, also …«

Tommy schüttelt belustigt den Kopf. »Wir können diesen Schlagabtausch jetzt noch eine halbe Stunde so weiterführen. Oder du gibst gleich zu, dass du auf Riven stehst. Wie wär's? Ich muss noch arbeiten.«

»Hast du was gesagt?«, frage ich und lege mir eine Hand wie einen Trichter ans Ohr. »Das kam von so weit weg …«

»Beleidigst du dich jetzt schon selbst, um mir nicht antworten zu müssen? Sehr bezeichnend.«

»Ich weiß echt nicht, wovon du sprichst.«

»Also bitte.« Er lehnt sich auf dem Stuhl zurück und verschränkt die Arme vor der Brust. Geradezu abschätzig mustert er mich. »Du kommst hierher, verlangst, dass ich heimlich Pancakes mache, und bringst eine Frau mit, zu der du mir keine einzige Frage beantworten willst. Soll ich das für harmlos halten?«

Frustriert vergrabe ich das Gesicht in den Händen. »Tommy … Was genau erwartest du eigentlich von mir?«

Seine braunen Augen funkeln verschwörerisch, als hätte er nur auf diese Frage gewartet. »Dass deine unsterbliche Kindheitsliebe zu ihr wieder aufflammt und du ihr den Hof machst wie in diesen kitschigen RomComs, die du heimlich immer schaust.«

Oh mein Gott. Wenn er wüsste, was ich vor einer halben Stunde getan habe, würde er vielleicht seine verfluchte Klappe halten. Andererseits ... Nein. Im Gegenteil. Dann würde er mich nur noch mehr damit nerven. Insofern – ohne meinen Anwalt sage ich dazu kein Wort.

»Und von was für einer Kindheitsliebe genau sprichst du?«, weiche ich aus. »Wir waren beste Freunde, nie mehr. Du bist auch mein bester Freund, wenn ich dich daran erinnern darf. Ich hoffe, du erwartest jetzt keinen Ring.«

»Ich will keinen Ring, Myers!«, ruft er übermäßig theatralisch. »Ich will nur deine Ehrlichkeit!«

Schade eigentlich. Hätte er es nicht so überzogen, wäre das ein wirklich erinnerungswürdiger Satz gewesen.

»Komm. Mal im Ernst, warum druckst du so rum? Ich sehe doch, dass du sie magst. Aber zugegeben, die Stimmung zwischen euch war ein bisschen komisch.«

Er wird keine Ruhe geben. Natürlich nicht, was habe ich auch erwartet? Um ehrlich zu sein, frage ich mich, wieso ich Riven überhaupt hierhergebracht habe. Vielleicht, um genau so ein Gespräch endlich führen zu können. Um mal aus meinem eigenen Kopf rauszukommen, der sich seit einer Woche nur um sie dreht, und ein paar der Gedanken nach außen zu kehren. Nur eben nicht die, die dafür sorgen, dass er mich die nächsten drei Monate zu Tode nervt.

»Kannst du deine Klappe halten?«, frage ich ernst und verschränke meine Finger ineinander.

»Du meinst, im Sinne von ein Geheimnis bewahren? Natürlich, Mann! Für wen hältst du mich?« Tommy stützt die Ellbogen auf die Tischplatte und schaut mich erwartungsvoll an. Er glaubt wahrscheinlich, dass ich ihm jetzt mein Herz ausschütte. Damit kann ich leider nicht dienen. Dafür ist es viel zu verheddert und durcheinander.

»Mr. Williams hat Alzheimer«, sage ich leise.

Tommys Gesichtszüge entgleisen. Mit offenem Mund starrt er mich an und scheint nicht zu wissen, was er darauf erwidern soll. »Was?«, stößt er aus. »Im Ernst?«

»Nicht gerade etwas, worüber ich scherzen würde.«
»Scheiße …«
»Jep. Dementsprechend solltest du deine wilden Vermutungen und Verkupplungsversuche vielleicht ein bisschen zurückschrauben. Ich glaube nicht, dass Riven für so was gerade einen Kopf hat.« Was den Kuss noch zehnmal unangebrachter macht, als er ohnehin schon war … Ich habe vorhin wirklich nicht nachgedacht.

Tommy verzieht das Gesicht und fährt sich durch die kurzen hellbraunen Haare. »Ich wusste ja nicht, dass ihr über so ernste Sachen sprecht. Du wolltest Ahornsirup, Mann … Das war übrigens nicht ernst gemeint mit der Flasche. Wobei …« Er besieht sich den Sirup auf dem Tisch. »Wie viel davon hat sie bitte gegessen?«

Schnaufend atme ich aus. Tommy hat, so zumindest meine Theorie, als erste Mahlzeit nach seiner Geburt einen Clown gefrühstückt, der jetzt mietfrei in seinem Gehirn wohnt. Und leider fehlt ihm im Gegenzug irgendein Gen, mit dem er erkennen kann, wann seine Witze angebracht sind und wann nicht. Er meint es nie böse, das weiß ich. Aber manchmal braucht man in seiner Gegenwart gute Nerven. Und oft ist es auch an mir, ihn in solchen Situationen etwas zu zügeln.

Mittlerweile verlässt er sich sogar darauf, dass wir das tun. Seine beste Freundin Auri und ich sind sozusagen seine Anstandsdamen. Die Aufgabe wäre allerdings einfacher, wenn er auch bemerken würde, wann wir ihm unterschwellige Zeichen geben. Alias mit dem Zaunpfahl winken. Ich verkneife mir ein Schmunzeln.

»Und was machen sie jetzt?«, will er wissen und schiebt die Sirupflasche wieder von sich. »Der alte Mr. Williams ganz allein in dem riesigen Haus? Kein Wunder, dass er die letzten Monate so komisch war …«

»Es ist noch nicht entschieden«, weiche ich aus. Es geht mir nicht darum, Rivens private Angelegenheiten breitzutreten. Ich bin niemand, der tratscht oder gern hinter anderer Leute Rücken redet, sondern will nur, dass er weiß, was mich beschäftigt.

Und sich ein bisschen zusammenreißt. »Jedenfalls wird Riven früher oder später zurück nach Toronto gehen, was deine unangebrachten Anspielungen noch unangebrachter macht.«

»Ich wollte ja nur wissen, ob du endlich deine Muse gefunden hast!«

Ich lache auf. »Weißt du was, darüber können wir reden, wenn du Auri nach einem Date gefragt hast.«

Tommy läuft hochrot an und schüttelt den Kopf. »Hör endlich auf mit dem Quatsch.«

»Dieser Satz aus deinem Mund ...«

»Jaja, schon gut.« Er verdreht die Augen, steht auf und sammelt das Geschirr ein. »Ich muss weitermachen. Der kleine Kenny wollte übrigens unbedingt Pancakes, vielen Dank dafür.«

»Wer kann es ihm verübeln? Deine Pancakes sind göttlich.«

»Das weiß er aber nicht! Und das soll auch keiner wissen, ich habe keine Lust, den ganzen Tag nur Teig zu wenden.«

»Na, hoffentlich erzählt Riven nicht rum, wie lecker sie waren ...«

Tommy tritt mir gegen das Schienbein, und ich stöhne auf. »Wir sehen uns morgen.«

»Vielleicht komme ich ja zu spät und lasse dir und Auri noch ein bisschen Zeit zum Reden«, ziehe ich ihn auf.

Er funkelt mich an, erwidert aber nichts mehr. Mit trotzig erhobenem Kinn trägt er das Geschirr in die Küche und lässt mich allein am Tisch zurück.

RIVEN

Der Wind, der vom Meer her durch die dunklen Straßen weht, ist eisig und fährt mir unter den Mantel. Er riecht nach Salz und Winter. Vertraut. Heimelig. Und irgendwie verheißungsvoll. Mein Gesicht prickelt von der Kälte, und ich sauge die frische Luft tief in mich ein.

Schon von Weitem erkenne ich Leevis dunkle Umrisse, und mein Herz beginnt zu hüpfen – vor Sehnsucht und vor Traurigkeit gleichermaßen. Er steht am Kai, im Licht einer einsamen Straßenlaterne. Die Hände hat er wie so oft in den Taschen seines Windbreakers vergraben, sein Blick ist aufs Meer geheftet. Port McNeill ist am anderen Ufer der Queen Charlotte Strait nur als eine Sammlung kleiner Lichtpunkte zu erkennen, das Rauschen der Wellen übertönt beinahe meine Schritte auf dem Teer.

Dennoch dreht Leevi sich zu mir um, als ich nur noch wenige Meter von ihm entfernt bin, und ein warmes Lächeln legt sich auf seine Lippen. Dabei entgeht mir das Zögern nicht, das vorher über sein Gesicht huscht. Doch wir ignorieren es beide, schätze ich. Wie besprochen.

»Hi«, stoße ich aus, und es klingt genauso verfroren, wie ich mich fühle.

»Kalt?«, fragt er grinsend. Seine Haare sind zerzaust, und ich verspüre das plötzliche Bedürfnis, mit den Fingern hindurchzufahren, um sie zu entwirren. Das käme sicher gar nicht komisch, nein …

»Ein bisschen«, gestehe ich.

»Na dann, nichts wie rein.« Leevi nickt in Richtung der Bäckerei, und ich folge ihm um das Gebäude herum zu einer Außentreppe, die hoch zum oberen Stockwerk führt. Ich bin ein wenig nervös. Die Einladung wirkte so persönlich. Ein Abend mit Menschen, die ich eigentlich gar nicht kenne. Was, wenn sie mich nicht mögen? Wenn wir keine Berührungspunkte mehr haben, bis auf Leevi, mit dem ich gleichzeitig zu viele habe?

Doch bevor ich mir allzu sehr den Kopf darüber zerbrechen kann, wird bereits die Tür geöffnet, und der Duft von frischem Kuchen strömt uns entgegen.

Tommy steht vor uns, in grauer Jogginghose und einem *Inception*-T-Shirt. Er muss sich ducken, damit er nicht mit dem Kopf an den Türrahmen stößt, und unwillkürlich frage ich mich, warum ausgerechnet er mit seinen geschätzt zwei Metern Körpergröße in einer Dachgeschosswohnung wie dieser lebt. Als ich ihn gestern erkannt habe, dachte ich, ich sehe nicht richtig. In der Schule war er immer der Kleinste unserer Klasse. Keine Ahnung, wie er es geschafft hat, uns alle derart zu überholen.

Ich runzle die Stirn. Tommy hat weißen Staub an Kinn und Wange. Und nun bemerke ich diesen auch auf seinem Shirt.

»Hi«, stößt er etwas atemlos aus, und Leevi räuspert sich hörbar belustigt.

»Was ist mit dir passiert?«, fragt er.

»Was? Wieso?« Tommy sieht an sich herunter, bemerkt die Flecken auf seiner Kleidung und klopft ungeduldig mit den Händen darauf herum. Es staubt, doch ganz kriegt er sie nicht weg. »Ah, Mist.«

»Ist das Mehl oder Kokain?«, will Leevi wissen und schiebt sich an Tommy vorbei nach drinnen. Ich folge ihm in einen kleinen Flur mit Garderobe, in dem unser Gastgeber immerhin aufrecht stehen kann. Allerdings sehe ich jetzt, dass er das mutmaßliche Mehl auch in seinen Haaren hat. Und zwar nicht gerade wenig. Ich verkneife mir ein Lachen, und Leevi schnaubt. »Steht dir ...«

»Wo schaut ihr hin?«, fragt Tommy frustriert und fährt sich mit der Hand über das Gesicht, wodurch er das Zeug bis in seine Augenbrauen reibt. Genervt sieht er hinunter auf seine Finger. »Mann! Auri! Hast du mir Mehl ins Gesicht geschmiert?«

»Uuuups!«, tönt es aus einem der angrenzenden Zimmer.

Leevi streift sich Schuhe und Jacke ab und versucht gar nicht erst, sein Grinsen zu unterdrücken. »Und wie genau ist das passiert?«, zieht er Tommy auf. »Sollen wir lieber wieder gehen?«

»Wir haben einen Kuchen gebacken, du undankbarer Hund«, murrt Tommy und schmiert Leevi das Mehl von seinen Fingern auf die Wange.

»Hey! Ich hab doch gar nichts gemacht!«

»Na klar!«

Ich versuche, das plötzliche Gefühl abzuschütteln, das mich überkommt. Das Gefühl, als wäre ich außen vor, würde nicht dazugehören. Es hat mich schon in der Bäckerei beschlichen, als ich diese merkwürdige Anspannung zwischen den beiden bemerkt habe. Fast, als wüssten sie etwas, in das ich nicht eingeweiht werden soll. Etwas, worüber sie erst sprechen, wenn ich weg bin.

Rein rational bezweifle ich, dass Leevi hinter meinem Rücken schlecht über mich spricht. Ich glaube sogar, er hat Tommy nicht mal von dem Kuss erzählt – und wenn doch, lässt dieser sich nichts anmerken. Es ist auch nicht so, als würde ich ihn in irgendeiner Form verdächtigen, fies zu sein.

Aber ich fühle mich oft so. Immer wieder, selbst in den seltsamsten Situationen und ohne erkennbaren Anlass. Bei Familienessen, im Büro, im Kino mit meinen Freunden. Ich nenne es den Glaskasten. In mir ist die eiserne Überzeugung verankert, nicht dazuzugehören. Es ist fast, als wäre zwischen mir und dem Rest der Welt eine unsichtbare Wand, die mich von diesem abschneidet. Ich kann nicht an dem teilhaben, was dort passiert. Höre nicht, was sie sagen. Werde selbst nicht gehört. Ich bin eine unbeteiligte Zuschauerin. Und ebenso, wie ich kein richtiger Teil der Welt zu sein scheine, ist sie kein Teil von mir. Uns fehlt der Bezug zueinander. Das gegenseitige Verständnis. Der *Common Ground*, mit dem andere vielleicht nachvollziehen könnten, was ich denke oder fühle. Stattdessen bin ich ein Fremdkörper. Hier, in dieser Wohnung, diesem Leben, dieser Welt. Passe einfach nicht dazu.

Der Gedanke kommt so unerwartet, dass er mich beinahe erschlägt. Ich atme gegen die plötzliche Melancholie an und versuche, das Gespräch mit Naemi gestern aus meinen Gedanken zu verbannen. Das muss jetzt nicht auch noch an die Oberfläche. Ihr ewiges »Sei doch mal vernünftig«, »Sei rational«, »Es kann nicht immer alles nach Dads Sturkopf gehen, sieh das doch mal ein«.

Als wären meine Gedanken falsch. Als wäre *ich* falsch, weil ich nicht zu meinen pragmatischen Geschwistern passe und mit meiner Empathie heraussteche. Dabei ist es doch *sein* Leben, über das wir hier entscheiden. Nicht unseres.

»Hey, Riven«, reißt Tommys Stimme mich aus meinen Gedanken. Ich blinzle. Er nimmt mir bereits den Mantel ab, den ich eben ausgezogen habe.

»Oh. Hi. Danke für die Einladung«, bringe ich heraus.

»Gerne doch. Siehst du, Leevi, so begrüßt man den Gastgeber richtig!«

Er zwinkert mir zu, und ich lächle. Irgendein Automatismus in mir erwacht wieder zum Leben und fährt damit fort, das Trugbild aufrechtzuerhalten, das es so aussehen lässt, als würde ich dazugehören. »Du hast da übrigens noch Mehl.« Ich deute auf Tommys Kinn. »Und da. Und da. Und … na ja, eigentlich überall.«

Leevi lacht. Tommy verzieht das Gesicht und verschwindet durch eine Tür zu unserer Rechten, die scheinbar in ein Bad führt, denn kurz darauf höre ich Wasser laufen.

Ein aufgeregtes Quietschen lässt mich wieder den Kopf drehen. Ich erkenne gerade noch einen schwarzen Haarschopf, da werde ich auch schon so stürmisch umarmt, dass ich keine Luft mehr kriege und einen Schritt rückwärts stolpere.

»Riven!«

»Auri!«, beschwert Leevi sich.

»Ähm«, mache ich nur überfordert und tätschle der mutmaßlichen Auri den Rücken. Sie löst sich von mir und strahlt mich aus blauen Augen an.

Sofort muss auch ich lächeln. Auch mit Auri bin ich zur Schule gegangen, war sogar gut mit ihr befreundet. Wir haben uns ewig nicht gesehen, aber trotz der neuen Frisur mit dem geraden Pony erkenne ich sie problemlos wieder. Im Gegensatz zu Tommy ist sie seitdem auch nicht mehr gewachsen. Sie ist jetzt sogar kleiner als ich.

Es ist ein schönes Gefühl, sie wiederzusehen. Ein vertrautes, auch wenn ich noch nicht ganz weiß, wie ich ihr nach all den Jahren gegenübertreten soll.

Auri jedoch scheint diesbezüglich keine Probleme zu haben. Sie wippt auf den Fußballen und mustert mich ungeniert von Kopf bis Fuß.

»Schön, dich zu sehen«, bringe ich heraus, doch ihr Gesicht wird ernst.

»Oh mein Gott. Wo hast du diesen wunderschönen Pullover her? Sag es mir sofort!« Sie zupft am Saum meines cremefarbenen Kaschmirpullis, und ich lache verlegen.

»Ähm ... ich fürchte, der ist nicht mehr im Sortiment. Das ist ein *Ralph Lauren*-Pulli, den habe ich mir zum Studienbeginn secondhand gekauft.«

»Oh. Okay. Dann muss ich jetzt offiziell vor Neid sterben.« Leevi schüttelt neben mir den Kopf, und ich lache verlegen.

»Aha!« Die Badezimmertür fliegt auf, und Tommy kommt heraus. Bevor einer von uns reagieren kann, hat er Auri von hinten gepackt, sie hochgehoben und trägt sie strampelnd und quietschend zurück in den Raum, aus dem sie gekommen ist. Sie verschwinden aus meinem Sichtfeld. »Warum war mein Gesicht voller Mehl, du Biest?«, fordert er.

Auri lacht. »Lass mich runter, du Vogel!«

»Nein, ich übe jetzt Rache.«

»Wehe, du ... Tommy, wehe! *Ah!*« Auri kreischt, Tommy lacht diabolisch, und ich werfe Leevi einen verstörten Blick zu. Er hat die Lippen fest zusammengepresst und sieht aus, als würde er gleich in Gelächter ausbrechen.

»Sollen wir direkt wieder gehen?«, fragt er scherzhaft, und ein Grinsen breitet sich auf seinem Gesicht aus.

»Solange ich was auch immer da drin passiert nicht anschließend wegputzen muss, können wir bleiben«, flüstere ich und trete näher zu ihm. Durch die halb offene Tür kann man von seiner Position aus sehen, was die beiden machen.

Auri sitzt unter einer Dachschräge auf der Küchenarbeitsplatte und hält sich quietschend die Hände vors Gesicht, während Tommy, der zwischen ihren Beinen steht, versucht, ihr Mehl auf die Wangen zu schmieren.

Ich schnaube. »Okay. Vielleicht sollte man sie doch allein lassen.«

»Ja. Das denke ich mir jedes Mal. Alles okay bei dir?«

»Hm?« Verwirrt schaue ich ihn an.

Er zuckt unschlüssig mit den Schultern. »Du wirktest eben ein bisschen ... verloren?«

Das ist ihm aufgefallen? »Alles gut, danke.« Ich setze ein Lächeln auf, und es ist tatsächlich ein ehrliches. Es fühlt sich schön an, dass Leevi so aufmerksam ist.

»Okay. Na dann. Bereit für die da?« Er deutet mit dem Kinn in Richtung der Küche und schiebt gleichzeitig die Ärmel seines Hoodies hoch. Mein Blick bleibt an seinen gebräunten Unterarmen hängen.

Sie wirken kräftiger, als ich es erwartet hätte. Bisher habe ich Leevi immer nur in Pullover oder Jacke gesehen und bin davon ausgegangen, dass er unter dem Stoff schmächtig ist. Dass man als Fischer sicher auch einiges an Kraft braucht, kam mir nicht in den Sinn. Dementsprechend klebt mein Blick nun förmlich an den leichten Konturen seiner Muskeln.

»Riv?«

Ach ja. Er hat mir eine Frage gestellt. Eilig sehe ich ihm wieder ins Gesicht und nicke. Leevi runzelt kurz die Stirn und geht dann mir voraus durch die Tür. Wieder huscht mein Blick zu seinen Armen, diesmal jedoch aus reiner Neugier. Eben habe ich schwarze Tinte auf seiner Haut entdeckt. Tattoos. Feine Schriftzüge. Ein angenehmer Schauer läuft mir über den Rücken. Ich selbst habe nur aus einem Grund keine Tattoos: weil es mir zu persönlich ist. Ich habe das Gefühl, als könnte man aus einem einzigen Strich Tinte unendlich viel über einen Menschen herauslesen. Und ich scheue mich davor, anderen derart offen zu begegnen. Es würde ihnen die Chance geben, mich zu verstehen. Und wenn sie es selbst dann nicht schaffen, wäre es gleich eine doppelte Enttäuschung.

Leevi scheint keine derartigen Sorgen zu haben. Ich entdecke mehrere Schriftzüge auf seiner Haut, die meisten halb verdeckt vom Stoff seines Pullovers. Doch einer steht präsent längs auf der Innenseite seines Unterarms, nah an seinem Handgelenk. In sauberen kleinen Lettern, fast als hätte ihm eine Schreibmaschine die Worte auf den Arm gedruckt. Ich sehe es nur kopfüber und habe Mühe, es zu entschlüsseln.

But I … have …

»Nehmt euch ein Zimmer«, fordert Leevi, und ich reiße meinen Blick von seiner Haut los. Wie unhöflich, ihn so anzustarren. Mit glühenden Wangen schaue ich auf.

Auri versucht immer noch, ihr Gesicht vor Tommy zu schützen, der ungerührt zu uns rübersieht. »Meine Wohnung, schon vergessen?«

»Filmabend, schon vergessen?«, kontert Leevi, tritt um die Kücheninsel herum zu den beiden und holt zwei Gläser aus dem Schrank neben Auris Kopf.

»Der Kuchen verbrennt«, nuschelt diese hinter vorgehaltenen Händen und versucht, sich an Tommy vorbeizuschieben.

»Der braucht noch fünf Minuten«, behauptet er, lässt sie aber trotzdem frei.

Ich schaue mich um. Die Küche ist hell, und die Fronten sehen aus wie frisch gestrichen, doch man sieht ihr an, dass sie bereits in die Jahre gekommen ist und nur aufgearbeitet wurde. Das altmodische Design könnte fast schon als Vintage durchgehen.

Auf der langen Seite des Raumes beginnt ungefähr auf Brusthöhe die Dachschräge. Rohe Holzbalken säumen die Decke, dazwischen ist alles weiß verputzt. Gegenüber der Küche wird der Raum breiter. Unter der Schräge steht ein großes graues Ecksofa, auf der anderen Seite ein überdimensionaler Fernseher mit zwei riesigen Boxen daneben. Vor dem Fenster an der hinteren Wand des Zimmers erkenne ich gerade nur undurchdringbare Schwärze, aber wenn ich mich nicht täusche, schaut man von dort aufs Meer.

»Was willst du trinken?«, fragt Leevi, der wieder neben mir steht.

»Eistee?«, schlage ich vor, unsicher, ob das überhaupt zur Auswahl steht. Er nickt und geht hinüber zu einem Kühlschrank in der Ecke gegenüber der Dachschräge.

»Wie lange bleibst du eigentlich noch auf der Insel?«, will Auri wissen und kommt zu mir. Sie wischt sich mit einem Küchentuch Mehl von den Handrücken und tupft anschließend auf ihren unversehrten Wangen herum. »Wir könnten ja mal was zusammen machen! Ohne die Komischen da, meine ich.« Sie deutet mit dem Kopf vielsagend zu Tommy, der soeben Chips in zwei Schüsseln füllt.

Verlegen räuspere ich mich. Jetzt hat sie es tatsächlich geschafft, binnen fünf Minuten ausgerechnet dieses Thema anzusprechen. Ich spüre Leevis Blick auf mir und kann nicht anders, als ihn anzuschauen. Seine Brauen sind kaum merklich gehoben. Er würde für mich schweigen, das weiß ich. Nur, was soll das bringen?

»Ich habe entschieden, noch bis Januar zu bleiben«, gestehe ich. »Und gerne. Das würde mich freuen.«

»Was, so lange?«, ruft Auri halb erstaunt, halb freudig. »Wie denn das? Musst du nicht arbeiten?«

»Ich habe eine Freistellung beantragt«, erkläre ich weiter. »Mein Dad braucht hier Unterstützung, bis wir eine Pflegekraft für ihn gefunden haben.«

Ein besorgter Ausdruck tritt auf Auris Gesicht. »Eine Pflegekraft? Was hat Mr. Williams denn? Ist er krank?«

»So was fragt man nicht, Auri«, murmelt Tommy hinter ihr. Leevi löst sich endlich aus seiner Starre und kommt mit der Packung Eistee zu mir. Seine Nähe beruhigt mich ein wenig. Ich atme tief durch.

»Ist schon okay.« Kurz habe ich überlegt, ob es mir überhaupt zusteht, anderen von Dads Krankheit zu erzählen. Aber das sind nicht seine Bekannten, sondern meine. Und ich brauche auch Menschen, mit denen ich sprechen kann, ohne jedes Mal direkt diskutieren zu müssen. »Er hat Alzheimer.«

Auri zieht hörbar die Luft ein und presst sich das Geschirrtuch an die Brust. »Oh nein. Das tut mir leid!«

Tommy wendet den Blick ab. Er wirkt betroffen, aber zugleich peinlich berührt. Wusste er es schon? Fragend schaue ich zu Leevi, der entschuldigend einen Mundwinkel verzieht. Also ja.

Ich lächle ihn schwach an. Es stört mich nicht, dass er sich Tommy anvertraut hat. Er ist immerhin sein bester Freund und hat es scheinbar seinerseits nicht weitergeplaudert. Auri zumindest wirkt aufrichtig schockiert.

Sie legt das mehlige Tuch beiseite, das einen weißen Abdruck auf ihrem dunkelroten Shirtkleid hinterlässt, und umarmt mich erneut. Ich erwidere es und muss nun ehrlich lächeln. Auri war schon früher immer ein bisschen eigen. Aber auch herzlich, liebevoll und eine gute Freundin. Daran scheint sich ebenso wenig geändert zu haben wie an ihrer Größe.

»Danke«, sage ich leise, als sie sich wieder von mir löst.

Sie schenkt mir ebenfalls ein Lächeln. »Ich bin dafür, dass Riven heute den Film aussuchen darf«, verkündet sie, woraufhin Tommy schockiert nach Luft schnappt.

»Was? Wir kennen sie ja gar nicht! Was ist, wenn sie einen genauso furchtbaren Geschmack hat wie du?«

»Oder gern Horrorfilme schaut«, fügt Leevi gespielt ernst hinzu. Dass das ein Scherz war, scheint Auri nicht zu realisieren. Besorgt schaut sie mich an.

»Du magst keine Horrorfilme, oder?«, hakt sie nach. »Sonst muss ich das Angebot zurückziehen.«

»Ich hasse Horrorfilme«, verspreche ich.

»Was, wenn sie *Avengers* schauen will!«, jammert Tommy weiter. »Oder irgendeinen anderen Superheldenfilm!«

»Jetzt beruhig dich mal«, meint Leevi belustigt. »Wir sind doch sowieso mit allen Wassern gewaschen. Nichts kann schlimmer sein als die Käsedoku, zu der Auri uns letztes Jahr gezwungen hat.«

»Hättet ihr mal zugehört, statt den ganzen Film über nur rumzuheulen, hättet ihr vielleicht was dabei gelernt!«, giftet sie und wirft das Geschirrtuch nach Leevi. Leider kommt es vom Kurs ab und flattert direkt in die Chipsschüssel, die Tommy eben befüllt hat.

Er stöhnt auf. »Musst du das Mehl wirklich *überall* verteilen?«

Auri streckt ihm die Zunge raus, hakt sich bei mir unter und zieht mich demonstrativ in Richtung des Sofas. Ich sinke in das weiche Polster und bekomme prompt eine Fernbedienung in die Hand gedrückt.

Unschlüssig mustere ich sie. Es scheint nicht gerade eine leichte Aufgabe zu sein, hier einen Film auszusuchen. Und ich bin wirklich keine Filmkennerin oder so.

Leevi lässt sich neben mich sinken, stellt mein Glas vor mir ab und lehnt sich verschwörerisch in meine Richtung. »Keine Sorge«, raunt er. »Zu dritt können wir Tommy überwältigen, falls du wirklich *Avengers* schauen willst.«

»Das schaff ich auch allein«, bemerkt Auri. »Ein gezielter Tritt in die Eier …«

»Willst du das wirklich riskieren?«, erwidert Leevi und schaut sie an, ein neckisches Funkeln in den Augen.

Sie hebt herausfordernd die Brauen. »Wenn du dir Sorgen um seine Gesundheit machst, kann ich gern erst an dir üben.«

»Klar, warte. Ich hol dir schnell eine Leiter.«

Auri bläst die Backen auf. »Sei froh, dass ich nichts mehr zum Werfen habe!«

Ich bin darüber ganz froh. Denn ich habe die Befürchtung, es würde ohnehin auf mir landen.

»Ab jetzt offizielles Wurfverbot!«, mischt sich Tommy ein, der sich auf Auris andere Seite setzt. »Wer zuwiderhandelt, bekommt nichts vom Kuchen.«

»Käsekuchen?«, hakt Leevi nach.

Auri greift in die Schüssel auf Tommys Schoß und wirft mit einem Erdnussflip nach Leevi, welcher prompt in meinen Haaren hängen bleibt. »Oh. Sorry.« Eilig pflückt sie ihn raus und steckt ihn sich in den Mund.

Ich weiß nicht, was ich sagen soll. Leevi räuspert sich, womit er wohl ein Lachen zu kaschieren versucht.

»Wo ist eigentlich unsere Anstandsdame, wenn man sie braucht?«, murmelt Tommy und beäugt die Fernbedienung in meiner Hand.

»Stimmt«, nuschelt Auri. »Wo ist Laina?«

Leevi zuckt mit den Schultern. »Ich würde mal raten, in ihrem Bett, zusammen mit einem guten Buch.«

Auri stöhnt. »Langweilig! Das kann sie doch auch wann anders lesen! Schreib ihr, sie soll herkommen!«

»Soll ich ihr auch gleich von den bisherigen Vorkommnissen des Abends berichten? Ich bin sicher, sie wird sofort alles stehen und liegen lassen, wenn sie hört, dass du Flips aus Rivens Haaren isst.«

Auri schnaubt und drückt den *Power*-Knopf an der Fernbedienung. »Bitte such was ganz Furchtbares aus, Riven.«

»Ähm ... wisst ihr was?«

Alle drei schauen mich erwartungsvoll an. Verlegen lächelnd gebe ich Leevi die Fernbedienung in die Hand. »Ich gebe mein Aussuch-Recht hiermit weiter.«

Tommy und Auri stöhnen gleichzeitig auf. Leevi grinst.

Scheinbar war das auch nicht unbedingt die beste Idee, aber sein freudiger Gesichtsausdruck macht es wett. Er lehnt sich in den Kissen zurück und klickt sich durch die Navigation des Smart-TVs. Das Ding ist so groß, dass man sich fühlt wie im Kino.

Mit einer Kopfbewegung lädt er mich dazu ein, näher zu kommen. »Ich räume dir ein Mitbestimmungsrecht ein«, sagt er mit gedämpfter Stimme.

»Okay.«

Hinter mir fangen Auri und Tommy an, sich zu unterhalten. Ich schnappe auf, dass Jonne und Lavender wohl doch keine Zeit haben. Offenbar hat Lavenders Vater sich spontan für einen Besuch angekündigt, was aus irgendeinem Grund ein Problem darstellt.

»*Breakfast Club?*«, schlägt Leevi leise vor. »Passend zu *Breakfast at Tiffany's* gestern.«

»Gerne. Den hab ich auch noch nicht gesehen«, gestehe ich.

»Wow. Wir haben wirklich Nachholbedarf, kann das sein? Na dann?«

Ich nicke. »Okay.« Leevi hebt bereits die Fernbedienung, hält dann jedoch noch mal inne. »Ohhh, aber vorher ...« Er lehnt sich näher zu mir und flüstert mir ins Ohr: »Sollen wir Tommy ärgern?«

Ich versuche, den angenehmen Schauer zu unterdrücken, der mir dabei über den Rücken läuft. Sofort spüre ich wieder den Nachhall von Leevis Lippen auf meinen. Seine Hand in meinem Nacken. Seinen Arm um meine Taille. Wärme überall.

»Was schlägst du vor?«

Leevi schmunzelt. »Pass auf.«

»Was tuschelt ihr da?«, will Tommy wissen.

»Nichts«, behaupten Leevi und ich gleichzeitig, während er Buchstabe für Buchstabe in die Suchleiste eintippt.

G ... R ...

»*Great Gatsby?*«, rät Tommy.

E ... A ...

»Ha! Ich bin gut!«

Auri verdreht die Augen.

S ...

»Du hast dich vertippt, Leevi.«

»Ich glaube nicht«, grinst dieser und tippt einen weiteren Buchstaben ein.

Grease.

»Fuck!«, stöhnt Tommy auf. »Nee, oder? Die alte Schnulze?«

»Lieber *Dirty Dancing?*«, will Leevi wissen.

»Ich schwöre, Leevi! Wenn du da draufklickst, zeige ich dich wegen Körperverletzung an.«

»Gleich so dramatisch!«

»Ich bin dafür!«, meint Auri. »Der ist bestimmt lustig!«

»Wäre eigentlich genau das, was wir gerade brauchen, oder?« Leevis Blick findet meinen, und er hebt fragend die Brauen. Würde er den wirklich anschauen? Nur um mich aufzumuntern? »Ich liebe außerdem John-Travolta-Filme«, fügt er hinzu.

Also nicke ich. Und Leevi startet tatsächlich den Film.

»Warum hab ich dich eingeladen?«, beschwert Tommy sich.

Auri nimmt ihm die Chipsschüssel ab. »Ruhe jetzt! Es geht los!«

Leevi legt die Fernbedienung ab, schnappt sich stattdessen sein Glas und lehnt sich zurück. Das Tattoo an seinem linken Unterarm wird wieder sichtbar, und endlich kann ich lesen, was dort steht.

But I have promises to keep,
Ich runzle leicht die Stirn über den Halbsatz. Die Formulierung lässt mich automatisch hinterfragen, was wohl davor steht. Das Komma hingegen impliziert, dass noch etwas fehlt.

Ist das ein Zitat? Vielleicht aus einem Film? An Leevis anderem Arm, kurz vor dem hochgeschobenen Ärmel seines Pullovers, entdecke ich ein weiteres Tattoo. Es ist feiner gestochen, in ebenso mechanisch wirkender Schrift. Auf den ersten Blick übersieht man es leicht.

Feel Good

»Veeeeeeeetoooooooo!«, stößt Tommy über die Titelmusik von *Grease* hinweg aus und verstummt plötzlich mit einem empörten Nuscheln. Ich reiße den Blick von Leevis Haut los und sehe, dass Auri Tommy soeben eine Handvoll Erdnussflips in den offenen Mund gesteckt hat. Es sieht urkomisch aus, und ich muss schnauben. Er schlingt seine Arme um sie und begräbt sie unter sich, was eine Mischung aus Lachen und einer Art Meerschweinchenquieken provoziert.

Auris Kopf liegt beinahe auf meinem Oberschenkel, und ich rutsche ein Stück näher zu Leevi.

»Könntet ihr das nicht auf dem Besuch machen?«, fragt er belustigt, greift über mich hinweg und schiebt erst Auris, dann Tommys mehlbestäubten Hinterkopf von mir.

»Verzeihung«, nuschelt dieser und schaut mit vollem Mund und Hundeblick zu mir auf. Das gibt mir den Rest.

Ich muss unvermittelt lachen. Richtig lachen. So, dass ich nicht mehr aufhören kann, weil das alles so urkomisch und gleichzeitig liebenswürdig ist.

LEEVI

Rivens Lachen vibriert nicht nur in meinem Brustkorb, sondern direkt in meinem Herzen. Ich weiß nicht, wie ich es anders beschreiben soll. Es hallt dort wider, breitet sich in jeder Zelle meines Körpers aus, bringt die Härchen an meinen Armen dazu, sich aufzustellen.

Ich hatte Sorge, dass Tommy und Auri sie vielleicht verschrecken. Die beiden sind nicht gerade die bekömmlichsten Personen, erst recht nicht im Doppelpack. Doch Riven scheint sich nicht daran zu stören. Sie kriegt sich gar nicht mehr ein, und ihr Lachen ist ansteckend. So sehr, dass wir uns kurz darauf alle vier auf dem Sofa krümmen und nach Luft schnappen.

Riven hat sichtlich Mühe, sich wieder zu beruhigen. Es liegt wohl mitunter daran, dass Tommy und Auri immer noch halb auf ihrem Schoß liegen und wie zwei Welpen, die etwas ausgefressen haben, zu ihr hochgrinsen.

Es tut gut, sie so gelöst zu sehen. Befreiter, sorgloser. Schon den ganzen Abend wirkte sie schwermütig, und das hat mich ziemlich mitgenommen. Ich habe mir selbst die Schuld dafür gegeben, weil ich aus unserer Freundschaft statt eines *Safe Spaces* einen Sorgenfaktor gemacht habe.

Jetzt würde ich sie vor Erleichterung am liebsten an mich ziehen und umarmen. Dieses Lächeln auffangen, damit es nicht wieder verloren geht. Doch ich reiße mich zusammen. In meinem Kopf herrscht ein heilloses Durcheinander.

Tief atmet Riven durch und wischt sich die Tränen aus den Augenwinkeln. Ihr Blick trifft meinen, und trotz meiner Verwirrung kann ich nicht anders, als sie anzugrinsen. Während die anderen beiden sich wieder aufrappeln und normal hinsetzen, formt sie mit den Lippen ein stummes *Danke*. Ich schüttle nur schwach den Kopf. Immerhin habe ich nun wirklich nichts dazu beigetragen, dass es ihr besser geht.

Tommy tippt auf seinem Handy herum, und kurz darauf wird die Beleuchtung im Raum automatisch auf ein Minimum gedimmt. Endlich kehrt bei ihm und Auri Ruhe ein. Ich höre, wie sie es sich in den Kissen bequem machen, wie immer Arm in Arm. Auch Riven atmet tief durch, lehnt sich kurz an mich und lässt ihren Kopf gegen meine Schulter sinken.

Ich glaube, es ist nur eine Geste der Dankbarkeit. Ein stummes Zeichen, dass zwischen uns alles in Ordnung ist und ich es gestern nicht ganz so sehr verkackt habe wie befürchtet. Trotzdem fühlt es sich an, als wäre es weltbewegend. Als wäre es etwas Besonderes, dass sie mich berührt. Als müsste ich es erwidern, sie festhalten, wieder mehr daraus machen.

Nein, gottverdammt. Warum nur kann ich nicht normal für sie empfinden? Wir sind nur Freunde und werden es auch bleiben.

Doch leider spüre ich noch immer ihren Blick auf meinen Armen, als sie eben meine Tattoos gemustert hat. Geradezu gebannt und mit unzufrieden gekräuselter Nase, so als würde sie vergeblich versuchen, hinter die Bedeutung der Zitate zu kommen, die mir so sehr unter die Haut gegangen sind, dass ich sie mir tätowieren lassen musste.

Nicht dass sie das so leicht herausfinden könnte. Die meisten von ihnen sind für Außenstehende unverständliche Rätsel. *Feel Good* zum Beispiel. Es könnte alles heißen, alles sein. Letztendlich steht es da als Platzhalter, weil ich mich nicht für eine einzelne Zeile aus Matt Maesons gleichnamigem Song entscheiden konnte und der Titel zugleich wie eine Erinnerung wirkt. Ein Mantra, das ich mir immer wieder selbst ins Gedächtnis rufe, wenn ich diese zwei Wörter sehe.

Und auch ein bisschen, weil Tommy jedes Mal einen *Gorillaz*-Ohrwurm kriegt, wenn er das Tattoo sieht, und ich ihn so ärgern kann, ohne einen Finger zu rühren.

Riven löst sich wieder von mir und lässt sich in die Kissen zurücksinken. *Chance verpasst, Leevi.*

Gott ... Chance auf was?! Allmählich ertrage ich mich selbst nicht mehr.

Ich versuche, mich auf den Film zu konzentrieren und nicht auf ihre Nähe. Nicht auf das Prickeln meiner Haut, wenn ich glaube, sie würde wieder zu mir rüberschauen. Nicht auf ihren angenehmen Duft, das Rasen meines Herzens oder das viel zu präsente Geräusch ihres Atems.

Warum höre ich so etwas? Sie atmet leise. Eigentlich dürfte ich es über John Travoltas Gesang hinweg gar nicht wahrnehmen. Womöglich bilde ich es mir nur ein.

Je mehr ich darüber nachdenke, *was* ich gerade denke, desto mehr zweifle ich ohnehin an meinem Verstand. Sie ist nur eine Freundin, verdammt, und ich sollte solche Dinge nicht für sie empfinden. Das muss ganz schnell wieder aufhören.

Allerdings dreht sich in meinem Kopf nach wie vor alles um dieses Vierteljahr. Drei Monate. Das ist verdammt viel gemeinsame Zeit. Nur ändert es auch nichts daran, *warum* sie hier ist und dass sie anschließend wieder dreitausend Meilen weit weg wohnen wird.

Ich schiebe den Gedanken so gut es geht beiseite und klinke mich in das Geplänkel über den Film ein. Der ist eigentlich nicht übel, wenn man das Alter, Genre und die Zielgruppe in Betracht zieht. Für damalige Verhältnisse gute Unterhaltung. Aber das will Tommy natürlich nicht einsehen. Er akzeptiert nur Screenwriting-Meisterwerke mit ellenlangen Oneshots oder Leonardo DiCaprio, der sich beim Dreh versehentlich die Hand aufschneidet und einfach weitermacht, während hinter der Kamera alle durchdrehen, weil er das Set vollblutet.

Nicht dass ich für so etwas nicht ebenfalls zu begeistern wäre. Aber es gibt Tage, da will ich einfach nur unterhalten werden – und das kann dann von mir aus auch mit mittelmäßigem Gesang und einer vorhersehbaren Storyline geschehen.

Irgendwie schaffe ich es, Riven den Abend über nicht unnötig zu berühren. Ich verstehe nicht, warum das eine solche Herausforderung darstellt. Mit allen anderen kann ich doch auch einfach nur befreundet sein. Wenn Laina oder hin und wieder

Auri in meinen Armen liegen, denke ich nicht an so was. Aber ausgerechnet bei Riven ...

Beinahe bin ich erleichtert, als der Film vorbei ist und Tommy mit einem Gähnen das Licht wieder heller stellt. Wir lassen noch ein paar Beschwerden über *Grease* über uns ergehen, während Auri ein letztes Stück Schokokuchen verdrückt. Und erst als ich neben Riven durch das dunkle Dorf zum Haus ihres Vaters laufe und die kalte Nachtluft meine Lungen füllt, habe ich das Gefühl, wieder halbwegs klar denken zu können. Zumindest so lange, bis wir auf der Veranda stehen und Riven mit dem Haustürschlüssel in der Hand innehält.

In dem schwachen Licht der Außenbeleuchtung über unseren Köpfen wirken Rivens Augen beinahe tiefschwarz. Warum bilde ich mir trotzdem ein, flüssiges Karamell zu sehen? Ich atme tief durch und nehme die Hände aus den Taschen, weil ich mir komisch vorkomme. Sie schluckt. Und dann lächelt sie mich an, was mir erneut Herzrasen verursacht.

»Danke«, meint sie mit belegter Stimme. »Der Abend heute hat mir wirklich gutgetan.«

»Das freut mich. Jederzeit wieder. Du bist ja jetzt länger da.«

Rivens Lächeln schwindet ein wenig. »Meinst du, das war eine gute Idee?«

»Wieso sollte es das nicht sein?«

Sie zuckt mit den Schultern. »Meine Mom ist für ihre Karriere nach Toronto. Und ich gefährde meine, um hierzubleiben ...«

»Was sagt sie denn dazu?« Ich kann mir nicht vorstellen, dass sie das schlecht findet. Es geht immerhin um Rivens Vater, oder? Genau solche Kinder möchte man doch – welche, die alles für einen tun würden.

»Gar nichts«, murmelt Riven. »Ich hab es noch niemandem erzählt.«

Überrascht hebe ich die Brauen. »Gar niemandem?«

»Abgesehen von dir wusste es bis vorhin keiner. Ich bezweifle irgendwie, dass meine Geschwister es verstehen werden.«

»Müssen sie es denn verstehen?«, erwidere ich. »Es ist dein Leben. Dein Dad ist dir wichtig. Und mehr Erklärung braucht es eigentlich auch nicht.«

Nachdenklich zieht sie die Nase kraus. »Würdest du es machen? Drei Monate alles stehen und liegen lassen, um deinen Eltern zu helfen?«

Mir entweicht ein leises Schnauben. Ich tue genau das seit Jahren. Meine eigenen Träume zurückstellen, um die meines Dads nicht sterben zu lassen. Wenn ich es so betrachte, sollte ich Riven vielleicht von dieser Entscheidung abraten. Doch ihr Vater ist nicht meiner. Sie sind grundverschieden, ebenso wie Riven und ich. Und für sie scheint es die richtige Wahl zu sein, sonst hätte sie sie nicht getroffen. »Sofort«, antworte ich deshalb. »Meine Familie ist mir wichtiger als alles andere.«

»Aber hättest du gar keine Angst um deinen Job?«

Ich fürchte, mein Lächeln wirkt ziemlich gequält. »Der hat ohnehin keine Zukunft.«

»Wieso nicht?«

Nun vergrabe ich doch wieder die Hände in den Jackentaschen. »Kleine Fischereibetriebe wie unserer sterben aus. Die Meere sind überfischt, gleichzeitig sinkt der Preis für Fisch. Für uns ist das kaum noch rentabel, und wir werden immer weiter von den großen Betrieben verdrängt. Dad will das allerdings nicht wahrhaben. Der Job ist sein Leben, und er wird ihn durchziehen bis zum bitteren Ende. Es ist genau wie mit seinem Wagen. Es wird erst etwas Neues gesucht, wenn das Alte endgültig und unreparierbar kaputt ist.«

Riven hat die Stirn leicht gerunzelt und mustert mich. »Und was ist mit dir?«

»Was soll mit mir sein?«

»Du magst den Job eigentlich gar nicht, oder?«

Das hat sie also schon durchschaut. Mir steigt Hitze in die Wangen. »So einfach ist das nicht. Er hat auch schöne Seiten. Aber ich liebe ihn nicht, sagen wir es so.«

»Und was würdest du lieben?«

Ich muss schlucken. »Darüber versuche ich mir nicht zu

viele Gedanken zu machen, ehrlich gesagt.« Das Lächeln, das ich ihr jetzt schenke, scheint sie nicht zu überzeugen. Riven wirkt irgendwas zwischen mitleidig und besorgt. Doch bevor sie noch weiter darauf eingehen kann, wechsle ich das Thema. »Jedenfalls – lass dir nicht von irgendwem sagen, was du zu tun hast. Wenn du hierbleiben willst, dann bleib. Und wenn du Hilfe brauchst, sag mir Bescheid.«

»Danke«, flüstert sie noch einmal, und für einen kurzen Moment glaube ich, Tränen in ihren Augen zu sehen. Riven blinzelt und lächelt ebenso gezwungen wie ich.

»Dafür doch nicht.«

»Doch. Es ist schön, jemanden zu haben, mit dem ich reden kann. Jemanden, der mich versteht.«

Ich bin mir nicht sicher, ob ich das tue. Für mich ist schwer vorstellbar, wie sie sich fühlt. Wie furchtbar die Diagnose ihres Dads sein muss, sowohl für sie als auch für ihn. »Ich gebe mein Bestes«, verspreche ich. »Und wenn ich irgendwas für dich tun kann, lass es mich einfach wissen, okay?«

»Ehrlich gesagt …« Riven senkt den Blick und widmet sich ihrem Mantelknopf. »Ich hätte da eine etwas komische Bitte.«

»Okay?« Jetzt bin ich doch ein wenig irritiert. »Dann raus damit.«

Riven atmet tief durch, schaut mich an und lässt die Arme sinken. Einen Moment lang scheint sie über ihre Worte nachzudenken, bevor sie sich überwindet.

»Kannst du mich vielleicht noch mal drücken?«, flüstert sie.

Ich bin überrumpelt. Ebenso gut hätte sie mich fragen können, ob der Himmel blau ist, so eindeutig ist meine Antwort. Doch mein Herz beginnt wieder zu rasen, und das Blut rauscht mir viel zu laut in den Ohren. Riven hält meinen Blick, sichtlich verunsichert, und ich bringe nicht mehr als ein verwirrtes Nicken zustande. Sie will …

Mann, Leevi!

Ich sollte nicht mehr daraus machen, als es ist. Riven braucht Trost. Von dem einzigen Freund, den sie auf dieser Insel gerade hat.

Mit einem entschlossenen Schritt überwinde ich die Entfernung zwischen uns und ziehe sie vorsichtig an mich. Riven schlingt ihre Arme um meine Mitte, atmet zittrig ein und legt zögerlich ihren Kopf an meine Schulter.

Ich drücke sie fester, und sie erwidert es. Sie vergräbt das Gesicht am Kragen meiner Jacke, und ich verfluche mich selbst dafür, ihn wegen des Windes hochgeklappt zu haben, weil ich sonst ihren Atem an meinem Hals spüren könnte.

Mit Mühe zwinge ich auch diesen Gedanken beiseite. Ich schließe die Augen, lehne meinen Kopf an ihren und atme ihren viel zu vertrauten Duft. Riven schmiegt sich eng an meinen Oberkörper, als wäre er ihr einziger Halt, und rührt sich nicht mehr. Sie zieht langsam die Luft ein, als würde sie versuchen, sich zu beherrschen.

Weint sie?

In meiner Brust überschlagen sich die Emotionen. Da ist alles auf einmal. Wehmut und Nostalgie, Wärme und Zuneigung, Sehnsucht und Schmerz, weil es ihr nicht gut geht.

Keine Ahnung, wie mein Herz es schafft, nicht zu platzen. Ich will sie trösten, sie glücklich machen, die Wolken vertreiben, die über uns schweben.

In meinem Kopf läuft leise *Bank on the Funeral*, und ich beginne, uns sanft im Takt der Musik zu wiegen. Leise summe ich den Chorus mit, und Riven schlingt ihre Arme so fest um mich, dass mir fast die Luft wegbleibt.

»Ist das Matt Maeson?«, flüstert sie und entlockt mir ein trauriges Schmunzeln. Dass sie das erkennt … Gott, diese Frau ist wirklich perfekt.

Ich nicke, summe weiter. Riven verlagert ihren Kopf, und ich weiß nicht, wie sie es schafft, aber plötzlich spüre ich ihre kalte Nasenspitze unterhalb meines Ohrs und ihren heißen Atem auf meinem Hals. »Danke«, haucht sie zum gefühlt hundertsten Mal heute Abend, und ich erschauere.

Statt zu reagieren, halte ich sie weiter fest. Ich will sie nicht loslassen, und sie macht auch keine Anstalten, sich von mir zu lösen. Noch eine ganze Weile bleiben wir so stehen, bis meine

Füße und meine Hände eiskalt sind und Riven in meinen Armen vor Kälte zittert. Erst dann lasse ich sie langsam los.

Eine Träne hängt auf ihrer Wange, und bevor ich mich zusammenreißen kann, habe ich sie auch schon mit dem Daumen weggewischt. Ihre Haut ist warm und weich unter meiner.

In unserer Kindheit habe ich Riven unzählige Male berührt, nie mit auch nur dem leisesten Hauch eines Hintergedankens. Jetzt, zehn Jahre später, hat unsere Nähe ihre Unschuld verloren, entwickelt in meinem Kopf ein Eigenleben.

»Dann gute Nacht«, sage ich mit belegter Stimme.

Sie schenkt mir ein letztes Lächeln. »Gute Nacht, Leevi«, flüstert sie, sperrt die Tür auf und verschwindet nach drinnen. Ohne mich. Und diese Tatsache sticht mehr, als sie sollte.

Kopfschüttelnd wende ich mich ab und mache mich auf den Heimweg. Ich sollte dringend ins Bett. Vielleicht denke ich nach acht Stunden Schlaf endlich wieder ein bisschen klarer.

Kapitel 7

LEEVI

»Okay, vielleicht doch lieber links. Das sah besser aus.«

Ich werfe Laina einen frustrierten Blick zu und bastle die Infobox ihrer Startseite wieder auf die ursprüngliche Seite.

»Oder doch in der Mitte?«

Theatralisch stöhnend schiebe ich die Maus von mir und lasse meinen Kopf gegen ihre Schulter sinken. »Bitte hör auf mit der Folter.«

»Probier mal in der Mitte«, insistiert sie und rüttelt wie ein Kind an meinem Arm.

Ich richte mich wieder auf und werfe ihr einen Seitenblick zu. »Warum noch mal habe ich diesem Plan zugestimmt?«

Sie kuschelt sich an meine Seite und schaut aus ihren unschuldigen blaugrauen Augen zu mir hoch. Hundeblick. Na toll. »Weil du mich so gernhast?«

»Nein, weil ich deinen furchtbaren Perfektionismus bei meiner Zusage verdrängt hatte.«

Sie lächelt. »Aber jetzt hast du schon angefangen.«

»So, wie das hier läuft, sind wir allerdings noch locker dreißig Jahre beschäftigt.«

Seit über einer Stunde sitzen wir in Sallys Wohnzimmer auf dem Sofa, während ich versuche, mit Lainas Anweisungen die neue Website für die Inselbibliothek zu designen. Eigentlich war das Ganze als kleines Projekt für zwischendurch geplant. Nicht mehr als eine Startseite, Kontaktdaten und eine Seite für Neuigkeiten, auf der Laina die Buchneuzugänge und Veranstaltungen präsentieren kann. Den zusätzlichen Newsletter muss ich ihr nur einrichten, danach kann sie ihn selbst regelmäßig verschicken. Insgesamt eine Arbeit von ein paar Tagen. Dachte ich. Wenn Laina sich denn mal entscheiden könnte, was sie will.

»Hier.« Ich drücke ihr die Maus in die Hand und schiebe den Laptop zu ihr rüber. »Stell die Position selbst ein, ich sorge am Ende dafür, dass du nicht das ganze Layout zerschießt.«

Mit hoch konzentriertem Gesichtsausdruck und in Zeitlupe beginnt meine beste Freundin, den Kasten zu verschieben. Ich muss schmunzeln. Diese penible Vorsicht fasst Laina ziemlich gut zusammen. In all den Jahren hat sich nichts daran geändert.

In unserer Kindheit waren wir nur lose befreundet. Erst seit Riven weggezogen ist und dabei eine klaffende Lücke hinterlassen hat, haben wir begonnen, mehr miteinander zu unternehmen. Mittlerweile sind wir wie Bruder und Schwester. Ich liebe Laina, aber bei ihr käme ich nie auf die Idee, sie küssen zu wollen. Warum dann mit Riven?

Ich ziehe mein Handy aus der Hosentasche. Es hat vor ein paar Minuten vibriert, und ich entdecke eine neue Nachricht von ihr.

Nachdem gestern größtenteils Funkstille war, schreiben wir uns seit heute Morgen wieder. Direkt nach dem Aufwachen habe ich sie gefragt, wie sie geschlafen hat. Ich wollte einfach sichergehen, dass es ihr gut geht. Und seitdem bringt jedes Vibrieren mein Herz zum Beben, weil ihre Nachrichten mich immer noch nervös machen.

»Wie war's eigentlich gestern Abend?«, fragt Laina mit einem so bemüht beiläufigen Tonfall, dass ich schnauben muss.

»Total surreal, wie immer. Und wie war deine Nacht mit …« Ich schnappe mir das Buch vom Couchtisch vor uns, dessen Lesezeichen schon kurz vor dem Ende steckt, und scanne den Klappentext. »… dem heißen, verschlossenen und leider ganz und gar fiktiven Bibliothekar Ryan?«

Laina schnappt mir das Buch weg und reckt mit leicht geröteten Wangen das Kinn. »Mach dich ruhig lustig!«

»Würde ich nie wagen.«

»Du hast außerdem meine Frage nicht beantwortet.«

»Ich hab doch gesagt, es war wie immer.«

»Ja, aber meine *eigentliche* Frage, die du sehr wohl rausgehört hast, tu nicht so! Wie war es mit Riven?«

Ich stecke das Handy wieder weg, ohne die Nachricht geöffnet zu haben. »Wie soll es denn gewesen sein?«

Laina hebt skeptisch eine Braue, als wäre das eine Antwort.

»Was?«, frage ich leicht genervt.

»Schreibst du mit ihr? Du schaust alle paar Minuten auf dein Handy. Schon seit sie auf der Insel ist.«

»Hast du jetzt endlich mal diesen Kasten positioniert?«, lenke ich ab.

»Mhmm. Gibst du wenigstens zu, dass du sie magst?«

Wenn sie wüsste ...

»Natürlich mag ich sie, sonst würde ich wohl kaum mit ihr schreiben.«

»Okay.«

Und damit lässt sie das Thema fallen, als wäre nichts gewesen. Ich runzle die Stirn, während Laina sich weiter dem Kasten widmet, und ziehe mein Smartphone erneut aus der Hosentasche.

Riven: Ich habe gleich einen Videocall mit Jaspar, um ihm von der Freistellung zu erzählen. Und ich musste ihn mit seinem Assistenten ausmachen, als wäre es ein nerviges Business Meeting. Am Sonntag!

    Leevi: Ich hoffe, du bist angemessen gekleidet und hast eine Präsentation vorbereitet.

Riven: Hab ich. Sie trägt den Titel: Warum es mich nicht interessiert, was du denkst – Teil 1 von 7

Leevi: Klingt, als bräuchtet ihr noch sechs weitere wundervolle Meetings.

Riven: Und danach eine Familientherapie, bitte.

Leevi: Ich drück dir die Daumen.

Riven: ♡

Bei der letzten Nachricht zieht sich mein Magen zusammen. Gleichzeitig bemerke ich, dass Laina sich nicht mehr der Website widmet, sondern vielmehr auf mein Handy fokussiert zu sein scheint. Eilig lege ich es beiseite und nehme ihr den Laptop wieder ab.

»Willst du nicht antworten?«, fragt sie.

»Sag mal ... Kennst du das Wort *Privatsphäre*?«

»Ich stell mir einfach vor, ihr wärt beide fiktive Buchcharaktere mit tragischer Lovestory«, verteidigt sie sich. »Und die arme Riven liegt jetzt in ihrem Bett, starrt an die Decke und fragt sich, warum du ihr kein Herzchen zurückschickst.«

Kopfschüttelnd passe ich die Einstellungen des Infokastens an, der jetzt an derselben Stelle hängt wie bei meinem ersten Vorschlag vor etwa vierzig Minuten, und versuche, das Bild zu ignorieren, das Laina in meinen Kopf gepflanzt hat. Das ist doch Quatsch. Riven wartet nicht auf eine Erwiderung. Wenn überhaupt, ist sie vermutlich froh, dass ich ihr keine Herzen zurückschicke.

Aus dem Flur ertönen das Klacken der Haustür und lautes Rascheln. Es dauert nur einen Moment, dann betritt Sally das Wohnzimmer. Mit ihrer Bluse ist sie ein grellgelber Farbfleck in dem sonst hellblau und beige eingerichteten Raum. Fast als wäre soeben die Sonne aufgegangen. Eine Sonne, die sich ganz furchtbar mit der Tapete beißt.

»Ach, Leevi!«, grüßt sie mich, legt ein paar Bäckertüten auf dem Küchentresen ab und kommt zu uns herüber. »Schön, dich zu sehen! Was stellt ihr an?« Sie reckt den Hals, um uns über die Schulter zu schauen.

»Wir arbeiten an der neuen Website.« Ich drehe den Laptop ein Stück, sodass sie besser sehen kann, und Sally klatscht in die Hände.

»Oh, das wird großartig! Und da kann man dann die neuen Bücher sehen?«

»Genau«, antwortet Laina.

»Und was ist das?« Sie deutet auf den Bildschirm, direkt auf den verfluchten Infokasten.

»Da kann man später den Newsletter abonnieren.«

»Ahh. Aber meint ihr nicht, der wäre auf der anderen Seite besser?«

Ich stöhne. Laina verzieht das Gesicht. »Hm. Also jetzt, wo du es sagst ...«

»Okay. Ich brauche einen Kaffee. Ihr könnt das ohne mich ausdiskutieren.« Ich schiebe den Laptop von mir und stehe auf.

»Hab ich was Falsches gesagt?«, flüstert Sally viel zu laut.

»Leevi ist nur etwas ungeduldig«, behauptet Laina.

»Ich lösche diesen Kasten gleich!«, warne ich sie, während ich in die Küche gehe und mir eine Tasse aus dem Schrank nehme.

»Kann man das nicht auch als Pop-up machen?«, schlägt Sally vor. »Und dann größer und in die Mitte.«

»Au ja! Ohh, bitte, Leevi?«

»Kann man schon«, brumme ich und drücke an Sallys Vollautomaten herum, bis er mir laut röhrend einen Kaffee ausspuckt. »Aber dafür müsste ich erst noch mal nachschauen, wie genau das geht.«

Stille.

Widerwillig drehe ich den Kopf und fange mir direkt einen weiteren Welpenblick von Laina ein. Gespielt genervt verdrehe ich die Augen. Wenn meine beste Freundin eins kann, dann ist es Leute um den Finger wickeln. Vorzugsweise mich.

»Schön«, gebe ich nach. »Ein Pop-up also.« Es kann ohnehin nicht schaden zu wissen, wie man die richtig einbaut. Und ich habe mich zu der Website primär bereit erklärt, um meine Webdesign-Kenntnisse nach dem stressigen Sommer ein bisschen aufzufrischen.

»Wie wäre es, wenn ihr vorher eine Pause macht?«, schlägt Sally vor. »Ich war eben bei Tommy in der Bäckerei und habe die Auslage leer gekauft.«

»Gute Idee«, stimme ich ihr zu. »In der Zeit kann Laina sich überlegen, ob sie dieses Pop-up *wirklich* will.« Ich hebe vielsagend die Brauen. »Wenn ich das einbaue, bleibt es nämlich auch.«

Laina lächelt peinlich berührt. »Ich hab dich soo lieb, weißt du das!«

Schmunzelnd schüttle ich den Kopf und wende mich meinem fertigen Kaffee zu. Ich sehe mich dieses Ding bereits in einer Stunde wieder löschen.

RIVEN

Jaspar sieht aus wie der Klischeeboss einer 90er-Jahre-Rom-Com – die dunklen Haare zurückgegelt, Bartschatten auf den Wangen, weißes Hemd, schwarze Krawatte. Seine Ärmel hat er hochgekrempelt, wahrscheinlich, damit er möglichst lässig wirkt, und er lümmelt in seinem ledernen Schreibtischstuhl, als würde ihm die ganze Welt gehören.

Ich hingegen sitze in Leggins und Pullover auf dem Bett meines alten Kinderzimmers. Der Raum ist ziemlich kahl eingerichtet. Zwar hat Dad vor ein paar Jahren mal neu gestrichen, damit ich mich hier wohler fühle, wenn ich zu Besuch bin, doch es mangelt an Deko und Charakter. Jetzt, wo feststeht, dass ich länger bleibe, wird es vielleicht Zeit, den Raum etwas aufzuhübschen. Und es wäre wohl auch schön, wenn ich nicht die nächsten drei Monate in meinem schmalen Kinderbett schlafen müsste.

»Na, *Küken*?«, grüßt mein Bruder mich, und ich verdrehe die Augen. Wenn Dad mich so nennt, ist das Wort ein liebevolles. Bei Jaspar hingegen gleicht es immer einer Beleidigung, denn er sagt es nur, um mich aufzuziehen. Er ist als Einziger von uns Geschwistern größer geworden als Dad. Ein gutes Stück sogar, was ihn in der Familie regelrecht zum Riesen macht. Früher haben wir immer gescherzt, Jaspar hätte bei seiner Geburt sämtliche Wachstumshormone, die Mom so zu vergeben hatte, an sich gerissen und somit verhindert, dass der Rest von uns auch groß wird. Die Wahrheit ist aber wohl eher, dass wir mit einer einen Meter sechzig großen Mutter ohnehin nicht die besten Chancen hatten.

»Hi« ist alles, was ich herausbringe. Ich habe es schon lange aufgegeben, auf seine Sticheleien einzugehen. Mittlerweile ist er Ende zwanzig und wird sich nicht mehr ändern, so schade das auch ist.

»Und?« Jaspar lehnt sich in seinem Stuhl vor und stützt die Unterarme auf seinen Schreibtisch. »Warum rufst du an? Habt ihr euch endlich für ein Pflegeheim entschieden? Ich habe Jerry in den besten schon mal Plätze reservieren lassen, aber die nölen rum, dass sie eine offizielle Anmeldung brauchen, weil sie sie sonst anderweitig vergeben.«

Mit entweicht ein genervtes Schnaufen. Das ist doch wirklich unfassbar! »Jas, wie oft noch – Dad will nicht ins Pflegeheim!«

Seine Miene bleibt unberührt. »Dad hat aber leider keine andere Wahl. Oder hast du wie durch Zauberhand doch noch eine Pflegekraft aufgetrieben? Du verschwendest deine Zeit damit, mit ihm zu diskutieren. Ich hab dir schon mal gesagt, wenn ich keine finde, dann …«

Ich verdrehe die Augen. »Ist klar!«, unterbreche ich ihn. »Und nein, ich habe noch niemanden gefunden, aber das heißt nicht, dass Dad ins Heim geht. Ich versuche immer noch, ihn dazu zu überreden, mit nach Toronto zu kommen. Und bis dahin suchen wir eben weiter.«

»Aha. Und was sollen wir mit ihm machen, bis wir jemanden finden oder du ihn überredet hast? Ihn unbeaufsichtigt auf der

Insel rumlaufen lassen? Abgesehen davon ist das doch alles Quatsch. Ihn zu Hause pflegen zu lassen, ist völlig unrentabel. Wenn man alles zusammenrechnet mit dem Lohn, Verpflegung, dem Unterhalt von Dads alter Bruchbude und so weiter, ist das noch teurer als ein Heim. Und wenn er ernsthaft zu dir zieht, wirst du das spätestens nach ein paar Wochen bereuen, glaub mir. Du bist zweiundzwanzig, verdammt.«

Mir stoßen gleich mehrere Aussagen von ihm sauer auf. Aber eine tut es ganz besonders.

Dads alte Bruchbude.

Es ist das Haus, in dem wir aufgewachsen sind. Jaspar hat hier im Gegensatz zu mir seine gesamte Jugend verbracht. Da er schon neunzehn war, als wir weggezogen sind, hätte er sogar bleiben können, hätte er es gewollt – als Einziger von uns. Aber er war Feuer und Flamme für Toronto. Hat alle Verbindungen nach Malcolm Island gekappt, sich frei gemacht von diesem Ort, der ihn angeblich sein ganzes Leben über zurückgehalten hat. Genau wie Mom.

Es tut mir weh, wie unbedeutend dieses Haus für ihn geworden ist. Oder Dad, der Jaspar wirklich bedingungslos geliebt hat. Doch mein Bruder hat keine Zeit für Rührseligkeiten oder Zwischenmenschliches. Er war schon immer merkwürdig rational. Jemand, der denkt wie ein Geschäftsmann und auch so handelt. Wahrscheinlich ist er genau deshalb so erfolgreich. Aber im Gegenzug fehlt ihm etwas, wovon ein Mensch eigentlich nie zu wenig haben sollte: Empathie.

Man könnte fast sagen, mein Bruder ist ein Arschloch. Sofern man bereit wäre, diese Tatsache zu akzeptieren, statt wie ich weiterhin das Gute in ihm zu suchen.

»Du weißt aber schon, dass das dein Vater ist, über den du da sprichst, oder?«, gebe ich zurück und kann trotz meiner Bemühungen den bissigen Unterton nicht aus meiner Stimme verbannen.

»Geld ist Geld, Riven. Egal, für wen man es ausgibt.«

»Als hättest du nicht ohnehin zu viel davon«, rutscht es mir heraus.

Er lacht auf. »Bitte? So etwas wie zu viel Geld gibt es nicht. Und warum diskutieren wir überhaupt? Das ist doch alles sowieso hinfällig. Du musst wieder nach Hause, und wir haben keine Pflegekraft in Aussicht. Dad weigert sich immer noch, mitzukommen. Es gibt dementsprechend keine andere Möglichkeit, als dass er ins Heim geht. Also sag mir endlich, welches ihr wollt, und ...«

»Doch«, unterbreche ich ihn wieder und spüre, wie mein Herz zu rasen beginnt. Warum? Das ist mein Leben. Ich bin erwachsen und kann selbst darüber bestimmen, was ich tue. Was Jaspar davon hält, sollte mir völlig egal sein.

Ist es aber nicht. Weil Familie eben Familie ist, egal, wie wenig man zusammenpasst.

»Bitte?«, fragt er erneut und hebt erwartungsvoll die Brauen.

Ich atme tief durch. Vielleicht ist es ein schlechtes Zeichen, dass ich mich so scheue, es auszusprechen, schießt es mir durch den Kopf. Vielleicht bedeutet das, dass ich wirklich einen Fehler mache.

Nein. Das liegt nicht an meiner Entscheidung, sondern einzig daran, dass meine Geschwister mich seit Jahren so zu manipulieren versuchen, dass ich nach ihrer Pfeife tanze.

Ich kann unmöglich morgen wieder nach Hause fliegen und Dad allein seinem Schicksal überlassen. Das könnte ich mit meinem Gewissen nicht vereinbaren. Ebenso wenig, wie ihn in ein Heim zu schicken, in das er nicht will.

»Ich bleibe noch hier bei Dad«, verkünde ich. »Ich habe für drei Monate eine Freistellung beantragt.«

Einen Moment lang fürchte ich, das Internet hätte wieder einen Aussetzer. Jaspars Bild wirkt wie eingefroren, reglos starrt er mich an. Dann blinzelt er. »Wie bitte?«

»Ich glaube, du hast mich gut verstanden.«

Seine Mundwinkel zucken. »Ist das jetzt dein verdammter Ernst, Riven?«

»Wieso sollte es das nicht sein?«

»Okay. Das geht zu weit.« Er schüttelt den Kopf, und kurz darauf ploppt am rechten oberen Bildschirmrand die Nachricht auf, dass Jaspar aus dem Anruf eine Gruppenkonversation gemacht hat. Es klingelt bei meinen Schwestern.

»Was wird das jetzt?«, beschwere ich mich.

Er verschränkt die Arme vor der Brust und lehnt sich zurück. »Wir diskutieren das nicht zu zweit. Das ist eine Familienangelegenheit.«

Ich schnaube. Seit unserem Umzug damals führt Jaspar sich auf wie der Herr des Hauses, und es ist absolut zum Kotzen.

»Nein, das ist *meine* Angelegenheit«, will ich gerade sagen, doch da hat Naemi bereits abgehoben. Sie ist geschminkt und hat ihre langen schwarzen Haare aufwendig hochgesteckt. Das dunkelgrüne Spitzenoberteil, das sie trägt, passt perfekt zur cremefarbenen Wand ihres Wohnzimmers.

»Was zur Hölle?«, fragt sie. »Was wird das hier?«

In diesem Moment klinkt sich auch Jenna mit ein. Scheinbar über ihr Smartphone, denn ihr Bild ist hochkant und wackelig, und wenn ich das richtig sehe, sitzt sie auf der Rückbank eines Autos.

»Ihr habt zehn Minuten«, verkündet sie.

»*Hallo* wäre auch eine gute Begrüßung gewesen«, bemerke ich bissig, und schon jetzt spüre ich, wie sich meine Eingeweide unangenehm verknoten.

»Warum bist du so zickig?«, will Jenna wissen und zieht mithilfe der Kamera ihren dunkelroten Lippenstift nach.

»Hat das hier irgendeinen Sinn?«, motzt Naemi weiter. »Ich bereite gerade eine wichtige Präsentation für …«

»Riven«, unterbricht Jaspar sie, »hat mir gerade etwas erzählt, das ihr besser auch hören solltet.«

Ich funkle Jaspar durch die Webcam hindurch an. Wenigstens hat er Mom nicht hinzugefügt. Vor ihr hat er noch genug Respekt, um sie nicht unangekündigt in irgendwelche Familienmeetings zu zwingen.

»Was denn?«, fragt Jenna unbeeindruckt, die nun dabei ist, ihre Haare zu richten.

»Riven sieht aus, als würde sie dir gleich den Kopf abreißen, Jas«, bemerkt Naemi.

Ich nehme mir fest vor, das bei unserem nächsten Treffen auch zu tun.

»Dafür hat sie demnächst leider keine Zeit«, meint mein Bruder trocken. »Sie möchte nämlich ihren verdammten Job pausieren, um Dad weiter zu betüddeln.«

»Ich *habe* meinen Job bereits pausiert«, korrigiere ich ihn. »Für drei Monate.«

Jenna hält mit einer Hand in ihren Haaren inne, und ihre Augen werden weit. Naemi hingegen zieht die Augenbrauen zusammen. »Wie bitte? Das gefährdet deine gesamte Karriere, Riven!«

»Wolltest du nicht eine Beförderung?«, mischt Jenna sich ein. »Faiza ist sicher sauer, wenn du abhaust!«

»Ich habe schon alles mit ihr geklärt.«

»Riven!«, setzt Naemi in diesem furchtbaren Tonfall an, den sie eins zu eins von Mom übernommen hat. »So was kann man vielleicht machen, wenn man fest in einem Unternehmen etabliert und ein hohes Tier dort ist, aber doch nicht ein Jahr nach dem Abschluss!«

»Tja, von euch hohen Tieren macht es aber keiner, oder?«

Jaspar seufzt hörbar und richtet seine Krawatte. Es ist eine Angewohnheit, die er sich als Ersatz für sein früheres Haareraufen antrainiert hat, damit er nicht bei jedem Anflug von Frust seine perfekte Frisur zerstört. Dabei bezweifle ich, dass das so leicht möglich wäre. Bei den Mengen an Haarprodukten auf seinem Kopf wäre es wahrscheinlich eher, als würde man gegen einen Bauhelm klopfen. »Glaubst du wirklich, Dad möchte, dass einer von uns seine Karriere hinschmeißt, nur damit er weiter in der Bruchbude wohnen kann?«

Mir wird mulmig zumute. Sie formulieren es, als wäre meine Entscheidung ein regelrechter Weltuntergang. Meine Karriere hinschmeißen. Ob Dad das will …

»Die *Bruchbude* ist sein Zuhause, Jaspar«, spucke ich aus.

»Weiß Mom davon?«, will Naemi wissen.

»Noch nicht«, gestehe ich.

»Sie wird ausflippen«, wirft Jenna ein.

»Zu Recht«, behauptet Jaspar.

»Mach das nicht, Riv«, beschwört Naemi mich. »So einen Job kriegst du so leicht nicht wieder.«

»Ich habe den Job noch!«, rufe ich frustriert. »Ich nehme mir lediglich eine Auszeit!« Und was soll das heißen, so einen Job kriege ich nicht wieder? Dass ich ihn nur durch Glück ergattern konnte und eigentlich gar nicht dafür qualifiziert bin, oder was möchte sie mir sagen?

»Ja, aber dein Status im Unternehmen wird dadurch langfristig geschädigt und …«

»Wisst ihr was?«, unterbreche ich meine Schwester. »Es ist mir völlig egal, wie ihr das findet! Ich werde Dad nicht ins Pflegeheim abschieben, als wäre er ein Haustier, auf das ihr keinen Bock mehr habt! Wie egoistisch kann man sein? Das ist unser *Vater*!«

Naemi kneift ihre dunklen Brauen zusammen. »Unser Vater, der am anderen Ende des Landes wohnt und sich weigert, zu uns in die Stadt zu ziehen. Er ist doch genauso unflexibel. Es wäre was anderes, wenn er hier in der Nähe wäre, aber …«

»Ich versuche ja schon, ihn zu überreden, mitzukommen! Aber es dauert eben, er kann ja nicht von heute auf morgen alles zurücklassen – sein Zuhause, seine Freunde …«

»Welche Freunde?«, fragt Jaspar trocken.

»Was mischst du dich eigentlich ein?«, fahre ich ihn an. »Du hast seit Ewigkeiten nicht mal mit ihm telefoniert!«

»Dad könnte ja auch mal anrufen. Tut er aber nicht.«

»Und dir auf die Mailbox sprechen, oder was? Oder soll er mit Jerry ein Meeting vereinbaren?«

»Mom wird es nicht gutheißen, wenn du deine Karriere so gefährdest«, unterbricht Naemi unser Gezanke, und Jenna nickt fleißig. Wie immer stimmt sie allem zu, was unsere ältere Schwester so von sich gibt.

»Ich glaube, Mom hat vor zehn Jahren deutlich genug gemacht, wie wichtig Dad ihr ist«, stoße ich hervor, und kaum dass die Worte meinen Mund verlassen haben, presse ich erschrocken die Lippen zusammen. Seit der Trennung gebe ich mir größte Mühe, Mom nicht für ihre Entscheidung zu verurteilen. Es war mutig von ihr, diesen Schritt zu gehen. Sich selbst und ihre Träume über das sichere Leben zu stellen, das wir hier hatten. Sie hatte vier Kinder, kaum Geld, kaum Berufserfahrung und hat sich dennoch in die größte Stadt des Landes gewagt, um mehr aus sich zu machen. Seitdem hat sie sich mehr Biss angeeignet, als ich ihr jemals zugetraut hätte. Und sie ist verdammt erfolgreich geworden.

Doch sie hat Opfer dafür gebracht. Und eines davon, der große Kollateralschaden, war mein Vater. Mein Dad, der sie abgöttisch geliebt hat, es vielleicht auch heute noch tut, aber der einfach nicht in ihr neues, glamouröses Leben gepasst hätte. Mein Vater, den ich seitdem mehr vermisse als irgendjemanden sonst.

»Ich lege jetzt auf«, verkünde ich, bevor mir noch weitere Wahrheiten herausrutschen, die ich nicht aussprechen wollte.

»Riven«, setzt Naemi an, doch da habe ich den Anruf bereits beendet, und ihre perfekte Hochsteckfrisur löst sich vor meinen Augen in schwarze Pixel auf. Noch bevor ich das Programm ganz schließen kann, ploppt eine Nachricht von ihr auf.

Naemi: Komm zurück! Wir sind noch
nicht fertig!

Kurzerhand fahre ich den Laptop herunter und klappe ihn zu. Was bilden sie sich eigentlich ein, derart über mich bestimmen zu wollen? Ich bin zweiundzwanzig, verdammt.

Doch es war schon immer so. Wir waren viel zu unterschiedlich, als dass wir uns bei irgendetwas einig gewesen wären. Meine ganze Jugend über habe ich mich nach Zusammenhalt gesehnt, während ihnen das nicht egaler hätte sein können.

Einzig bei Jenna hatte ich manchmal das Gefühl, dass es ihr ähnlich geht. Aber natürlich nur insgeheim, denn Naemi ist ihr großes Vorbild, dem sie schon seit ihrer Geburt nacheifert und von dessen Meinung sie so abhängig ist wie von Sauerstoff.

Ich wette, Naemi weiß das. Und ich wette, sie nutzt es aus,

wo sie nur kann. Wie auch mein Bruder hat sie eine regelrechte olympische Disziplin daraus gemacht, andere Menschen zu ihren Gunsten gegeneinander auszuspielen.

Rücklings lasse ich mich auf mein Bett fallen und starre auf den Leuchtsternenhimmel darüber. Ein paar Minuten liege ich so da, dann klingelt mein Handy. Voller Vorfreude hebe ich es mir vors Gesicht. Doch mein Lächeln erstirbt, als ich die Anrufanzeige sehe.

Mom (Büro) ruft an

Keine Ahnung, wieso, doch ich habe auf Leevi gehofft. Aber warum sollte er mich anrufen, nachdem ich ihn am Freitag so von mir gestoßen habe? Ich kann froh sein, dass er noch mit mir schreibt und nicht völlig auf Abstand geht.

Ohne zu zögern, drücke ich den Anruf weg und raffe mich auf. Nur wenige Minuten später habe ich mich von Dad verabschiedet, der im Wohnzimmer liest, meinen Mantel angezogen und das Haus verlassen. Ich brauche frische Luft und ... Ablenkung. Aufmunterung. Und aus irgendeinem Grund fällt mir nur eine Person ein, die mir das geben könnte.

Es ist merkwürdig, dass ich den beißenden Wind in Kauf nehme, um zu Leevi zu gehen, statt einfach jemanden von meinen Freunden aus Toronto anzurufen. Und noch merkwürdiger ist, dass ich vielen von ihnen nicht einmal erzählt habe, dass Dad Alzheimer hat. Wenn man es genau nimmt, hatte ich mit den meisten von ihnen seit meiner Abreise nicht mal mehr Kontakt, und auch wenn ich mich oft einsam gefühlt habe, kann ich nicht behaupten, sie vermisst zu haben. Und sie mich offensichtlich auch nicht.

Es macht mich traurig, mir vor Augen zu halten, wie oberflächlich meine Beziehungen sind. Man trifft sich, weil man sich kennt, nicht weil man sich besonders gern mag. Ich vertraue mich ihnen an, weil ich sonst niemanden habe. Und hin und wieder schlafe ich mit fast Fremden, nur um eine Illusion von Nähe zu empfinden. Natürlich finde ich sie auch attraktiv.

Und es ist nicht so, dass ich das verwerflich fände. Es ist nur einfach ... nicht genug.

Ich blinzle die Tränen weg, die sich bei dem Gedanken in meine Augenwinkel verirren. Schön, wie ein paar Minuten mit meinen Geschwistern reichen, um mich komplett aus dem Konzept zu bringen. Dass ich mich so fühle, ist leider keine Seltenheit. Doch glücklicherweise sind es meist nur kurze Phasen, in denen sich die Zweifel nicht wie sonst fortwischen und überspielen lassen.

Meine Beine finden den Weg zum Haus der Myers wie von allein. Ich stehe auf der überdachten Veranda, die nun mit neuen Möbeln ausgestattet ist, und drücke zögernd die Klingel. Ob ich Leevi nicht doch lieber hätte schreiben sollen? Aber er hat vorhin nicht mehr geantwortet – was auch? –, und ich wusste nicht, wie ich diesen Gedankenwirrwarr in Worte fassen sollte. Verdammt, ich weiß ja nicht mal, was ich eigentlich hier will. Ihn sehen? Eine Umarmung? Doch noch einen Kuss?

Nein, Letzteres darf auf keinen Fall passieren. Meine Zeit hier ist begrenzt, auch wenn sich die bevorstehenden Monate gerade wie eine Unendlichkeit anfühlen mögen.

Das Gebäude ist neuer als die meisten anderen im Dorf. Leevis Eltern haben es kurz vor seiner Geburt gebaut, als Dads Haus noch meinen Großeltern gehörte. Dementsprechend ist hier alles gut in Schuss.

Früher hat es sich für mich immer besonders angefühlt, hier zu sein. Alles war so anders als zu Hause. Die Dielen und die Treppe haben nicht geknarzt, die Türen nicht gequietscht. Der Wind hat nicht heulend durch den Fensterspalt geblasen, wenn wir in Leevis Zimmer saßen. Es war nicht besser als daheim, auf keinen Fall. Ich habe beide Orte gleichermaßen geliebt. Sie waren nur bemerkenswert verschieden. Das Haus der Myers war ein Zufluchtsort, wenn ich mich zu Hause erdrückt gefühlt habe.

Die Tür wird geöffnet, aber statt Leevi steht sein Vater vor mir. Sein Haar ist schütter geworden, und um seine Lippen liegt ein harter Zug, der mich fast daran zweifeln lässt, dass er und Leevi verwandt sind. Doch er mustert mich aus den gleichen hellbraunen Augen, und das reicht, um ein Lächeln auf meine Lippen zu zaubern.

»Hallo, Mr. Myers«, grüße ich ihn, unsicher, ob ich nach all den Jahren noch seinen Vornamen benutzen sollte.

Er runzelt die Stirn. »Was willst du denn hier?«

»Ähm …« Seine Frage bringt mich aus dem Konzept. Sie klingt abweisend, dabei wüsste ich nicht, weshalb er etwas gegen mich haben sollte. Ob Leevi ihm von dem Kuss erzählt hat …? Nein. Das glaube ich irgendwie nicht.

»Wer ist da, Bernard?«, ertönt eine Frauenstimme hinter ihm, und schon drängt sich Leevis Mutter in den Türrahmen. Sie trägt ihre Haare jetzt anders. Früher waren sie lang und reichten ihr bis über die Schultern. Nun hingegen sind ihre braunen Locken kurz. Es steht ihr gut, lässt sie jünger wirken. Sie ist rundlicher geworden, ganz im Gegensatz zu Dad, der wie eingefallen wirkt, und ihre helle Haut hat einen gesunden Teint.

Leevis Vater nutzt die Gelegenheit, um kommentarlos ins Haus zu verschwinden, doch das strahlende Lächeln, das sich nun auf dem Gesicht seiner Frau ausbreitet, verursacht eine angenehme Wärme in meiner Magengrube.

»Riven?«, fragt sie sicherheitshalber und mustert mich von Kopf bis Fuß.

Ich lächle. »Hallo, Mrs. Myers.«

»Mein Gott! Sag doch Gina! Darf ich dich drücken?«

Auf mein Nicken hin zieht sie mich in ihre Arme und reibt mir über den Rücken.

»Bist du groß geworden!«, meint sie an meinem Ohr, und ich lache.

»Das nennst du groß?«

»Na, hör mal!« Sie hält mich von sich. »Ich kenne dich noch mit Windel! Und als wir uns das letzte Mal gesehen haben, bist du mir gerade mal bis zum Busen gegangen.«

»Groß im Vergleich also«, erwidere ich schmunzelnd.

Sie seufzt auf. »Ihr werdet so schnell erwachsen! Geht es dir gut in Toronto? Wie gefällt dir die Stadt? Oh, willst du reinkommen? Hier draußen ist es so kalt in den letzten Tagen!«

Ich räuspere mich etwas peinlich berührt. »Toronto ist sehr schön. Und danke für das Angebot, aber ich suche eigentlich Leevi. Ist er da?«

»Oh! Nein, ich fürchte nicht. Er ist bei Laina.«

»Ach so. Dann störe ich ihn besser nicht.«

»Ach was! Sallys Haus gilt als öffentlicher Platz. Schau einfach mal vorbei und klingele, die beiden arbeiten an der Bibliotheks-Website.«

»Ähm ... okay!«

»Und grüß Richard von uns, ja?« Bei diesen Worten lächelt sie so herzlich, dass mir warm ums Herz wird.

»Mache ich. Danke, Mrs. Myers!«

»Gina!«, verbessert sie mich wieder. »Wie früher, hm? Sonst muss ich Miss Williams zu dir sagen.«

Aus irgendeinem Grund bringe ich es nicht über mich, den falschen Nachnamen zu korrigieren. »Okay, Gina«, sage ich nur schmunzelnd und verabschiede mich.

Es ist, als würde Riven Wong nicht auf diese Insel gehören. Riven Wong macht Karriere in Toronto, ist immer top gekleidet und gestylt, verbringt jede freie Minute mit ihrer Arbeit, legt ihr Geld in Aktien und ETFs an und ist so weit weg von Riven Williams, wie man nur sein kann. Es ist, als wären sie zwei völlig verschiedene Personen, die sich nicht mehr als ihr Aussehen teilen.

Mit meinem alten Nachnamen fühle ich mich hier mehr zu Hause. Mehr wie früher. Es ist eine Version von mir, die noch nicht verlernt hat, wie man ... lebt? Fühlt? Ich weiß nicht. Die Version von mir, die Leevis beste Freundin war, Dads engste Verbündete, und nicht jemand Neues, der schon fast eine Fremde ist.

Den gesamten Weg über zweifle ich daran, ob ich wirklich bei Sally klingeln soll. Ist es nicht unhöflich, einfach dort aufzukreuzen, wo Leevi sich doch mit Laina trifft? Wie genau stehen die beiden eigentlich zueinander?

Ich hatte nie einen besonders guten Draht zu Laina. Nicht dass wir uns nicht mochten oder so – wir waren nur irgendwie nicht auf einer Wellenlänge und haben nie herausgefunden, wie wir mehr werden als Bekannte.

Aber vielleicht ist Sally ja auch da. Mit ihr wollte ich ohnehin mal reden. Über Dad. Und ihre Freundschaft, die gerade ziemlich in Scherben zu liegen scheint.

Neben Sallys Haustür hängt ein Windspiel vom Dachvorsprung, das bei diesem Wetter wie wild bimmelt, und unter einem der Fenster in einem Beet stehen vom Sommer noch die Überreste vertrockneter Blumen. Ich drücke die Klingel und höre wenig später von drinnen Stimmen. Die Tür wird geöffnet, und ich muss automatisch lächeln, als ich die Bürgermeisterin vor mir sehe.

Sally sieht noch fast so aus wie früher, nur dass ihre wilden Locken jetzt eher gräulich wirken und ihr Gesicht ein wenig faltiger scheint. Sie erkennt mich, und ihre blauen Augen strahlen förmlich.

»Ja, schau an!«, ruft sie aus. »Wen haben wir denn da? Komm rein, Liebes!« Bevor ich protestieren kann, werde ich auch schon in den Flur gezogen. »Mein Gott, das ist ja Jahre her, dass ich dich gesehen habe! Ich würde gern behaupten, dass du deinem Vater ähnlich schaust, aber du kommst ganz nach deiner Mutter. Ich könnte schwören, dass sie in deinem Alter genauso aussah. Du bist ihr wie aus dem Gesicht geschnitten. Vielleicht sogar noch ein bisschen hübscher.«

»Ähm ... danke«, sage ich verlegen und reibe nervös meine kalten Hände aneinander. »Du siehst auch toll aus. Kann es sein, dass du nicht alterst?«

»Ach, hör auf!« Sally lacht und nimmt mir meinen Mantel ab. »Komm rein, wir trinken gerade einen Kaffee! Leevi ist auch da.«

»Ich weiß«, gestehe ich. »Gina hat es mir gesagt. Aber dich wollte ich auch gerne mal wiedersehen. Ich hoffe, ich störe nicht?«

»Ach was. Hier bist du immer willkommen! Laina, machst du noch einen Kaffee?«, ruft sie durch den Flur und hängt meinen Mantel an eine volle Garderobe.

Die Tür zur Küche wird aufgeschoben, und Laina schaut zu uns in den Flur. »Für wen?«

Sie hat die Augen ihrer Mutter und aschbraune lange Locken, die allerdings nicht an das wilde Durcheinander auf Sallys Kopf herankommen. Als sie mich erblickt, hebt sie überrascht die dünnen Augenbrauen. Sie wirkt ein bisschen skeptisch. So als wüsste sie nicht genau, wie sie mir gegenübertreten soll. Ich kenne das Gefühl nur zu gut.

»Hi«, sagt sie vorsichtig.

Ich versuche mich an einem Lächeln. »Hey.«

»Normalen Kaffee?«

»Oder einen Cappuccino?«, schlägt Sally vor.

»Gern«, sage ich einfach nur, etwas überfordert. Es ist eigentlich keine eindeutige Antwort, aber Laina verzieht sich bereits wieder, und als ich kurz darauf mit Sally die Wohnküche betrete, brummt die Kaffeemaschine.

Sofort bleibt mein Blick an Leevi hängen. Er sitzt an dem Holzesstisch und hält seine Tasse mit beiden Händen umschlossen. Wie schon bei meiner Ankunft neulich trägt er diesen dunkelgrünen Hoodie, der das helle Braun seiner Augen zur Geltung bringt, und aus ebendiesen schaut er mit einer Mischung aus Verwirrung und freudiger Überraschung zu mir auf.

»Hi«, sage ich, bleibe neben der Küchenzeile stehen und hebe verlegen die Hand. Sally räumt unterdessen einen Stapel Zeitungen und sonstigen Papierkram vom Tisch.

»Hey. Ich dachte, du telefonierst mit deinem Bruder?«

»Das habe ich schon«, erkläre ich. *Und es war ein Desaster.* Leevi hebt die Brauen, als könnte er mir den Gedanken an der Nasenspitze ablesen.

»Hier.« Die Kaffeemaschine ist verstummt, und Laina stellt einen Cappuccino neben Leevi ab. Dieser wirft ihr einen unlesbaren Blick zu.

»Danke.« Kurz zögere ich. Doch da Laina sich Leevi gegenüber zu ihrer Mutter setzt, nehme ich bei ihm Platz. Ich glaube, niemandem im Raum entgeht das kurze, verhaltene Zögern, das dabei zwischen uns entsteht. Oh Mann.

Ich hätte ihn gestern nicht nach dieser Umarmung fragen sollen. Und erst recht nicht dieses Herz vorhin schicken dürfen. Aber meine Dankbarkeit für seine Unterstützung musste irgendwo hin.

Sofort schießt mir wieder Hitze ins Gesicht, weil die Erinnerungen an Leevi mich überfluten. An seine Wärme gestern, sein Summen in meinem Ohr. Die stillen Tränen, die ich nicht zurückhalten konnte. Leevis verdammten Duft, als ich mein Gesicht völlig unangebracht an seinem Hals vergraben habe.

Ihn scheint es nicht gestört zu haben. Aber es muss ihm doch komisch vorkommen, dass ich mich derart an ihn klammere, nachdem wir uns geküsst und ich ihn abgewiesen habe. Als hätte ich keine anderen Freunde.

Es sind nur ein paar Sekunden, in denen wir beide nicht zu wissen scheinen, wie wir reagieren sollen, doch sie fühlen sich an wie eine Ewigkeit. Dann, endlich, bricht Leevi den unangenehmen Moment, beugt sich zu mir rüber und umarmt mich flüchtig.

»Hi«, sagt er noch mal, und ich lächle verlegen.

»Hi …« Eilig ziehe ich meine Tasse zu mir heran, nehme einen Schluck und lasse den Blick durch den Raum schweifen. Hätte ich nicht nur Augen für Leevi gehabt, wäre mir vielleicht schon beim Reinkommen aufgefallen, wie anders das Zimmer mittlerweile eingerichtet ist. Früher war alles ebenso zusammengewürfelt wie in meinem alten Kinderzimmer. Jetzt wirkt es hell, trotz des finsteren Wetters draußen. Hellblau und Cremetöne, mit Muscheln, Treibholz und Makrameeampeln als Dekoration. Der Meerblick durch die großen Fenster neben uns fügt sich perfekt in den Raum ein, und ich seufze auf. »Wie schön«, entfährt es mir.

»Ja, oder?«, stimmt Sally mir zufrieden zu. »Die Designerin hat ganze Arbeit geleistet.« Ihre Stimme hat einen vielsagenden Unterton, der mich glauben lässt, irgendeinen Witz nicht verstanden zu haben, doch auch ein Blick in ihr Gesicht verrät mir nicht, was sie damit sagen will. Leevi schmunzelt verhalten, und Laina schweigt.

»Und ich störe wirklich nicht?«, frage ich noch einmal.

»Nein, du erlöst mich«, behauptet er und lehnt sich in seinem Stuhl zurück.

Laina schnaubt.

»Wovon genau?«, wage ich zu fragen.

»Ich habe den ganzen Vormittag damit verbracht, einen Infokasten auf Lainas Website von links nach rechts zu schieben.« Er sagt es mit einem gespielt genervten Unterton, aber seine Miene wirkt gelöst, beinahe liebevoll.

»Und es hat sich gelohnt!«, mischt Sally sich ein. »Der Kasten ist jetzt weg, und Leevi macht ein Pop-up.«

Er schüttelt den Kopf. »Ich weiß nicht, was sich daran gelohnt haben soll«, raunt er mir zu.

»Du hast einen Kaffee und Gebäck!«, erinnert die ältere Frau ihn. »Was willst du mehr, hm? Hier, Riven. Nimm dir auch was!« Sie schiebt mir einen leeren Teller und eine Bäckertüte mit dem Logo der *Chocolate Dreams Bakery* zu, und ich nehme mir dankend ein halbes Schokobrötchen daraus. »Wie geht's deinem Vater?«, erkundigt sie sich, und ich zucke hilflos mit den Schultern.

Soll ich ihr sagen, was er hat? Oder weiß sie es schon? Es wäre definitiv nicht mein Recht, Dads beste Freundin in so was einzuweihen.

Sally schüttelt den Kopf, als hätte sie meine Gedanken gelesen. »Du musst mir gar nicht sagen, wie genau die Lage ist. Ich möchte nur wissen, wie es ihm insgesamt geht, weißt du?«

»Den ... Umständen entsprechend«, versuche ich es. »Er ist ziemlich frustriert und niedergeschlagen, aber er versucht, es sich nicht anmerken zu lassen.«

»Hm«, macht sie nur, und Sorgenfalten bilden sich um ihre Mundwinkel.

»War er in letzter Zeit sehr unfreundlich zu dir?«

Sally winkt ab. »Er hatte wohl seine Gründe.«

»Also bist du nicht wütend auf ihn?«

»Ach, Riven. Wo kämen wir denn da hin? Natürlich nicht. Ich fürchte nur, er ist wütend auf mich, weil ich meine Nase zu tief in seine Angelegenheiten gesteckt habe.«

»Das hat ihn sicher nicht überrascht«, bemerkt Laina und kriegt von ihrer Mutter einen Ellbogen in die Seite.

»Das glaube ich nicht«, meine ich. »Zumindest nicht so wirklich, ihr seid doch befreundet. Sicher würde er sich freuen, wenn du ihn trotz allem mal wieder anrufst oder besuchst.«

Sally schaut skeptisch.

»Heimlich zumindest«, füge ich hinzu.

Nachdenklich nickt sie. »Er ist stolz geworden, dein Vater. Oder vielleicht war er das schon immer, und es fällt uns erst jetzt auf, weil er seinen eigenen Ansprüchen nicht mehr gerecht wird. Ich …« Sie räuspert sich. »Ich habe gehört, ihr sucht eine Pflegekraft?«

Mein Blick huscht automatisch zu Leevi, der reichlich verwirrt dreinschaut.

»Nicht von ihm«, erklärt Sally schnell. »Aber ich habe ein paar Verbindungen nach Vancouver Island, und eventuell sind ein paar der Vermittlungen, die ihr angesprochen habt, nun ja … nicht ganz so vertraulich, wie sie sein sollten.«

»Wie war das mit deiner Nase?«, fragt Laina mit gehobenen Brauen.

»Ich kann nichts dafür, *die* haben mich angesprochen! Ich komme doch nicht auf die Idee, auf gut Glück nach so was zu fragen! Wollten wissen, ob ich eine gewisse Miss Wong hier in Sointula kenne. Aber ich habe nicht nachgefragt, ich schwöre! Und auch nichts erzählt!« Sie hebt die Hände.

»Ich schätze, Dad ist ohnehin etwas zu optimistisch, wenn er wirklich glaubt, er könnte hier etwas geheim halten«, sage ich seufzend.

»Das kann man so sagen. Habt ihr denn jemanden gefunden?«

Ich schüttle den Kopf. »Niemand scheint besonders scharf auf die Insel zu sein. Malcolm Island ist zu abgeschieden.«

»Ts!« Sally rümpft die Nase. »Die wissen wohl nicht, was sie verpassen! Wenn die wüssten, was für grandiose Partys wir hier schmeißen …!«

Laina stöhnt auf. »Das sollte man vielleicht lieber verheimlichen.«

»Besonders das mit dem Büfettdebakel der letzten Feier«, stimmt Leevi ihr zu.

»Das hat dem Spaß ja wohl keinen Abbruch getan«, verteidigt Sally sich.

»Nicht, wenn man schon drei Gin Tonic intus hatte«, murrt Laina.

»Was genau ist passiert?«, traue ich mich zu fragen und schaue Leevi an, der ein ernstes Gesicht macht.

»Der Büfetttisch ist zusammengebrochen«, meint er trocken. »Zu viel Salat. Tommy wäre fast gestorben.«

Entsetzt schaue ich ihn an. »Was? Wie …«

Leevis Mundwinkel zuckt amüsiert, und ich boxe ihn gegen den Oberarm. »Du veräppelst mich!«

Lachend hebt er die Hände. »Ja, aber zu meiner Verteidigung: Ich dachte nicht, dass du mir das wirklich abkaufst!«

»Und Tommy lag immerhin fast im Salat«, gibt Laina zu bedenken.

»Saana hat sich immer noch nicht von dem Schrecken erholt«, murmelt Sally in ihren Kaffee. »Sie besteht in jeder Dorfsitzung darauf, dass wir robustere Büfetttische bestellen.«

»Wo kämen wir denn da hin!«, ruft Leevi mit gespieltem Unmut und schmunzelt mich an.

»Zurück zu dir, Riven. Was macht ihr denn jetzt, wenn ihr niemanden gefunden habt?« Tiefe Falten bilden sich auf ihrer Stirn, und ihre blauen Augen mustern mich besorgt.

Ich ringe mir ein Lächeln ab. »Ich habe entschieden, bis Ende Januar zu bleiben.«

»Sag bloß!« Sally stellt ihre Tasse ab. »So lange? Musst du nicht arbeiten?«

»Ich habe eine Auszeit genommen und mich freistellen lassen.«

»Wow.« Sie fasst sich ans Herz. »Ich weiß gar nicht, was ich sagen soll. Richard ist sicher sehr gerührt.«

Mir entweicht ein seltsames Geräusch zwischen einem Räuspern und einem Lachen, das drei fragende Blicke erntet. »Ähm«, mache ich und spüre, wie ich rot werde. »Er weiß es noch nicht«, gestehe ich kleinlaut.

Aus dem Augenwinkel sehe ich, wie Leevis Brauen nach oben gehen. Ich schaue stur hinunter auf meinen Teller.

»Na, dann wird er sich freuen, wenn er es erfährt!«, verkündet Sally voller Überzeugung.

»Meinst du?« Unsicher sehe ich zu ihr hoch.

»Na selbstverständlich! Er hat euch immer vermisst. Dich ganz besonders. Ich kann mir nicht vorstellen, wie es anders sein könnte.«

»Hm«, mache ich nur. Die letzte Woche war hart. Dad war nicht er selbst. Leicht reizbar, frustriert, traurig. Und manchmal hatte ich das Gefühl, er will einfach nur seine Ruhe von uns. Von mir. Wahrscheinlich ist das der Grund, weshalb ich ihn gar nicht erst gefragt habe, ob es für ihn in Ordnung ist, wenn ich bleibe. Weshalb ich es ihm immer noch verschweige, während es alle anderen nach und nach schon wissen.

Plötzlich spüre ich unter dem Tisch eine warme Hand an meiner. Leevis. Er drückt flüchtig meine Finger, bevor er auch schon wieder loslässt. Einen Moment lang bin ich zu perplex, um zu reagieren. Aber ich wünschte, er hätte sie festgehalten. Ich wünschte, er würde es noch mal tun, weil diese winzige Geste so tröstlich war. Mein Herz pocht heftiger in meiner Brust, doch bevor ich zu ihm sehen kann, ergreift Sally wieder das Wort.

»Wisst ihr was?«

Fragend schauen wir sie an.

»Das schreit nach einer Willkommensparty!«

Laina stöhnt auf. »Mom!«

»Was denn? Ich kann ein Büfett organisieren, und meinetwegen auch einen stabileren Tisch, und …«

Ich öffne den Mund und schließe ihn wieder, weil ich keine Worte herausbringe. Oh Gott. Eine Party? Für mich? Bitte nicht. Das wäre mir furchtbar unangenehm. Und mit Dads Diagnose …

»Jetzt lass sie doch erst mal ankommen, Sally«, rettet Leevi mich und drückt unter dem Tisch wieder meine Hand. Diesmal drücke ich zurück. Fest. Umklammere seine Finger, als wären sie ein Rettungsring, und atme tief ein. »Mr. Williams weiß noch nicht mal, dass Riven bleibt, und du stellst schon den Sekt kalt.«

Ich werfe ihm einen dankbaren Blick zu. Leevi schenkt mir ein flüchtiges Lächeln und verwebt seine Finger mit meinen. Das Gefühl seiner warmen Haut unter meiner sendet einen wohligen Schauer über meinen Rücken. Was machen wir hier nur? Das geht zu weit, oder? Das überschreitet schon wieder die Grenze.

Aber es ist doch Leevi. Leevi, mit dem ich schon tausendmal Händchen gehalten habe – nur eben vor zehn Jahren, als wir noch … anders waren. Unschuldige Kinder, die sich nicht versehentlich küssen und es am liebsten wieder tun würden.

Sally seufzt frustriert. »Na schön. Vielleicht habt ihr recht.«

»Aber wir könnten ja mal gemeinsam zu Abend essen?«, schlage ich zögernd vor. »Es wäre schön, wenn ihr euch wieder vertragt. Ich glaube, Dad isoliert sich, weil er nicht möchte, dass euch seine … Probleme auffallen. Aber er braucht Freunde. Und wenn wir es als Willkommensessen für mich planen, hat er auch nicht das Gefühl, dass es um ihn geht. Du könntest deine Eltern auch fragen«, wende ich mich an Leevi. »Deine Mom würde sich bestimmt freuen.«

»Oh, wie früher!«, ruft Sally. »Ich lade euch ein und mache Richards Lieblingsauflauf, das wird ihn besänftigen. Leevi, Samstagabend ist am besten für dich und Bernard, oder? Sonntags fahrt ihr nicht raus?«

Ich schaue zu ihm und bemerke erst jetzt, dass Leevi stocksteif dasitzt. Noch immer hält er meine Hand, doch sein Gesichtsausdruck ist unleserlich.

»Ich … glaube nicht, dass Dad kommen wird.«

»Du wirst ihn schon überreden«, beschließt Sally kurzerhand, und ich blicke verwirrt zwischen den beiden hin und her.

Leevi presst die Lippen zusammen. »Das ist keine gute Idee.«

»Papperlapapp! Es wird Zeit, dass die beiden sich zusammenreißen. Oder willst du, dass sie diesen Kindergarten von einem Streit ewig weiterführen?«

Die beiden? Redet sie von unseren Vätern? »Was für ein Streit?«, mische ich mich ein, und Sally hebt überrascht die Brauen.

»Weißt du gar nichts davon?«

Mein ratloser Blick sagt wohl alles, denn sie macht ein mitleidiges Gesicht.

»Richard und Bernard haben sich damals zerstritten, als ihr weggezogen seid. Haben seitdem kein freundliches Wort mehr miteinander gesprochen, dabei bin ich mir sicher, dass es nur um irgendeine lächerliche Kleinigkeit ging.«

»Das bezweifle ich«, murmelt Leevi und lässt meine Hand los. »Dad hat seine Gründe.«

Und er kennt sie?

»Dann sollte er mal anfangen, das mit Richard zu klären!«, beschwert Sally sich. »Die zwei waren immerhin beste Freunde. Wir machen es so, ihr seht beide zu, dass eure Väter zu diesem Essen kommen, und dann sorgen wir gemeinsam dafür, dass sie sich wieder versöhnen.«

Ich bin so verwirrt, dass ich nichts darauf zu erwidern weiß. Warum hat Dad mir davon nie ein Wort gesagt? Und warum wirkt Leevi plötzlich, als hätten wir ihm vorgeschlagen, etwas moralisch Verwerfliches zu tun?

Er schüttelt den Kopf. »Tut mir leid, aber ich stelle mich da nicht in die Schusslinie.« Sein Blick huscht zu mir, dann fixiert er verbissen seine Kaffeetasse.

»Schön«, beschließt Sally. »Dann organisiere ich es eben selbst.«

»Mom«, murmelt Laina. »Vielleicht sollten wir es langsam angehen.«

Dankbar treffe ich ihren Blick. »Ich denke auch, dass ich erst mal mit Dad reden sollte«, bemerke ich. »Dann können wir ja überlegen, ob wir auch … Bernard einladen.« Der Name kommt mir nur schwerfällig über die Lippen. Ich erinnere mich wieder an seinen grimmigen Gesichtsausdruck vorhin. An dieses ruppige »Was machst du denn hier?«. Und jetzt ergibt es plötzlich Sinn. Er kann Dad nicht mehr leiden.

Mich also auch nicht?

»Na schön, dann halten wir Samstag fest und reden noch mal drüber, ja?«, schlägt Sally vor.

Ich nicke und schaue vorsichtig wieder zu Leevi. Er zwingt ein Lächeln auf seine Lippen und steht vom Tisch auf. »Ich widme mich jetzt mal diesem Pop-up, sonst sitzen wir heute Nacht noch hier.«

»Okay« ist alles, was ich herausbringe. Doch irgendwie habe ich das Gefühl, dass hier etwas ganz und gar nicht *okay* ist.

LEEVI

Sally hat Riven nicht vom Haken gelassen. Sie ist immer noch hier und hat sich nun auf Sallys Drängen hin für morgen mit Laina verabredet, die ihr beim Umdekorieren ihres Zimmers helfen soll. Zugegeben, keine schlechte Idee. Ich glaube, die beiden könnten sich gut verstehen, und Laina ist wirklich genial, wenn es um Inneneinrichtung geht. Sie hat nicht umsonst das gesamte Haus ihrer Mutter sowie die Bäckerei eingerichtet. Doch es schien beiden ein wenig unangenehm zu sein, miteinander zu reden. Besonders Laina mit ihrer schüchternen Art ist vermutlich überfordert damit, sich mit einer Beinahefremden wie Riven zu unterhalten, weshalb ich mich schon nach wenigen Minuten mitsamt dem Laptop zurück an den Tisch gesellt habe.

Mittlerweile hat Sally sich verabschiedet, um den Garten für den Winter bereit zu machen, und wir sind nur noch zu dritt. Die anfangs zurückhaltenden Gespräche zwischen Laina und Riven werden allmählich lockerer, und ich bemühe mich ebenfalls um Gelassenheit, obwohl Rivens Anwesenheit mich nervös macht. Wir unterhalten uns über Auris nahenden Geburtstag, zu dem Riven bereits eingeladen wurde, und mögliche Geschenkideen für sie.

»Ich dachte an ein Buch über Blumen«, meint Laina. »Es gibt wunderschöne illustrierte Herbarien.«

»Sie mag also Blumen?«, fragt Riven.

»Mögen ist gar kein Ausdruck«, erwidere ich schnaubend.

»Jep«, stimmt Laina mir zu. »Du hättest ihren Garten mal im Sommer sehen sollen! Alles blüht. Es sieht aus wie eine riesengroße Farbexplosion. Ich hab echt keine Ahnung, wie sie es schafft, sich um all die Pflanzen zu kümmern. Und weil ihr das scheinbar noch nicht genug Blumen sind, arbeitet sie als Floristin. Das sagt, glaube ich, schon alles.«

»Ich hab Bilder vom Garten«, fällt mir ein, und ich hole mein Handy aus der Hosentasche, um sie ihr zu zeigen.

Riven rutscht näher zu mir heran und hebt beeindruckt die Brauen. »Das sieht aus wie in einem Disneyfilm oder so. Sicher, dass Auri nicht mit Eichhörnchen sprechen kann?«

»Geht Tommy als Eichhörnchen durch?«, scherze ich.

»Dafür fehlen ihm ein paar Haare«, bemerkt Riven.

»Wer weiß …« Ich schmunzle vielsagend, und sie schüttelt belustigt den Kopf.

»Was sagt ihr denn jetzt zu dem Geschenk?«, versucht Laina unsere Aufmerksamkeit wieder auf sich zu ziehen.

»An sich eine schöne Idee«, erwidere ich und reiße nur mit Mühe meinen Blick von Riven los. »Aber meinst du nicht, dass sie schon genug Blumen hat? Und Bücher sind nicht so unbedingt eine Vorliebe von ihr, oder?«

Laina verzieht frustriert das Gesicht. »Und was schlägst du stattdessen vor?«

Grinsend zucke ich mit den Schultern. »Einen lebenslangen Vorrat an Schokobrötchen?«

»Ha ha.«

»Einen Pappaufsteller von Tommy.«

»Gruselig!«

»Oder …« Verschwörerisch ziehe ich die Brauen hoch, und Laina kneift misstrauisch die Augen zusammen.

»Oder was?«

»Ich wüsste da etwas, das sie sich schon lange wünscht. Sehnlichst.«

»Ich schwöre, wenn du jetzt irgendwas Versautes vorschlägst …«

Mir entweicht ein Schnauben. »Verwechselst du mich? Also bitte. Ich meine das ernst.«

Leichte Verwirrung zeichnet sich auf Lainas Gesicht ab. Sie scheint sich nicht mehr sicher zu sein, wie sie meine Aussagen interpretieren soll. Obwohl sie mich so gut kennt, passiert das hin und wieder, wenn ich meinen Humor zu weit treibe. »Okay? Dann rück mal raus mit deinem genialen Geschenk.«

Ich wackle mit den Brauen. »*Risiko*.«

Laina entkommt ein empörter Laut, und sie wirft mit einer zusammengeknüllten Serviette nach mir, wobei sie Brösel über dem Tisch verteilt.

»Hey!« Lachend klappe ich meinen Laptop ein wenig weiter zu.

»Denk nicht mal dran!«

»Wieso denn? Sie sucht das Spiel schon so lange! Seit es bei der letzten Runde vor ein paar Jahren unter so mysteriösen Umständen verschwunden ist ...«

»Es wird Tote geben!«, empört Laina sich. »Und du wirst der Erste sein, dafür sorge ich dann!«

»Kritik, Serviettenattentate, Morddrohungen ... Wo bin ich hier gelandet?«

Laina funkelt mich an. »Ich meine es ernst, Leevi Myers! Deine *Risiko*-Scherze werden uns irgendwann ins Verderben stürzen! Sei froh, dass sie endlich aufgehört hat, dieses verfluchte Spiel zu suchen!«

»Was genau ist passiert?«, fragt Riven.

»Laina hat verloren«, erkläre ich verschmitzt.

Sie übergeht meinen Kommentar, atmet tief durch und wendet sich Riven zu. »Spiel niemals – wirklich niemals – mit Auri *Risiko*.«

»Oh!«, rufe ich. »Ich weiß, was wir ihr stattdessen schenken! *Monopoly!*«

Laina stöhnt auf und lässt theatralisch ihren Kopf auf die Tischplatte sinken.

Ich räuspere mich. »Wunder Punkt.«

»Offenbar hast du gewonnen«, meint Riven lachend, und Laina reagiert mit einem gequälten Brummen. »Was genau ist mit Auris *Risiko* vorgefallen?«

»Es war ein sehr langer Abend mit seeeehr viel Würfeln. Auri hat uns gezwungen, die Partie auszuspielen, obwohl schon nach einer halben Stunde klar war, dass sie gewinnen wird. Tommy war ihr letztes Opfer. Ich glaube, ab der dritten Stunde hat er in Erwägung gezogen, sich einfach was zu brechen, um der Qual ein Ende zu setzen. Das Spiel ist seitdem jedenfalls *verschwunden.*«

»Und das ist gut so!«, mischt sich Laina wieder ein und richtet sich auf.

»Ich persönlich finde es sehr lustig, die Panik in euren Augen zu beobachten, wenn man dieses Spiel erwähnt.«

»Vielleicht muss ich mir einen neuen besten Freund suchen«, murmelt sie, steht auf und geht hinüber zur Kaffeemaschine.

»Irgendwelche Vorschläge, was ich ihr schenken kann?«, fragt Riven.

Ich zucke mit den Schultern. »Du kannst dich bei mir beteiligen. Ich suche was aus.«

»Das klingt super, danke!«

»Du auch, Laina?«, will ich wissen und wende mich zu ihr um.

Sie schüttelt den Kopf. »Passt schon. Wollt ihr auch noch einen Kaffee?«

»Ich glaube, ich muss langsam nach Hause«, stellt Riven fest, wirft mir noch ein schwaches Lächeln zu und schiebt ihren Stuhl zurück. »Mal sehen, was Dad macht.«

»Okay. Sag ihm einen Gruß von uns«, schlägt Laina vor und fixiert mich. »Kaffee?«

»Wenn du willst, dass dieses Pop-up fertig wird, dann definitiv.«

Meine beste Freundin lächelt zuckersüß. »Einmal Koffeinkick also.«

RIVEN

Auf meinem Rückweg durchs Dorf wälze ich die neuen Erkenntnisse in Gedanken immer wieder um. Wie kann Dad seit zehn Jahren mit seinem ehemaligen besten Freund zerstritten sein – wirklich zerstritten, nicht nur entfremdet – und es mir nicht einmal gesagt haben? Hat er es absichtlich geheim gehalten? Genauso wie seine Krankheit? Verbirgt er vielleicht noch mehr seiner Probleme vor mir?

Hierzubleiben, ist das einzig Richtige, das wird mir immer klarer. Natürlich liebe ich meinen Job. Und die Angst davor, meiner Karriere mit dieser Entscheidung ein Ende zu setzen, ist allgegenwärtig. Aber würde ich nicht bleiben – würde ich Dad tatsächlich im Stich lassen –, könnte ich mir selbst nicht mehr in die Augen schauen. Er ist wichtiger, als ein Job es je sein könnte.

Ich sperre die Haustür auf, und mich überkommt ein Gefühl von Nachhausekommen, das noch heftiger ist als bei meiner Ankunft neulich. Das hier *ist* wieder mein Zuhause. Ich wohne hier. Zum ersten Mal seit zehn Jahren.

Einen Moment lang schließe ich die Augen und atme tief den vertrauten Geruch ein. Es ist der Duft von Kindheit und Nostalgie, von Wehmut und Ankommen, von Familie und einer besseren Zeit. Ich ziehe die Tür hinter mir zu, und es fühlt sich an, als würde ich meine Entscheidung damit endgültig besiegeln.

»Dad?«, rufe ich, weil er nicht im Wohnzimmer sitzt, und schäle mich aus meinen Klamotten. »Ich bin daheim!«

Bei den Worten breitet sich ein Lächeln auf meinen Lippen aus. Ich sollte es ihm sofort erzählen. Wie konnte ich überhaupt so lange zögern? Natürlich wird er sich darüber freuen. Wir sind ein Dream-Team, Dad und ich. Waren wir schon immer.

Und es wurde höchste Zeit, dass wir wieder vereint sind. Wenn auch nur temporär. »Dad?«

Er kommt aus der Küche, und sein Gesichtsausdruck lässt meine Euphorie verpuffen. Mein Vater wirkt ernst. Auf seiner Stirn stehen tiefe Sorgenfalten, und ein harter Zug liegt um seine Mundwinkel.

»Was ist los?«, frage ich sofort. Ist etwas passiert? Hat er sich wieder verirrt? Etwas verlegt? Sich verletzt?

Er räuspert sich. »Deine Mutter hat angerufen.«

Mein Herz setzt einen Schlag aus, und ich stocke. »Mom?«, bringe ich heraus. »Sie … Ihr telefoniert noch miteinander?«

»Normalerweise nicht.« Sein Gesicht verfinstert sich weiter. »Sie hat sich bei mir beschwert, was mir denn einfällt, dich hierzubehalten und zuzulassen, dass du deinen Job aufgibst.«

Ich blinzle, völlig überrumpelt. Dass Naemi sofort an Mom petzt, war mir schon klar, als Jaspar sie angerufen hat. Aber dass Mom wiederum Dad belästigen würde – und dann auch noch mit solchen Unterstellungen …

Ich fasse es nicht.

Mein Vater schaut mich an und schüttelt nur leicht den Kopf, als wüsste er selbst nicht, wie er dieses Gespräch weiterführen soll. Sichtlich entkräftet stützt er sich am Türrahmen ab und fährt sich über das Gesicht. »Würdest du mir das bitte erklären?«

»Ich … Eigentlich wollte ich es dir selbst sagen«, stammle ich. Mehr fällt mir auf Anhieb nicht ein. Ich bin immer noch zu schockiert, dass meine Mutter allen Ernstes hinter meinem Rücken ihren Ex-Mann anruft, als wäre ich ein unartiges Kind, das gezügelt werden muss.

Dad scheint ebenso sprachlos. »Du hast also wirklich gekündigt? Deinen großartigen Job?«

»Was? Nein! Ich habe eine dreimonatige Freistellung beantragt. Das ist alles mit Faiza abgeklärt, ich kann danach dort weiterarbeiten.«

Dad zieht die Brauen zusammen, seine blauen Augen mustern mich misstrauisch. »Deine Mutter sagte, das sei das Ende deiner Karriere.«

Ich schnaube ungläubig. »Mom übertreibt. Wie immer.«

»Ich weiß nicht, Riven. Eure Branche ist hart, das hast du mir schon oft genug erzählt. Und warum hast du das überhaupt hinter meinem Rücken gemacht?«

»So war das nicht«, widerspreche ich. »Ich wollte nur erst sicher sein, dass es auch klappt. Und dann habe ich den Fehler gemacht, es Jaspar zu erzählen, damit er aufhört, dir Plätze im Pflegeheim zu reservieren, und er hat natürlich ein riesiges Ding daraus gemacht.«

»Du hättest es mir gleich sagen sollen«, sagt er ruhig, aber ich höre dennoch Frust heraus.

»Aber ich wusste doch noch gar nicht, ob ...«

»Du wusstest auch noch nicht, ob ich überhaupt damit einverstanden bin!«, unterbricht er mich scharf.

Ich klappe unvermittelt den Mund zu und starre Dad an. Seine Worte sind wie ein Schlag ins Gesicht, und einen Moment lang fühlt es sich an, als hätte ich verlernt zu atmen. *Ob er einverstanden ist?*

Energisch blinzle ich gegen die Tränen an, die in mir aufsteigen. Dem Rest meiner Familie traue ich prinzipiell alles zu, aber Dad ...

Von Dad erwarte ich nicht, dass er mich verletzt, nicht einmal mit unbedachten Worten. Und umso mehr tut es jetzt weh.

»Willst du ...« Mir fällt das Sprechen schwer. Es ist, als würde eine unsichtbare Macht mir den Kehlkopf zudrücken. »Willst du nicht, dass ich noch bleibe?«

»Riven, darum geht es doch gar nicht. Ich habe dich gerne hier, das weißt du. Aber ich will nicht, dass du alles, was du dir so hart erarbeitet hast, für mich hinschmeißt, ohne mir ein Wort davon zu sagen! Du gehörst nach Toronto. Also was soll das hier?«

Irritiert schüttle ich den Kopf. Der Satz stößt mir noch mehr auf als die zuvor. »Ich kann selbst bestimmen, wo ich hingehöre, Dad«, presse ich heraus. »Und ich schmeiße nicht alles hin. Ich bleibe lediglich ein bisschen länger, um dich zu unterstützen, solange du keine Pflegekraft hast. Du wolltest nicht ins Pflegeheim, schon vergessen? Mit mir nach Toronto möchtest du auch nicht. Und ich lasse dich nicht allein.«

»Ich komme doch zurecht! Das habe ich euch jetzt schon hundert Mal gesagt.«

»Dad.«

»Haltet ihr mich für so senil, dass ich nicht mehr allein von der Küche bis ins Bad komme?«

»Nein. Aber ich schließe nicht aus, dass der Moment kommt, wo es so weit ist, Dad. Dr. Peters hat gesagt …«

»Der kennt mich doch gar nicht. Nur, weil ein Mal etwas passiert ist. Ich sehe das gar nicht ein.«

Tief atme ich durch. Ich will nicht wieder mit Dad streiten. Wir haben es in der letzten Woche öfter getan als in meinem ganzen bisherigen Leben zusammen. Doch manche Dinge müssen gesagt werden. Auch wenn sie wehtun. »Aber ich sehe es ein.« Ich trete näher zu ihm, bis ich direkt vor ihm stehe. »Fang jetzt nicht wieder damit an«, bitte ich leise.

Er reckt kaum merklich das Kinn. »Womit?«

»Damit, es zu leugnen. Ich weiß, dass es dir im Moment gut geht. Aber es ist nicht immer so. Und es wird nicht ewig so bleiben, Dad. Du hast Alzheimer. Und die Wahrscheinlichkeit ist hoch, dass sich dein Zustand verschlechtert. Also nein. Ich werde dich nicht einfach allein lassen und darauf pokern, dass nichts passiert. Dafür bist du mir zu wichtig. Dafür habe ich dich viel zu lieb. Verstehst du das?«

Er mahlt mit dem Kiefer, als würde er versuchen, seine Widerworte herunterzuschlucken. »Trotzdem kannst du das nicht einfach ohne mich entscheiden«, beschwert er sich. »Ich bin immer noch zurechnungsfähig, weißt du?«

»Und ich bin kein Kind mehr, sondern eine erwachsene Frau, die eigene Entscheidungen treffen kann. Es tut mir leid, dass ich es dir nicht früher gesagt habe. Ich hatte … Angst davor«, gestehe ich.

»Weil es ein großes Risiko ist«, erwidert er verständnisvoll.

»Nein. Weil ich wusste, dass Mom, Jaspar, Naemi und Jenna

sich dagegenstemmen würden. Und weil mich das verunsichert, auch wenn ich weiß, dass ich das Richtige tue.«

Ich presse die Lippen zusammen, um zu verhindern, dass noch mehr Wahrheiten aus meinem Mund purzeln. Bei Dad fiel es mir schon immer leicht, ihm mein Herz zu Füßen zu legen, mein Innerstes nach außen zu kehren, alles an die Oberfläche zu lassen, was sonst nicht mal bis in meinen Kopf vordringen soll. Dad war der Einzige, der es verstanden hat. Mich verstanden hat. Der wusste, wie sich meine Traurigkeit anfühlt und dass sie nicht weggeht, egal, wie fest man es sich wünscht.

Aber jetzt bin ich erwachsen. Und es fühlt sich befremdlich an, mich ihm erneut so zu öffnen wie damals mit zwölf.

Er atmet tief durch. »Was, wenn du es irgendwann bereust?«

»Dad.« Meine Stimme wird weich. Alles in mir wird weich, wenn ich ihn so zweifeln höre. »Wie könnte ich? Egal, was passiert, ich könnte niemals bereuen, mich um dich gekümmert und Zeit mit dir verbracht zu haben. Niemals, hörst du?«

»Kinder sollten sich aber nicht um ihre Eltern kümmern müssen, sondern andersherum.« Sein trauriger Blick bricht mir das Herz.

»Doch. Irgendwann tauschen sich die Rollen. Und das ist okay so. Du hast dich unser ganzes Leben lang um uns gekümmert. Jetzt revanchieren wir uns.«

Oder zumindest eine von uns …

Er seufzt. »Ach, Riven …«

Ich schlinge kurzerhand meine Arme um ihn und drücke ihn fest. »Ich hab dich lieb, Dad. Und wir schaffen das gemeinsam, okay? Es wird alles gut, irgendwie. Versprochen. Nur bitte hör auf, dich dagegen zu wehren. Ich möchte nicht ständig mit dir streiten.«

Er schluckt und presst mich fest an seine Brust. »Ich versuch's«, flüstert er. »Ich hab dich auch sehr lieb.« Den Rest seiner Gedanken verschweigt er. Seine offensichtlichen Zweifel, die Sorgen, die Angst.

Doch es ist in Ordnung. Denn seine Umarmung ist Trost genug, und ich glaube fest daran, dass das, was ich gesagt habe, stimmt. Es muss einfach. Irgendwie werden wir das schaffen. Denn alles andere will ich mir nicht einmal vorstellen.

»Wir wurden übrigens zum Essen eingeladen«, sage ich leise. »Sally hat rausbekommen, dass ich noch bleibe, und möchte ein kleines Willkommensdinner organisieren.«

»Ein kleines Dinner, jaja«, brummt er. »Ich weiß, was das für diese Frau bedeutet. Sie wird das ganze Dorf einladen.«

»Nein, sie hat mir versprochen, dass es eine kleine Runde wird. Nur wir, Sally und die Myers.«

Dad stockt. »Ich ... ähm. Vielleicht gehst du da besser allein hin. Leevi ist ja auch da.«

Ich löse mich von ihm, um ihm ins Gesicht schauen zu können. »Ist es wegen Bernard?«, frage ich vorsichtig, und Dad weicht ertappt meinem Blick aus. »Warum hast du mir nie gesagt, dass ihr euch zerstritten habt?«

»Dieses Dorf tratscht zu viel«, beschwert er sich, wendet sich ab und schlurft hinüber zum Sofa.

Ich folge ihm. »Also stimmt es?«

»Wir haben uns nicht einfach nur zerstritten, Riven.«

»Sondern?«

»Seinetwegen seid ihr weggezogen.«

Mir stockt der Atem. Ich bleibe mitten im Wohnzimmer stehen und sehe zu, wie Dad sich auf die Couch sinken lässt. »Was?«, bringe ich hervor.

»Bernard ist ein engstirniges Arschloch ohne jeglichen Anstand. Er hat deine Mutter so lange mit ihren Träumen aufgezogen und sie ihr schlechtgeredet, bis sie ihre Sachen gepackt hat. Also ja. Es ist seinetwegen. Ich will diesen gehässigen Sack nie wiedersehen.«

Kapitel 8

LEEVI

Riven: Können wir reden?

Ich lese mir die drei Worte immer wieder durch, und jedes Mal verkrampft sich mein Magen dabei aufs Neue. Ich weiß nicht, worum es geht. Doch ihre Antwort auf meine darauffolgende Frage war nicht gerade beruhigend:

Leevi: Soll ich anrufen?

Riven: Vielleicht lieber persönlich, wenn das geht?

Jetzt stehe ich am Strand, unter einem dunkler werdenden Himmel, und warte auf Riven. Der Herbstwind fährt mir in den Kragen meines Windbreakers und lässt mich frösteln. Es könnte mir nicht egaler sein. Alles, woran ich denken kann, ist, ob Riven nun vielleicht doch Abstand von mir will.

Hinter mir knirscht der Kies, und ich drehe mich um. Riven kommt aus Richtung des Dorfes auf mich zugelaufen, ihren Mantel eng um sich geschlungen und die Schultern hochgezogen.

»Hi«, grüßt sie mich aus einigen Metern Entfernung. Es geht halb im Schwappen der Wellen unter, und ich komme ihr die letzten paar Schritte entgegen.

»Hey«, erwidere ich vorsichtig und mustere ihr Gesicht. Rivens Nasenspitze ist rot von der Kälte, und sie verzieht leicht den Mund. »Was ist los?«

»Warum hast du mir nicht gesagt, dass unsere Väter sich zerstritten haben?«

Ich ziehe verwirrt die Brauen zusammen. Darum geht es? Nicht um uns? »Ehrlich gesagt war mir nicht klar, dass du es nicht wusstest«, gestehe ich.

Riven presst die Lippen zusammen, nickt aber schwach. »Vermutlich hattest du recht. Es ist wirklich keine gute Idee, die beiden zusammenzusetzen.«

»Okay?« Als sie nichts mehr sagt, zucke ich mit den Schultern. »Dann sage ich Sally für das Abendessen noch mal explizit ab. Nur zur Sicherheit.«

»Danke«, murmelt Riven, doch sie wirkt nicht erleichtert. Sie hat den Blick auf die dunklen Wellen geheftet und die Nase krausgezogen.

»Wolltest du darüber reden?«

Sie atmet hörbar aus. »Keine Ahnung. Ich glaube nicht, dass *wir* diejenigen sein sollten, die darüber sprechen. Aber … ich frage mich einfach, warum er es gemacht hat. Und warum er sich nicht wenigstens mal entschuldigt hat. Ich hätte hierbleiben können! Das ist so … gemein!«

Ausnahmsweise habe ich keine Ahnung, was in Rivens Kopf vorgeht. Ich merke ihr an, dass sie wütend ist. Und offenbar auch verletzt. Aber wovon zur Hölle redet sie da?

»Du meinst deinen Dad?«, hake ich nach.

Ihr Kopf ruckt zu mir herum, und sie schaut mich fassungslos an. »Nein, deinen!«

»Bitte?«, entkommt es mir.

»Versteh mich nicht falsch, ich mochte deinen Dad sehr gern. Wirklich. Aber dass er Mom vertrieben hat, ändert einfach alles.«

Mir entweicht ein ungläubiges Lachen, das ich sofort bereue, denn Rivens Miene verfinstert sich noch weiter. »Wie kommst du denn darauf?«, frage ich.

»Du hast keine Ahnung, warum sie nicht mehr miteinander reden, oder?«, fragt sie, und in ihrer Stimme klingt ein Vorwurf mit.

»Doch. Weil dein Dad nach der Trennung damals alles und jeden von sich gestoßen hat – allen voran meine Eltern.«

»Ja, weil *dein* Vater so lange auf meiner Mutter rumgehackt hat, bis sie es nicht mehr ausgehalten hat! Er hat ihr eingeredet, sie könnte hier nichts erreichen!«

Ich stocke. Das meint sie doch nicht ernst, oder? »Gibst du gerade meinem Vater die Schuld an der Trennung deiner Eltern?«

Riven verschränkt die Arme enger vor der Brust. »Ich habe Dad gefragt«, verteidigt sie sich.

»Der ja bekanntlich der rationalste Mensch auf dieser Insel ist, hm?« Meine Antwort kommt harscher heraus, als sie sollte. Aber die Tatsache, dass sie solche Anschuldigungen von sich gibt, stößt mir sauer auf. Ich weiß, dass Dad sicher nicht unschuldig in der Sache ist. Seine engstirnigen Ansichten darüber, was sich als »bodenständiger« Job qualifiziert und was nur Träumereien sind, haben auch mein Leben geprägt. Aber zu behaupten, er hätte dafür gesorgt, dass Rivens Eltern sich getrennt haben und ihre Mutter weggezogen ist, geht dann doch ein paar Schritte zu weit. Er ist ein Sturkopf, ja. Aber kein böswilliges Arschloch.

»Du kannst das nicht mit seinem momentanen Zustand vergleichen!«, beschwert Riven sich, doch ich schüttle den Kopf.

»Tu ich nicht. Aber es braucht mehr, um eine Ehe zu zerstören, als ein paar unbedachte Worte. Und Dad musste deiner Mutter sicher auch nicht einreden, dass sie hier nichts erreichen kann – das ist die Realität. Vielleicht solltest du dankbar sein, dass du mit besseren Jobaussichten erwachsen geworden bist.«

Der letzte Satz liegt mir bleiern auf der Zunge. Er ist zugleich Wahrheit und Lüge, denn ja – in Toronto hat Riven es definitiv besser. Aber nein – ich will keineswegs, dass sie dankbar dafür ist. Denn ich selbst kann es nicht sein. Obwohl wir gerade streiten, spüre ich jetzt schon den ersten Stich des Vermissens, das mich durchbohren wird, wenn sie wieder abreist.

Riven sieht mich an, als hätte ich sie geschlagen. Eine Träne hängt in ihrem Augenwinkel, und sie blinzelt sie weg. Sofort überkommt mich ein schlechtes Gewissen. »Wie kannst du das sagen?«, flüstert sie.

Mir wird schlecht. Ich wollte nie mit ihr diskutieren. Aber ich kann auch nicht einfach nachgeben, wenn sie ebenso irrational argumentiert wie ihr Vater. »Und was hast du gerade gesagt?«, rufe ich ihr in Erinnerung. »Ich behaupte nicht, dass Dad ein Heiliger ist. Es kann gut sein, dass er deiner Mom gegenüber wenig charmante Kommentare abgelassen hat. Aber eure Schlussfolgerung geht ein paar Schritte zu weit, Riv.«

Riven kräuselt erneut die Nase. Allmählich ist es so dunkel, dass ich ihr Gesicht nur noch schwer erkennen kann, doch das feuchte Schimmern ihrer Augen entgeht mir nicht. Sie schaut wieder aufs Meer, und eine ganze Weile schweigen wir. »Ja«, sagt sie schließlich leise und schluckt. »Du hast recht, tut mir leid. Ich war nur …« Riven atmet tief durch, und ihre nächsten Worte sind nur noch ein Flüstern. »Manchmal bin ich so sauer, dass wir wegziehen mussten und ich hier alles verpasst habe.«

Ihr Geständnis hängt zwischen uns in der Luft, eine Wolke aus Nostalgie und Traurigkeit. Es legt mir eine Erwiderung auf die Zunge und zieht mich automatisch näher zu ihr. Ich sollte diesem Drang nicht nachgeben. Dennoch tue ich es.

Noch immer fixiert sie das Meer und die dunklen Umrisse Vancouver Islands in der Ferne. Langsam trete ich hinter sie, lege meine Arme um ihren Körper und lehne meinen Kopf gegen ihren.

»Ich auch«, raune ich, und sie erschauert. »Aber jetzt bist du hier. Das zählt. Und es wird nichts bringen, in der Vergangenheit nach Schuldigen zu suchen. Ich glaube, es hätte ohnehin nichts geändert.«

Riven schnieft und nickt kaum merklich. »Mom wollte immer mehr, als Dad ihr geben konnte«, krächzt sie. »Mehr, als irgendwer ihr geben kann.«

Ich weiß nichts darauf zu erwidern, also schweige ich, halte sie weiter, wiege uns sanft im Wind.

Ihr entweicht ein Schnauben. »Und Dad ist manchmal wirklich ziemlich irrational …«

»Möglich, dass er das vererbt hat«, murmle ich schmunzelnd und ernte einen sanften Klaps auf meinen Unterarm.

»Ich wüsste nicht, an wen«, behauptet Riven und schmiegt ihren Kopf an meine Wange. Die Berührung bringt mein Herz zum Rasen, und Hitze sammelt sich in meiner Magengrube. Ich würde sie gern fester umarmen. Ihr einen Kuss auf die Schläfe drücken. Es kostet mich alles an Selbstbeherrschung, mich nicht zu rühren und einfach weiter so dazustehen. Meine Gefühle für sie sind seit unserem Kuss nur gewachsen. Werden es vermutlich auch weiter tun. Doch solange sie das nicht erwidert, werde ich die Füße still halten und die Sehnsucht nach ihr ertragen.

»Was machen wir jetzt mit den beiden Sturköpfen?«, wechsle ich das Thema. »Klingt für mich, als hätten sie beide mal eine Entschuldigung nötig.«

»Meinst du, es gibt noch Hoffnung, was das angeht?«

Bei dem Gedanken, das Thema meinem Vater gegenüber anzusprechen, wird mir schlecht. Doch vielleicht wird es wirklich Zeit, dass dieser Streit beigelegt wird. Jetzt, wo bei Mr. Williams Alzheimer diagnostiziert wurde, bleibt den beiden nicht mehr ewig, um die Vergangenheit hinter sich zu lassen. Und vielleicht bereut Dad es, wenn er es jetzt nicht tut. »Wir können es versuchen«, schlage ich leise vor und gebe mir Mühe, Rivens Duft zu ignorieren, der mir zunehmend die Sinne vernebelt. »Aber stell dich besser auf einen langen, unangenehmen Abend ein.«

RIVEN

Es ist mir ein Rätsel, wie wir unsere Väter zu diesem Essen überreden konnten. Als Sally uns am Samstag die Haustür öffnet, schafft Dad es nur für einen flüchtigen Moment, den grimmigen Ausdruck aus seinem Gesicht zu verbannen. Er grüßt sie mit einem Beinahelächeln, das sofort wieder schwindet, kaum dass wir den Essbereich betreten.

Leevi sitzt neben seinen Eltern am ausgezogenen Esstisch, ihm gegenüber Laina, und im Raum herrscht eine Stimmung wie auf einem Friedhof. Bernard dreht den Kopf zu uns und zieht eine ähnliche Grimasse wie Dad. Gina hingegen steht von ihrem Stuhl auf und rauscht auf uns zu.

»Wie schön, dass ihr da seid«, ruft sie und zieht erst mich, dann Dad in eine herzliche Umarmung. Sie drückt ihn ein wenig länger als nötig, und Dads Mundwinkel zucken.

»Hallo«, brummt Bernard nur und nickt uns knapp zu. Leevi grinst mich verlegen an, und Laina hebt schüchtern die Hand zum Gruß. Sie war letztens bei uns, um mir ein paar Dekorationstipps für das Zimmer zu geben. Seitdem habe ich das Gefühl, dass der Damm zwischen uns gebrochen ist.

Schon drückt Sally mich auf den freien Platz neben ihrer Tochter, Dad zu meiner Rechten. Ich sitze genau gegenüber von Bernard und versuche mich an einem Lächeln, das nur ansatzweise erwidert wird. Er zieht zwar die Mundwinkel hoch, aber von Freundlichkeit ist nichts zu sehen.

»Was möchtet ihr trinken?«, bricht Gina das Schweigen. Sie hat sich noch nicht wieder hingesetzt und huscht nun zu Sally, die soeben den Backofen öffnet. Dampf steigt empor, und der himmlische Duft von Kartoffelgratin steigt mir in die Nase.

»Eistee bitte«, sage ich schnell.

»Ein Wasser«, murmelt Dad.

»Ich hoffe, ihr wartet noch nicht lange?« Unsicher lasse ich den Blick zu Leevi und Laina schweifen.

»Zeit ist relativ«, erwidert Leevi feixend und erntet ein Grunzen von seinem Vater.

»Erst fünf Minuten«, meint dieser. Er nickt Dad und mir flüchtig zu, bevor er sich wieder seinem Bier widmet.

»Wie läuft die Umgestaltung?«, will Leevi wissen, und ich bin ihm dankbar dafür, dass er das Gespräch mit solch unverfänglichen Themen am Leben hält.

»Umgestaltung?«, hakt Gina nach und stellt unsere Getränke vor uns auf dem Tisch ab. Sie setzt sich Dad gegenüber und schaut mich interessiert an.

»Wir haben in meinem Zimmer ein paar Möbel gerückt«, erkläre ich. Ich habe jetzt Jaspars ehemaliges Doppelbett und einen größeren Tisch. »Und Laina war so lieb, mir mit der Deko zu helfen. Danke noch mal.«

Ich schaue zu ihr, und sie wird rot. »Das war doch kein Aufwand.«

»Ist aber wirklich schön geworden, das Zimmer«, bemerkt Dad zu meiner Überraschung.

»Ja, Laina hat wirklich ein Händchen dafür!«, stimmt Gina ihm zu. »Vielleicht solltest du mal bei uns umdekorieren! Was meinst du, Bernard? Das Wohnzimmer könnte es vertragen.«

»Was ist denn nun mit unserem Wohnzimmer falsch?«, beschwert er sich.

»Nichts, wenn man daraus ein Neunzigerjahre-Museum machen will«, bemerkt Leevi, und Laina entweicht ein ersticktes Lachen.

»Undankbares Pack.« Bernard schüttelt den Kopf und trinkt einen Schluck von seinem Bier. Es ist alkoholfrei. Ich weiß noch, wie er uns früher immer gepredigt hat, dass wir später ja die Finger vom Alkohol lassen sollen.

»Achtung, heiß!« Sally kommt zu uns an den Tisch und trägt eine riesige Auflaufform vor sich her. Wir ziehen alle unsere Getränke aus dem Weg, und sie stellt das Gratin auf einem Untersetzer ab. »Es ist angerichtet!«, verkündet sie und nimmt zwischen Dad und Gina am Kopfende Platz. Sie schnappt sich Dads Teller und lädt ihm eine Schippe Auflauf darauf.

»Wie lange bleibst du denn jetzt eigentlich?«, will Gina wissen und lächelt mich geradezu hoffnungsvoll an. »Ziehst du wieder her?« In ihren braunen Augen ist kein Funken Missgunst zu finden.

»Na, schön wär's«, bemerkt Dad mit warmer Stimme und schmunzelt mich von der Seite an. Nach dem ersten Schock über meine Planänderung hat er sich schnell mit dem Gedanken angefreundet, mich länger bei sich zu haben. Und seit ich meinen Arbeitslaptop in eine Schublade verbannt habe, kosten wir unsere gemeinsame Zeit zusammen voll aus. Wir gehen spazieren, kochen gemeinsam oder liegen abends auf dem Sofa und schauen eine Serie. Leevi hat sogar wie versprochen eine Liste mit Empfehlungen geschickt, sodass ich nicht dazu verdammt bin, die nächsten drei Monate nur *CSI: Miami* zu schauen. Dad und ich haben mittlerweile großen Gefallen an *The Mentalist* gefunden.

»Ich bin noch bis Januar hier«, erkläre ich. »Danach muss ich leider wieder arbeiten.«

»Was machst du denn bei deinem Job eigentlich genau?«, will sie wissen und nimmt geistesabwesend ihre Portion Auflauf von Sally entgegen. »Leevi meinte, du arbeitest in der Modeindustrie? Das klingt so spannend!«

In der nächsten halben Stunde komme ich kaum zum Essen, da Gina und Sally mich mit Fragen löchern. Sie wollen jedes noch so kleine Detail über meinen Job wissen. Dad, Leevi und Laina haben sich zurückgelehnt und hören interessiert zu. Nur Bernard dreht mit missmutigem Gesichtsausdruck seine leere Bierdose zwischen den Fingern.

»Ist die Branche eigentlich wirklich so schlimm wie in den Filmen?«, fragt Gina, nachdem Sally einen fünfminütigen Monolog darüber gehalten hat, wie sie mit ihrer Partnerin Judith letztens in Vancouver shoppen war, und ich endlich meinen Teller leer essen konnte. »Du weißt schon, *Der Teufel trägt Prada* und so?«

»Mom hat einen sehr erlesenen Filmgeschmack, wie du siehst«, stichelt Leevi, und Gina verdreht belustigt die Augen.

»Es kann nicht jeder nur Arthouse Filme schauen wie du und Tommy«, wirft Laina ein. »Team RomCom all the way.«

Ich grinse sie an, und sie erwidert es. Mittlerweile scheint sie ein wenig aufzutauen, zumindest wirft sie hin und wieder einen Satz ins Gespräch ein. Es ist mir ein Rätsel, warum wir uns als Kinder nie angefreundet haben. Vermutlich einfach, weil wir beide zu zurückhaltend waren. Dabei ist, glaube ich, genau das der Grund, weshalb wir so gut miteinander harmonieren. Ich fühle mich in ihrer Gegenwart ziemlich wohl.

»Ich glaube nicht, dass solche Filme wirklich realistisch sind«, beantworte ich Ginas Frage. »Aber an jedem Klischee ist ein bisschen Wahrheit. Es gibt sicher auch genug Menschen, die aus ihrer Karriere einen kompletten Charakter formen und sich nur noch auf ihren Erfolg versteifen.«

Meine Mutter zum Beispiel, schießt es mir durch den Kopf. Und obwohl ich es nicht ausspreche, meine ich zu sehen, wie Dads Blick bei meinen Worten ein wenig trauriger wird.

»Es ist sicher auch toll, so ein Leben zu führen«, bemerkt Gina. »Mit den Stars zu arbeiten, Modeschauen zu besuchen, all der Glamour ... Meinst du nicht auch, Bernard?«

Leevis Dad wirkt ein wenig irritiert darüber, auf diese Weise ins Gespräch eingebunden zu werden. Er schüttelt den Kopf. »Ich verstehe gar nicht, wie sich diese Branche überhaupt halten kann, während sämtliche essenziellen Berufe aussterben«, spuckt er aus. »Alle wollen nur noch *Glamour*, statt etwas Richtiges zu arbeiten. Das ist totaler Unsinn, wenn ihr mich fragt.«

Seine Worte treffen mich unerwartet, und auch die anderen schauen Bernard entsetzt an.

»Ach, neuerdings muss man dich fragen, damit du deine Meinung kundtust?«, spottet Dad. »Womit haben wir das denn verdient?«

Bernard funkelt ihn an. »Möchtest du mir etwas sagen, Richard?«

»Ja. Halte dich verdammt noch mal aus den Angelegenheiten meiner Familie raus!«

Er schnaubt. »Mit euren *Angelegenheiten* habe ich nichts zu tun. Das richtest du schon selbst. Nur willst du das ja nicht wahrhaben, du sturer alter Sack.«

»*Du* musst immer wieder aufs Neue gegen *meine* Familie schießen, aber ich soll daran schuld sein?«

»Ist schon okay, Dad«, sage ich schnell und lege meine Hand auf seinen Unterarm.

Er schüttelt den Kopf. »Nichts ist okay!«

»Was, meinst du, deine Tochter hält es nicht aus, wenn ich ehrlich meine Meinung sage? Muss ich sie verhätscheln, so wie du?«

»Ich bin nicht verhätschelt«, entweicht es mir scharf, doch gleichzeitig setzt sich ein Kloß in meinem Hals fest. Die geladene Stimmung im Raum drückt auf meine Brust, macht sie ganz eng, und Bernards Worte stechen, obwohl ich eigentlich keinen Wert auf sie lege.

»Was ist dann das Problem?«, will Bernard an Dad gewandt wissen. »Niemand verlässt dich, nur weil ich meine Klappe nicht halte. Da gehört mehr dazu, mein Freund.«

Gina hält sich schockiert die Hand vor den Mund. Dad schiebt ruckartig seinen Stuhl zurück und steht auf.

»Wir gehen«, verkündet er und stapft aus dem Zimmer.

Ich sitze noch einen Moment lang ungläubig da. Mein Blick wandert von Bernards wütendem Gesicht zu Leevis. Er hat die Lippen zusammengepresst und rührt sich nicht. Fast erwarte ich, in seiner Miene ein »Ich hab's dir ja gesagt« zu erkennen, doch wenn überhaupt, wirkt er ebenso schockiert wie der Rest von uns.

Laina ist ganz bleich geworden. Sally hingegen funkelt Bernard voller Inbrunst an. Sie sieht aus, als wäre sie bereit, ihm jeden Moment den Mund mit einem Küchentuch zu stopfen.

Mit wackligen Knien stehe ich auf. »Danke für das schöne Essen«, bringe ich heraus, dann folge ich Dad nach draußen.

LEEVI

Ich war noch nie so wütend auf meinen Vater. Als er nur wenige Minuten nach Riven und Mr. Williams den Tisch verlässt und sich verabschiedet, erhebe ich mich ebenfalls. Mom schaut mich fragend an, doch ich schüttle nur den Kopf.

Ich erwische Dad noch an der Haustür. Eilig schnappe ich mir meine Jacke vom Haken und husche nach ihm in die kalte Nacht.

»Musste das sein?«

Er verlangsamt nicht mal seine Schritte. Zügig und unnachgiebig hallen sie auf dem Asphalt wider, durchbrechen die Stille des dunklen Himmels über uns. Mir ist heiß vor Wut, trotzdem ziehe ich mir den Windbreaker über und schließe zu Dad auf. »Ich rede mit dir.«

»Deine Mutter hat mich etwas gefragt, und ich habe geantwortet«, blafft er mich an. »Stell dich jetzt nicht auf seine Seite, nur weil du ein bisschen zu viel für das Mädchen übrighast. Ihr tut, als hätte ich sie angegriffen.«

»Sie ist kein Mädchen, sondern eine Frau«, fahre ich ihn an. »Und du hast ihr praktisch gesagt, ihr Job wäre sinnlos.«

»Ist er doch auch.«

»Genau wie deiner!«, platzt es aus mir heraus.

Dad bleibt ruckartig stehen und fährt zu mir herum. »Wie bitte?«

»Du hast mich schon gehört!«

Mein Herzschlag donnert mir in den Ohren. Ich streite nie mit Dad. Weil er zu engstirnig ist, um jemals nachzugeben, und weil es sich für mich jedes Mal wie Verrat anfühlt, ihm zu widersprechen. Doch dass er so mit Riven umgegangen ist, hat meine Zunge seltsam gelöst. Ich mag mich selbst nicht vor ihm verteidigen, mag bereitwillig immer den Kürzeren ziehen. Aber ich lasse nicht zu, dass er auch sie unterbuttert. Auch ihr das Gefühl gibt, ihre Träume wären nichts wert.

Riven ist der kostbarste Mensch, den ich kenne. Und wenngleich sie ohne Frage stark ist, ist sie auch zerbrechlich. Sie trägt ihren Schmerz nicht nach außen, doch ich glaube zu wissen, dass jedes böswillige Wort haarfeine Risse auf ihrer Seele entstehen lässt, die sich wie ein unsichtbares Spinnennetz immer weiter ausbreiten und sie immer mehr zerstören. Ich habe es in ihrem Blick gesehen, als Dad so abfällig über ihren Job geredet hat. Ich erkenne es in ihrem Gesicht, wann auch immer sie über ihre Familie spricht, über den Umzug, über die Krankheit ihres Vaters. Das alles nagt an ihr.

Dad mag sie nicht davon abbringen, hierzubleiben. Ich glaube nicht, dass irgendjemand das kann. Aber Dad und ich sind unweigerlich miteinander verbunden, und wenn er sie von sich stößt, dann entfernt sie sich auch von mir. So muss es auch mit Mr. Williams gewesen sein. Er war seiner Frau verbunden, und wenn mein Vater auch mit ihr so umgegangen ist wie heute mit Riven, dann kann ich Mr. Williams' Reaktion jetzt etwas besser nachvollziehen. Und das scheint mein Vater einfach nicht verstehen zu wollen.

In seinen Augen lodert pure Empörung. Es ist fast schon amüsant, wie ihn eine einzige Bemerkung über seinen Beruf derart aus der Fassung bringt, während er über den von Riven völlig ungefiltert urteilt.

»Die Fischerei war mal der einzige Grund, dass Menschen hier überlebt haben!«, fährt er mich an, und trotz meiner Entschlossenheit zucke ich zurück.

»Und wie lange ist das her?«, erwidere ich trotzdem. »Hundert Jahre? Wie lange noch, bis es sich gar nicht mehr rentiert, mit dem Boot rauszufahren? Wie lange, bis die großen Konzerne uns auch den Rest dieser mickrigen Existenz geraubt haben, Dad? Du machst dich über Rivens Beruf lustig, aber letztendlich ist deiner es, der keine Zukunft mehr hat, und du willst es einfach nicht einsehen!«

»Merkst du, wie undankbar du bist? Diese *mickrige Existenz* habe ich uns mit Schweiß und Blut aufgebaut, ist dir das eigentlich bewusst?«

»Ja, und jetzt bestehst du darauf, mit ihr unterzugehen! Du bist so ein verdammter Sturkopf, dass du die Wahrheit nicht mal annimmst, wenn du sie jeden Tag aufs Neue zu spüren bekommst! Und weißt du was? Das ist auch der verdammte Grund, warum ich nicht mit dir rede! Denn was soll ich dir auch erzählen, wenn du ohnehin nicht mal versuchst, es zu verstehen!«

»Warum du mir *was* nicht erzählst?« Dad starrt mich an, eine Mischung aus Wut und Verwirrung im Gesicht.

Ich balle die Hände zu Fäusten und beiße mir auf die Zunge. Fuck. Auf keinen Fall will ich diese vermaledeite Büchse öffnen.

»Nichts«, bringe ich heraus. »Aber wenn du ausnahmsweise mal einen Tipp von mir möchtest – manchmal lohnt es sich, einfach die Klappe zu halten. Nicht alles muss gesagt werden. Nicht jeder will deine Meinung hören. Und wenn du das einsehen könntest, hättest du vielleicht nicht deinen besten Freund verloren.«

»Er gibt mir doch die Schuld für alles!«, plustert Dad sich auf. »Findest du das etwa fair? Du meinst nicht im Ernst, er wäre jetzt noch verheiratet, wenn ich nur mal meinen Mund gehalten hätte!«

»Nein«, gestehe ich und schüttle schwach den Kopf. »Aber hättest du die eine oder andere Stichelei zurückgehalten und stattdessen den Mund ein Mal für eine Entschuldigung aufgemacht, wärst du trotzdem weiter gekommen als mit deiner elenden Sturheit.« Ich wende den Blick von Dads ungläubigem Gesicht ab und schlage den nächstbesten Weg in Richtung Strand ein.

»Wo gehst du hin?«, blafft er.

Ich drehe mich nicht um. »Den Kopf frei bekommen. Gute Nacht.« Und zum ersten Mal in meinem Leben scheint mein Vater tatsächlich sprachlos zu sein.

Kapitel 9

RIVEN

Leevi: Tut mir leid, dass das so furchtbar lief. Ist bei euch alles in Ordnung?

Riven: Ist doch nicht deine Schuld! Wir kommen zurecht. Und bei euch?

Leevi: Passt schon. Ich verdränge den Abend jetzt mit zehn Stunden Schlaf. 😌

Riven: Das klingt absolut gerechtfertigt. Gute Nacht!

Leevis letzte Nachricht ist etwa zehn Minuten her. Trotzdem liege ich noch voll angezogen auf meinem Bett und starre auf den Chat.

Dad hat so getobt, während wir nach Hause gelaufen sind. Und ich habe kein Wort rausgebracht, obwohl mir nur ein einziger tonnenschwerer Satz auf der Zunge lag:

Ich werde dich nicht verlassen.

Die Wunde, die Mom damals verursacht hat, ist offensichtlich keineswegs verheilt. Und Bernard hat erbarmungslos darin herumgestochert. Ich hätte ihm mehr entgegensetzen sollen. Gleichzeitig hätte ich die Diskussion am liebsten vollständig verhindert, weil doch ohnehin nichts Gutes dabei herumkommt. Vielleicht war es naiv von mir, ihn und Dad wieder versöhnen zu wollen.

Ein Klopfen an der Tür reißt mich aus meinen Gedanken.

»Ja?« Ich lege endlich das Handy weg, richte mich im Bett auf und fahre mir durch die Haare, damit ich nicht ganz so zerstreut aussehe, wie ich mich fühle.

Dad kommt ins Zimmer und schaut sich um. Wir haben vorhin noch eine Folge *CSI: Miami* geschaut – in einer solchen Situation braucht es wohl den Komfort einer totgeschauten Serie –, und anschließend habe ich mich in mein Zimmer verabschiedet. Zu dem Zeitpunkt hatte er sich zum Glück augenscheinlich wieder beruhigt, auch wenn ich mir sicher bin, dass es unter der Oberfläche brodelt.

»Was gibt's?«, will ich wissen. »Alles okay?«

»Hast du mein Buch?«, fragt er nur und mustert mit zusammengekniffenen Augen die Unterlagen auf meinem Tisch, als würde er damit rechnen, es dort zu entdecken.

»Welches Buch?«, erwidere ich verwirrt.

»*Am grünen Rand der Welt*. Ich kann es nicht finden.« Sein Tonfall klingt genervt.

»Ist es nicht im Regal? Ich hatte es in der Klinik dabei, danach habe ich alle Bücher wieder zurückgestellt.«

»Da ist es nicht. Ist es noch in deiner Tasche?«

»Ich glaube nicht«, erwidere ich irritiert, stehe jedoch vom Bett auf und hole sie von dem Haken hinter der Tür. »Nein«, stelle ich kurz darauf fest. »Vielleicht habe ich es falsch ins Regal sortiert, und du hast es deshalb nicht gefunden? Ich schaue noch mal mit dir.«

Dad macht ein unzufriedenes Gesicht, nickt aber und eilt mir voraus die Treppe runter. Während ich den Schrank mit den Büchern durchsehe, stellt er das Wohnzimmer auf den Kopf. Er hebt die Sofakissen und Decken von der Couch hoch, legt sich auf den Teppich, um unter die Möbel zu schauen, öffnet jeden Schrank und jede Schublade.

Sein Gewusel macht mich nervös. Warum hat er es denn so eilig? Er steht keine Sekunde still.

»Du hast recht, hier ist es nicht«, stelle ich ernüchtert fest. »Wo hattest du es zuletzt?«

»*Du* hattest es zuletzt!«, erwidert er, zieht verärgert die Brauen zusammen und verschwindet in die Küche. Ich höre, wie er auch dort die Schubladen aufreißt, und eile hinterher. Was ist denn los mit ihm? Dad sucht das Buch ernsthaft hinter Töpfen, Pfannen, Schüsseln und Tellern. Wie sollte es denn dort hinkommen?

Als er beginnt, in der Besteckschublade zu kramen, fasse ich ihn vorsichtig am Handgelenk.

»Da drin ist es nicht«, halte ich ihn zurück. »Vielleicht hast du es ja doch zum Lesen mit auf dein Zimmer genommen und erinnerst dich nur nicht daran?«

»Ich bin nicht senil!«, blafft er und schüttelt meine Hand ab.

»So war das doch nicht gemeint. Jeder vergisst mal was. Dad …«

Er wühlt in der Schublade. »Es muss hier irgendwo sein!«

»Jetzt bleib doch ruhig und …«

»*Ich brauche dieses Buch, Riven!*«

In mir zieht sich alles zusammen. Dr. Peters hat mich gewarnt, dass Stimmungsschwankungen wie diese nichts Ungewöhnliches sein werden, doch ich habe mich noch immer nicht daran gewöhnt, dass Dad so ruppig ist. Noch dazu sucht er ohne Sinn und Verstand nach diesem Buch, das sicher nicht in der verdammten Besteckschublade liegt!

»Darf ich mal in deinem Zimmer nachsehen?«, frage ich und bekomme als Antwort nur ein frustriertes Brummen, das ich als Zustimmung werte. Ich eile die Treppe hoch und schaue sogar in Dads Kommode und seinem Nachtkästchen nach, werde jedoch nicht fündig. Sicherheitshalber durchsuche ich mein Zimmer erneut, ebenfalls ohne Erfolg.

Als ich wieder nach unten komme, hat Dad die Küche zerlegt. Man kann es nicht anders sagen. Alle Schubladen und Schranktüren sind offen, der Inhalt liegt auf dem Esstisch und der Eckbank gestapelt. Dad kniet auf dem Boden, den Kopf in einem der unteren Schränke, als würde er das Tor nach Narnia suchen.

Hilflos bleibe ich in der Tür stehen und ringe um Worte. »Lass uns morgen weitersuchen«, bringe ich schließlich heraus. Bis dahin hat er sich hoffentlich beruhigt.

»Ich brauche dieses Buch *jetzt*, Riven!« Er zieht sich aus dem Schrank zurück und funkelt mich an. Sein Kopf ist hochrot.

»Wenn es hell ist, finden wir es sicher leichter«, behaupte ich. Ich will einfach nur, dass er aufhört, sich so merkwürdig zu benehmen. Es macht mir Angst. »Ich überlege noch mal, wo ich es hingetan haben könnte, und du kannst solange etwas anderes lesen, okay? Oder noch eine Folge *CSI: Miami* schauen. Ich leiste dir auch Gesellschaft.«

»Verdammt, Riven, was verstehst du daran nicht?« Schwerfällig rappelt er sich auf und stapft an mir vorbei ins Wohnzimmer. Dort widmet er sich wieder dem Schrank und sucht nun scheinbar hinter den Buchreihen, die er dafür allesamt aus dem Regal räumt. Ich verstehe ihn zwar nicht, aber mir bleibt wohl keine andere Wahl, als mit seiner Laune zu gehen. Und wo kann dieses verfluchte Buch nur sein?

Ich hatte es gemeinsam mit den anderen in der Klinik dabei und habe anschließend alles zusammen wieder ins Regal gestellt. Ansonsten habe ich gar nichts aus der Tasche genommen!

Außer ...

Leevi. Ich habe es ihm gezeigt, draußen im Auto. Aber habe ich es auch wieder eingepackt?

Jetzt, wo ich so darüber nachdenke, weiß ich es nicht mehr. Ich habe es neben mir auf den Sitz gelegt, glaube ich. Und dann ...

Dann sind wir Pancakes essen gegangen.

Eilig gehe ich in mein Zimmer und hole mein Handy. Ich fühle mich mies, dass ich Leevi jetzt noch anrufe, wo er doch schon ins Bett gegangen ist. Er muss zwar sonntags nicht rausfahren, aber er könnte wenigstens mal ein paar Stunden Schlaf nachholen, die er sich definitiv verdient hat.

Trotzdem ...

Ausnahme. Ich presse die Lippen zusammen und bete, dass er sein Handy nicht stummgeschaltet hat.

Leevi geht bereits beim zweiten Klingeln ran, und ich atme erleichtert aus. »Hey?« Seine Stimme klingt rau, ein wenig verwirrt, vielleicht sogar besorgt und definitiv müde. Das mulmige Gefühl in meiner Magengrube verstärkt sich. So ein Mist. Und das alles nur, weil ich nicht auf Dads Buch aufgepasst habe.

»Hi. Tut mir leid, dass ich dich anrufe.«

Er schnaubt leise. »Du tust fast so, als wäre das etwas Schlechtes …«

»Ich meine, weil du mir vorhin schon Gute Nacht gewünscht hast und es schon so spät ist …«

»Vielleicht ist mir die Uhrzeit egal, wenn du anrufst.«

Ein einzelner Schmetterling kämpft sich an dem Stein in meinem Magen vorbei und flattert hoch bis in meine Brust. Flirtet er …? Womöglich ist er einfach noch im Halbschlaf, weil ich ihn geweckt habe.

»Ich fürchte aber, dir wird nicht gefallen, worum ich dich gleich bitte«, stelle ich klar.

Leevi brummt. »Falls ich jemanden für dich verschwinden lassen soll, habe ich leider erst übermorgen wieder Kapazitäten.«

»Was?«

»Hm?«, macht er unschuldig, und trotz allem muss ich lachen. »Okay, im Ernst.« Leevis Stimme klingt nun klarer. »Was ist los?«

»Dad sucht sein Buch. *Am grünen Rand der Welt.* Und ich hatte es zuletzt bei dir im Auto, glaube ich. Hast du es da zufällig gefunden? Er … ist gerade komisch. Scheinbar braucht er es dringend. Es ist nicht im Regal, und Dad stellt das ganze Haus auf den Kopf. Ich weiß nicht, was ich machen soll. Er beruhigt sich einfach nicht.«

Ich meine zu hören, wie Leevi sich aufrichtet. Seine Bettdecke raschelt, und noch mehr Schmetterlinge bahnen sich ihren Weg zu meinem Herzen. Hinter der ruhigen Fassade, die ich gerade bewahre, macht mich Dads plötzlicher Charakterumschwung völlig fertig. Und der Gedanke an Leevi in seinem Bett löst ein Sehnen in mir aus. Ich wünsche mich in die Geborgenheit seiner warmen Laken. Nur ungünstig, dass er diese soeben meinetwegen verlassen muss. »Ich gehe nachschauen.«

»Danke«, stoße ich aus. »Ich ... Könntest du mir Bescheid geben, ob du es gefunden hast? Ich muss schnell wieder runter. Dad ...«

»So schlimm?«, fragt Leevi besorgt, doch ich höre am anderen Ende der Leitung bereits seine Schritte.

»Keine Ahnung. Irgendwie schon. Ich muss jetzt leider echt ...«

»Ja. Ich melde mich. Bis gleich.«

»Danke.«

Leevi legt auf, bevor ich es tue, und ich haste mit dem Smartphone in der Hand die Treppe hinunter. Zu meiner Erleichterung steht der Schrank noch, doch Dad hat bereits den Großteil der Bücher herausgeräumt. Sie stapeln sich auf dem Sofa und dem Couchtisch.

»Jetzt warte doch mal kurz, Dad«, versuche ich es erneut und berühre ihn am Arm. »Ich hab Leevi angerufen. Er schaut nach, ob es im Auto liegt.«

Er wirbelt zu mir herum. »Warum sollte *mein* Buch bei den Myers im Auto liegen?«

»Ich hab es ihm gezeigt, und vielleicht ...«

»Du hast mein Buch verloren?«, echauffiert er sich.

Ich muss schlucken. »Tut mir leid. Ich wollte doch nur, dass du in der Klinik was zum Lesen hast.«

»Du weißt wohl nicht, wie wichtig diese Bücher sind! Wie besonders!«

»Aber ... warum denn?«, frage ich verwirrt.

»Jahre an Notizen! An Anmerkungen! Das ist mein Leben zwischen diesen Seiten, all meine Gedanken, Riven! Also sieh zu, dass es wieder auftaucht!«

Sein ... Leben? Was redet er denn da? Er widmet sich erneut dem Schrank, und ich schaue hilflos auf mein Handy. Leevi hat sich noch nicht gemeldet. Ich kann nur beten, dass er es findet. Und dass Dad sich dann beruhigt und wieder ... Dad wird.

Ob er innehalten wird, während ich es abhole? Oder wütet er hier weiter, bis er es tatsächlich in den Händen hält? Vielleicht sollte ich schon mal meine Jacke und Schuhe anziehen, damit ich sofort loslaufen kann, wenn Leevi mir schreibt. Sofern er es findet …

Oh Gott, er muss einfach! Ich weiß sonst nicht, wie ich Dad wieder beruhigen kann. Vielleicht sollte ich Sally anrufen? Oder wird ihn das nur noch mehr aufregen?

Ich gehe zur Garderobe und will gerade nach meiner Jacke greifen, als ich durch das Milchglas in der Haustür sehe, dass draußen Licht angeht. Ein dunkler Umriss erscheint hinter der Scheibe, und schon klingelt es. Sofort reiße ich die Tür auf. Offenbar etwas zu schnell, denn Leevi, der davor steht, schaut ebenso überrumpelt drein wie ich. Er trägt Hoodie und Jogginghose, seine Haare sind zerzaust und feucht. In der einen Hand hält er den Autoschlüssel des Fords, der hinter ihm an der Straße parkt, in der anderen Dads Buch.

Ich falle ihm um den Hals. »Oh mein Gott«, stoße ich aus, löse mich wieder von ihm, bevor er sich überhaupt rühren kann, und ziehe ihn ins Haus. »Dad! Dad, hier ist es!« Mit einem flüchtigen Lächeln nehme ich Leevi das Buch ab und eile auf meinen Vater zu, der sich mit skeptischem Blick umdreht. Beinahe erwarte ich, dass er es mir ungeduldig aus den Händen reißt. Doch er nimmt es langsam, geradezu behutsam an sich, schlägt es auf und blättert durch die Seiten.

Dad nickt.

Dann geht er ohne ein weiteres Wort die Treppe hoch.

Besorgt schaue ich ihm nach. Erst als ich seine Zimmertür zufallen höre, lasse ich erschöpft die Schultern hängen. Mein Blick wandert über das Chaos, das Dad hinterlassen hat, und bleibt schließlich an Leevi haften, der noch immer bei der Garderobe steht und mich mit nachdenklichem Gesichtsausdruck mustert.

»Danke«, bringe ich hervor. Die Situation ist mir noch peinlicher als der Anruf eben. »Du hättest nicht extra herkommen müssen. Tut mir leid, dass ich dich aus dem Bett gerissen habe. Ich hätte es auch abgeholt.«

Leevi zuckt mit den Schultern. »Klang dringend.« Er mustert die Bücherstapel, die Dad überall verteilt hat.

»Ja ... Ich weiß nicht, was in ihn gefahren ist. Er war fast schon panisch. Dr. Peters meinte, dass so was passieren kann, aber ...« Ich bringe den Satz nicht zu Ende.

»Aber man ist trotzdem nicht darauf vorbereitet?«, schlägt Leevi vor.

Ich nicke.

Einen Moment lang schweigen wir. Ich schätze, es gibt auch nichts Sinnvolles, was man dazu sagen könnte. Nichts, was es besser macht.

»Hast du vor, das heute noch aufzuräumen?«, fragt er irgendwann und deutet auf das Chaos im Wohnzimmer.

Mir entweicht ein Seufzen. »Schätze schon. Dad ist sauer, weil ich sein Buch verloren habe. Vielleicht akzeptiert er das als Entschuldigung.«

»So verloren war es nicht«, versichert er mir. »Es war unter den mittleren Sitz gerutscht. Und da Dad das Auto regelmäßig aussaugt und wir normalerweise nie in der Mitte sitzen, dürfte ihm nichts passiert sein. Sah zumindest noch unversehrt aus. Kann ich dir helfen?« Er macht einen Schritt vorwärts, wodurch er einen Blick durch die offene Küchentür erhascht. Mir entgeht nicht, wie er dabei überrascht die Stirn runzelt. »Oh. Wow.«

»Du musst wirklich nicht ...«

Leevi sieht mir in die Augen, und ich verstumme. Es liegt so viel Wärme in ihnen. So viel unerwartetes Verständnis. »Hat ja keiner was von Müssen gesagt«, meint er leise und lächelt schwach. »Also, wo willst du anfangen? Ich bin ganz dein.«

Wir brauchen fast eine ganze Stunde, um alles wieder aufzuräumen. Ohne Leevi hätte ich das nach dem ohnehin schon anstrengenden Tag wahrscheinlich nicht geschafft, und da ich nicht will, dass er nur dafür hergekommen ist, frage ich ihn anschließend, ob er noch ein wenig bleiben will. Essensangebote meinerseits lehnt er ab, also gehen wir kurz darauf mit zwei Gläsern Eistee die knarzenden Treppenstufen hoch.

Hinter Dads Tür ist es still, und es scheint auch kein Licht mehr unter dem Türspalt durch. Kurz ziehe ich in Erwägung, zu klopfen, um ihn zu fragen, ob er etwas braucht, entscheide mich dann aber dagegen. Besser, ich lasse ihn heute in Ruhe. Vielleicht schläft er längst.

Wir betreten mein Zimmer, das nur von der Lichterkette über dem Baldachin erhellt wird, und Leevi hebt anerkennend die Brauen.

»Wow. Die Deko ist echt schön geworden. Und der Teppich macht einiges her.« Er fährt mit dem Fuß über die langen cremefarbenen Fäden.

Aus irgendeinem Grund mag ich es, dass er nur Socken anhat und keine Schuhe. Es lässt ihn privater, intimer wirken, besonders in Verbindung mit der Jogginghose. Die Klamotten suggerieren ein Gefühl von Zuhause. Als würde Leevi hierhergehören. Und irgendwie finde ich auch, dass er das tut.

»Ja, nicht wahr? Den hat Laina ausgesucht.«

»Auf dem könnte man allerdings keine Hausaufgaben machen. Viel zu flauschig.« Er schmunzelt mich an.

Wenn ich daran denke, wie wir hier früher immer gemeinsam lagen, wird mir ganz warm. »Zum Glück habe wir keine Hausaufgaben mehr«, meine ich, klettere über das Bett auf die Wandseite und lehne mich in die Kissen.

»Das kannst du laut sagen.« Leevi stellt seinen Eistee auf dem Nachttisch ab und setzt sich neben mich. »Mh«, macht er erschöpft, legt den Kopf zurück und schließt einen Moment lang die Augen.

Ich mustere ihn von der Seite. Seine gerade Nase. Die leichten Bartstoppeln auf seinem Kinn und seiner Wange. Seine Haare, die in der letzten Stunde getrocknet sind und sich nun an seiner Stirn zu Locken kringeln.

Mich überkommt das seltsame Bedürfnis, ihn zu berühren. Mit den Fingern hindurchzufahren, näher zu ihm zu rutschen, meinen Kopf auf seine Brust zu legen.

Nach diesem aufwühlenden Tag sehne ich mich so sehr nach Leevis Nähe wie nie zuvor.

»Schlaf jetzt nicht ein«, warne ich ihn leise und richte mich auf.

Er brummt nur.

»Soll ich Musik anmachen?«

»Aber kein Death Metal«, murmelt er.

Ich muss schmunzeln. »Warum nicht?«

»Weil ich da nicht mitsingen kann.«

Ist das ein Scherz? Ich bin mir nicht sicher, so trocken, wie er klingt. »Du singst?«, frage ich, und seine Mundwinkel zucken amüsiert.

»Nur unter Zwang. Zum Beispiel, um mich vor Death Metal zu retten.«

»Du weißt aber schon, dass ich so was nicht höre?«, meine ich lachend.

»Stimmt ja. Du hörst nur russischen Hardbass.« Leevi öffnet die Augen und grinst mich müde an.

Schnaubend stoße ich ihn gegen die Schulter und hole mein Handy aus meiner Hosentasche. »Du wolltest es so. Ich mache Shuffle an.«

»Shuffle bei was genau?«, fragt er belustigt.

»Meiner ultimativen Death-Metal-Playlist natürlich.«

Leevi hebt eine Augenbraue. »Zeig.«

Ich halte ihm das Display hin, und er nimmt mir das Smartphone ab, um in der Liste zu scrollen. »Zweiundsechzig Stunden Laufzeit?«, fragt er verwundert.

»Ich sag ja, ultimativ.«

»Und kein einziger Death-Metal-Song. Du nennst deine Playlist einfach nur *Riven*?«

»Ich teile den Account mit meinen Geschwistern«, erkläre ich, nehme ihm das Handy wieder ab und kopple es mit dem kleinen Bluetooth-Lautsprecher auf der Kommode. »Da kennt sich sonst niemand mehr aus. Es gibt noch *Riven 2* und *Riven 3*. Für ein bisschen Abwechslung.«

»Du weißt, dass man auch Ordner erstellen kann, oder?«, fragt er schmunzelnd. »Du könntest ihnen total coole Titel geben.«

»Zum Beispiel?«

»Keine Ahnung ...« Leevi überlegt kurz. »So was wie *2AM Thunder* für den Death-Metal.«

»Langsam kriege ich das Gefühl, du willst Death Metal hören.«

»Nein, mein müder Kopf ist nur nicht zu besseren Witzen in der Lage.« Er fährt sich mit der Hand über das Gesicht, und ich würde die Berührung nur zu gern wiederholen. Seine Wangen mit den Fingerspitzen nachfahren, über seinen leichten Bartschatten streichen. Ich will wissen, ob er sich rau anfühlt. Vielleicht bilde ich es mir ein, aber Leevi sieht gerade noch ein wenig erwachsener aus als sonst.

Allein bei der Vorstellung kriege ich Gänsehaut. Bei der Erinnerung an seine Nähe letztens am Strand, seinen Atem an meinem Ohr, seine Arme um meinen Körper und seine Wange an meiner.

Chaos. Da ist das reinste Chaos in meinem Inneren.

»Ich hoffe wirklich, wir ruinieren hier nicht deinen Schlafrhythmus«, sage ich besorgt.

Leevi schüttelt den Kopf und blinzelt den verschlafenen Ausdruck auf seinem Gesicht weg. »Den brauche ich die nächsten Wochen nicht mehr. Dad hat vorhin endlich akzeptiert, dass die Saison zu Ende ist und es sich nicht mehr lohnt rauszufahren.«

Ich runzle die Stirn. »Was heißt das, die Saison ist zu Ende?«

»Das heißt, der Lachs hat Urlaub. Wir holen nicht mehr viel ein, zumindest nicht mehr die Fische, die wir einholen wollen, und so kriegen wir kaum die Kosten fürs Benzin wieder rein. Geschweige denn Entlohnung für unsere Arbeitszeit. Also Zwangspause für Dad, bis Mitte Januar.«

»Solltest du dann nicht ... keine Ahnung, ein bisschen fröhlicher wirken, dass du jetzt frei hast?«

Er seufzt. »War ein langer Tag?«

Warum klingt das wie eine Frage? »Das ist aber nicht alles, oder?«

»Und ein langes Jahr ...«

Fragend schaue ich ihn an. Leevi reibt sich erneut das Gesicht, und mir fällt eine etwa einen Zentimeter lange blasse Narbe hinter seinem Ohr auf, die er schon als Kind hatte. Er hat sich die Stelle aufgeschürft, als wir im Wald zwischen ein paar Felsen gespielt haben und er abgerutscht ist. Sie jetzt zu sehen, hüllt mich sofort in melancholische Nostalgie. »Der Job ist einfach anstrengend. Ich fürchte, es dauert seine Zeit, bis sich der Körper von zehn Monaten Erschöpfung erholt hat. Und außerdem ...« Er mustert mich, und ich erkenne ein Zögern in seinen braunen Augen. »Ach, nichts.«

Ich verspüre einen leichten Stich, weil er sich mir nicht anvertraut. Als hätte ich ein Recht auf seine Wahrheiten. »Tut mir leid, das geht mich wohl nichts an.«

»Das ist es nicht. Ich denke nur, es interessiert niemanden, was ich für Probleme mit meinen Lebensentscheidungen habe.«

»Warum sollte das niemanden interessieren?«

»Weil ich es ja auch anders hätte machen können und das Problem dann gar nicht bestünde.«

»Aber ... das ist doch immer so, egal, wie man sich entscheidet. Das heißt doch nicht, dass du die Probleme runterschlucken musst.«

»Runterschlucken wäre aber einfacher, als den ganzen Urlaub nur daran zu denken, dass man in zwei Monaten wieder auf diesem Kahn stehen muss, der weder Zukunft noch Perspektive bietet, um einer endlos scheinenden Anzahl an Fischen nacheinander die Kehle durchzuschneiden.«

Ich kann nicht verhindern, dass ich bei dieser Beschreibung das Gesicht verziehe und mein Magen sich ein wenig verkrampft.

»Sorry«, murmelt Leevi. »Das kam ein bisschen deutlicher raus als geplant.«

»Belastet dich das?«, frage ich leise.

Ein trauriges Schmunzeln schleicht sich auf seine Lippen. »Ich hasse es«, gesteht er. »Ich hab keinen Fisch mehr gegessen, seit Dad mich das erste Mal mitgenommen hat. Ich glaube zwar, ihm bereitet dieser Teil seiner Arbeit auch keine Freude, aber der Rest macht es für ihn wett.«

»Und für dich nicht.« Es ist eine Feststellung, keine Frage.

»Es ist Dads Traum, nicht meiner. Und das macht einfach einen großen Unterschied.«

»Aber warum ...«, setze ich an, doch Leevi unterbricht mich.

»Können wir über was anderes reden? Ich brauche echt eine Pause von dem Thema, tut mir leid.«

»Oh. Klar.« Verlegen weiche ich seinem Blick aus und bleibe dabei wieder an der Narbe hinter seinem Ohr hängen. Der Drang, die Hand nach Leevi auszustrecken und mit dem Finger darüberzufahren, ist beinahe überwältigend. Der Drang, ihm näherzukommen. Ihn dazu zu bringen, noch mehr von sich preiszugeben. Mit ihm wieder so vertraut zu sein, wie wir es damals waren.

»Worüber sollen wir stattdessen reden?«, frage ich und sehe ihm wieder ins Gesicht.

»Über dich?«, schlägt er vor, und ich ziehe automatisch die Nase kraus.

»Lieber nicht.«

»Okay. Das Wetter? Den neuesten Inseltratsch? Death Metal?«

Ich verziehe das Gesicht noch weiter, und Leevi lacht leise. »Gar nicht reden? Du hattest Musik versprochen, wo bleibt die?«

»Stimmt.« Endlich entsperre ich mein Smartphone wieder und starte die Playlist. Ich wähle *Bank On The Funeral* von Matt Maeson, lehne mich in die Kissen zurück und werfe Leevi einen verstohlenen Blick zu.

Es ist der Song, den er letzte Woche nach dem Filmabend auf der Veranda gesummt hat. Der, der mir seitdem nicht aus dem Kopf geht, genau wie er. Leevi schmunzelt.

»Magst du Matt Maeson?«, frage ich leise.

Statt zu antworten, schiebt er den Ärmel seines Pullovers hoch und zeigt mir eines der Tattoos, das ich schon bei Tommy auf der Couch beäugt habe. *Feel Good*. Endlich verstehe ich den Zusammenhang.

»Genug, um mir einen seiner Songtitel tätowieren zu lassen«, antwortet Leevi und zieht seinen Ärmel wieder herunter, als wäre der Rest seiner Tattoos ein Geheimnis.

Was bedeutet der Song für ihn? Anders, als der Titel vermuten lässt, finde ich ihn unglaublich traurig. Vielleicht spiegelt genau das Leevi wider. Nach außen hin wirkt er gelöst und glücklich, doch ich glaube, dass sich auch bei ihm einiges hinter der Fassade verbirgt. Allein die Tatsache, dass er offenbar unzufrieden mit seinem Job ist, aber nicht darüber sprechen will …

Ob sein Vater das überhaupt weiß? Oder wäre er überrascht, würde Leevi es ihm gestehen? So, wie Bernard auf meinen Job reagiert hat, kann ich mir gut vorstellen, dass Leevi seine Träume lieber für sich behält. Sein Dad ist nicht unbedingt jemand, mit dem ein offenes Gespräch über so etwas einfach wäre. Aber er würde Leevi doch auch nicht zwingen, einem Job nachzugehen, der ihn unglücklich macht, oder? Also ahnt er vielleicht gar nichts davon?

»Ah«, murmelt Leevi, als wenig später der nächste Song beginnt. Es ist *Gracious* von einem meiner absoluten Lieblingskünstler. »Ben Howard«, stellt er fest.

»Kann es sein, dass wir einen sehr ähnlichen Musikgeschmack haben?«, frage ich, lehne mich etwas tiefer in die Kissen und lasse meinen Kopf auf Leevis Schulter sinken. Die Geste überrascht mich selbst. Das war nicht geplant. Aber es fühlt sich gut an. Richtig.

»Möglich«, raunt Leevi. »Also zumindest bis auf …«

»Sag jetzt nicht Death Metal«, unterbreche ich ihn, und er lacht.

»Dann sag ich es eben nicht.« Ich höre das Grinsen aus seiner Stimme heraus.

»Hast du von ihm auch ein Tattoo?«, will ich wissen.

»Von Ben Howard?«

»Ja.«

»Hm ... vielleicht.«

Er klingt so verschmitzt, dass ich den Kopf hebe und ihn skeptisch mustere. »Falls du versuchst, mysteriös zu wirken, muss ich dir leider sagen, dass es funktioniert.«

Leevi lacht. »Fragst du dich, wo es ist?«

»Bis eben habe ich das nicht, aber jetzt vermute ich, dass du es dir auf den Hintern hast stechen lassen.«

»Meinst du wirklich, ich würde den armen Ben so respektlos behandeln?«

»Das kommt ja darauf an, wie man es auslegt. Womöglich denkst du auch, es sei eine Ehre, dort verewigt zu werden.«

»Hältst du meinen Hintern für so besonders?« Er schmunzelt, und ich spüre, wie ich rot werde.

»Ich kann leider nicht viel über deinen Hintern sagen. Dafür fehlen mir die Informationen.«

»Und was für Informationen sind das genau?«

Ich stocke. »Äh ... keine Ahnung! Wann haben wir eigentlich angefangen, über deinen Hintern zu diskutieren?«

»*Du* hast damit angefangen«, stellt Leevi trocken fest. »Das Thema scheint dich brennend zu interessieren.«

Das Brennen, von dem er spricht, macht sich soeben in meiner Brust breit, aber das gebe ich lieber nicht zu. »Hast du nun ein Ben-Howard-Tattoo auf deinem Hintern oder nicht?«, hake ich nach.

»Leider nicht.«

»Und anderswo?«

»Auch nicht. Aber ich hab mal darüber nachgedacht. Er hat leider haarscharf gegen die ersten zwei Zeilen von *That Sea, the Gambler* verloren.«

Einen Moment lang muss ich überlegen. »Du hast Gregory Alan Isakov auf deinen Hintern tätowiert?«, frage ich dann.

Leevi schnaubt und versucht offensichtlich, sich ein noch breiteres Grinsen zu verkneifen. »Sie scheinen sehr auf mein Gesäß fixiert zu sein, Miss Wong. Soll ich mich ausziehen?«

Mittlerweile bin ich sicherlich so rot wie eine Tomate. Ich ignoriere es, so gut es geht, ebenso wie meine trockene Kehle.

»Um mir was genau zu zeigen? Das Tattoo oder deinen ...?«

Leevi hebt die Brauen. »Laut deiner Theorie ja beides. Was davon interessiert dich mehr?«

Flirten wir gerade? Das ist nur ein Scherz von ihm, oder? »Das Tattoo«, sage ich gespielt unbeeindruckt, während mein Herz so heftig gegen meine Rippen schlägt, als würde es versuchen, aus meinem Brustkorb auszubrechen. Das hier ist Leevi, verdammt. Nur ein Freund.

»Also gut.« Ohne Vorwarnung zieht er den Saum seines Pullovers mitsamt seinem T-Shirt hoch bis zu seiner Brust. Ich weiß gar nicht, wohin ich zuerst schauen soll. Auf Leevis flachen Bauch, der noch leicht gebräunt vom vergangenen Sommer ist. Auf die dezenten Ansätze seiner Muskeln, die sich unter seiner Haut abzeichnen. Oder auf die schwarze Schrift auf seinem linken Rippenbogen, unterhalb seiner Brust.

Sie ist geschwungen, fast als wären die Zeilen handschriftlich verfasst worden. Doch die Buchstaben sind ebenso fein wie die auf seinen Armen und wirken wie gedruckt. Ich habe ehrlich gesagt keine Ahnung davon, aber ich glaube, Leevis Tätowierer ist verdammt gut. Es gehört viel dazu, einen simplen Text aussehen zu lassen, als wäre er Kunst.

Ohne nachzudenken, strecke ich die Finger nach der dunklen Tinte aus und halte auf halbem Weg inne. Peinlich berührt treffe ich Leevis Blick, doch er nickt nur stumm. Eine Aufforderung.

Ich überwinde die letzte Distanz zwischen uns und streiche vorsichtig über die Buchstaben. Meine Berührung verursacht eine Gänsehaut auf Leevis Brustkorb und kurz darauf auch auf meinen eigenen Armen.

Beinahe gedankenverloren fahre ich den schwarzen Schriftzug nach und stelle mir gleichzeitig vor, wie meine Fingerspitzen weiterwandern. Über Leevis Bauch, die Ansätze seiner Muskeln. Über seine Rippenbögen, weiter unter seinen Pullover. Ich will nicht nur diese eine Stelle berühren. Ich fürchte, ich will sehr viel mehr als das.

Mit einem Mal übt Leevis Körper auf mich eine völlig neue Anziehung aus. Als wäre unter den locker sitzenden Hoodies verborgen gewesen, wie attraktiv er ist. Dabei habe ich vermutlich ganz bewusst die Augen davor verschlossen.

Mein Blick fällt auf ein weiteres, unscheinbareres Tattoo in der Kuhle seines Beckenknochens, knapp oberhalb des Bunds seiner Jogginghose. Nur ein einziges Wort, dessen Bedeutung sich mir zwar nicht erschließt, das mir aber dennoch einen Schauer über den Rücken jagt.

Understood.

Verstanden.

Was will er verstanden haben? Oder vielleicht sein Gegenüber? Ist das auch ein Zitat? Ein Songtitel? Etwas ganz anderes? Warum muss Leevi nur so ein Rätsel sein, wenn ich doch alles über ihn wissen will?

Das Geräusch seines Atems lässt mich zusammenzucken. Meine Finger sind gewandert, ohne dass ich es gemerkt habe, und fahren nun wie selbstverständlich über das kleine Wort. Mit glühenden Wangen nehme ich meine Hand zurück, löse meinen Blick von seinem Oberkörper und streiche mir eine Strähne hinters Ohr.

Leevis Gesichtsausdruck ist unlesbar, doch ich kann keine Ablehnung darin erkennen. Keine Verschlossenheit. Er wirkt eher, als hätte ihn dieser Moment ebenso bewegt wie mich.

»Danke«, entwischt es mir.

Er hebt die Brauen und zieht langsam seinen Pullover wieder herunter. »Wofür?«

»Dafür, dass du es mir gezeigt hast.« Seine Tattoos scheinen etwas sehr Persönliches für ihn zu sein. Und die Tatsache, dass er mich daran teilhaben lässt, gibt mir ein warmes Gefühl von Vertrautheit. Von Zugehörigkeit. Zu ihm. Zu endlich irgendwem.

Leevi schweigt. Doch er hebt seine Hand hinter mich, streicht mir zögerlich über den Rücken, und ich lasse mich in seinen Arm sinken, den er daraufhin um mich legt. Einen Moment lang lehne ich meinen Kopf gegen seine Schulter und schließe die Augen. Leevis Duft umfängt mich, und ich atme tief ein. Er riecht so unglaublich gut. Das gehört wirklich verboten.

Vorsichtig streicht er mit der Hand an meiner Wirbelsäule entlang, und ich lege meine auf seine Brust. Ich kann Leevis Herzschlag spüren und muss schlucken. Er geht kräftig und ein wenig zu schnell, genau wie mein eigener.

»Ich mag deinen Musikgeschmack«, raunt Leevi, und beim Klang seiner Stimme breitet sich erneut Gänsehaut auf meinen Armen aus.

»Hm«, bringe ich nur hervor. Dass wir uns so nah sind, überwältigt mich. Trotzdem will ich den Kontakt zu ihm nicht unterbrechen. Doch bei dem Versuch, mich von Leevis Nähe abzulenken, überkommen mich Gedanken an vorhin. An Dads merkwürdiges Verhalten, das ihn für eine kurze Zeit zu einer völlig fremden Person gemacht hat, die mich ebenso wenig versteht wie ich sie. An seine Diagnose und die unsichere Zukunft. An meine Familie, die so sehr gegen mich zu arbeiten scheint, und daran, dass sich jetzt alles ändern wird und ich dafür wirklich nicht bereit bin.

Ich bin nicht bereit für einen kranken Vater. Ich bin nicht bereit, ihn zu verlieren, wo wir uns doch die letzten zehn Jahre kaum hatten. Das sind alles Dinge, über die man sich mit zweiundzwanzig einfach noch keine Sorgen machen müssen sollte.

»Alles okay?«, fragt Leevi leise, und ich ziehe ertappt die Luft ein.

»Klar«, meine ich eilig.

»Mhm«, macht er, und ich glaube, ein Schmunzeln darin zu hören. »Wusstest du, dass du schon damals eine schlechte Lügnerin warst? *Wart ihr brav? Klar. Hast du deine Hausaufgaben fertig? Klar. Hat deine Mutter dir erlaubt, so lang zu bleiben? Klar.*«

Ich recke den Hals, um ihm ins Gesicht zu schauen, aber Leevis Blick geht nach oben, an den Baldachin über uns, und ich erkenne nur einen gehobenen Mundwinkel. »So offensichtlich war es nicht!«, widerspreche ich belustigt. »Mir sind bestimmt auch mal andere Antworten eingefallen!«

»Klar.« Leevi grinst.

Ich stoße ihn scherzhaft in die Seite, und er schüttelt den Kopf.

»Ich wusste immer, wenn du schwindelst. Und ich kann mir nicht vorstellen, dass unsere Eltern es nicht gemerkt haben, aber komischerweise kamst du immer damit durch. Vielleicht, weil du so verdammt niedlich aussahst mit deiner unfairen Stupsnase.«

In meiner Magengrube kribbelt es verdächtig, und Leevis Berührung an meinem Rücken verursacht zunehmend ein Prickeln auf meiner Haut. »Meine unfaire Stupsnase?«

»Ja. Man konnte dir nicht böse sein, also haben sie es gar nicht erst versucht.«

»Vielleicht kanntest du mich auch einfach nur besser als alle anderen.«

»Ich bin mir sicher, dass ich das tat.«

Ich halte die Luft an.

Tat.

Vergangenheit.

Eine Ewigkeit ist es her. Warum kommt es mir dann vor, als hätte sich daran nie etwas geändert? Als täte er das immer noch?

Wieder schweigen wir, und ich verfluche den Shuffle-Modus dafür, dass er nun *Sweet Home* von SYML spielt. Es hat eine geradezu schmerzhafte Ironie. *Das* ist ein Song, den ich mir tätowieren würde. Jetzt, spontan. Um diesen Moment einzufangen, Leevis Nähe, die Gedanken an früher und all die bittersüße Nostalgie, die über uns im Raum schwebt. Alles, was war und ist. Alles, was *wir* waren, weil ich es zu lang verloren hatte und es nicht erneut verlieren will.

»Warum willst du nicht über dich reden?«, raunt Leevi in die Musik hinein. Sein Arm ist jetzt ganz um meine Mitte geschlungen und drückt mich enger an seine Seite. Seine Hand liegt an meinem Ellbogen, sein Daumen streicht durch den Stoff des Pullovers über meine Haut.

Ich zögere kurz, dann überwinde ich mich. Gebe mehr von mir preis, als ich es sonst tue, und hoffe, dass das bei Leevi die richtige Entscheidung ist.

»Weil ich schon immer das Gefühl hatte, dass die Leute mich nicht verstehen, egal, wie verzweifelt ich versuche, mich ihnen zu erklären«, flüstere ich.

Er atmet tief ein, bevor er antwortet. »Warum, glaubst du, ist das so?«

Wieder halte ich kurz inne. Das ist die große Frage. Die, die ich mir seit Jahren, vielleicht sogar schon immer stelle und deren Antwort ich nie wahrhaben wollte. »Ich glaube, es interessiert sie einfach nicht«, gebe ich zu. »Sie wollen mich gar nicht verstehen. Sie wollen nur, dass wir so tun, als wäre es so.«

Leevi dreht den Kopf, und ich hebe meinen, um ihn anzusehen. In der schwachen Beleuchtung der Lichterkette wirken seine Augen zugleich dunkel und so tröstlich wie noch nie. »Mich interessiert es«, raunt er, und meine Kehle wird eng.

»Ich weiß«, hauche ich.

»Aber? Was spricht dann dagegen, mit mir zu reden?«

Ich schlucke. »Dir muss ich es nicht mehr erklären, Leevi.«

Er runzelt die Stirn. »Wieso nicht?«

Zögerlich vergrabe ich die Finger im Stoff seines Pullovers. »Weil du mich längst verstehst.«

Sein Blick ist unergründlich. »Tue ich das?«, fragt er kaum hörbar.

»Es fühlt sich zumindest so an.«

Er scheint zu überlegen. Eine ganze Weile sagt er nichts.

»Manchmal«, setzt er dann an und zögert einen Moment, bevor er weiterspricht. »Manchmal habe ich das Gefühl, als würden wir uns schon ein ganzes Leben kennen und nicht nur ein halbes. Und in anderen Momenten ist es, als wärst du nicht zehn Jahre weg gewesen, sondern hundert. Und als hätte ich in dieser Zeit mehr von dir verpasst, als ich je aufholen könnte.«

»Geht mir genauso«, krächze ich. Schlimmer noch. Manchmal habe ich das Gefühl, Leevi wäre der einzige Mensch auf dieser Welt, der mich wirklich versteht. Der Einzige, der mich … sieht. Denn meine Familie tat das nie. Dad vielleicht, früher zumindest. Aber das wurde mit der Trennung kompliziert, wurde anders, während die Beziehung zu Leevi einfach … eingefroren ist. Sie ist geblieben, wie sie war. Beständig. Sicher. Und auch wenn ich mir in Toronto ein neues Leben aufgebaut habe, war ich doch nie wieder mit jemandem so eng wie mit ihm.

Es ist fast, als würde all meinen Freunden, meinen Geschwistern, sogar meiner Mutter etwas fehlen, um wirklich Zugang zu mir zu bekommen. Ein Schlüssel vielleicht, oder ein Passwort, das nur Leevi kennt.

Er räuspert sich. »Nur, damit du es weißt – du kannst mich immer anrufen, egal, was ist. Ich helfe dir gern.«

»Ich weiß«, erwidere ich und versuche, mein Herz dabei zusammenzuhalten. Ich habe das Gefühl, als würde es gleich platzen vor lauter Zuneigung zu ihm. Warum ist er nur so … perfekt? So warm, so mitfühlend, so … Leevi?

»Trotzdem hältst du dich zurück. Du entschuldigst dich jedes Mal, wenn du mich um irgendwas bittest, und bedankst dich viel zu häufig.«

»Weil du genug zu tun hast. Das Abendessen bei Sally war ohnehin schon aufreibend, und dann habe ich dich auch noch aus dem Bett geklingelt.«

»Was beim Abendessen passiert ist, war aber nicht deine Schuld, sondern die von Dad, der sich nicht mal zwei Stunden zusammenreißen kann. Ich habe ihm übrigens gesagt, wie scheiße ich das von ihm fand. Nur, damit du es weißt. Ich stehe ganz sicher nicht hinter ihm, wenn er so über dich redet.«

Mir wird heiß, und schon wieder muss ich an seine Haut auf meiner denken, an Lippen auf Lippen und Wange an Wange. Zögerlich streiche ich über die Narbe hinter seinem Ohr. Ich kann einfach nicht anders, muss dieses winzige bisschen *Früher* berühren. Leevi hält still. »Danke«, flüstere ich. Es war sicher nicht leicht für ihn, seinem Vater die Stirn zu bieten. Ich selbst weiche meiner Mutter lieber aus, als ihr Kontra zu geben.

Er runzelt die Stirn. »Immer doch.«

Es klingt so selbstverständlich. Als könnte er sich gar keine andere Antwort vorstellen. Meine Finger liegen weiterhin an Leevis Hals, und ich schaffe es einfach nicht, meine Hand wegzunehmen. Sein Blick ruht auf mir, mustert mein Gesicht, sein Daumen streicht wieder über meinen Arm.

Ich habe mich seit Jahren nicht mehr so geborgen gefühlt. So verdammt zu Hause.

Langsam lasse ich meine Hand zurück auf seine Brust wandern und spüre, wie seine rauen Finger dort nach meinen tasten, sich über sie legen und sich mit ihnen verschränken.

Ich kann den Blick nicht von Leevi losreißen. Kann plötzlich nicht mehr denken. Ich recke den Hals ein wenig, nähere mich seinem Gesicht, und sein Atem streift heiß meine Stirn. Seine Körperwärme brennt sich durch meine Kleidung und sickert mir wie glühende Lava in die Glieder.

Auf einmal fühlt es sich an, als würde ich schmelzen. Alles in mir zieht und sehnt und schmerzt, weil ich unerwartet mehr will. Weil etwas fehlt. Irgendetwas, das zwischen uns vielleicht schon immer gefehlt hat.

Womöglich war das der Grund für unseren Kuss. Hat er sich deswegen so richtig angefühlt, so vervollständigend? Sehne ich mich deshalb so oft in diesen Moment zurück, obwohl ich es nicht sollte?

Wird dieses Ziehen erträglicher, wenn ich mich ihm hingebe?

Kann ich dann endlich wieder freier atmen, wenn Leevi in meiner Nähe ist?

Leevi lehnt seine Wange an meine Stirn, und ich komme ihm mit meinem Gesicht weiter entgegen. Ich greife fester in den Stoff seines Pullovers, seine Finger liegen zwischen meinen.

Ich bin mir nicht mehr sicher, wie viel Zeit vergeht, während wir genau so daliegen. Die Musik verschwimmt zu einem melodischen Rauschen. Ich höre nur noch Leevis Atem, spüre, wie unsere Hände sich voneinander lösen. Meine wandert über seine Brust und seine Schulter, zum Kragen seines Pullovers. Seine streicht unterdessen meinen Arm hinauf. Über mein Handgelenk, mein Schlüsselbein, bis an meine Wange. Er schiebt sie in meinen Nacken, dann zärtlich in meine Haare.

Mir entweicht ein wohliges Geräusch, irgendwo zwischen einem Seufzen und einem Stöhnen. Ich schliesse die Augen, und bevor ich mir darüber klar werden kann, was hier eigentlich passiert, ziehe ich Leevis Gesicht zu mir. Seine Nase streift meine, ich recke den Hals noch ein wenig, und …

Ich küsse ihn.

Leevi zieht überrascht die Luft ein, doch gleichzeitig verstärkt er seinen Griff um meine Taille, und irgendetwas in mir gerät in Brand. Da ist Hitze, überall. Leevis Hitze, meine, unsere.

Mein Puls rast, und ich dränge mich enger an ihn, fahre mit der Zunge über seine Lippen, die er daraufhin für mich öffnet, und aus dem Kuss wird ein Verschlingen.

Leevi fährt mit seinen Fingern fest über meinen Nacken, und mir entfährt ein leises Keuchen.

Ich weiss nicht mehr genau, wann ich das letzte Mal so berührt wurde. Und noch weniger kann ich mich daran erinnern, wann ich es das letzte Mal so genossen habe. Wann es jemals so *richtig* war, so erfüllend, so berauschend.

Leevis Nähe ist Sicherheit, ist Verlangen, ist pures Glück. Und ich höre längst nicht mehr auf den Teil von mir, der mich davor warnt, die Grenzen zwischen uns verschwimmen zu lassen. Ich weiss nur noch, dass ich mehr will. Dass ich mehr *brauche*, um mich irgendwie wieder ganz zu fühlen und zu verhindern, dass die Realität mich zerreisst.

Ich fahre mit den Händen unter Leevis Shirt und schiebe es hoch. Meine Finger wandern wie von selbst über seinen Bauch und seine Rippen, als würden sie versuchen, seine Tattoos zu erspüren.

Er erwidert die Geste. Ich fühle seine rauen Fingerkuppen meine nackte Taille emporstreichen und erschaudere. Der

Gedanke, dass es Leevi ist, der mich da berührt, verursacht in mir gleichzeitig Verwirrung und Freude. Ich stocke.

»Riv?«, raunt er auf meine Lippen, und ich schüttle schwach den Kopf.

»Ich will dich«, entwischt es mir. Das Geständnis gilt gleichermaßen ihm wie mir, und für einen Moment hält auch er inne. Leevi lehnt sich ein Stück zurück, um mein Gesicht zu mustern, und lässt seine Finger aus meinem Nacken an meine Wange gleiten. Sanft streicht er mir eine Strähne hinters Ohr, während mein Blick an seinen braunen Augen haftet. Ich glaube, ich bemerke viel zu selten, wie schön er eigentlich ist. Wie sehr sein Anblick mein Herz wärmt.

Diesmal ist er es, der mich küsst. Ruhiger, als ich es eben tat. Vielmehr wie beim letzten Mal, auf der Fähre, als er mit seiner Sanftheit alles in mir zum Schmelzen gebracht hat.

Meine Kehle wird eng. Leevi drückt mich auf die Matratze, lehnt sich über mich und lässt seine Hand erneut unter meinen Pullover wandern. Diesmal höher, bis zum Stoff meines BHs, und ich recke mich ihm automatisch entgegen. Er zieht mir das Oberteil aus und entledigt sich auch seines Pullovers. Zum ersten Mal sehe ich seine nackten Oberarme, und sofort fällt mir das Tattoo auf seinem rechten auf.

The woods are lovely, dark and deep,

Mein Blick schießt zu seinem linken Handgelenk, und ich fühle mich, als hätte ich soeben ein Rätsel gelöst. Die Schriftart ist dieselbe. Und endlich steht die Zeile dort nicht mehr allein.

But I have promises to keep,

Da fehlt noch etwas. Noch eine Zeile, die durch das Komma abgetrennt wird, doch ich kann sie nicht auf Anhieb entdecken, und Leevi beugt sich bereits wieder zu mir herunter, um mich zu küssen. Schon ist die Frage vergessen.

Mein Atem geht stoßweise. Ich streiche über Leevis kräftige Arme, seine rauen Wangen, seinen nackten Oberkörper, bis hinab zum Bund seiner Jogginghose, während er sich meinen Hals hinabküsst.

Ich spüre seine Lippen an meinem Schlüsselbein, seinen heißen Atem auf meiner Schulter. Ein erwartungsvolles Ziehen macht sich zwischen meinen Beinen breit, und es wird nur noch stärker, als Leevi nun meinen BH zur Seite schiebt und einen meiner Nippel mit seiner heißen Zunge umkreist. Fast gleichzeitig lässt er seine Hand unter den Stoff meiner Leggins wandern, in meinen Slip, und ich muss die Lippen zusammenpressen, um nicht laut aufzustöhnen. Das Geräusch, das mir dennoch entweicht, wird von der Musik geschluckt.

»Warte«, stoße ich aus. Leevi schaut fragend zu mir hoch, doch ich hebe nur mein Becken und schiebe mir selbst die enge Hose von den Hüften, um ihm besseren Zugang zu verschaffen. »Jetzt«, flüstere ich und sehe dabei zu, wie er seine Lippen wieder auf meine Haut senkt. Er reibt meinen Kitzler und dringt dann langsam mit einem Finger in mich ein.

Ich vergrabe die Hände in Leevis Locken und recke mich ihm entgegen. Leevi scheint genau zu wissen, welche seiner Berührungen sich für mich besonders gut anfühlen. Schon bald winde ich mich unter ihm und klammere mich zitternd an ihm fest. Das Ziehen in meiner Mitte breitet sich in jeden Winkel meines Körpers aus und treibt mich langsam, aber sicher an den Rand eines Orgasmus.

Leevi erhöht den Druck seiner Finger, saugt an meiner Brust, und ich komme. Keuchend bäume ich mich unter ihm auf und versuche, mein Stöhnen zu unterdrücken.

Mit gesenkten Lidern schaut Leevi zu mir hoch, und ich umfasse sein Gesicht mit beiden Händen, um ihn zu mir zu ziehen. Er folgt der Aufforderung, lehnt sich wieder ganz über mich und küsst mich sanft.

»Und ich dachte, ich würde schnell kommen«, raunt er belustigt. Sein Daumen kreist meinen Bauch empor, hoch bis zu meinen Rippen, und hinterlässt dabei eine brennende Spur auf meiner Haut.

Statt einer Antwort beiße ich ihn leicht in die Unterlippe und ziehe meine Leggins ganz aus. Ich taste mit einer Hand in meiner Nachttischschublade nach einem Kondom. Leevi rutscht von mir herunter, um mir mehr Raum zu lassen, und lehnt sich in den Kissen zurück. Wie gebannt sieht er mir dabei zu, wie ich mich über ihn knie, ihm Jogginghose und Boxershorts ausziehe und seine Erektion mit einer Hand umfasse. Sofort flammt neues Verlangen in mir auf. Ich will mehr. Will ihn ganz in mir.

Ich beginne, ihn zu reiben, erst langsam, dann schneller. Sein unterdrücktes Stöhnen spornt mich weiter an, doch Leevi hält mich plötzlich sanft am Handgelenk zurück und zieht mich an seine Brust. Schwer atmend lehnt er seine Stirn gegen meine und zieht die Decke über uns.

»Mach langsam«, raunt er und küsst mich auf die Schläfe. »Du bist gerade viel zu schnell für mein überfordertes Gehirn.«

»Tut mir leid«, stoße ich aus.

Er schüttelt den Kopf und tastet an meinem Rücken nach dem Verschluss meines BHs. »Entspann dich einfach«, murmelt er, während er ihn mir auszieht. Leevi fährt mit den Fingerknöcheln über meine nackten Brüste, meinen Hals empor bis zu meinen Wangen, und eine Anspannung, von der ich nicht wusste, dass sie da ist, fällt von mir ab. Ich bemerke jetzt erst, wie gehetzt ich war. Als würde ich vor etwas flüchten. Vielleicht vor der Realität.

Doch jetzt, fast nackt mit ihm unter meiner Decke, gibt es keinen Grund mehr zur Eile. Ich halte kurz inne, während er mich weiter streichelt, schließe die Augen und atme Leevis Duft nach Wind und Meer. Als ich sie wieder öffne, trifft er meinen Blick und hält ihn mit seinem gefangen.

Leevi streicht mir sachte die Haare aus dem Gesicht, dann wandert seine Hand wieder an meiner Seite hinab, über nackte, empfindliche Haut bis zum Bund meines Slips. Langsam zieht er ihn mir aus und nimmt mir das Kondompäckchen ab, das ich noch immer umklammert halte. Er bettet mich in seine Armbeuge und löst seinen Blick nur von mir, um das blaue Plastik zu öffnen.

Ein kurzes Lachen entweicht ihm.

»Was?«, frage ich.

»Sind das die aus dem Supermarkt?«

»Ja«, gestehe ich. »Jedes Mal, wenn ich hier einkaufen bin, schmuggelt Brenda mir welche in die Tasche. Ich hinterfrage es schon gar nicht mehr.«

»Das macht sie bei jedem. Dachte nicht, dass ich ihr für die Dinger mal dankbar bin«, murmelt Leevi belustigt.

»Ich weiß schon gar nicht mehr, wohin damit. Ich habe locker zwanzig Stück«, rutscht es mir heraus, und sofort spüre ich, wie mir Hitze ins Gesicht steigt.

Wieder muss er lachen. »Scheint, als hätten wir einiges vor …«

Leise schnaubend kuschle ich mich an ihn. Leevi streift sich das Kondom über, und ich streife unterdessen meine Socken ab und taste unter der Decke nach Leevis Füßen. Zufrieden stelle ich fest, dass auch er seine Socken bereits ausgezogen hat. Barfuß gefällt er mir noch besser als ohne Schuhe.

Er dreht sich zu mir auf die Seite, und sofort schmiege ich mich wieder an seine Brust. Seine Erektion drückt gegen meine Mitte, und ich sehne mich geradezu schmerzlich danach, ihn in mir zu spüren.

Doch Leevi lässt sich Zeit. Er umfasst mein Gesicht mit beiden Händen und küsst mich in aller Seelenruhe. Ein Leevi-Kuss. Einer zum Schmelzen und Seufzen und Mehr-Wollen.

Ich lasse zu, dass er mich auf den Rücken dreht und sich über mich lehnt. Leevi stützt sich neben mir ab und hält einen Moment lang inne. Langsam löst er seine Lippen von meinen und sieht aus seinen braunen Augen zu mir herunter. Sein Blick ist so warm und tröstlich wie Nachhausekommen. Wieder zieht sich mein Herz zusammen. Der Moment verschwimmt zu einer Unendlichkeit, in der ich ihn so nah bei mir spüre wie noch nie.

Ich spreize die Beine, schlinge sie lose um Leevis Hüften, und er dringt Stück für Stück in mich ein. Zum ersten Mal an diesem Abend lasse ich ein leises Stöhnen zu. Mir ist egal, wie hellhörig dieses Haus möglicherweise ist. Ich will, dass er weiß, wie gut sich das anfühlt. Wie sehr es mir gefällt. »Leevi …«

Er dringt ganz in mich ein, und ich keuche auf.

Normalerweise bin ich es, die die Führung übernimmt. Die sich nimmt, was sie braucht, statt darauf zu hoffen, es zufällig zu bekommen. Doch bei Leevi habe ich zum ersten Mal in meinem Leben nicht das Gefühl, mich anstrengen zu müssen, um etwas zu erreichen. Im Gegenteil. Mit ihm fühlt es sich völlig natürlich an, mich gehen zu lassen. So selbstverständlich, dass ich einfach die Arme um seinen Körper schlinge und ihm vertraue.

Leevi stützt sich neben meinem Kopf ab und verlagert mehr seines Gewichts auf mich. Ich genieße das Gefühl. Es ist, als würde die Schwere seines Körpers mich erden.

Ohne den Blickkontakt zwischen uns zu unterbrechen, lehnt er seine Stirn an meine und beginnt langsam, sich in mir zu bewegen.

Ich bin so glücklich, dass es wehtut. Ein Ziehen macht sich in mir breit, und meine Brust wird eng. Noch nie hat sich Sex so richtig angefühlt. So perfekt. Leevis Körper über meinem, er in mir, ist alles, was ich brauche. Und mit einem Mal bin ich froh, dass er sich Zeit lässt. Es langsam angeht. Weil es bedeutet, dass wir uns länger so nah sein können, uns noch nicht wieder voneinander lösen müssen.

Ich schlinge meine Beine enger um seine Hüften und recke ihm mein Becken entgegen. Sein Atem streift meine Lippen, und ich streiche mit den Fingern durch Leevis Haare, während er mich tief ausfüllt, sich zurückzieht, wieder in mich stößt.

Allmählich nähere ich mich einem zweiten Orgasmus. Er ist dumpfer, aber nicht weniger einnehmend, und ich vergrabe mein Gesicht an Leevis Hals, um mein Stöhnen zu dämpfen. Ich fühle mich wie ein großer, weicher Wattebausch. Nur Leevis harter Körper bildet einen Kontrast zu dem Gefühl der Schwerelosigkeit.

Ich klammere mich an ihm fest und spüre, wie auch er kommt. Keuchend vergräbt er das Gesicht an meiner Schulter, und ich fahre so lange durch seine kurzen Locken, bis unser Zittern nachgelassen hat und wir wieder tiefer atmen.

Sein Gewicht auf mir wird schwerer. Ich spüre, wie er sich von mir herunterrollen will, doch ich schlinge meine Arme enger um seinen Körper und halte ihn fest. Ich lehne meine Wange an seine Schläfe und drücke ihn an mich, nicht bereit, mich schon von ihm zu lösen.

»Du bist perfekt«, raunt er und küsst sich meinen Hals hinauf bis zu meinem Mundwinkel. Ich bringe keine Erwiderung heraus. Stattdessen seufze ich wohlig und lasse zu, dass Leevi sich aus mir zurückzieht und sich mit mir auf die Seite dreht.

Einen Moment lang schließe ich die Augen. Er streicht über meine Haare und verteilt sanfte Küsse auf meinem Scheitel.

»Danke«, murmle ich, und Leevi lacht leise.

»Du bedankst dich für die seltsamsten Sachen, weißt du das?«

»Nein.« Ich habe Mühe, meine Worte deutlich auszusprechen und sie nicht vor Müdigkeit unverständlich zu nuscheln. »Für die schönsten.«

LEEVI

Für die schönsten.

Der Satz ist tattoowürdig. Ich will ihn mir auf ewig einprägen, ihn mir so tief ins Herz brennen, dass ich ihn nie wieder loswerde.

Noch immer bin ich mir nicht sicher, wie das vorhin passiert ist. Wie wir vom Abstandhalten zu so viel Nähe kamen, von reinem Sehnen zu Küssen und Haut auf Haut. Ich spüre noch Rivens Berührungen nach. Muss mir weiterhin einreden, dass sie echt waren. Zeitweise war mein Kopf so vernebelt vor Glück und Verlangen, dass ich mir nicht mehr sicher war, ob der Moment real ist oder ich träume.

Langsam kann ich wieder klarer denken. Ich spüre Rivens gleichmäßigen Atem an meinem Hals und versuche, den Gefühlswirrwarr in meinem Kopf zu entheddern.

Wie skurril ist es, hier zu liegen, in Rivens Bett, nur ein paar Zimmer weiter ihr Vater. Zum Glück scheint dieser schon zu schlafen. Zumindest hat sich im Haus nichts geregt, als ich vorhin halb nackt ins Bad gehuscht bin. Riven schlief bereits und tut es immer noch. Mittlerweile ist es nach Mitternacht, ihre Playlist läuft leise im Hintergrund, und ich frage mich, ob ich besser gehen sollte, um morgen früh eine unangenehme Begegnung mit Mr. Williams zu verhindern. Oder noch schlimmer – eine mit meinem eigenen Vater, der ab fünf Uhr morgens auf den Beinen sein und sich wundern wird, wo sein Auto abgeblieben ist.

Aber ich kann nicht gehen, ohne Riven Bescheid zu sagen. Und ich will sie weder wecken, noch will ich auf ihre Nähe verzichten. Sie hat sich eng an mich gekuschelt, und ich streichle sanft über ihre Haare und ihren nackten Rücken.

Riven seufzt im Schlaf und reibt ihre Stupsnase an meinem Hals. Sie atmet einmal tief durch, streckt sich in meinen Armen und lässt ein unzufriedenes Murren verlauten.

»Was?«, flüstere ich belustigt.

»Hell …« Sie zieht sich die Decke über den Kopf und lehnt ihre Wange an meine Brust. »Musik …«

»Sorry, ich war zu faul, alles auszuschalten.«

»Wie spät …«

»Halb eins.«

»Hunger …«

Leise lache ich. »Jetzt?«

Missmutig spitzt sie unter der Decke hervor. »Deine Mom und Sally haben vorhin so viele Fragen gestellt, dass ich kaum was von dem Kartoffelgratin essen konnte.« In Rivens dunklen Augen spiegelt sich die Lichterkette, und sie sieht so wunderschön aus, dass mir der Atem stockt.

Sanft küsse ich sie auf die Stirn. »Ich hätte nichts gegen einen Mitternachtssnack.«

Riven gähnt. »Ich kann Erdnussbutter-Marmeladen-Toast anbieten.«

»Keine Sorge, ich bin nicht wählerisch.«

Wir ziehen uns an, wobei Riven auf ihre Unterwäsche verzichtet und sich statt ihres Pullovers mein Shirt überzieht. Leise schleichen wir nach unten in die Küche, und ich lehne mich gegen die Anrichte, während Riven das Brot in den Toaster steckt. Sie stellt zwei Teller auf den Tisch, dazu Messer, Erdnussbutter und Marmelade. Ihr Magen knurrt laut, als würde ihm selbst dieser Snack nicht schnell genug gehen, und gleichzeitig verdichtet sich unser Schweigen.

Eben noch habe ich mich völlig gelöst gefühlt. Nun hingegen kommt es mir so vor, als würde sich etwas zwischen uns schieben. Riven scheint langsam wach zu werden, und eine seltsame Beklommenheit breitet sich im Raum aus. Vielleicht wird ihr die Situation erst jetzt allmählich bewusst. Die Realität unserer Taten musste erst zu ihr durchsickern, ebenso wie zu mir vorhin.

»Alles gut?«, frage ich leise, als sie sich neben mich lehnt, den Blick auf den Toaster in der Ecke geheftet.

Flüchtig schaut sie zu mir und dann schnell wieder weg. Fast schon peinlich berührt, als wüsste sie plötzlich nicht mehr, wie sie mir gegenübertreten soll.

»Ja, klar«, sagt sie hastig. »Das ... ähm ... ist jetzt nur ein bisschen komisch, oder?«

»Nur, wenn wir es komisch machen«, erwidere ich locker, doch in mir verkrampft sich etwas. Es sollte nicht *komisch* sein. Nicht, wenn es sich für mich so natürlich angefühlt hat.

»Ich glaube nur ...« Riven schluckt und sieht wieder zu mir. »Vielleicht hätten wir vorher darüber reden sollen?«

Ich brauche einen Moment, um die Worte zu verstehen. »Worüber genau?«

Hilflos zuckt sie mit den Schultern. »Darüber, was wir da machen.«

»Hättest du eine Anleitung gebraucht?«, scherze ich, doch keiner von uns kann darüber lachen. Riven presst schuldbewusst die Lippen zusammen. »Ich dachte irgendwie, das wäre klar«, meine ich nun ernster.

Sie verzieht das Gesicht. »Und mir wird langsam klar, dass

es das vielleicht nicht war. Oder dass *klar* mehrere Bedeutungen hat, je nachdem, in wessen Kopf man gerade ist ...«

»Oh.« Mir wird schlecht. Und allmählich glaube ich zu verstehen, was sie mir sagen will. Das hier wird ein weiterer Korb.

»Ich, ähm ...« Riven reibt sich über den Arm. »Ich mag dich. Und ich hätte nichts gegen etwas Lockeres.«

Ich atme tief durch. Seltsamerweise formen meine Lippen ein Lächeln, obwohl mir gar nicht danach ist. »Aber nichts Ernstes«, stelle ich fest. Und die unvermittelte Enttäuschung in meiner Brust mischt sich mit Wut.

»Ich meine ...« Riven ringt um Worte. »Es hat sich nichts geändert, Leevi. Ich ... Toronto ...«

»Ja«, unterbreche ich sie, und nun bin ich es, der wegsieht. *Ich will dich.* Ihre Worte hallen noch in meinen Gedanken wider, und ich verfluche mich selbst dafür, dass ich sie so wörtlich genommen habe. Dass ich dieses *dich* auf mehr bezogen habe als auf meinen Körper. Dass ich dachte, der Satz sei etwas Weltbewegendes, wo er doch nur eine leere Phrase war.

Fuck.

»Du hast recht«, stoße ich aus und löse mich von der Anrichte. Ausnahmsweise kann ich meinen Ärger nicht zügeln. Er fließt ungehindert aus mir heraus, legt mir weitere Worte in den Mund. »Das hättest du wirklich vorher sagen können.«

»Leevi ...«

»Ich gehe besser.«

»Aber ...«

»Gute Nacht, Riv.« Bevor sie noch etwas erwidern kann, stehe ich bereits im Flur und schlüpfe in meine Schuhe. Mein Schlüssel liegt auf der Garderobe, direkt neben dem kleinen Block, auf dem ich nach der Klinik das Gedicht für Riven notiert habe, und kurz ziehe ich in Erwägung, doch noch einmal nach oben zu schleichen. Ich will die Worte zurücknehmen, die ich ihr diesmal hinterlassen habe, während sie geschlafen hat, weil sie plötzlich furchtbar schmerzhaft sind. Doch mein Wunsch, aus diesem Haus und dieser Situation zu fliehen, überwiegt.

Riven ist mir nicht aus der Küche gefolgt, und ich will auch nicht warten, bis sie es tut. Ich verschwinde nach draußen, schließe die Haustür mit geradezu quälender Vorsicht, um ihren Dad nicht zu wecken, und steige in den Wagen.

Ich will nicht wütend auf sie sein, verdammt. Ich will reingehen und sie an mich ziehen, mich für mein Verhalten entschuldigen, es irgendwie wiedergutmachen. Aber ich schätze, auch das wird nicht dafür sorgen, dass sie meine Gefühle erwidert. Und die vier Zeilen, die ich ihr auf ihrem Schreibtisch hinterlassen habe, scheinen mich nun zu verspotten.

Futile the winds
To a heart in port, —
Done with the compass,
Done with the chart.
   — Emily Dickinson

Kapitel 10

RIVEN

Auris Haus ist der Inbegriff von Gemütlichkeit. Es wirkt wie aus einem Cottagecore-Video entsprungen, mit dicken Steinmauern, kleinen Fenstern und einem Garten, der im Sommer einfach unglaublich aussieht. Die Bilder, die Leevi mir letztens gezeigt hat, machen mich immer noch neidisch.
Letztens.
Bevor ich alles ruiniert habe.
Wir sind gemeinsam hergelaufen, weil wir das bereits ausgemacht hatten und es offiziell auch keinen Grund gibt, es nicht zu tun. Schon am Sonntagmorgen habe ich Leevi geschrieben, dass es mir leidtut. Ich habe ihm angeboten, uns noch einmal zu treffen, um persönlich darüber zu sprechen, doch er hat sich nur für seinen plötzlichen Abgang entschuldigt und mir versichert, es sei alles gut zwischen uns.
Aber mir kann er nichts vormachen. Meine Worte haben ihm noch mehr wehgetan als mir selbst. Weil er für ein paar Stunden dachte, das zwischen uns könnte mehr werden, während mir von Anfang an bewusst war, dass es das niemals werden darf. In weniger als drei Monaten bin ich wieder zurück in Toronto, am anderen Ende des Landes. Daran führt kein Weg vorbei. Eine Freundschaft könnten wir auch auf Distanz weiterführen. Aber ... mehr? Mit dreitausend Meilen zwischen uns und keiner Aussicht darauf, dass sich das ändert?
Nein.
Trotzdem spüre ich noch immer Leevis Berührungen auf

meiner Haut, als hätten sie sich dort eingebrannt. Gemeinsam mit diesem verfluchten Kribbeln in meiner Magengrube, das dort nicht sein sollte. Seine Nähe macht etwas mit mir, das ich so noch nicht kannte. Sie ist berauschend, füllt mich ganz aus, kittet dieses Loch in meinem Inneren.

Im Verlauf der letzten Woche habe ich zahllose Male in Erwägung gezogen, meine Prinzipien über Bord zu werfen. Hundertmal habe ich das Gedicht gelesen, das Leevi mir hinterlassen hat, und mich gefragt, ob es ein Geständnis ist. Und ein paarmal habe ich geweint, weil ich mir weiterhin sicher bin, dass es falsch wäre. Wir. Hier. Jetzt. Denn was bringt es mir, wenn mein Innerstes spätestens im Frühjahr nur umso schmerzhafter wieder aufgerissen wird? Wären die Umstände anders, hätte ich ihn vermutlich nicht mit etwas Lockerem abgespeist.

Doch jetzt würde ich unsere gemeinsame Nacht am liebsten rückgängig machen, weil sie das zwischen uns beinahe zerstört hat. Die Kluft, die diese Nacht zwischen uns entstehen ließ, reißt mein Herz entzwei. Doch es ist nichts gegen den Schmerz, den ich empfinden würde, würde ich die Gefühle für ihn zulassen, bevor ich wieder nach Toronto muss.

Ich brauche Leevi. Seine täglichen Nachrichten, seine aufmunternden Worte, sein warmes Lächeln. Er ist der Einzige hier, der mir Halt bietet, und den werde ich in den kommenden Monaten definitiv benötigen.

Ich kann nicht auch noch den Kummer ertragen, ihn ganz zu verlieren. Leevi ist das letzte bisschen Glück, das mir noch bleibt. Und ich kann nicht zulassen, dass auch das in die Brüche geht. Doch mit jeder Minute, die wir nun nebeneinanderher laufen, bekomme ich mehr das Gefühl, es könnte bereits zu spät sein.

Vorhin habe ich Dad zu Leevi nach Hause begleitet. Die Myers haben ihn und Sally für heute Abend zum Essen eingeladen, offenbar ein Friedensangebot. Und auch wenn mir klar ist, dass Leevis Mutter diese Einladung veranlasst hat, hoffe ich, er und Bernard können sich endlich aussprechen und vielleicht den schlimmsten Teil ihres Streits hinter sich lassen. Ein bisschen mulmig ist mir dennoch dabei. Am liebsten wäre ich heute zu Hause geblieben, um für Dad da sein zu können, falls der Abend doch eskaliert. Aber er hat mir versichert, dass er allein zurechtkommt, und auch Sally hat mir geschworen, ein Auge auf ihn zu haben. Nach dem Drama mit dem Buch war er die letzten Tage zwar wieder halbwegs normal, aber wer weiß, wie lange das hält. Seine generelle Zerstreutheit sticht mir immer mehr ins Auge.

Vermutlich tut uns der soziale Kontakt mit anderen heute gut. Wir sitzen zu viel aufeinander, schauen fern, lesen oder scrollen sinnlos durch die Arbeitsgesuche von Pflegekräften. Das Thema Umzug ist mittlerweile ein Streitgarant. Ich muss nur *Toronto* sagen, und Dad verlässt den Raum, also schweige ich lieber und versuche, unsere gemeinsame Zeit zu genießen.

Ich habe die Hoffnung, dass wenigstens er und Sally heute endgültig den Abstand zueinander überwinden. Vielleicht geht es ihm besser, wenn er wieder jemanden hat, mit dem er reden kann. Gleichzeitig muss ich dasselbe mit Leevi tun. Irgendwie die Kluft überbrücken, jetzt, wo wir uns zum ersten Mal seit Samstagnacht wiedersehen. Nur leider habe ich keine Ahnung, wie ich das anstellen soll.

Meine Gefühle sind ein heilloses Durcheinander. Es war beinahe unangenehm, mit ihm hierherzulaufen, obwohl er sich um Small Talk bemüht hat. Nur, dass Small Talk nun mal nichts ist, was zwischen uns gehört. Wenn ich mit Leevi spreche, dann habe ich normalerweise das Gefühl, ich könnte ihm alles erzählen. Genau das macht ihn so besonders. Heute hingegen kommt mir jedes Wort falsch vor, weil er mich noch immer abblockt. Ob er es nun will oder nicht.

Wir stehen vor Auris Tür und warten darauf, dass sie endlich aufmacht. Nervös presse ich die Lippen zusammen und mustere Leevi verstohlen von der Seite. Er hat ihr Geschenk unter dem Arm und sieht erholter aus nach der ersten Woche Urlaub. Nur auf die gedrückte Stimmung und das peinlich berührte Schweigen könnte ich verzichten.

Gerade als ich den Mund öffne, um wieder etwas Sinnloses zu sagen, öffnet Auri uns die Tür. »Endlich!«, ruft sie, umarmt uns stürmisch und reißt Leevi das flache, in Geschenkpapier eingewickelte Päckchen aus der Hand, das ich schon den ganzen Weg über skeptisch beäugt habe. Seine Scherze, Auri *Risiko* zu schenken, haben sich in der letzten Woche scheinbar gehäuft. Zumindest hat Laina das behauptet, die mir am Mittwoch panische Nachrichten geschrieben hat, ob ich weiß, was er gekauft hat. Mir gegenüber hat er nichts mehr erwähnt. Doch das Grinsen, das nun sein Gesicht einnimmt, befeuert meine Sorge weiter und tut gleichzeitig weh, weil er in den vergangenen Minuten mit mir kein einziges Mal ehrlich gelächelt hat.

»Darf ich das schon aufmachen?«, quengelt Auri und schaut ihn mit einem Dackelblick an.

Er schnaubt. »Natürlich nicht. Du hast erst in sechs Stunden Geburtstag, vergessen?«

Sie schiebt schmollend die Unterlippe vor. »Aber wir feiern doch schon.«

»Wir haben noch nicht mal das Haus betreten. Das ist übrigens von uns beiden.«

»Aber nur, wenn nichts Schlimmes drin ist«, füge ich nervös lachend hinzu und hebe abwehrend die Hände. Diese Abmachung ist noch von vor dem Debakel. Und nun fühlt es sich falsch an, gemeinsam mit Leevi etwas zu schenken. Ich weiß ja nicht mal, was es ist. »Übrigens alles Gute von meinem Dad«, lenke ich ab. »Also, eigentlich sollte ich dir das erst um Mitternacht sagen, aber dann vergesse ich es vielleicht.«

Auri strahlt. »Oh, wie süß von ihm! Sag ihm vielen Dank! Und es ist bestimmt was Gutes drin. Leevi macht immer die besten Geschenke.«

»Wie bitte?«, ertönt es hinter ihr, und Tommy schiebt sich mit in den Türrahmen.

»Nach dir natürlich«, ergänzt Auri augenrollend. »Warte, warum bist du nicht in der Küche?«

»Warum sollte ich …?«

»Meine Nudeln!« Sie drückt ihm das Geschenk in die Hand und verschwindet panisch ins Haus.

Tommy mustert die Schachtel, schüttelt sie und verengt bei dem verdächtigen Klappern, das daraufhin ertönt, die Augen. Wir schauen beide Leevi an, der eine Unschuldsmiene aufgesetzt hat.

»Was?«, fragt er.

»Diese Form«, murmelt Tommy. »Das Gewicht stimmt auch.« Er wiegt die Packung hin und her, und wieder raschelt es darin. »Und allein von diesem Geräusch krieg ich Schweißausbrüche.«

»Ich nehm das mal lieber«, verkündet Leevi feixend, nimmt Tommy die Schachtel ab und drängt sich an ihm vorbei ins Haus. »Nicht dass sie *verschwindet*.« Er hängt seine Jacke an die Garderobe, schlüpft aus seinen Schuhen und lässt uns allein im kleinen Windfang zurück.

Tommy starrt ihm völlig entgeistert nach. »Bitte sag mir, dass da kein *Risiko* drin ist!«, wendet er sich an mich.

»Pscht!«, entfährt es mir, da er viel zu laut redet. Er reißt die Augen noch weiter auf, als hätte ich ihm soeben den Weltuntergang prophezeit. »Ich habe wirklich keine Ahnung. Leevi hat es besorgt. Aber Laina und ich haben versucht, ihn davon abzuhalten, ich schwöre.«

Tommy schnaubt frustriert und fährt sich durch die Haare, die daraufhin wild von seinem Kopf abstehen. »Bestimmt veräppelt er uns nur. Oder? Das meint er doch nicht ernst. Oh Gott. Ich muss wissen, was in diesem verdammten Paket ist!« Mit diesen Worten rauscht auch er ab und lässt mich allein vor der Tür zurück.

Großartig ...

Unschlüssig betrete ich das fremde Haus, ziehe meine Sachen aus und stelle aus reiner Gewohnheit Leevis Schuhe ordentlich in das Regal. Als ich ebenfalls ins, wie ich zumindest vermute, Wohnzimmer will, klingelt es.

Etwas hilflos bleibe ich stehen und warte darauf, dass Auri wiederkommt, um den Gast zu begrüßen, doch sie scheint noch mit ihren Nudeln beschäftigt zu sein. Oder vielleicht ringen sie und Tommy gerade um das Geschenk.

Widerwillig öffne ich selbst die Tür und bin erleichtert, statt einer Fremden Laina draußen zu erblicken.

»Hey«, begrüße ich sie und trete zur Seite, damit sie reinkommen kann.

»Hey«, erwidert sie verdutzt und zieht ihren Schal aus. »Wurdest du etwa zum Türdienst abgestellt?«

»Nicht direkt. Ich wurde hier vergessen, nachdem Leevi mit seinem Geschenk alle in Angst und Schrecken versetzt hat.«

Sie schnaubt. »Wow. Auri und ihre Gastgeberqualitäten. Und wenn Leevi das wirklich gekauft hat, bringe ich ihn um.« Laina legt ihr eigenes Geschenk auf dem Regal ab und stellt ihre Schuhe ordentlich zwischen Leevis und meine. »Warst du schon mal hier?«

»Nein.«

Sie stöhnt auf. »Und dann lässt Auri dich hier stehen? Oh Mann. Typisch, echt. An Geburtstagen wird sie immer hibbelig wie ein Kleinkind nach zu viel Zucker. Komm, ich führ dich rum. Blau oder Rot?« Sie bückt sich zu einem kleinen Regal in der Ecke und hält mir kurz darauf zwei Paar dicke Stricksocken hin. »Irgendwer hat die Möpse geklaut.«

»Was?«, frage ich irritiert und nehme die roten. Laina streift sich ihre Socken über, und ich tue es ihr nach, froh darüber, so weniger von dem eiskalten Fliesenfußboden zu spüren.

»Die Mopshausschuhe. Die sind eigentlich immer für den letzten Gast reserviert, aber sie sind schon weg. Ich wette, Tommy hat sie sich unter den Nagel gerissen und stolziert in den Dingern rum wie der Gockel ums Nest.«

»Äh«, mache ich irritiert. »Ich habe das Gefühl, um bei euch mitzukommen, brauche ich ein ganzes Insider-Handbuch.«

»Ach, Quatsch. Spätestens nach heute Abend bist du mit allen Wassern gewaschen. Sag mal, hat Auri eigentlich noch vor, mich zu begrüßen, oder …?«

»Ich glaube, sie hat eine Nudelkrise.«

Laina schüttelt den Kopf, murmelt etwas, das verdächtig nach *Tommys Nudel* klingt, und betritt mir voran das Wohnzimmer.

Der Duft von Tomatensoße umfängt uns, gemeinsam mit leiser Musik und Stimmengewirr. Auf der rechten Seite des Raumes befindet sich ein großes leeres Sofa. Auf der anderen steht ein Esstisch, an dem Tommy soeben versucht, einem grimmig dreinschauenden Kerl mit dunklen Haaren, blauen Augen und der Statur eines Profiboxers einen Partyhut mit Gummizug aufzusetzen. Ziemlich erfolglos, denn der Fremde hat geschätzt das Doppelte von Tommys Armumfang und wehrt dessen Bemühungen mit nur einer Hand ab. Es wirkt ein bisschen, als würde er versuchen, eine lästige Fliege zu vertreiben, die einfach nicht aufhört, um seinen Kopf herumzuschwirren.

Neben ihm sitzt eine junge Frau mit langen pastelllila Haaren, die herzlich lacht. Sie war beim Abwehren entweder weniger erfolgreich oder hat es gar nicht erst versucht, denn ihr Kopf wird bereits von einem goldenen Glitzerhütchen geziert.

»Hey«, macht Laina auf uns aufmerksam. Die beiden schauen zu uns hoch, und Tommy nutzt seine Chance, um einen weiteren Hütchenangriff zu wagen.

Mit einer Mischung aus Besorgnis und Belustigung beobachte ich, wie der Typ aufsteht und Tommy schneller in den Schwitzkasten nimmt, als dieser *Partyhut* sagen kann. Sein Lachen wird zu einem erstickten Röcheln.

»Okay«, keucht er. Ergeben lässt er das Hütchen fallen und klopft dem Fremden auf den Oberarm, damit er ihn wieder loslässt. Der scheint es aber nicht unbedingt eilig zu haben. »Mann, Jonne«, keucht Tommy und windet sich in seinem Griff. »Es war echt lustiger, als du noch kleiner *und* schwächer warst als ich.«

»Wann soll das gewesen sein?«, erwidert Jonne schmunzelnd, lässt ihn frei und klopft ihm freundschaftlich auf den Rücken. Tommy sammelt sein Hütchen auf und verzieht sich.

Jonne trifft meinen Blick, und ich versuche, nicht allzu verdattert dreinzuschauen. Nie im Leben hätte ich ihn ohne den Namen wiedererkannt.

Zugegeben, wir hatten früher ohnehin nicht viel Kontakt. Erst recht nicht mehr nach dem tragischen Unfall mit Brad. Aber scheiße …

Er sieht aus wie der Typ Mann, der bei uns ins Consulting kommt und nach einem Outfit für seine nächste Blockbuster-Premiere verlangt. Die Art Mann, der mindestens drei Paparazzi und ein Pulk an Fangirls überallhin folgen. Nur, dass die in der Regel keine zerschlissenen Jeans und ausgewaschenen T-Shirts tragen, so wie er.

»Riven, oder?«, fragt er und reicht mir über den Tisch hinweg die Hand. »Hi.«

Ich ergreife sie und fühle mich dabei, als würde ich die Hand eines Riesen schütteln. Jonne ist zwar kleiner als Tommy, aber trotzdem ziemlich groß, besonders im Vergleich zu meinen ein Meter fünfundsechzig. Und vor allem ist er verdammt breit. »Schön, dich wiederzusehen«, sage ich und lächle verlegen.

Die Frau neben ihm steht ebenfalls auf und reicht mir die Hand. »Ich bin Lavender«, stellt sie sich vor.

»Ah!«, mache ich und schaffe es, diesmal weniger zurückhaltend zu reagieren. »Mein Dad hat von dir erzählt. Und wir haben früher im Sommer manchmal miteinander gespielt, falls du dich erinnerst.«

Sie schüttelt den Kopf, und ihr Lächeln wird schwermütig. »Leider nicht. Aber schön, dass Richard von mir erzählt hat. Ich habe schon länger nichts mehr von ihm gehört. Du kannst ihm gern einen Gruß ausrichten. Und vielleicht hat er ja mal wieder Zeit, um mit mir die Pläne für das Clubprogramm durchzugehen. Also natürlich nur, wenn er Lust hat. Aber seine Hilfe ist jedes Mal goldwert.«

»Klar, ich frag ihn mal«, verspreche ich.

Ob Dad Lavender ebenso von sich gestoßen hat wie Sally? Schaut sie deshalb so traurig? Sie versucht es zu kaschieren, aber es gelingt ihr nicht richtig. Wenn ich Lavender ansehe, habe ich sofort das Bedürfnis, sie in den Arm zu nehmen.

Bei Jonne ist es ähnlich. Nur, dass ich ihn sicher nicht ungefragt drücken würde. Er strahlt eine unterschwellige Abwehr aus, ein bisschen wie ein Elektrozaun. Und ich habe das Gefühl, dass man ihn besser nicht auf sein Befinden ansprechen sollte, wenn man auf einen Stromschlag verzichten will. Dennoch lächelt auch er. Und ich wüsste zu gern, was in den beiden vorgeht.

»Komm, ich zeig dir die Küche.« Laina zupft an meinem Ärmel und zieht mich eilig vom Tisch weg, den Tommy gerade von der anderen Seite mit dem Partyhütchen in der Hand umrundet.

Wir treten durch eine Schiebetür. Dahinter duftet es wundervoll nach angebratenen Zwiebeln und Knoblauch. Der Raum ist klein, mit einer Küchenzeile in U-Form und einem Fenster an der hinteren Wand.

Leevi steht am Herd, auf dem es aus zwei großen Töpfen dampft. Er rührt in einem von ihnen, während er scheinbar versucht, möglichst weit weg davon zu stehen. Sein Arm ist ganz ausgestreckt, den Pullover hat er vermutlich aufgrund der Temperatur hier drin ausgezogen, und immer wieder zuckt er fluchend zusammen.

»Mann, Auri!«, beschwert er sich. »Man könnte echt meinen, du kochst zum ersten Mal mit einem Gasherd. Mein Arm ist gleich durchgegart! Verbrennungen dritten Grades, danke!«

»Stell dich nicht so an!« Auri steht mit dem Rücken zu uns an der Arbeitsplatte und werkelt irgendetwas.

»Ja, sehr lustig. Sagt die, die mich zum Rühren verdonnert hat, weil sie Angst vor den Soßenspritzern h–… au! Verdammt!« Er lässt den Kochlöffel los und zieht ruckartig seinen Arm zurück.

»Hast du dich verbrannt?«, frage ich besorgt und eile zu ihm. Überrascht schaut er zu mir auf und schiebt mich dann geistesgegenwärtig ein Stück von dem blubbernden Soßentopf weg. Seine Berührung lässt mein Herz stocken, doch ich gebe mir Mühe, mir nichts anmerken zu lassen.

»Es geht schon«, behauptet er und wischt sich mit dem Daumen einen großen Spritzer Soße vom Unterarm. Ich umfasse sein Handgelenk und besehe mir die Stelle.

»Kühl das lieber. Das könnte trotzdem eine Brandblase geben.« Suchend schaue ich mich um, doch Laina ist bereits zur Stelle und hält mir ein nasses Geschirrtuch entgegen. »Danke.« Ich lege es vorsichtig auf Leevis Arm, und er streckt mit missmutigem Gesichtsausdruck den zweiten wieder nach dem Kochlöffel aus, um weiter in der Soße zu rühren.

»Ähm …«, mache ich. »Ist das sinnvoll?«

»Auri hat den Herd so heiß aufgedreht, dass sonst die Soße verbrennt«, erklärt er. »Ich hab ihn schon ausgeschaltet, aber die Resthitze dieses Riesentopfes reicht vermutlich noch für drei Kernspaltungen oder so.«

Auri streckt ihm über ihre Schulter hinweg die Zunge raus und widmet sich wieder ihrer Arbeit. Offenbar kämpft sie mit dem Korken einer Weinflasche.

»Dir auch einen schönen guten Abend«, grüßt Laina sie, nimmt ihr kurzerhand die Flasche ab und dreht den Korkenzieher tiefer hinein.

»Wie bist du überhaupt hier reingekommen?«, will Auri wissen und schiebt schon wieder unzufrieden die Unterlippe vor.

»Ich habe geklingelt. Und Riven hat mir aufgemacht.«

»Oh. Das hab ich nicht gehört. Hier drin wurde ein Aufstand gemacht, als würde gleich die Bude abfackeln …«

»So sah es auch aus«, murmelt Leevi und nickt schräg nach oben. Ich brauche einen Moment, bis ich die Soßenspritzer am Küchenfenster erkenne. Die halbhohe Gardine, die davor hängt, hat auch einiges abbekommen.

»Ich war nur kurz an der Tür! Ich konnte ja nicht wissen, dass das so schnell geht!«

»Gasherd«, wiederholt Leevi mit vielsagendem Unterton und lässt den Kochlöffel wieder sinken. Die Soße hat jetzt immerhin aufgehört, so extrem zu spritzen. »Jemand muss die Nudeln abgießen, die sind auch schon fertig.«

Auri schaut ihn erwartungsvoll an.

Leevi wirft einen Blick auf den riesigen, blubbernden Topf und schüttelt den Kopf. »Ich bin verwundet«, erinnert er sie und legt demonstrativ seine Hand auf meine, die noch immer den kalten Lappen an seinen Arm hält. Mir wird unerwartet heiß, und ich kann nur hoffen, dass ich nicht wirklich so rot anlaufe, wie es sich gerade anfühlt.

»Zehn Minuten kühlen«, bestätige ich kleinlaut, und Auri stöhnt theatralisch auf. Sie stapft aus der Küche, und wir hören ein lang gezogenes, geradezu flehendes »*Tommyyyyyyy*«.

Leevi deutet mit dem Kinn zur Tür und schiebt mich zurück ins Wohnzimmer. »Beim Backen traue ich ihm alles zu, aber ich will nicht in der Nähe sein, wenn er mit einem riesigen Topf voll siedend heißem Wasser hantiert.«

»Und ich will nicht auch noch deine Füße kühlen müssen«, stimme ich zu, überlasse ihm den Lappen und gehe voraus. Auri zieht Tommy am Arm an uns vorbei. Er trägt mittlerweile zwei Partyhütchen wie Teufelshörner auf dem Kopf und schaut skeptisch drein.

»Oh, oh«, meint Lavender mit Blick auf Leevis Arm, als wir uns neben sie und Jonne an den Tisch setzen. »Unfall?«

»Ja, aber ich glaube, ich kann den Arm behalten. Oder, Frau Doktorin?« Er schmunzelt mir zu, noch immer befangen, doch weniger distanziert als vorhin.

»Ich würde davon ausgehen«, bestätige ich.

Im selben Moment ertönen laute Rufe aus der Küche, und wir drehen besorgt die Köpfe.

»Jonne, wann wurden eigentlich deine Erste-Hilfe-Kenntnisse das letzte Mal aufgefrischt?«, will Leevi wissen.

Jonne lehnt sich in seinem Stuhl zurück, um einen Blick durch die offene Schiebetür zu erhaschen. »Mit Verbrühungen bin ich nicht so vertraut«, gesteht er. »Wenn sie allerdings im Nudelwasser ertrinken ...«

Lavender stößt ihn sanft in die Seite. Er richtet sich wieder auf und schaut sie mit einem Blick an, der so weich ist, dass ich mir selbst drei Plätze weiter ein Seufzen verkneifen muss. »Sorry«, raunt er und nimmt ihre Hand.

»Was macht das Haus?«, will Leevi wissen.

Lavender schenkt ihm eines ihrer traurigen Lächeln. »Es ist ein Prozess ...«

»Das Haus?«, frage ich vorsichtig.

»Wir haben entschieden, Jensons Haus zu renovieren und ein Ferienhaus daraus zu machen«, erklärt sie mir. »Ich wohne praktisch bei Jonne, und es wäre schade, wenn es verfällt. Es ist nur etwas schwierig. Mit all den Erinnerungen …«

»Oh.« Jenson war Lavenders Onkel, und soweit ich weiß, war Jonne auch sehr eng mit ihm. Dad hat mir im Frühjahr erzählt, dass er gestorben ist. »Mein Beileid«, sage ich leise.

»Danke«, haucht Lavender, und Jonne räuspert sich.

»Du wohnst nicht nur *praktisch* bei mir«, wechselt er das Thema. »Du beanspruchst siebzig Prozent meines Kleiderschranks.«

»Das stimmt ja gar nicht, ich habe nur drei Fächer!«

Er schmunzelt. »Ja, aber neunzig Prozent der Zeit trägst du meine Klamotten.«

»Hast du deswegen nichts Ordentliches mehr zum Anziehen?«, scherzt Leevi, und Jonne sieht mit einer gehobenen Braue an sich herunter.

»Was gibt's da zu meckern, Myers?«

»Nichts. Sehr sexy, dein Bauarbeiterlook.«

Jonne verdreht die Augen.

»Boah!« Laina verlässt fluchtartig die Küche, gemeinsam mit einem regelrechten Schwall Wasserdampf. Ihre Wangen sind gerötet, und ihre aschbraunen Locken kräuseln sich von der Luftfeuchtigkeit fast so sehr wie die ihrer Mutter. »Gott, hilf!«, stößt sie aus, stellt die Weinflasche und Gläser auf dem Tisch ab und lässt sich neben Jonne plumpsen.

»Ich höre gar keine Schreie«, bemerkt Leevi, und wir nicken alle anerkennend.

»Das Wasser ist im Abfluss«, berichtet Laina. »Die Nudeln auch. Also zumindest ein Teil davon, denn Auri hat für geschätzt achtzig Leute gekocht und nur ein einziges kleines Sieb.«

Lavender macht ein gequältes Gesicht, dann entzieht sie Jonne ihre Hand und steht auf. »Ich schaue mal, ob sie Hilfe brauchen.«

Seufzend erhebt er sich ebenfalls.

»Du kannst auch sitzen bleiben«, erinnert sie ihn, doch Jonne legt ihr bereits einen Arm um die Taille und schiebt sie in Richtung der Küche.

»Du glaubst doch nicht echt, dass du von Hilfe-Brauchen reden kannst, ohne dass ich aufstehe«, hören wir ihn noch murmeln, während er im Gehen einen Kuss auf ihre Schläfe drückt.

»Gott, sind die süß«, stöhnt Laina leise und schenkt sich ein Glas ein.

»Dass du Jonne mal süß nennst, muss ich mir im Kalender eintragen«, bemerkt Leevi und nickt, als sie uns ebenfalls Wein anbietet.

Aus der Küche ertönt Gelächter, und wenig später kommt Tommy mit einem der Töpfe durch die Tür. Er stößt mit seinen Hütchen oben am Türrahmen an, weil er sich nicht tief genug duckt, und stolpert fast über Auri, die sich an ihm vorbeidrängelt, um Untersetzer auf dem Tisch zu verteilen.

Leevi steht auf und räumt die Geschenke weg, Lavender und Jonne bringen Besteck und Teller.

Trotz all des Chaos, das ich bisher erlebt habe, wirkt es jetzt, als wäre die Gruppe ein eingespieltes Team. Das Gezanke von eben ist vergessen, und sie greifen so selbstverständlich ineinander, dass mir schwer ums Herz wird.

Wieder wird mir bewusst, wie oberflächlich meine Freundschaften in Toronto sind. Menschen, die einen Witz schon bei einer Andeutung verstehen, weil sie einen so gut kennen, hatte ich dort nie. Geschweige denn solche, die wirklich wissen, wer ich bin.

Vielleicht liegt es an mir. Wahrscheinlich sogar. An meiner unerklärlichen Unfähigkeit, enge Bindungen einzugehen. Es fiel mir schon immer schwer, mich wirklich zu zeigen. Andere sehen zu lassen, was in mir vorgeht, was ich fühle. Gehört zu werden.

Es ist etwas, das ich auch mit Laina, Auri und Tommy wieder bemerke, und sicher bald ebenfalls mit Lavender und Jonne. Sie sind dort draußen, und ich sitze in meinem Glaskasten aus

Sich-anders-Fühlen, in dem es gerade so genug Luft zum Atmen gibt, aber nie genug, um zu sprechen. Nie genug, um mich zu erklären. Und wenn ich es doch einmal schaffe, sehe ich in ihren Augen nur große Fragezeichen. Dabei hatte ich selbst nie ein Problem damit, andere zu lesen. Ich weiß auf einen Blick, was sie empfinden, kann aus beiläufigen Sätzen erahnen, was sie beschäftigt, was sie wirklich sagen wollen. Und nie habe ich verstanden, warum sie *mich* nicht verstehen.

»Alles okay?«

Leevis Stimme reißt mich aus meinen Gedanken. Während sich alle an den Tisch gesetzt und ein Gespräch begonnen haben, das ich nun nicht mehr nachvollziehen kann, habe ich nur stumm auf meinen leeren Teller gestarrt.

Ich schaue zu ihm hoch, treffe seinen fragenden Blick und versuche mich an einem Lächeln. Doch er kauft es mir nicht ab. Nicht ansatzweise. Er runzelt die Stirn und greift nach meinem Teller.

»Ich hab mir sagen lassen, dass die Nudeln nach dem Abgieß-Debakel noch mal abgewaschen wurden. Willst du es riskieren?«

»Klar«, sage ich schnell. »Mit der Auftragsmördersoße, bitte.«

»Das will ich aber hoffen. Die Schmerzen müssen sich gelohnt haben.«

»Wie geht's deinem Arm?« Ich erhasche einen Blick darauf, während Leevi mir Nudeln auftut. Die Stelle ist noch gerötet, aber immerhin hat sich bisher keine Brandblase gebildet.

»Geht schon. Falls es 'ne Narbe gibt, kann ich mir sicher ein cooles Tattoo drüberstechen lassen. *Survivor* oder so.« Er zwinkert mir zu. Verlegen weiche ich seinem Blick aus und schiebe stattdessen meine Gabel auf dem Tisch umher.

»Und danach lässt du dir bitte noch eine Träne in den Augenwinkel tätowieren.«

»Darauf spare ich schon«, behauptet er.

Ich schaue ihn wieder an. »Wie viele Tattoos hast du?« Gleichzeitig muss ich schlucken. Letzte Woche hätte ich sie zählen können, hätte ich mehr darauf geachtet. Als er nackt neben mir lag.

»Ich bin mir gar nicht sicher. Zehn oder so?«

»Und wie viele willst du noch?«

Er zuckt mit den Schultern und grinst. »Mehr?«

»Vielleicht solltest du Tätowieren lernen«, scherze ich. »Dann sparst du sicher eine Menge Geld.«

»Du willst meine Malkünste nicht sehen. Abgesehen davon würde ich aussehen wie ein wandelndes Wörterbuch.« Leevi stellt meinen vollen Teller vor mir ab und tut sich selbst auf.

»Hat jedes der Tattoos eine Bedeutung?«, rutscht es mir heraus, und ungewollt schaue ich wieder auf seinen linken Unterarm.

But I have promises to keep,

Es hat mich in den Fingern gejuckt, die beiden Sätze zu googeln. Aber ich habe es mir verkniffen. Weil es sich falsch anfühlt, über eine Suchmaschine dahinterkommen zu wollen, warum Leevi diese Worte auf der Haut trägt.

»Hm, ja. An sich schon. Aber es muss nicht immer eine besondere Bedeutung sein. Ich lasse mir alles tätowieren, was mir unter die Haut geht.«

Der Satz jagt einen Schauer über meinen Rücken. Das ist so Leevi. Ganz beiläufig sagt er etwas so Bedeutsames.

»Alles?«, hake ich nach. »Dann wundert es mich wirklich, dass du noch nicht komplett zutätowiert bist.«

»Okay, sagen wir, eine Auswahl. Und auch nur im Rahmen meiner finanziellen Möglichkeiten.« Er stellt seinen Teller ebenfalls ab, womit nun alle am Tisch etwas zu essen haben. Auri will sich bereits den ersten Bissen in den Mund schieben, da hält Tommy sie am Arm zurück.

»Moment«, sagt er so laut, dass die anderen ihre Unterhaltung kurz unterbrechen und zu ihm schauen. »Zur Feier des Tages möchte ich heute ein Gebet sprechen.«

Den Blicken nach zu urteilen, ist das hier nicht üblich. Alle schauen ziemlich verwirrt bis skeptisch drein. Tommy jedoch macht eine ernste Miene und faltet die Hände.

»Lieber Gott ... Wir danken dir, dass bei der Zubereitung dieses Essens niemand gestorben ist.«

»Amen«, sagen Leevi, Laina und Jonne gleichzeitig, und Tommy stöhnt schmerzerfüllt auf, weil er Auris Ellbogen in die Seite bekommt. Ich muss lachen und halte mir erschrocken die Hand vor den Mund. Oje. Das war unhöflich.

Doch Lavender stimmt mit ein, und kurz darauf auch Laina. Auri kneift die Augen zusammen, kann ihr Grinsen jedoch nicht verbergen. Sie katapultiert mit ihrer Gabel eine Nudel über den Tisch in meine Richtung, was zu einem empörten Aufgrölen Tommys führt.

»Die habe ich mit Schweiß und Herzblut abgegossen!«, erinnert er sie, und sie zielt mit der nächsten Nudel auf ihn.

»Wenn das jetzt eine Essensschlacht wird, gehe ich«, warnt Jonne.

Leevi hat bereits angefangen zu essen und brummt zufrieden. »Die Soße ist echt gut geworden, Auri.«

»Oh mein Gott!« Sie springt auf und wirft dabei fast ihren Stuhl um. »Ich hab das Wichtigste vergessen!«

Eilig verschwindet sie in die Küche, und wir schauen uns ratlos an.

»Was ...?«, beginnt Laina, doch da kommt sie schon zurück, in der Hand eine große Reibe und einen Block Käse.

»Parmesan!« Sie drückt Jonne beides in die Hand und geht erneut in die Küche. »Und als Beilage habe ich natürlich noch eine große Käseplatte!«

»Natürlich«, wiederholt Leevi ernst.

»Ich bin ein bisschen beruhigt«, meint Laina und rümpft die Nase, als Auri einen großen Teller voll verschiedener Käsesorten vor ihr abstellt. »Wir dachten schon, du hättest deine Käseliebe überwunden.«

LEEVI

Der Abend vergeht schleppend. Ich habe größte Mühe, Riven nicht die ganze Zeit über zu beobachten, und Tommys überschwängliche Laune geht mir heute auf die Nerven. Da hilft es auch nicht, dass er und Laina mich immer wieder durch die Blume fragen, was in dem Geschenk ist. Oder dass Auri alle zwanzig Minuten wissen will, ob sie es nicht doch schon öffnen darf.

Laina versucht mehrfach, ein Gespräch zu beginnen, sicherlich, um hinter meine schlechte Stimmung zu kommen. Und jedes Mal, wenn mein Blick ungewollt Rivens trifft, versetzt es mir einen schmerzhaften Stich, weil sie ernsthaft betroffen aussieht und ich mich selbst dafür verantwortlich mache.

Scheiße.

Mein Verhalten letztes Wochenende war nicht in Ordnung.

Auch ich hätte vielleicht erst nachdenken sollen, bevor ich sie ausgezogen habe. Auch ich hätte die Sache stoppen können, bevor sie zu weit ging. Und auch ich wollte das nicht, obwohl es besser für uns gewesen wäre.

Ihr die alleinige Schuld dafür zu geben, war nicht richtig. Das habe ich schnell eingesehen und ihr auch gesagt. Ich habe mich entschuldigt. Ich versuche, den Vorfall zu vergessen. Aber scheiße …

Ich weiß nicht, wie wir zum *Vorher* zurückkehren sollen. Mit Riven zu schlafen, hat etwas unumkehrbar verändert. Und in meinem verzweifelten Versuch, wieder Abstand zwischen uns zu bringen, habe ich sie ganz von mir gestoßen.

Es pisst mich an, weil ich auch das nicht will. Mein Herz ist zwiegespalten. Ich will sie, verdammt. Aber ich will alles.

»Seid ihr bereit?«, ruft Auri laut und lässt damit Jonne und Lavender zusammenzucken, die kuschelnd auf dem Sofa liegen.

Sie hüpft in die Mitte des Wohnzimmers und klatscht aufgeregt in die Hände. Hinter ihr bringt Tommy sich mit einer Konfettikanone in Position. Ich decke sicherheitshalber schon mal mein Weinglas mit einer Hand zu.

»Ist schon Mitternacht?«, fragt Lav und richtet sich auf.

»Gleich!«, bestätigt Auri und wippt auf den Fußballen.

»Ich wünschte, ich würde mich auch so darüber freuen, älter zu werden«, murmelt Riven belustigt.

»Lass dich nicht täuschen«, erwidere ich. »Es geht nur um die Geschenke.«

»Apropos … du hast nicht wirklich dieses Spiel gekauft, oder?«, zischt Laina mir in einem weiteren Versuch, die Wahrheit zu erfahren, zu und lässt sich auf der Armlehne meines Sessels nieder.

Ich grinse und bleibe ihr eine Antwort schuldig. Tommy und Auri beginnen lautstark, die Sekunden bis Mitternacht herunterzuzählen, und ich stimme mit ein. Bei null lässt Tommy die Konfettikanone knallen, die goldenen Glitzer durch den ganzen Raum schießt, und ist kurz darauf der Erste, der Auri gratuliert. Er umarmt sie, hebt sie hoch und wirbelt sie einmal im Kreis. Wie so oft sind sie ein bisschen *zu* süß zusammen, und ich frage mich unwillkürlich, wie lange das wohl noch gut geht. Ob sie ihre Freundschaft ebenso zerschießen werden, wie Riven und ich es getan haben, weil bei so starken Gefühlen irgendwann die Grenzen verschwimmen?

Es dauert nicht lange, bis Auri sich bei jedem eine Umarmung abgeholt und uns alle zum Esstisch gescheucht hat, der mit den Geschenken beladen ist. Zumindest für sie das wahre Highlight des Abends.

Sie packt zuerst das von Lavender und Jonne aus. Ein paar dicke Gartenhandschuhe mit Blumenmuster für die kalte Jahreszeit, ein Fanshirt von *Renard*, einer ihrer Lieblingsbands, und ein Gutschein für einen Online-Weinhandel, bei dem man angeblich den perfekten Wein zu jedem Käse bestellen kann.

Auri ist begeistert. Ebenso von Lainas Geschenk, die bei ihrer ursprünglichen Idee geblieben ist und ihr ein wunderschön illustriertes Buch über heimische Pflanzen geschenkt hat. Anfangs war ich skeptisch, ob das wirklich etwas für Auri ist, aber wie sich herausstellt, reichen Blumen, egal in welcher Form, um sie glücklich zu machen.

Als sie nun das Päckchen von Riven und mir hochhebt, tritt unangenehmes Schweigen ein. Auri schüttelt es.

»Es klappert!«, stellt sie aufgeregt fest, und ich ernte fünf vorwurfsvolle Blicke. Ein Grinsen zupft an meinem Mundwinkel.

Keine Ahnung, warum sie so eine Panik vor diesem Geschenk haben. Eigentlich sollten sie mich gut genug kennen, um zu wissen, dass ich zwar gerne über *Risiko* scherze, aber niemals provozieren würde, es noch mal mit Auri spielen zu müssen. Sie reißt die Verpackung auf, und die anderen scheinen den Atem anzuhalten.

»Oh mein Gott!«, stößt sie aus und zerrt auch den Rest des Geschenkpapiers ab. »Ein Käsepuzzle?!«

Laina tut hinter ihr so, als würde sie sich Schweiß von der Stirn wischen, und ich muss schmunzeln.

»Gefällt's dir?«, frage ich.

»Das ist toll! Danke!« Auri legt die Schachtel beiseite und zieht Riven, die neben mir steht, und mich gleichzeitig in eine schraubstockartige Umarmung.

Mit einem Mal sind wir uns wieder viel zu nah. Die Erinnerung an Rivens Körper in meiner Armbeuge, ihre Hand auf meiner Brust, ihre Lippen auf meinen, treibt mir Hitze in die Wangen und sorgt dafür, dass ich mich in einen Moment zurückwünsche, der gar nicht hätte sein dürfen.

Nein, wir können wirklich nicht zurück zum Vorher. Es ist mir unmöglich, den Sex mit ihr zu vergessen. Die Wärme ihrer Haut. Die Geräusche, die sie dabei gemacht hat. Das überwältigende Glücksgefühl, das ich dabei empfunden habe, weil sie in meinen Armen lag.

Unbeholfen löse ich mich von den beiden und fahre mir mit einer Hand über den Nacken. »Gern geschehen.«

Ich fange Rivens Blick, die verhalten lächelt und dabei ein Stück von mir abrückt. Meine Hoffnung, dass es zwischen uns wieder normal werden könnte, schwindet weiter. Bald hat sie sich vollends in Luft aufgelöst.

Mir ist bewusst, dass ich sie auf Abstand halte. Und sie merkt es offenbar, so wie sie eben alles merkt.

»Jetzt meins!«, drängt Tommy. Er hat sich gesetzt und klopft auf den Stuhl neben sich. Erst als alle Platz genommen haben, übergibt er Auri einen großen roten Umschlag. Ich runzle die Stirn, kommentiere es aber nicht.

In den letzten Wochen hat er mir immer wieder vorgeschwärmt, was für ein tolles Geschenk er doch für sie hat, mir jedoch nicht verraten, was es ist.

Mir entgeht nicht, wie sorgsam Auri mit dem Umschlag umgeht. Beinahe ehrfürchtig öffnet sie ihn und spitzt hinein. Was folgt, ist ein verdutzter Gesichtsausdruck. Eigentlich hätte ich erwartet, dass dies Tommy verunsichert, doch der grinst nach wie vor über beide Ohren.

»Hä?«, fragt sie und schaut ihn an.

Ich treffe seinen Blick und hebe fragend die Brauen, doch er übergeht es, wendet sich wieder ihr zu und zuckt mit den Schultern. »Was hä?«

»Was ist es?«, will Lavender wissen und reckt den Hals. Auri zieht zwei Tickets aus dem Umschlag hervor.

»Karten für das Saint Mellows Käsefestival in zwei Wochen.«

»Es gibt ein Käsefestival?«, wirft Jonne irritiert ein.

»Ja«, antwortet Tommy zufrieden. »Und eine gewisse Person liegt mir seit Jahren damit in den Ohren, wie gern sie da mal hinmöchte.«

»Stimmt«, erwidert Auri zögerlich. »Aber das ist ja auch in Wisconsin.«

»Jap.«

»Also zweitausend Meilen von hier weg.«

»Korrekt.«

»Und wie komme ich …«

»Wir«, korrigiert Tommy und zieht einen weiteren Umschlag aus der Bauchtasche seines Hoodies. Er überreicht ihn ihr, und Auri blinzelt verdattert. Vielleicht bilde ich es mir ein, aber ich glaube, ihre Finger zittern, während sie ihn öffnet.

»Oh mein Gott«, stößt sie aus. »Du hast nicht wirklich …«

»Übrigens hast du übernächstes Wochenende Urlaub. Freitag bis Montag. Hab ich schon abgeklärt.«

»Tommy …«

»Hab ich erwähnt, dass das Hotel ein Spa hat?«

Kopfschüttelnd fällt sie ihm um den Hals und lässt das Papier fallen, das sie eben ausgepackt hat. Laina bückt sich danach und hebt es auf.

»Oh, wow.« Sie dreht es so, dass wir die Buchungsbestätigung für ein Hotel in Saint Mellows sehen, zusammen mit einigen Bildern, die wunderschöne Zimmer zeigen. »Und Flugtickets.«

»Wie cool!«, meint Lavender, angelt sich eine der Karten für das Käsefestival und mustert sie interessiert. »Das ist echt eine schöne Idee! Die machen da Lagerfeuer und so was.«

»Bitte zeigt das nicht meiner Mom«, bemerkt Laina, die sich die andere geschnappt hat. »Sie würde sofort einen Abklatsch davon planen.«

Auri löst sich mit strahlenden Augen wieder von Tommy. »Meinst du echt?«, hakt sie nach.

»Oh Gott«, murmelt Laina und nippt an ihrem Wein.

»Und, wer hat jetzt das beste Geschenk?«, fragt Tommy und lehnt sich siegessicher in seinem Stuhl zurück.

»Die Frage ist eher: Wer hat jetzt ein leeres Konto«, murmle ich und greife nach einem der Flugtickets. Es ist schön, dass Auri sich freut. Aber es macht mir auch ein wenig Sorgen. Was genau erhofft sich mein bester Freund von diesem Wochenende?

Auri hat unterdessen begonnen, den anderen von dem Festival vorzuschwärmen, das wohl tatsächlich einen ihrer Lebensträume darstellt, und drängt Riven, Laina und Lavender zum Couchtisch, das Puzzle unter dem Arm.

»Ich hol mir was zu trinken«, verkündet Jonne und steht auf. Zurück bleiben Tommy und ich, der die Tickets feinsäuberlich wieder in den Umschlag steckt.

»Ist das eine gute Idee?«, frage ich leise und setze mich auf den Stuhl neben ihm.

»Warum sollte es das nicht sein?«, erwidert er leicht trotzig.

»Lass mich überlegen ... du und Auri gemeinsam in einem Hotelzimmer, das vermutlich all deine Ersparnisse gefressen hat?«

»So ein armer Schlucker bin ich nun auch nicht.«

»Tommy ...«

»Was?«, zischt er gereizt.

»Sei wenigstens ehrlich, machst du dir da irgendwelche Hoffnungen?«

»Sollte ich das nicht eher dich fragen?«

»Mich?«

»Ich seh doch, wie dein Blick an Riven klebt.«

Mir entweicht ein ertapptes Schnauben. »Und was hat das mit diesem sündhaft teuren Kurztrip zu tun?«

»Dass du angeblich nichts von ihr willst, aber mich hier ankackst, weil ich Auri so was schenke. Mir unterstellst du, ich würde dir was vormachen, als wäre ich es dir schuldig, dass ich dir meine ganze Gefühlswelt offenlege, aber gleichzeitig rückst du kein Wort *darüber* raus. Seit Wochen.« Er deutet mit dem Kinn zum Sofa und fixiert mich mit seinen braunen Augen. Geradezu herausfordernd hebt er die Brauen.

Ich verziehe den Mund. Tommy hat leider ein bisschen recht. Er hat in letzter Zeit des Öfteren versucht, das Thema anzusprechen. Oder wenigstens herauszufinden, wie es mir aktuell geht. Und ich habe ihn abgewimmelt. Insbesondere seit der Nacht mit Riven. Der mit diesem verdammten Fehler.

»Hm?«, macht er auffordernd. »Ich höre?«

Mir entweicht ein tiefes Seufzen. »Schön. Ich hab mit Riven geschlafen«, gestehe ich widerwillig, ausgerechnet genau in dem Moment, in dem Jonne mit einem Glas Wasser aus der Küche kommt. Irritiert bleibt er stehen, hebt die dunklen Brauen und schaut skeptisch von mir zur Couch und wieder zurück. Na großartig.

Er räuspert sich. »Können wir einfach so tun, als hätte ich das nicht gehört?«

Natürlich. Bloß nicht über Gefühle sprechen. Nichts läge Jonne ferner.

Ich nicke, und er macht Anstalten, rüber zum Sofa zu gehen, doch Tommy hält ihn am Arm fest und zieht ihn auf den freien Platz zu seiner anderen Seite. »Oohh nein, mein Freund, ich brauch dich hier.«

»Für was?«, will Jonne wissen und wimmelt Tommys Hand ab, bleibt jedoch sitzen. Tommy ignoriert seine Frage und starrt mich an.

»Sorry, was?«, schnaubt er. »Wie ist das denn passiert?«

Ich wünschte, wir könnten *alle* so tun, als hätten wir das nicht gehört. Schon jetzt bereue ich es, Tommy davon erzählt zu haben. Es ist mir verdammt peinlich, um ehrlich zu sein. Ich schnappe mir einen Fetzen Geschenkpapier vom Tisch und fange an, daran herumzuzupfen, um meine Freunde beim Sprechen nicht anschauen zu müssen. »Nennen wir es einen Unfall …«, murmle ich.

Jonne entkommt eine Mischung aus Husten und Lachen. »Charmante Beschreibung.« Genervt schaue ich ihn an, und er hebt entschuldigend die Hände. »Ich wollte ja gehen …«

»Ich brauche Details«, fordert Tommy knapp.

»Brauchst du nicht«, erwidere ich.

»Oh doch. Alles. Wie? Wann? Wo? Wie oft? War es gut?«

»Tommy.«

»Wer hat angefangen?«

Ich verziehe das Gesicht. »Sie. Oder … ich. Streng genommen. Irgendwie beide. Keine Ahnung.«

»Details«, fordert er wieder. »Das ergibt ja vorne und hinten keinen Sinn. Wer denn nun?«

»Ich hab sie geküsst«, gestehe ich widerwillig. »Bevor wir neulich bei dir in der Bäckerei waren.«

Tommys Augen werden weit. Dann boxt er mich so unerwartet gegen den Arm, dass ich schmerzerfüllt aufkeuche.

»Au!«, stoße ich aus. »Was sollte das denn?«

»Du hast mir kein Wort gesagt, du treulose Tomate! Und dann habt ihr … vor dem Filmabend?!«

»Nein!«, widerspreche ich genervt. Jetzt knicke ich doch ein. Ich erzähle ihm alles, bevor er sich noch weitere wilde Theorien zusammenreimt.

»*Deswegen* schleicht ihr umeinander rum wie zwei rollige Katzen!«, zischt er. Sowohl Jonne als auch ich schütteln nur irritiert den Kopf. »Was denn?«, will er wissen. »Er gafft sie an, sie gafft ihn an, und sobald sich ihre Blicke treffen, flüchten sie fauchend voreinander.«

Ich schnaube. »Klar. Ich fauche.«

»Hm«, murmelt Jonne. »Wo ich so drüber nachdenke … schon so ein bisschen …«

»Ha!«, ruft Tommy aus.

»Unterstütz das nicht auch noch«, beschwere ich mich. »Und sei gefälligst leiser!«

Jonne schmunzelt schwach. »Sorry. Aber die komische Stimmung zwischen euch ist sogar mir aufgefallen.«

»Und wo ist jetzt das Problem?«, will Tommy wissen. »Ich dachte, sie ist offen für was Lockeres!«

»Ich will aber was Ernstes«, erinnere ich ihn leise und werfe einen Blick zum Sofa. Die vier Frauen sitzen auf dem Teppich um den Couchtisch herum und sortieren unter Auris Anweisung die Puzzleteile nach Gelbtönen.

»Aber was nicht ist, kann ja noch werden!«, meint Tommy.

»Toronto«, erinnere ich ihn. »Und ich glaube, sie hat noch genug andere Gründe.«

»Hä?«, macht er verständnislos. »Wovon redest du?«

Unsicher schaue ich zu Jonne, doch dessen Blick klebt förmlich an Lavender, und ein leises Lächeln ziert seine Lippen. Wir haben ihn verloren. Er ist in Gedanken gerade ganz woanders.

»Ich hab ihr doch nichts zu bieten, Tom.«

Tommy schnaubt. »Leevi, Mann. Was redest du denn da? Ich würde dich sofort heiraten, wenn ich auf Männer stehen würde.«

»Na, ein Glück, dass du nur auf Auri stehst. Ich will keine Zwangsheirat.«

Er rammt mir seinen Ellbogen in die Rippen.

»Au!«

»So was von verdient.«

»Aber mal im Ernst. Sie macht in Toronto Karriere, und ich verbringe den Großteil meiner Zeit auf einem stinkenden Fischerboot.«

Tommy grunzt. »Das stimmt so nicht ganz. Du verbringst den Großteil deiner Zeit völlig geistesabwesend in deinem ziemlich genialen Kopf. Ich würde meinen, das macht einen Unterschied.«

»In meinem Kopf ist nichts genial. Ich zitiere ab und zu Gedichte und bin ein Träumer ohne Vision.«

»Weißt du, ich glaube ja, du würdest deine *Vision*«, er malt Gänsefüßchen in die Luft, »schon sehen, wenn du mal das Brett vor deinem Kopf entfernen und wenigstens einen Moment über eine andere Antwort als *Nein* nachdenken würdest.«

Irritiert mustere ich ihn von der Seite. »Was zum Teufel redest du da? Hat Auri dir zu viel Wein gegeben?«

Tommy klopft mir auf die Schulter, ähnlich väterlich wie Jonne eben. »Du bist intelligent. Du kommst bestimmt dahinter. Wenn du mit ihr zusammen sein willst, musst du jedenfalls mal über deinen Schatten springen. So.«

»Sie will keine Beziehung, wie oft noch?«

»Ja, *noch* nicht! Aber sie würde mit dir schlafen. Und wenn sie erst mal merkt, wie toll du bist, kann sie gar nicht mehr anders, als sich in dich zu verlieben!«

»Sie wird nicht hierbleiben, Tommy!«

»Dann bring sie dazu, bleiben zu wollen!«

»Das klingt nach einem absolut genialen Plan«, bemerkt Jonne sarkastisch.

»Ach, *jetzt* mischst du dich wieder ein«, beschwert Tommy sich.

Er hebt eine Braue. »Ich dachte, ich bin hier, um Kollateralschäden zu verhindern.«

»Du bist hier, um zu helfen! Und jetzt sag mir nicht, dass du das nicht auch so versuchen würdest.«

Jonne runzelt kritisch die Stirn, doch Tommy schüttelt den Kopf.

»Im Ernst, Aalton. Hätte Lav nur was Lockeres gewollt, nachdem ihr das erste Mal was miteinander hattet, was dann?«

Jonne verzieht einen Mundwinkel und mustert seine Freundin erneut.

»Also?«, hakt Tommy nach.

Jonne seufzt. »Schön, ich hätte mich nicht von ihr fernhalten können«, gesteht er.

»Ha! Na, dann los!« Tommy klopft mir auf den Rücken und erhebt sich.

»Darf ich gehen?«, will Jonne wissen, seine blauen Augen beinahe hoffnungsvoll.

Tommy winkt ab, und Jonne flüchtet sich zu den anderen aufs Sofa. »Jetzt mal im Ernst«, wendet mein bester Freund sich wieder an mich. »Was ist die Alternative? Sie weiter aus der Ferne anschmachten und dich nach ihr verzehren?«

In diesem Moment steht Riven auf und kommt durch das Zimmer auf uns zu. Unsere Blicke verhaken sich ineinander, während sie den Tisch umrundet, doch als sie uns erreicht, schaut sie peinlich berührt weg und verschwindet in die Küche. Tommy stößt mir auffordernd gegen die Schulter.

»Was?«, zische ich.

Er schnaubt und wendet sich ab. »Deine Entscheidung, Mann.«

»Wie?«, frage ich beinahe empört. »War's das?« Erst nervt er mich zu Tode, damit ich ihm alles erzähle, und dann haut er ab und lässt mich stehen?

»Lass mir doch meinen dramatischen Abgang! Du bist offenbar beratungsresistent und hast mir außerdem schon all deine Geheimnisse offenbart. Ich versuche jetzt, Jonne zu knacken.«

Mir entweicht ein Schnauben. »Schön. Wenn du meinst. Ich hoffe, du hast Hammer und Meißel dabei.«

Er grinst. »Nein, aber solange Lav hier ist, wird er sich nicht wegbewegen, also bleiben mir noch ungefähr neunhundertsiebenundneunzig Teile dieses Käsepuzzles, um ihn weichzukriegen. Hilfst du mir? Oder …« Er nickt in Richtung der Küche, und ich verziehe das Gesicht.

»Ich komm dann nach«, murmle ich. Eigentlich müsste ich jetzt noch einmal nachbohren, was Auris Geburtstagsgeschenk sollte, doch meine Gedanken sind mittlerweile woanders. Tommys Tipps sind absoluter Mist, das ist mir bewusst. Aber in manchen Belangen hat er auch recht – leider. Nämlich darin, dass ich keine große Wahl habe.

Fest steht, dass wir nicht ungeschehen machen können, was passiert ist. Wir können nicht zurück zu einer Freundschaft, in der wir nie miteinander geschlafen haben und es auch nicht tun werden. Eine Beziehung kommt ebenfalls nicht infrage. Und das bedeutet, wir sind entweder *casual*, so wie Riven es vorgeschlagen hat, oder wir sind gar nichts mehr. Und Letzteres kann ich nicht ertragen.

Je mehr ich darüber nachdenke, desto sinnvoller wird es. Sind wir mal ehrlich, es gäbe für eine Beziehung keine Zukunft. Das weiß ich schon die ganze Zeit, und ich wusste es auch, als ich mit Riven geschlafen habe. Darum ging es gar nicht. Ich wollte einfach so viel Zeit wie möglich mit ihr verbringen, wenigstens diese paar Monate lang das Glück genießen, das wir haben könnten. Und genau davon hält mich doch nichts ab, oder?

Dann empfindet sie es eben anders. Es macht ohnehin keinen Unterschied, weil es kein Danach geben wird. Es gibt nur das Jetzt. Und im Jetzt kann ich ihr theoretisch so nah sein, wie ich möchte, solange ich ihr keinen Heiratsantrag mache oder auf ähnlich waghalsige Ideen komme.

Ich atme tief durch, fahre mir durch die Haare und stehe von meinem Stuhl auf. Riven ist noch in der Küche, die anderen sitzen um das Sofa herum. Mit einem nervösen Kribbeln in den Fingern betrete ich den kleinen Raum und ziehe die Schiebetür hinter mir zu.

Riven steht an der Arbeitsplatte und öffnet eine neue Flasche Rotwein. Sie sieht mich und hält inne, offenbar unsicher, wie sie reagieren soll. Kein Wunder, nach meinem abweisenden Verhalten vorhin.

»Hey«, bringe ich hervor und trete näher zu ihr. »Brauchst du Hilfe?«

Natürlich tut sie das nicht. Es ist nur leider das Einzige, was mir gerade einfällt. Dennoch schiebt Riven mir die Flasche zu, und ich drehe den Korkenzieher tiefer hinein. Statt sie zu öffnen, stelle ich sie anschließend beiseite.

»Ich hab nachgedacht«, setze ich an und wende mich Riven zu.

Sie schaut aus großen Rehaugen zu mir auf, scheinbar überfordert mit der Gesamtsituation. Warum fällt mir eigentlich kein besserer Spruch ein? Sehr sexy, Leevi, wirklich. Das kann ja was werden.

»Okay?«, fragt Riven und streicht sich nervös eine Strähne hinters Ohr.

»Und ich glaube, du hattest recht.«

»Womit?«

Langsam trete ich noch näher an sie heran. Zu nah, um freundschaftlich zu sein. Riven zögert, weicht aber nicht zurück, und ich interpretiere das als Bestätigung. »Damit, dass etwas Lockeres besser wäre. Also ... sofern du das noch willst und ich es mit meinem Verhalten in letzter Zeit nicht komplett ruiniert habe.«

»Ähm ...« Sie ist völlig überrumpelt. »Bist du dir sicher?«

»Bist du es denn?«

Wenn sie es sich anders überlegt hat, war es das. Dann weiß ich auch nicht mehr weiter. Dann bleibt nur noch das Nichts.

»Ich dachte nur ... na ja. Ist das nicht komisch für dich?«, hakt sie nach.

Ich muss schmunzeln. So etwas Ähnliches hat sie auch letzte Woche schon gesagt. Nur leider habe ich zu dem Zeitpunkt nicht auf meinen eigenen Ratschlag gehört. »Nur, wenn wir es komisch machen«, wiederhole ich meine Antwort von neulich und umfasse vorsichtig Rivens Taille. Auch jetzt weicht sie nicht zurück. Im Gegenteil. Sie legt ihre Hände auf meine Brust und hält den Atem an.

»Du meinst das ernst«, stellt sie fest.

»Sollte ich nicht?«

Ihr Blick huscht über mein Gesicht und bleibt an meinen Lippen hängen. Hitze sammelt sich in meinem Bauch. Ich umfasse ihre Taille ungewollt fester und spüre, wie Riven sich an meinem Shirt festhält.

»Es tut mir leid, dass ich so ein Arschloch war«, murmle ich und senke kaum merklich den Kopf.

Sie schluckt. »Warst du nicht«, haucht sie. Ihre Finger klettern meine Brust empor, auf meine Schultern und dann langsam weiter in meinen Nacken. Gänsehaut breitet sich auf meinen Armen aus.

»Ich hab dich mit Tommy im Flur stehen lassen«, erinnere ich sie überflüssigerweise.

Riven schnauft leise. »Okay, das war schon ein bisschen fies.«

»Dachte ich mir. Ich mach's wieder gut, ja?« Meine Stimme ist nur noch ein Raunen.

Riven blinzelt mir entgegen »Wie?«, haucht sie, und vielleicht bilde ich mir das ein, aber es klingt wie eine Herausforderung.

Für meine Bedenken ist zwischen uns kein Platz mehr, das wird mir mit einem Mal bewusst. Ich lasse den anderen Teil von mir übernehmen. Den, der sich geradezu schmerzlich nach Rivens Nähe sehnt und frei von Hemmungen zu sein scheint. Den, der zu meiner einzigen Chance auf ebendiese Nähe geworden ist. Bevor ich es mir anders überlegen kann, hebe ich Riven hoch, setze sie vor mir auf die Arbeitsplatte und trete zwischen ihre Beine.

Sie ist jetzt fast auf Augenhöhe mit mir. Meine Hände liegen fest an ihrer Taille, und unsere Gesichter sind nur Zentimeter voneinander entfernt. »Wie auch immer du willst«, murmle ich und spüre, wie sie ihre Finger in die Haare an meinem Hinterkopf wandern lässt. Ein wohliger Schauer überkommt mich, untermalt von leiser Erregung. Riven hakt ihre Beine von hinten um meine Oberschenkel und hält mich so gefangen.

»Nichts Ernstes?«, flüstert sie, als müsste sie sich noch einmal versichern, dass wir uns diesmal richtig verstehen.

»Genau.«

»Ganz locker.«

»Sollen wir erst noch einen Vertrag aufsetzen?«, schmunzle ich.

»Brauchen wir einen?«, fragt sie unsicher.

Statt einer Antwort küsse ich sie. Riven stockt kurz, dann keucht sie auf und erwidert es. Sie gräbt ihre Finger tiefer in meine Haare, und ich fahre mit den Händen unter den Saum ihres Pullovers, um mehr von ihrer Wärme zu spüren.

Riven rutscht auf der Arbeitsplatte näher zu mir, und wir stöhnen beide auf, weil ihr Schritt nun gegen meinen drückt. Ihre Zunge trifft heiß auf meine, und ich lasse meine Hände an ihrem Rücken höher wandern, schiebe ihren Pullover dabei ein Stück nach oben.

Ich sehne mich so sehr nach ihr, dass es wehtut. Am liebsten würde ich sie auf der Stelle ausziehen und jeden Millimeter ihres Körpers küssen, und das ist neu. Ungewohnt. Geradezu elektrisierend. Doch in dem Moment, als ich Riven noch enger an mich ziehe und mich gegen sie drücke, gleitet die Tür auf.

»Riven, ist alles …« Laina verstummt mitten im Satz, und wir sind so benommen von dem Kuss, dass wir eine gefühlte Ewigkeit brauchen, um unsere Lippen voneinander zu lösen. Einen Moment lang konzentriere ich mich nur auf Riven. Schwer atmend schauen wir uns in die Augen, beide ein zufriedenes, überwältigtes Schmunzeln auf den Lippen. Dann holt mich die Realität ein, und ich drehe leicht beschämt den Kopf.

Meine beste Freundin steht schräg hinter mir. Ihre Wangen sind dunkelrot angelaufen, ihr Blick ist unleserlich. Sofort überkommt mich mein schlechtes Gewissen. Auch sie habe ich in den letzten Wochen immer wieder abgeblockt. Dabei hätte sie ebenso wie Tommy verdient, es früher zu erfahren. Und vor allem anders. Nicht, indem sie uns in flagranti in Auris Küche erwischt.

Sie räuspert sich und weicht meinem Blick aus. »Wir warten auf den Wein«, verkündet sie und deutet auf die Flasche neben uns. »Ich dachte, du hast vielleicht ... Probleme mit dem Korken.«

»Sorry«, keucht Riven und löst ihre Hände aus meinem Nacken. »Ich bring ihn gleich.«

»Mhm«, macht Laina nur und flüchtet aus der Küche. Sie zieht die Tür hinter uns zu, und Riven vergräbt stöhnend das Gesicht an meiner Schulter.

»Oh Gott, wie peinlich ...«

Ich ziehe meine Hände unter ihrem Pullover hervor und streiche ihr stattdessen übers Haar. »Keine Sorge, ihr ist das peinlicher als uns«, murmle ich in Rivens Ohr.

»Das glaub ich nicht. Ich sterbe!«

»Bitte nicht, die Schuld will ich mir nicht aufbürden.«

»Müssen wir da wieder raus?«, jammert sie und unterdrückt ein Lachen.

»Na ja ... wir könnten hier theoretisch ein paar Tage ausharren, immerhin haben wir noch zehn Kilo Nudeln, drei Liter Soße und eine Käseration, die für halb Frankreich reicht.«

Riven kichert. »Was zur Hölle hat es überhaupt mit dem ganzen Käse auf sich?«

»Bitte frag mich so was nicht. Niemand hat eine Erklärung dafür.«

Schmunzelnd richtet sie sich auf und schüttelt den Kopf. Ich trete zurück, sodass sie wieder von der Arbeitsplatte rutschen kann.

»Also, was ist der Plan? In der Küche verschanzen, durchs Fenster flüchten oder doch raus ins Wohnzimmer?«

Sie seufzt. »Ich schätze, das Wohnzimmer ist in Ordnung. Aber vielleicht nehmen wir lieber gleich zwei Flaschen Wein mit.«

»Guter Plan.«

»Und vielleicht setzen wir uns besser nicht nebeneinander. Nur ... um sicherzugehen.«

»Sichergehen, dass wir nicht übereinander herfallen, oder was?«

Sie beißt sich auf die Lippe. »Unter anderem?«

»Okay.« Ich bemühe mich, meine Stimme neutral zu halten, aber es schwingt dennoch ein wenig Enttäuschung darin mit.

»Aber vielleicht könnten wir danach … noch zu mir?« Riven greift in meinen Pullover und schaut mich wieder aus diesen braunen Rehaugen an. »Wenn Dad schon schläft … Ich hab noch jede Menge von diesen Werbekondomen.«

Ich muss lachen und beuge mich zu ihr herunter, um sie flüchtig zu küssen. »Das klingt sehr verlockend, Miss Wong«, raune ich auf ihre Lippen und bin froh darüber, dass auch sie bei meinen Worten erschaudert.

Kapitel 11

RIVEN

Dad steht bereits hinter dem Herd, als ich mich am nächsten Morgen aus dem Bett gequält habe. Obwohl wir gestern noch bis fast zwei Uhr bei Auri gepuzzelt haben und Leevi anschließend heimlich hier war, kann ich nicht länger schlafen als bis um neun. Und selbst das ist schon ein Rekord, denn ich habe immer noch meinen Arbeitsrhythmus verinnerlicht, der mich täglich um punkt sieben Uhr fünfzehn weckt.

Mein Vater erblickt mich im Türrahmen und lächelt. »Aha«, sagt er freudig. »Dachte ich mir doch, dass der Duft von frischem Kaffee und Rührei dich aus dem Bett lockt.«

»Kaffee?«, murre ich und schiebe mich hinter ihm vorbei zur Maschine. Ich will bereits die Schranktür über unseren Köpfen öffnen, als ich sehe, dass Dad mir zuvorgekommen ist. Er hat meine alte Lieblingstasse aus Kindertagen auf die Anrichte gestellt. Darauf sind die Schlümpfe abgebildet, und ich habe früher aus nichts anderem getrunken. »Die gibt's noch?«, frage ich schmunzelnd.

»Natürlich. Hier kommt nichts weg. Setz dich, Frühstück ist gleich fertig.«

Ich schenke mir Kaffee ein und lasse mich auf die Eckbank sinken. Es dauert keine fünf Minuten, bis Dad mir einen Teller mit Rührei, Speck und zwei Scheiben Buttertoast vorsetzt.

»Danke«, seufze ich und schiebe mir die erste Gabel voll in den Mund. Zwar habe ich gestern kaum Alkohol getrunken, doch ich fühle mich trotzdem verkatert. Vermutlich durch den Schlafmangel und die lange Nacht mit Leevi.

Beim Gedanken daran sammelt sich Hitze in meiner Mitte, und ich schiebe ihn schnell beiseite. Nicht am Esstisch. Und erst recht nicht gegenüber von Dad!

»Wie war eure Feier?«, will dieser wissen und mustert mich aufmerksam. Er wirkt erstaunlich fit diesen Morgen. Das freut mich.

»Es war wirklich schön. Wir hatten einiges zu lachen. Übrigens habe ich Lavender getroffen, ich soll dich von ihr grüßen.«

»Ah. Wie nett von ihr.«

Er lächelt, und ich wage mich noch einen Schritt weiter vor. »Sie hat sich gefragt, ob du mal wieder Zeit für sie hättest. Scheinbar hat sie ein neues Clubprogramm vorbereitet.«

»Ach … hm.« Er zögert. »Ja, warum nicht?«, meint er dann. »Wenn es sie nicht stört, dass ich manchmal etwas vergesslich bin.«

»Bestimmt nicht«, versichere ich ihm. »Wie war es bei den Myers?«

»Toll«, sagt er etwas zu schnell. Ich hebe die Brauen. »Nein, wirklich«, beteuert Dad. »Überraschend harmonisch. Ich … nur … na ja. Ich hab's ihnen noch nicht gesagt. Mit der Krankheit, meine ich.«

»Das ist doch in Ordnung. Nach allem, was passiert ist, musst du erst wieder das nötige Vertrauen aufbauen, um so etwas mit ihnen zu teilen.« Ich lade Rührei auf meinen Toast und drücke es mit der Gabel platt. Dad beobachtet die alte Angewohnheit belustigt.

»Ja … ein andermal«, meint er.

Ich interpretiere das jetzt einfach mal so, dass es ein andermal geben wird. Und das allein ist ja bereits schön genug. Die Tatsache, dass er sich niemandem anvertraut, macht mich traurig, weckt aber gleichzeitig einen Hoffnungsschimmer in mir. Hier hält ihn doch nicht mehr viel. Ich verstehe immer noch nicht, warum er sich so gegen Toronto sträubt.

»Hast du auch mit Sally nicht darüber geredet?«, hake ich nach.

»Doch. Auf dem Heimweg. Wir haben uns ausgesprochen, und du hattest schon recht.«

»Womit?«

Nachdenklich stochert er in seinem Essen herum. »Dass wir das tun sollten. Dass es uns hilft – das Reden.«

»Das freut mich.«

»Ich hab sie für Mittwoch eingeladen. Zum Kaffeetrinken.«

»Das ist schön! Soll ich für euch Kuchen besorgen?«, schlage ich vor.

»Ach was. Ich dachte, ich backe einen. Wenn du willst, kannst du mir ja helfen.«

Ich lächle ihn an. »Gerne.«

Dad nickt und widmet sich seinem Teller. »Hat Leevi dich gestern nach Hause gebracht?«, fragt er eine Spur zu beiläufig.

Ich halte mit dem Toast auf halber Strecke zu meinem Mund inne. »Ja. Wieso?«

»Ach, nur so. Ihr wart ja schon früher unzertrennlich, ihr beiden.«

»Hm«, mache ich nur und nehme einen Bissen.

»Ist wirklich ein guter Junge, das muss man ihm lassen. Bernard spricht in den höchsten Tönen von ihm. Ist sehr stolz auf seinen Sohn.«

Ich habe Zeit, bis ich das Rührei runtergeschluckt habe, um mir eine Erwiderung zu überlegen. »Worauf willst du hinaus?«, frage ich schließlich.

»Nichts«, beteuert Dad, sieht mich aber immer noch nicht an. »Ich glaube nur, ich habe bei ihm in letzter Zeit einen schlechten Eindruck gemacht … mit dem Buch und der Klinik …«

»Leevi versteht das, mach dir deswegen keine Sorgen.«

»Ja, aber … ich will ihn trotzdem nicht vergraulen. Er wirkte gestern ein bisschen beklommen, als wir uns gesehen haben. Sagst du ihm, dass es mir leidtut, wie ich mich aufgeführt habe?«

Mir wird schwer ums Herz. Ich habe meine empathische Art von Dad geerbt. Und der scheint nun zu glauben, die merkwürdige Stimmung, die gestern zwischen Leevi und mir hing, sei seine Schuld.

»Das mache ich gerne. Aber glaub mir, er ist dir nicht böse.«

»Na gut. Du kennst ihn ja am besten.«

Gänsehaut breitet sich auf meinen Armen aus. Ich weiß, dass er vermutlich nur meint, dass ich ihn besser kenne als er, aber dennoch wird mir bei der Aussage mulmig zumute. Es ist mir ein Rätsel, wie Leevi und ich uns auch nach all den Jahren noch so vertraut sein können. Als würden wir ...

Ich verwerfe den Gedanken.

»Jaspar hat übrigens vorhin angerufen«, wechselt Dad das Thema.

Überrascht hebe ich die Brauen. »Was wollte er?«

»Dich sprechen. Er konnte dich nicht erreichen.«

Ich stöhne auf. Noch immer versucht mein Bruder, mich von den Pflegeheimen zu überzeugen und mich schneller wieder nach Toronto zurückzuholen. Es ist unfassbar.

»Habt ihr Streit meinetwegen?«, will Dad wissen. »Ich weiß, dass er dagegen ist, dass ich hier im Haus bleibe, also sag es ruhig ehrlich.«

»Nein.« Missmutig schaufle ich noch mehr Rührei auf meine zweite Toastscheibe. »Wir haben Streit, weil Jaspar sich aufführt, als hätte ich ihn persönlich beleidigt, indem ich mich habe freistellen lassen.«

»Er macht sich eben Sorgen um dich.«

Mir entweicht ein Schnauben.

»Ich hab versucht, mit ihm zu reden, aber es ist immer so schwer am Telefon ...« Dad lächelt zwar, aber mir entgeht nicht, wie traurig ihn diese Worte machen.

»Ja«, murmle ich. »Das kenne ich gut.«

»Ich schätze, er hat gerade viel zu tun. Vielleicht hat er mehr Zeit, wenn ich ihn im Urlaub an Weihnachten anrufe.«

Weihnachten ... Der Gedanke an das nahende Fest ruft in mir ebenfalls ein beklemmendes Gefühl hervor. Seit wir in Toronto leben, haben wir immer mit Mom gefeiert. Erst bei uns zu Hause, die letzten beiden Jahre dann in der protzigen Stadtvilla unseres Stiefvaters. Es war zwar schön, aber ich habe Dad vermisst. Und dieses Jahr werde ich im Gegenzug wohl oder übel Mom und meine Geschwister vermissen, egal, wie sauer ich momentan auf sie bin.

Dass mein Vater dieses Vermissen jedes Jahr empfunden hat, macht mich traurig. Kein Wunder, dass ihn nichts nach Toronto zieht. Zu uns hat er dort doch genauso wenig Bezug wie zu den Leuten hier auf der Insel. Er hat meine Geschwister teilweise seit Jahren nicht gesehen. Und alles, was ich ihm bieten kann, wenn ich von einem gemeinsamen Leben in der Stadt rede, ist ein Leben mit mir. Der Rest unserer Familie spielt in diese Überlegung aktuell gar nicht mit rein, kann das sein?

»Dad?«, frage ich leise und lasse meine Gabel sinken.

»Hm?« Er sieht mich über den Rand seiner Kaffeetasse hinweg an.

»Wie wäre es, wenn wir die anderen über Weihnachten einladen?«

Überrascht hebt er die Brauen. »Du willst hier feiern?«

»Klar. Das wäre doch schön, oder nicht? Dann siehst du sie endlich wieder mal live.«

»Aber willst du denn nicht über Weihnachten zurück nach Toronto?«

Jetzt ist es an mir, verdutzt zu schauen. »Nein, wieso sollte ich?«

»Na, du willst doch sicher auch Zeit mit deinen Freunden und deiner Mutter verbringen? Und Weihnachten ohne Schnee ... Ich weiß doch, wie sehr du weiße Weihnachten liebst.«

»Aber nicht mehr als dich«, entwischt es mir, und mein Vater bekommt rote Bäckchen.

Meine Freunde ... Die vermisse ich immer noch nicht besonders, und ihnen scheint es nicht anders zu gehen. Wir halten nur sehr sporadisch Kontakt. »Ich möchte hier mit dir feiern. Von mir aus auch allein.«

Er räuspert sich beklommen. »Also ... wir können sie natürlich gern einladen. Aber jetzt sind es ja nur noch ein paar Wochen. Ob deine Geschwister das einrichten können ...«

»Darf ich sie fragen?«, schlage ich vor. »Wir können es zumindest versuchen.«

Und ich werde Himmel und Hölle in Bewegung setzen, um sie dazu zu überreden. Denn jetzt, wo ich den Gedanken erst mal zugelassen habe, will ich mich nicht mehr von ihm verabschieden. Ein Weihnachten fast wie früher. Das wird Dad daran erinnern, was er an uns hat. Was wieder aus uns werden kann, wenn er nach Toronto kommt. Und vielleicht bietet es mir endlich mal die Chance auf eine Aussprache mit dem Rest meiner Familie. Auf ein bisschen Verständnis und Versöhnlichkeit.

Außerdem ...

Wer weiß, wie lange Dad noch ist, wie er ist. Wie viele Weihnachten wir noch feiern können, an denen er wirklich anwesend ist. Er zeigt schon jetzt Anzeichen einer Demenz. Der Übergang dorthin ist fließend, und laut Dr. Peters kann es ebenso gut schnell wie langsam passieren. Egal, wie viel Zeit uns noch bleibt, ich will, dass Dad jede Minute davon genießen kann.

Er überlegt eine ganze Weile. Dann nickt er. »Na schön. Warum nicht? Ich würde mich freuen, mal wieder Weihnachten mit euch zu feiern. Sally wird außerdem froh sein, wenn ich nicht wie sonst ihren Truthahn wegesse.«

»Dann rufe ich Jaspar, Naemi und Jenna gleich an«, verkünde ich freudig.

»Was ist mit deiner Mutter?«

»Ähm ... Ich weiß nicht. Möchtest du denn, dass sie kommt?«

»Ihr feiert sonst mit ihr, oder nicht? Ich will ihr nicht ihre Kinder wegnehmen. Lad sie auch ein.«

Ihre Kinder. So, wie Dad spricht, fühlt es sich eher so an, als hätte Mom ihm damals seine weggenommen. »Und ... Jonathan?«, frage ich vorsichtig.

Dad schaut ratlos. »Wer?«

»Ihren Mann ... und ihre Tochter Rosie.«

»Ach. Ja, lad sie alle ein. Ich glaube, wir sind alt genug, um die Vergangenheit hinter uns zu lassen, meinst du nicht auch?«

Die Vergangenheit hinter uns lassen ...

Ich weiß, wie Dad das meint. Aber sollten wir das denn? Versuche ich nicht gerade das Gegenteil? Sie aufleben zu lassen, das Gefühl von damals zurückzuholen, diesen Fetzen Kindheit zurückzuerobern, den ich beim Umzug verloren habe?

»Okay.« Ich lächle Dad an und widme mich wieder meinem Toast.

»Wie war eigentlich eure Feier gestern?«, fragt er, und ich stocke. »Hat Leevi dich noch nach Hause gebracht?«

Ich zwinge ein Lächeln auf meine Lippen und schaue hoch. »Ja«, bringe ich heraus und lasse mein Brot sinken. Mir ist der Appetit vergangen. »Es war schön, Dad.«

In mir verkrampft sich alles, weil ich mir die Wahrheit verkneifen muss.

Das hast du eben schon gefragt.

»Das ist ganz schön kurzfristig«, behauptet Naemi, als ich ein paar Stunden später einen Videocall mit meinen Geschwistern starte. Sie rückt ihre Webcam zurecht, damit sie in einem möglichst guten Winkel zu ihrem Gesicht steht.

»Ich kann nicht einfach wegfahren, ich habe Meetings«, wirft Jaspar ein.

»Echt, an Weihnachten?« Jenna macht große Augen.

»Du könntest dir ja wenigstens ein Mal eine Auszeit gönnen«, bemerke ich leicht bissig. »Und über einen Monat vorher zu fragen, ist ja wohl nicht kurzfristig!«

»Riven, hast du meinen Terminkalender gesehen? Ich weiß, das Konzept von Stress ist einem fremd, wenn man ein Vierteljahr nicht arbeiten muss, aber ...«

Genervt verdrehe ich die Augen.

»Weihnachten ist schon geplant«, beharrt Jaspar. Er sitzt zur Abwechslung in seinem luxuriösen Wohnzimmer und ist aufgrund seiner funzeligen Designerlampen ziemlich schlecht ausgeleuchtet. Es lässt ihn älter aussehen, als er ist. Und ich merke ihm an, dass ihn das stört, denn er rutscht immer wieder auf dem Sofa herum, justiert die Stehlampe neben sich neu und fährt sich durch die ungegelten Haare.

»Ach ja? Ich habe noch keine Einladung bekommen«, erwidere ich.

»Was denn für eine Einladung? Wir feiern mit Mom, wie immer. Brauchst du das schriftlich?«

»Mom, Jonathan und Rosie sind auch eingeladen, keine Sorge.«

Naemis skeptischer Blick spricht Bände. »Du hast Jonathan zu Dad eingeladen? Weiß Dad das?«

»Mein Gott, ja! Im Gegensatz zu euch rede ich mit unserem Vater!«

»Wow, sei doch nicht gleich so zickig.«

»Ich bin nicht zickig, ich bin genervt! Wäre es echt so schlimm, für ein paar Tage wieder nach Hause zu kommen? Warum bin ich hier eigentlich die Einzige, die sich kümmert? Dad hat Alzheimer, und euch scheint das überhaupt nicht zu interessieren!«

»Bitte?«, empört mein Bruder sich. »Ich hab sämtliche Pflegeheime abgeklappert, um …«

»Dein *Assistent* hat das gemacht!«

»Und ich hab ihn dafür bezahlt, schon vergessen?«

»Wow! Statt immer nur durchzurechnen, wie viel dich Dads Krankheit kostet, könntest du auch wertvolle Zeit mit ihm verbringen, schon mal daran gedacht?«

»Boah, hört auf mit dem Gestreite!«, mischt Naemi sich ein. »Wir haben doch noch gar nicht Nein gesagt, Riv. Wir überlegen nur.«

Jaspar und ich funkeln uns wieder einmal durch die Kamera an. Eigentlich wollte ich das Gespräch ruhig halten und auf einer versöhnlichen Ebene bleiben, die wir an den Feiertagen brauchen werden, wenn diese Familie wieder zusammenwachsen soll. Aber zwei Sätze von meinen Geschwistern haben gereicht, um die Frustration erneut an die Oberfläche zu bringen.

»Es wundert mich jedenfalls nicht, dass Dad nicht mit mir nach Toronto kommen will, wenn er das Gefühl hat, dass er auch dort allein wäre«, rutscht es mir heraus.

Naemi verzieht das Gesicht.

Jaspar lacht auf. »Selbst wenn Dad zwanzig Kinder dort hätte, die ihm alle die Füße küssen, würde er nicht in die Stadt ziehen.«

»Woher willst du das wissen? Wir könnten es ja wenigstens versuchen.«

»Ich finde die Idee eigentlich echt schön«, meint Jenna. »Wir waren schon so lange nicht mehr auf der Insel. Und wir könnten alle gemeinsam hinfliegen!«

»Dad würde sich riesig freuen, euch wiederzusehen«, versuche ich es jetzt ruhiger. »Und wir werden nicht mehr endlos viel Zeit mit ihm haben, also …«

»Hör auf damit«, unterbricht Naemi mich leise und verzieht das Gesicht noch weiter. Da wird sie also doch weich? Gut zu wissen. »Schön. Ich checke meinen Kalender. Zufrieden?«

»Ich schaue, was an Flügen machbar ist«, murmelt Jaspar.

»Und ich frag Mom!«, beschließt Jenna. »Oh, Rosie muss unbedingt auch mal Malcolm Island sehen, meint ihr nicht?«

»Was will sie da sehen?«, fragt mein Bruder unbeeindruckt. »Eine Fähre und den Supermarkt?«

»Oh, komm, es ist hübsch da!«

»Im Winter …«

»Wir können mit ihr an den Strand! Das wird sie lieben!«

»Mhm«, macht er nur. »Dann ruf Mom an. Wir klären den Rest im Chat, okay? Ich hab hier noch Papierkram.«

»Gut. Wir geben euch Bescheid, Riven. Sag Dad liebe Grüße«, fügt Naemi hinzu.

»Ja, drück Dad von mir!«, ruft Jenna.

»Ähm. Okay, mach ich«, erwidere ich verdutzt. Ich komme gerade nicht mit. Sie wollen ernsthaft herkommen? Das war einfacher als gedacht.

Ich will den Mund öffnen, um noch mal nachzuhaken, aber da lässt Jaspar schon ein knappes Bye verlauten und beendet den Gruppenanruf für alle. War das nun eine feste Zusage oder ein Vielleicht? Ich bin mir nicht sicher.

Doch als kurz darauf mein Handy plingt, zeigt mir der Messenger einen neuen Gruppenchat an. *Wongnachten*. Und dahinter ein Weihnachtsbaum-Emoji. Ich schnaube belustigt. Jenna hat ihn erstellt, mich, Jaspar und Naemi hinzugefügt und als erste Nachricht ein Gif von einem startenden Flugzeug geschickt.

Jenna: Das wird cool. ♡

Riven: Ist das jetzt schon sicher? Dann sage ich Dad Bescheid.

Jenna: Jaaa!

Naemi: Geht klar.

Auf Jaspars Antwort warte ich am längsten. Erst nach einer gefühlten Ewigkeit kommt sie.

Jaspar: Jo.

Das Maximum an Euphorie, zu dem mein Bruder fähig ist. Aber er hat zugesagt. Und das rechne ich ihm hoch an.

Ich beschließe, eine halbe Stunde zu warten, bevor ich es Dad sage – nur für den Fall, dass doch noch von einem der drei ein Rückzieher kommt –, und öffne den Chat mit Leevi.

Sofort beginnen meine Finger zu kribbeln. Der Sex hat unsere Beziehung zueinander definitiv nicht weniger verwirrend gemacht. Aber immerhin habe ich das Gefühl, ihm jetzt wieder unbefangen schreiben zu können, und das tut gut. Mich die letzte Woche mit meinen Nachrichten an ihn zurückzuhalten, war reine Folter. Und ehrlich gesagt ziemlich einsam.

Riven: Sie kommen!!!

Leevi: Äh? Kontext, bitte?

Riven: Meine Geschwister, zu Weihnachten! Wir haben sie eben eingeladen, und jetzt buchen sie Flüge.

Leevi: Im Ernst? Wie hast du das geschafft?

Riven: Bin mir nicht sicher. Ich glaube, Jenna hatte grade eine ihrer Launen, und bei ihr sind sie es nicht gewohnt, ihr widersprechen zu müssen.

Leevi: Ein Hoch auf Jenna. Und was sagt deine Mom dazu?

Riven: Sie wird auch eingeladen. Gemeinsam mit ihrem Mann und Rosie. Ich bezweifle ja, dass sie kommt, aber wenn es nach Jenna geht …

Leevi: Wow. Habt ihr überhaupt so viele Betten?

Riven: Oh Gott … Daran hab ich gar nicht mehr gedacht!

Leevi: Wir können sicher was aus dem Secondhandladen borgen. Oder vielleicht von Lavender. Sie sind ja noch mitten in der Renovierung von Jensons altem Haus, da werden die Betten bestimmt nicht gebraucht.

Riven: Meinst du? Das wäre super. Falls Mom wirklich kommt, frag ich sie mal.

Leevi: Sag Bescheid, falls du Hilfe brauchst. Bert und ich stehen bereit. 😉

                                          Riven: Mach ich, danke!

Beinah hätte ich ein Herz an die letzte Nachricht gehängt, verkneife es mir jedoch. Auch wenn wir keine Regeln für diese Freundschaft Plus aufgestellt haben, weiß ich, dass das zu weit ginge. Leevi war mir schon einen Schritt voraus. Er wäre bereit für etwas Ernstes gewesen. Ihm Herzchen zu schicken, egal, wie sehr es mich in den Fingern juckt, könnte wieder falsche Hoffnungen in ihm wecken. Und womöglich auch in mir.

    Ich weiß, dass ich mit dem Feuer spiele. Mit unser beider Herzen. Nur zu leicht kann das zwischen uns doch abrutschen, tiefer werden, schmerzhafter. Aber obwohl ich das weiß, nehme ich keinen Abstand. Wie sollte ich auch, wo Leevi doch mein einziger Halt ist?

    Wann sind wir nur so falsch abgebogen? Eben noch waren wir Kinder, beste Freunde, völlig unschuldig, und im nächsten Moment sind wir erwachsen, und alles, was ich will, ist, ihn wieder zu küssen. Meine Finger unter seinen Pullover wandern zu lassen. Über jedes einzelne seiner Tattoos zu streichen und ihn langsam auszuziehen.

    Gänsehaut überzieht meine Arme, und ich schüttle den Kopf.

    Sex ist in Ordnung, solange es dabei bleibt. Ich hatte in Toronto schon einige One-Night-Stands. Und letztes Jahr habe ich des Öfteren mit einem ehemaligen Kommilitonen von mir geschlafen. Ganz ohne Gefühle. Ohne Verpflichtungen. Ohne Drama.

    Dann werde ich es wohl auch diesmal hinbekommen, mein Herz bei mir zu behalten, oder?

    Ich entsperre mein Display, das mittlerweile schwarz geworden ist, und tippe eine neue Nachricht an Leevi.

Riven: Was machst du heute Nacht?

Kapitel 12

LEEVI

Zum ersten Mal seit Wochen öffnet mir Rivens Dad die Tür. Er trägt einen kitschigen Rentierpullover, der vorne einen roten Bommel als Nase aufgenäht hat, und hält einen Staublappen in der Hand. Kurz wirkt er verwirrt, bevor Verständnis sein Gesicht einnimmt.

»Hi, Mr. Williams.« Ich lächle höflich und richte mich auf, wodurch mir der eisige Dezemberwind in den Kragen meiner Winterjacke fährt.

»Ah, Leevi!«, grüßt er und tritt zur Seite. »Du kannst doch Richard sagen. Komm rein, schnell! Wie schön, dich zu sehen! Du warst ja schon lange nicht mehr hier!«

Eilig husche ich ins Warme. »Freut mich auch« ist das Einzige, was mir als Antwort einfällt. Alles andere wäre gelogen gewesen, denn Rivens Vater weiß nicht, dass ich mich seit über einem Monat regelmäßig nachts in sein Haus schleiche wie ein Einbrecher. Zugegeben einer, der von der eigenen Tochter reingelassen wird, aber dennoch.

»Der Pullover steht dir gut«, wechsle ich das Thema und mustere das Kleidungsstück. Es passt so gar nicht zum Stil des alten Herrn, der sonst immer diese Sherlock-Holmes-Mütze und Dinge wie Tweedjacken trägt.

»Findest du? Den hat Riven mir geschenkt«, erklärt er und zupft peinlich berührt an der Bommelnase herum. »Sie hat denselben. Meint, es wäre lustig, wenn ihre Geschwister da sind.«

Okay, *das* will ich sehen. Die sonst so top gekleidete Riven in diesem Rentierpulli? Und vermutlich würde ich sie selbst darin noch heiß finden …

»Ich bin fast ein bisschen neidisch«, sage ich grinsend und ziehe meine Schuhe an der Garderobe aus.

»Hätte ich das gewusst, hätte ich dir auch einen besorgt«, ertönt Rivens Stimme aus Richtung der Treppe. Sie kommt mit federndem Gang die Stufen zu uns herunter, leider ganz ohne Rentiernase. Stattdessen trägt sie eine eng anliegende schwarze Jeans und diesen cremefarbenen Strickpullover, auf den Auri immer so geiert.

Obwohl wir uns regelmäßig sehen, macht mein Herz bei ihrem Anblick einen Hüpfer, der sich unangenehm nach einem Herzinfarkt anfühlt.

»Hey.« Ich versuche, mein Lächeln neutral zu halten. Der Drang, sie zu berühren, ist überwältigend, aber ich reiße mich zusammen. Peinlich berührt stehen wir uns gegenüber, als wäre das wieder unser erstes Treffen und wir unsicher, ob wir uns nun umarmen sollen oder nicht.

Schließlich macht Riven den ersten Schritt und zieht mich an sich. Wir drücken uns flüchtig und rücken dann schnell wieder voneinander ab, als hätten wir allein mit dieser unschuldigen Berührung vor den Augen ihres Dads eine Grenze überschritten.

Ich schaue wieder zu Mr. Williams. Er mustert uns mit leicht zusammengezogenen Brauen, und ich habe die unangenehme Vermutung, dass er längst durchschaut hat, was zwischen uns los ist. »Tut mir leid, Leevi, ich glaube, ich habe vergessen, warum du hier bist«, gesteht er und versucht sich an einem Lächeln, das trauriger nicht wirken könnte. Laut Rivens Erzählungen hat er eine Phase erreicht, in der er sich seiner Krankheit schmerzlich bewusst ist.

»Wir holen die Bettwäsche vom Dachboden«, erinnert sie ihn sanft. »Und danach fahren wir in den Wald und schlagen einen Weihnachtsbaum.«

»Ah. Ach ja. Danke, dass du ihr hilfst, Leevi. Ich würde es ja machen, aber diese wacklige Leiter und ich sind keine Freunde mehr. Dafür staube ich euch dann ab, wenn ihr voller Spinnweben wieder runterkommt.« Er tut so, als würde er Riven mit dem Staublappen über die Haare wischen, und sie duckt sich lachend unter seiner Hand weg.

»Widme dich lieber erst mal deinen Regalen. Wer weiß, was sich da oben in den letzten zehn Jahren so eingenistet hat. Vielleicht werden wir auch von Killerspinnen gefressen, dann sparst du dir die Arbeit.«

»Ich hatte noch nie so große Lust, auf einen Dachboden zu klettern«, bemerke ich ironisch und zwinkere Riven zu.

»Sehr gut, dann gehst du also vor?«

»Wenn du verkraften kannst, dass ich möglicherweise vor deinen Augen von den Killerspinnen zerfleischt werde ...«

Sie zieht die Nase kraus, und ich lache.

»Na los, so schlimm wird's schon nicht«, beschließe ich.

Mr. Williams klopft mir auf die Schulter und verabschiedet sich mit dem Lappen ins Wohnzimmer. »Viel Erfolg euch.«

Ich gehe hinter Riven die Treppe hoch in den Flur, wo bereits die Klappe zum Dachboden geöffnet und die Leiter heruntergelassen ist.

»Dein Dad ist gut drauf«, stelle ich fest. Riven erklimmt ohne zu zögern als Erste die Stufen.

»Ja. Ich glaube, er freut sich auf Weihnachten und die anderen. Die Gedächtnislücken machen ihm zu schaffen, aber man merkt richtig, wie gut ihm die Vorfreude tut. Kaum zu glauben, dass Mom das fast gekippt hätte, nur weil sie das Fest nicht mal ein Jahr ohne ihre Kinder aushält.«

»Das war wirklich nicht cool von ihr.« Ich erinnere mich noch gut an Rivens aufgebrachten Anruf vor ein paar Wochen, in dem sie mir davon berichtet hat, dass ihre Mom nicht auf die Insel kommen will. Und nicht nur das, sie hatte auch Jenna dazu überredet, doch in Toronto zu bleiben. Zum Glück ist Rivens Schwester generell recht ... sprunghaft, sodass Riven sie erneut umstimmen konnte. Ganz schönes Chaos.

Sie bleibt knapp unterhalb der Luke stehen und streckt vorsichtig den Kopf in den Dachboden.

»Und?«, frage ich. »Killerspinnen in Sicht?«

»Ich glaube, wir sind sicher.« Sie verschwindet nach oben, und ich folge ihr in den halbhohen Raum. Durch ein schmutziges Dachfenster kommt spärliches Tageslicht hinein. Es beleuchtet die dicke Staubschicht, die überall liegt, und die unzähligen Kisten, die sich unter der Schräge stapeln.

»Uff«, macht Riven und knipst einen Lichtschalter an. Die Birne in der Mitte des Zimmers flackert einmal und erlischt dann. Nur eine zweite Lampe weiter hinten über den Kisten spendet uns ein wenig Licht. »Na toll.«

Ich trete an Riven heran und betätige den Schalter ein weiteres Mal, so als müsste ich sichergehen, dass die Glühbirne auch wirklich nicht funktioniert. »Hm«, murmle ich und ziehe Riven an der Taille zu mir. Die Holzdielen knarzen unter unseren Füßen, als würden sie gegen unsere Anwesenheit protestieren. »So ein Mist aber auch. Dann müssen wir wohl in Schlafzimmeratmosphäre nach den Sachen suchen.«

Wie automatisch finden Rivens Hände in meinen Nacken und meine Haare. Ich ziehe sie enger an mich, beuge mich zu ihr herunter und küsse sie.

Sie lehnt sich gegen mich und lässt sich ganz in den Kuss fallen. Wir verschmelzen miteinander. Rivens Zunge wandert in meinen Mund, meine Hände unter ihren Pullover. Unser Atem wird lauter, und die Minuten verstreichen in bittersüßer Zeitlupe, bis sie sich irgendwann von mir löst.

»Dad wird misstrauisch, wenn wir ewig hier oben sind«, keucht sie und streicht meine Haare glatt.

»Ehrlich gesagt ist es sowieso ein Wunder, dass er uns noch nie gehört hat.« Ich grinse frech, und Riven boxt mich gegen die Schulter.

»Du stöhnst auch nicht gerade leiser!«, flüstert sie.

»Ach ja? Mir musste noch niemand den Mund zuhalten.«

Mir entgeht nicht, wie ihre Mundwinkel zucken und sie bei der Erinnerung leicht erschaudert. Sie reckt das Kinn. »Das können wir gern mal ändern.«

»Ich bin dabei«, sage ich trocken.

Sie schnaubt. »Gut. Vorher müssen wir aber dieses Bettzeug finden.« Wir wurden damit beauftragt, die Winterdecken vom Dachboden zu holen, damit Rivens Geschwister nicht frieren. Zusammen mit passender Bettwäsche und Handtüchern, die Mr. Williams nach dem Umzug der Familie wohl mal irgendwann hier oben verstaut hat, damit sie in den Zimmern keinen Staub fangen.

»Weißt du, wo die Sachen sind?«

»Dad meinte, in einer Plastikkiste. Ich fürchte, genauer wird's nicht ...«

»Hat das irgendein System? Sind die neuesten Kisten ganz vorne?«

Riven hebt den Deckel der Kiste neben sich an und schaut darunter. »Das sieht aus wie Skikleidung.«

»Wann habt ihr die zuletzt benutzt?«

»Bei unserem Skiurlaub, als ich acht war, würde ich raten.«

»Okay ... Eventuell ist das Lagerungssystem doch etwas undurchsichtiger, als ich dachte.«

Wir nehmen uns jeder eine Ecke des Raumes vor und machen uns daran, die unzähligen Kisten zu durchsuchen. Zum Glück werde ich schnell fündig. Schon in der vierten entdecke ich Bettzeug und hole Riven zu mir.

Sie nickt zufrieden. »Sehr gut. Dann können die Bettwäsche und die Handtücher eigentlich nicht weit sein.« Sie öffnet die Kiste daneben und stutzt.

»Gefunden?«, frage ich. Keine Reaktion. »Riv?«

Scheinbar geistesabwesend schüttelt sie den Kopf und zieht ein cremefarbenes Kleid mit langen Ärmeln und Rüschen daraus hervor. Ehrfürchtig hält sie es von sich.

Ich gebe ihr einen Moment, bevor ich nachhake. »Was ist das?«

Ein trauriges Lächeln legt sich auf ihre Lippen. »Moms Hochzeitskleid ...«

»Oh. Wow.«

»Ich wusste nicht, dass sie das hiergelassen hat ...«

Armer Mr. Williams. Es war sicher schmerzhaft, das hier oben zu verstauen. Vermutlich hat er es nicht übers Herz gebracht, es wegzugeben. »Schade um das Kleid«, meine ich. »Es ist echt schön.«

»Ja. Mom hatte generell immer wunderschöne Klamotten. Die meisten hat sie secondhand gekauft, weil Dad nicht genug verdient hat, um ihr die Markensachen neu zu kaufen, und sie dann jahrelang immer wieder getragen. Es gibt Bilder von ihr mit Jaspar, als er ein Baby ist, und mit mir als Baby, und auf beiden hat sie dasselbe Kleid an. Mittlerweile trägt sie gefühlt keins ihrer Outfits zweimal.«

»Schon komisch, wie deine Mom sich verändert hat … Wenn du von ihr erzählst, fühlt es sich so an, als wäre das eine völlig andere Person als früher.«

»Ja …« Riven zieht die Nase kraus und faltet das Kleid vorsichtig wieder zusammen. »Das Gefühl habe ich manchmal auch.« Sie schaut erneut in die Kiste. »Da sind noch mehr alte Kleider von ihr drin …«

Ihre Stimme hat einen seltsamen Unterton. Als wäre damit noch nicht alles gesagt.

»Soll ich sie dir runterbringen?«, schlage ich vor. »Dann kannst du sie in Ruhe durchschauen.«

»Ich … Nein, danke.« Sie schüttelt den Kopf und legt das Kleid zurück. Eilig schließt sie den Deckel und schaut in die nächste Kiste. »Da ist die Bettwäsche! Meinst du, Jaspar mag die immer noch?« Sie breitet einen Ferrari-Bettbezug vor mir aus und grinst verschmitzt.

»Ich wette, er wird begeistert sein«, schmunzle ich und ziehe die Kiste unter der Dachschräge hervor.

»Vermutlich würde es sein Ego so sehr verletzen, dass er sich in einem Hotel einmietet. Schlimm genug, dass ich ihm sein altes Doppelbett für die paar Tage nicht überlasse – wie kann ich es nur wagen!«

Ich verkneife mir ein Seufzen. Eigentlich will ich nichts gegen ihre Familie sagen, aber Rivens Bruder klingt wirklich unausstehlich, so oft, wie sie sich schon bei mir über ihn beschwert hat. »Ich hoffe, der Kerl reißt sich halbwegs zusammen, wenn er hier ist.«

»Mal sehen. Wenn du wütende bis verzweifelte Textnachrichten von mir bekommst, weißt du Bescheid.«

»Ich stelle das Handy auf laut«, scherze ich, dann senke ich die Stimme und lehne mich näher zu ihr. »Notfalls kannst du dich gern in meinem Doppelbett vor ihnen verstecken.«

»Nur, wenn deine Mom schon schläft«, murmelt Riven und zupft mir eine Staubfluse vom Pullover. »Der Kuchen war ja sehr nett, aber das war echt nicht der richtige Zeitpunkt für eine Kaffeepause.«

Schmunzelnd küsse ich sie auf die Nasenspitze. »Sie dachte eben, wir schauen wirklich einen Film.«

»Ja, jetzt denkt sie das sicher nicht mehr. Zum Glück war deine Tür abgesperrt.«

Ich muss lachen und küsse Riven zur Versöhnung richtig. Sie greift fest in den Stoff meines Pullovers und zieht mich näher zu sich. Ich lasse meine Hand über ihren Hintern wandern und genieße das leise Seufzen, das ihr dabei entweicht. Vielleicht würde ich mich schlecht fühlen, dass ich nicht mal fünfzehn Minuten die Finger von ihr lassen kann, würde es sich nicht so verdammt gut anfühlen.

»Riven?«, ertönt es direkt unter uns, und wir weichen erschrocken voneinander zurück. Der Dielenboden knarzt verdächtig. Ich drehe mich um und erhasche einen Blick auf Mr. Williams, der unter der Luke steht und mit zusammengekniffenen Augen zu uns hochschaut. »Leevi, bist du das?« Scheinbar erkennt er im Halbdunkeln hier oben nichts. Zum Glück. »Habt ihr die Sachen gefunden?«

»Ja, gerade eben!«, ruft Riven zurück und wirft mir einen vielsagenden Blick zu. »Wir bringen sie runter!«

Ein paar Kisten und einen Kaffee später sitzen Riven und ich in Dads Ford und fahren in den Wald. Nachdem Mr. Williams dagegen war, einen Weihnachtsbaum zu holen, habe ich Riven angeboten, ihr beim Besorgen zu helfen. Ihr Vater beschwert sich über die Nadeln, die er daraufhin im ganzen Haus haben wird, aber ich verstehe, warum sie unbedingt einen möchte. Sie verbringt das erste Weihnachten ohne ihre Mutter, weit weg von ihrem momentanen Zuhause, und hier wird es vermutlich nicht mal schneien. Dann muss wenigstens der Baum für ein bisschen vertrautes Weihnachtsgefühl sorgen.

Ich versuche, nicht allzu sehr über das nahende neue Jahr nachzudenken. Denn damit erinnere ich mich jedes Mal auch daran, dass Riven in wenigen Wochen nach Toronto zurückkehren wird. Noch immer hoffe ich darauf, dass sie sich umentscheidet. Dabei ist das Quatsch. Hierzubleiben ist für sie keine Alternative. Und auch wenn ich einige Male mit dem Gedanken gespielt habe, kommt es für mich ebenso wenig infrage, ihr zu folgen.

Ganz Malcolm Island ist von Nadelwald bedeckt, und so müssen wir zum Glück nicht weit fahren. Da Riven sich mit ihrem Dad auf einen kleinen Baum geeinigt hat, sollte auch der Transport kein Problem sein. Ich biege auf einen Waldweg etwas außerhalb des Dorfes ab, nicht weit von Jonnes und Lavenders Bungalow, und parke den Pick-up am Rand.

Tatsächlich brauchen wir nur ein paar Minuten, um einen passenden Baum zu finden. Ich halte ihn fest und beobachte Riven dabei, wie sie voller Begeisterung den Stamm durchsägt. Gott, diese Frau …

Sie hockt zwischen den Ästen der kleinen Tanne, Nadeln in den Haaren, ihre Wangen rot von der Kälte, und sieht so ungehemmt glücklich aus, dass mir schwer ums Herz wird. Womit habe ich es verdient, ihr so nah sein zu dürfen? Sie zu halten, zu küssen, zu trösten und zum Lachen zu bringen …

Es macht mich so unfassbar stolz, dass ausgerechnet ich es bin, dem sie so sehr vertraut. Dass ich ihr Lachen hören darf, wenn ich einen meiner Witze mache, sie mir Nachrichten schreibt, wenn sie etwas belastet, sie ausgerechnet mich auf dieser Insel als ihren Anker auserkoren hat. Und an etwas anderes denke ich nicht mehr.

Ich verbiete mir jeden Gedanken an Toronto. Jeden Zweifel und jede Sorge.

Riven ist hier, und das ist alles, was zählt. Zumindest rede ich mir das ein, wenn ich nachts nicht einschlafen kann – was in letzter Zeit bedenklich oft passiert.

»Ich hab's geschafft!«, ruft sie aus und springt auf. Ihr Strahlen ist nicht von dieser Welt. Ich habe das Gefühl, wenn ich sie zu lange ansehe, brennt es sich auf ewig in mein Blickfeld ein.

Probehalber hebe ich den kleinen Baum an und grinse. »Sehr gut.«

»Das wollte ich schon immer mal machen!« Riven wirft die Säge auf den Boden und fällt mir um den Hals. »Danke!«

Etwas überrumpelt tätschle ich mit meiner freien Hand ihren Rücken. Sie küsst mich auf die Wange, und ich ziehe sie ein wenig enger an mich. »Habt ihr euren Baum früher nicht selbst geschlagen?«, frage ich.

Sie löst sich wieder von mir und sammelt das Werkzeug auf. »Doch, aber da hieß es immer, ich sei zu klein für die Säge. Ich war schließlich das *Küken*. Und in Toronto einen Baum zu schlagen, ist schwierig.«

»Verstehe.« Ich trage die kleine Tanne die wenigen Meter zum Pick-up, und gemeinsam legen wir sie auf die Ladefläche. Riven verstaut die Säge daneben und zieht sich die Arbeitshandschuhe aus. Sie wirkt energiegeladen. Völlig euphorisch. »Wollen wir noch zum Strand?«, schlage ich deshalb vor. Ich genieße jede Minute, die ich Riven für mich allein habe. Bei ihr zu Hause wäre das wohl nicht der Fall. Zumindest nicht tagsüber, wenn ihr Dad wach ist.

Wir waren in den letzten Wochen öfters spazieren. Durch die Pause von der Arbeit habe ich viel Zeit, und es ist irgendwie unser Ding geworden, uns gemeinsam die Orte aus unserer Kindheit anzusehen und in Erinnerungen zu schwelgen. Jedes Mal fühlt es sich an, als würden wir dabei noch enger zusammenwachsen. Und ich gebe mich der Illusion hin, wir könnten irgendwann eins werden, sie und ich. Ein Wir, das währt.

Hillside Beach ist wohl der Ort, den wir am meisten besucht haben. Die kleine Bucht außerhalb des Dorfes fühlt sich selbst im tiefsten Winter nach Sommer an. Nach Salz auf den Lippen und Sonnencreme trotz Wolkenhimmel, weil Mom immer darauf bestand.

Zögerlich mustert Riven den Baum. »Meinst du, er ist hier sicher?«

»Sicher vor was?«, lache ich. »Das hier ist Malcolm Island. Das Schlimmste, was dem armen Baum passieren kann, ist, dass ein Hirsch vorbeikommt und ihn anknabbert.«

»Ach ja. Stimmt. Manchmal denke ich noch zu sehr, als wäre ich in Toronto.«

»Du warst auch schon mal mehr Inselmädchen«, ziehe ich sie auf und schlage den Weg Richtung Meer ein. Wie jedes Mal würde ich gern meine Finger nach Rivens ausstrecken und ihre Hand halten, doch ich fürchte, das würde die unausgesprochenen Grenzen unseres Abkommens überschreiten. Außerhalb unserer Schlafzimmer tun wir so, als wären wir nur Freunde. Das auf dem Dachboden war schon waghalsig genug. Ich vergrabe die Hände in meinen Jackentaschen, und Riven tut es mir nach. Sie atmet tief ein und schließt die Augen.

»Es riecht schon nach Meer«, stellt sie zufrieden fest.

»Da kann Toronto nicht mithalten«, rutscht es mir heraus, und ich ernte einen belustigten Seitenblick.

»Warst du eigentlich jemals dort?«

»Nein«, gestehe ich.

»Wieso nicht? Hast du kein Interesse dran, die Stadt mal zu sehen?«

»Hm. Doch, das schon. Aber weder Zeit noch Geld für Urlaub.«

»Der Flug ist gar nicht so teuer«, behauptet sie.

»Aber ich muss ja auch irgendwo unterkommen.« Ich werfe Riven einen Seitenblick zu und beobachte ihre Reaktion.

Sie zieht für den Bruchteil einer Sekunde die Nase kraus. »Hm«, macht sie dann nur, und ich versuche, meine Enttäuschung zu unterdrücken. Habe ich ernsthaft erwartet, dass sie mich zu sich einlädt? Das war nicht der Deal, verdammt. Ich sollte das endlich mal in meinen Kopf kriegen. Aber es tut so verdammt weh.

»Darf ich dich was fragen?«, will sie plötzlich wissen und schaut zu mir.

Fragend hebe ich die Brauen. Was kommt jetzt?

»Was für einen Job würdest du dir aussuchen, wenn du nicht mit deinem Dad arbeiten müsstest?«

Ich stocke, doch Riven setzt bereits nach.

»Ich weiß, dass du dich mit dem Thema nicht gerne befasst. Aber wissen tust du es doch trotzdem, oder nicht? Es interessiert mich einfach, tut mir leid.«

Ich unterdrücke ein Seufzen. Wir haben bisher kaum darüber geredet. Und trotzdem hat Riven genau bemerkt, wie es mir damit geht. Sie kennt mich fast schon ein bisschen *zu* gut für meinen Geschmack.

Das Problem ist – wenn sie mich um eine Antwort bittet, weiß ich plötzlich nicht mehr, wie man Nein sagt. Und es ist auch nicht so, als wäre mein Berufswunsch ein Geheimnis. Es ist nur seltsam schmerzhaft, darüber zu sprechen, weil er nie Realität werden wird.

»Wenn ich das beantworte, darf ich dir dann auch eine Frage stellen, die du nicht beantworten willst?«, kontere ich.

Riven hebt verunsichert die Brauen. »Was für eine Frage soll das sein?«

Ich zucke nur ausweichend mit den Schultern. »Also?«

»Na gut«, willigt sie ein.

Tief atme ich durch. So direkt wie jetzt habe ich die Wahrheit noch nie ausgesprochen. Aber vielleicht muss es auch mal sein. »Ich hätte gern Webdesign studiert«, gestehe ich.

»Oohh!«, entwischt es ihr.

»Was?«, frage ich belustigt.

»Gott, daran hatte ich gar nicht mehr gedacht! Ich bin irgendwie die ganze Zeit davon ausgegangen, dass du was mit Literatur machen willst.«

»Hab ich mal überlegt. Aber ich hätte Angst, dass es mir die

Freude daran nimmt, wenn ich gezwungen bin, mich jeden Tag professionell damit auseinanderzusetzen. Beim Webdesign ist es was anderes – da *will* ich wissen, wie es richtig geht. Beziehungsweise ... ich hätte es wissen wollen, hätte ich die Wahl gehabt.«

»Man hat immer eine Wahl«, behauptet Riven.

Ich zwinge mich zu einem Lächeln. »Kann schon sein. Aber manchmal ist die Wahl ziemlich unfair.« Wenn man sich zum Beispiel dazwischen entscheiden muss, ob man den eigenen Traum am Leben hält oder den seines Vaters ...

Riven bleibt stehen und verzieht das Gesicht. »Ich mag es nicht, dass du unglücklich bist«, sagt sie leise.

Ein sehnsuchtsvolles Ziehen breitet sich in meinem Magen aus. »So schlimm ist es auch wieder nicht«, schwindle ich. »Jetzt zu dir.« Ich stelle mich direkt vor sie, und Riven schaut mit einer Mischung aus Erwartung und Sorge zu mir auf. Ich muss lächeln.

In ihren dunklen Augen spiegelt sich der lichte Winterwald, der Wind weht ihr Strähnen ins Gesicht. Ihre Wangen sind rot von der Kälte, die Lippen blass. Sie sieht aus, als würde sie hierhergehören. Doch noch Inselmädchen. Inselfrau.

»Warum hast du die Klamotten deiner Mom nicht mit runtergenommen, obwohl du wolltest?«, frage ich.

Riven öffnet den Mund und schließt ihn wieder. »Woher ...?«

»Ich kenne dich, schon vergessen? War nicht schwer zu erahnen. Aber warum du es gemacht hast, erschließt sich mir nicht.«

»Da gäbe es viele Gründe«, meint sie und klingt fast ein wenig trotzig. »Dad zum Beispiel. Oder den begrenzten Platz in meinem Zimmer.«

»Ja. Mir fallen selbst so einige ein. Aber ich möchte *den* Grund wissen.«

Frustriert atmet sie aus. Vielleicht war der Deal mit der getauschten Antwort unfair. Immerhin kannte ich meine Frage vorher und sie ihre nicht. Aber es interessiert mich wirklich.

»Ich liebe Vintageklamotten«, gesteht Riven kleinlaut.

Ich lege fragend den Kopf schief. »Wie?«

Sie verzieht den Mund.

»Wenn das der Grund ist, ergibt es irgendwie keinen Sinn, dass du sie *nicht* mitgenommen hast.«

Wieder atmet sie hörbar aus. »Ich weiß nicht. Es ist einfach eine Leidenschaft von mir. Eigentlich ... *die* Leidenschaft. Ich könnte ganze Tage in Secondhandläden verbringen, und jedes Mal bin ich traurig, dass ich nicht viel mehr kaufen kann. Es ist nicht mal so, dass ich die Sachen alle selbst tragen will. Ich finde sie einfach schön und würde ihnen gerne ein neues Zuhause geben.«

»Also ... der Grund ist, dass du alte Klamotten hortest?«, scherze ich.

»Nein. Der Grund ist, dass ich viel lieber mit alten Klamotten arbeiten würde als mit neuen. Sie haben einfach etwas Magisches. Man kann sich gar nicht ausmalen, wer sie schon alles getragen hat. Zu welchen Anlässen. Was die Person dabei empfunden hat. Da hängt immer Glück im Stoff oder Traurigkeit, Vorfreude oder Nervosität. Ich möchte solche Sachen jeden Tag in der Hand halten und hätte am liebsten meinen eigenen Vintageshop für Designerklamotten. So.« Sie verschränkt die Arme vor der Brust und schaut missmutig zu Boden, als würde sie nun erwarten, dass ich ihr einen Vortrag darüber halte, wie schlecht diese Idee ist.

Doch nichts liegt mir ferner als das.

»Das klingt perfekt für dich«, sage ich sanft.

Riven schaut auf und runzelt verwirrt die Stirn. »Meinst du wirklich?«

»Klar.«

»Das sagst du jetzt nicht nur einfach so?«

Ich schnaube. »Warum sollte ich das *einfach so* sagen?«

Sie zuckt kaum merklich mit den Schultern. »Keine Ahnung ... weil du irgendwie immer genau das Richtige sagst und ich manchmal glaube, dass es viel zu unrealistisch ist, dass du auch wirklich so schön denkst.«

Ich muss mich räuspern. Ihre Worte lassen meine Kehle eng werden. Ich denke schön?

»Das war mein Ernst«, versichere ich ihr und umgehe das Kompliment damit geschickt. »Und wenn das dein Traumjob ist, warum verfolgst du ihn dann nicht? Du hast das doch studiert.«

Riven presst die Lippen zusammen. »Dafür bräuchte ich erst mal einen eigenen Laden. Schon einen zu mieten, kostet in Toronto ein Vermögen. Und ich wäre dann selbstständig. Kein festes Einkommen mehr. Keine Kunden. Kein Marketing. Ich hab davon doch keine Ahnung. Das kann man nicht einfach so machen. Da muss man genau wissen, was man tut, sonst fällt man auf die Schnauze. Es ist ein riesiges finanzielles Risiko, und ich traue mich das einfach nicht. Wenn es nicht klappt, muss ich am Ende bei Mom oder meinen Geschwistern zu Kreuze kriechen, die mir vom ersten Tag an sagen werden, dass es eine Scheißidee war. Also lasse ich es lieber gleich.«

»Meinst du wirklich, sie würden dich nicht unterstützen?«

Riven zwingt sich zu einem Lächeln, das offensichtlich nur dafür da ist, um ihre Traurigkeit zu überspielen. »Zumindest nicht ehrlich, nein. Aber das ist okay.«

»Ich finde das nicht okay«, rutscht es mir heraus. »Ich finde das ziemlich enttäuschend.«

Kopfschüttelnd wendet sie sich ab und setzt unseren Weg fort. »So ist es eben«, murmelt sie.

»Du könntest es allein versuchen«, schlage ich dennoch vor und folge ihr.

»Leevi ...«

»Was? Klar ist es hart, aber wenn das dein Traum ist ...«

»Ich bin schon allein genug.«

Ich stutze über diesen Satz. Ist sie das wirklich? So habe ich sie nie wahrgenommen. Aber wenn ich jetzt daran zurückdenke, was sie mir neulich erzählt hat – dass sie sich nie verstanden fühlt ... wie sehr sie sich hier an mich gehalten hat ... wie sie nach dem Kuss auf der Fähre meinte, sie könnte nicht ohne mich ... dass sie nie von irgendwelchen Freunden erzählt ...

Ja. Ich schätze, Riven ist tatsächlich ziemlich allein.

Am liebsten hätte ich gesagt: »Du hast doch mich.« Aber in Toronto stimmt auch das nicht mehr. In Toronto lasse selbst ich sie im Stich.

Schweigend gehen wir nebeneinanderher. Der Wind biegt die Äste der Bäume um uns herum und weht mir weichen Nieselregen ins Gesicht. Ich merke erst, dass es Schnee ist, als Riven vor mir ein freudiges Quieken ausstößt.

»Oh mein Gott!« Sie dreht sich zu mir um, und das Lächeln auf ihren Lippen ist zurück. »Es schneit!«

Ich bringe es nicht übers Herz, ihr zu sagen, dass davon nichts liegen bleiben wird. Stattdessen schließe ich schmunzelnd zu ihr auf und deute mit dem Kinn in Richtung des Meeres. »Auf den Klippen haben wir mehr davon.«

Riven beschleunigt ihre Schritte und geht federnd neben mir her. Sie ist so leicht glücklich zu machen. Eine kleine Tanne, ein paar Flocken, und schon scheinen ihre Sorgen vergessen.

Natürlich glaube ich nicht, dass es wirklich so einfach ist. Ich kann nur erahnen, wie einnehmend die Gefühle sind, die sie mir gegenüber manchmal zeigt. Wie tief die Sorge um ihren Vater sitzt oder die Enttäuschung über den Rest ihrer Familie. Aber es ist schön, dass sie gerade trotzdem lächeln kann. Im Oktober hätte ich das noch für unmöglich gehalten. Obwohl die Krankheit ihres Dads voranschreitet, habe ich das Gefühl, dass Riven immer besser damit zurechtkommt.

Der Wald lichtet sich, und ein gutes Stück unter uns kommt Hillside Beach in Sicht. Der Himmel ist grau, und die vielen winzigen Schneeflocken lassen es aussehen, als hätte jemand eine grobe Körnung über ein Bild gelegt. Wellen schwappen auf den dunklen Kiesstrand, und auf einigen der großen Treibholzstämme, die hier oft angeschwemmt werden, hat sich tatsächlich eine dünne Schicht Schnee gesammelt.

An den Wochenenden im Sommer ist hier viel los. Wirklich heiße Tage sind auf Malcolm Island zwar selten, aber das hält niemanden davon ab, mal schwimmen zu gehen oder sich für ein Bier am Wasser zu treffen.

Heute jedoch ist die Bucht wie ausgestorben – abgesehen von zwei von hier aus kleinen Gestalten, die dem eisigen Wind trotzen. Lange lila Haare wehen in der Brise. Mist.

»Oh, Lavender und Jonne sind auch da!«, stellt Riven fest

und will bereits den Weg runter zum Strand nehmen. Ich halte sie sanft am Arm zurück.

»Vielleicht gehen wir besser woandershin«, sage ich leise.

Fragend schaut sie zunächst mich an, dann wieder hinunter zu den beiden. Auf den ersten Blick sieht es aus, als würden sie sich einfach nur umarmen. Doch Jonne und Lavender hier, ausgerechnet am Hillside Beach, ist kein *einfach so*. Die Erinnerungen, die sie mit diesem Strand verbinden, sind zu groß. Die Gefühle, die daran haften, zu schwer. Und je genauer ich die zwei betrachte, desto mehr bestätigt sich meine Vermutung.

Lavender klammert sich an Jonne fest und hat das Gesicht an seinem Hals vergraben. Er drückt sie an sich, wiegt sie sanft hin und her und streicht ihr über den Rücken, die Wange an ihren Kopf gelehnt.

Auf die Entfernung ist es schwer zu sagen, ob sie weinen. Aber ich glaube, wir haben in diesem Moment zwischen den beiden so oder so nichts zu suchen.

Riven ist stehen geblieben und sieht mit sorgenvoll gerunzelter Stirn zu Lav und Jonne hinunter. »Ist alles okay mit ihnen?«

»Ich glaube, sie sind zumindest auf dem Weg dorthin.«

»Was ist los mit den beiden?«, fragt sie vorsichtig.

Ich schaue sie an, unsicher, wie viel ich ihr verraten kann und darf.

Riven wirkt peinlich berührt. »Tut mir leid, ich sollte vermutlich nicht so neugierig sein. Aber das habe ich mich schon an Auris Geburtstag gefragt.«

Überrascht hebe ich die Brauen. »War da irgendwas, das ich verpasst habe?«

»Nein. Aber sie wirkten irgendwie so ... traurig? Ich weiß nicht mal genau, was es war. Normalerweise kann ich Leute gut lesen. Was ihre Gefühle angeht, meine ich. Aber bei ihnen war da so viel auf einmal, und ich wusste nicht mal, wo ich mit dem Verstehen anfangen soll.«

»Ja«, stimme ich ihr leise zu. »Ich weiß, was du meinst. Die beiden sind so unergründlich wie die See. Schwer zugänglich, irgendwie. Zumindest für Außenstehende.«

»Aber sie verstehen sich«, stellt sie fest. »Das merkt man.«

»Ja. Und ich schätze, sie verstehen sich so gut, weil sie sich einander auf seltsame Weise ähnlich sind, auch wenn man es auf den ersten Blick nicht vermutet. Anfangs hätte ich nicht gedacht, dass sie zusammenkommen. Mittlerweile kann ich sie mir nicht mehr ohne einander vorstellen.«

»Hm. Ja …« Riven beobachtet die zwei am Strand und verzieht das Gesicht. »Sie waren beide verwirrend. Aber Lav war am verwirrendsten. Jonne hat wenigstens grimmig geschaut, passend zu seiner Stimmung. Aber sie hat immerzu gelächelt, und jedes Mal sah es aus, als würde sie lieber weinen.«

Ich atme tief durch. Dass Riven in so kurzer Zeit so viel über die beiden herausgespürt hat, ist beeindruckend. »Sie haben es nicht leicht«, erkläre ich. »Lavenders Cousin ist damals hier ertrunken. Er war Jonnes bester Freund.«

»Ich erinnere mich«, sagt sie leise.

Natürlich. So etwas vergisst man wohl nicht. »Das war leider nur der Anfang«, murmle ich, und fragend sieht Riven mich an. Ich schüttle den Kopf. »Das ist nicht meine Geschichte. Dementsprechend sollte ich auch nicht versuchen, sie zu erzählen. Vor allem, weil ich höchstens die Hälfte davon kenne. Jonne ist nicht gerade gesprächig, wenn es um so was geht. Oder generell.«

Ich zwinkere Riven zu, und sie schmunzelt. »Hätte mich auch gewundert, wenn es anders gewesen wäre. Nichts gegen ihn, aber er wirkt ungefähr so einladend wie ein Pitbull.«

Ich muss lachen. »Das sagen wir ihm besser nicht.«

»Ich bitte darum. Sollen wir dann wieder zurück? Mir wird langsam kalt.«

»Klar.«

Wir treten den Rückweg an, und der Schnee verwandelt sich in leichten Nieselregen. Beim Ford angekommen, klopfe ich grinsend auf die Heckklappe, um Rivens Aufmerksamkeit zu bekommen. Ich deute auf ihren Baum. »Schau, er wurde nicht entführt.«

Sie lächelt. »Zum Glück. Ich muss noch dekorieren und habe keine Zeit, Ermittlerin zu spielen und einen Tannendieb ausfindig zu machen.«

Wir steigen in den Wagen, und ich starte den Motor. Riven reibt ihre kalten Hände aneinander. »Verständlich«, meine ich. »Deine Geschwister kommen schon morgen, oder?«

»Ja. Und dann steht uns eine ganze Woche pure Freude bevor.«

»Ich bin gespannt, wie das wird«, gestehe ich und lenke den Pick-up zurück auf die Straße. Primär bin ich gespannt, ob ich in dieser Woche, die wir uns nicht sehen, vor Sehnsucht sterben werde. Es fühlt sich so nach verschwendeter Zeit an. Sie geht in einem Monat …

»Ich auch. Ich nehme noch Wetten an, ob sie sich an den Plan halten oder alles in einem totalen Desaster endet.«

Fragend werfe ich ihr einen Blick zu. »Was für ein Plan?«

»Sie sollen die Beziehung zu Dad aufleben lassen, damit er aufhört, sich so gegen einen Umzug nach Toronto zu stemmen.«

»Warte, was?« Verwirrung macht sich in mir breit. »Ich dachte, das Thema wäre schon durch.«

Mr. Williams hat Riven in den letzten Wochen sehr deutlich gesagt, dass er hierbleiben möchte – komme, was wolle. Ich glaube mich sogar zu erinnern, dass er laut Riven sogar sagte, er würde lieber in ein Pflegeheim als in die Großstadt ziehen. Dass sie jetzt Pläne schmiedet, um ihn doch vom Gegenteil zu überzeugen, stößt mir sauer auf.

»Für ihn vielleicht, aber für mich nicht. Ich finde es Quatsch, dass er allein hierbleiben will, wo er ohnehin kaum noch Anschluss hat. Ein paar Treffen mit Sally oder deinem Dad reichen nicht. Die Stadt ist nicht so übel, wie er immer tut, und würde er aufhören, sich so gegen den Gedanken zu sperren, könnte er das vielleicht erkennen.«

»Ich würde auch nicht in die Stadt ziehen wollen«, gebe ich zu bedenken und halte nur widerwillig meinen Blick auf die Straße gerichtet. Viel lieber würde ich Riven in die Augen schauen, damit sie erkennt, wie ernst ich es meine.« »Wenn er auf der Insel bleiben will, dann ist das doch völlig legitim? Es ist schön hier.«

»In Toronto ist es auch schön!«

Ich schnaube, und es klingt vermutlich eine Spur zu herablassend. »Das ist was anderes«, versuche ich mich zu retten.

»Ist es nicht.«

»Sorry, aber warst nicht du diejenige, die sich letztens noch darüber echauffiert hat, dass Jaspar deinen Dad zu einem Pflegeheim überreden will?«

»Was hat das eine mit dem anderen zu tun?«, will sie wissen und klingt nun zweifelsohne genervt. Genervt von mir. Nur, weil ich nicht mit ihrer Meinung übereinstimme?

»Egal«, erwidere ich frustriert.

»Nein, nicht egal, du wolltest was sagen!«

»Ich habe aber das Gefühl, du willst es nicht hören.«

»Jetzt hast du schon damit angefangen, also spuck es auch aus! Bin ich jetzt auf einer Ebene mit meinem Bruder, oder was?«

»Das habe ich nicht gesagt.«

»Aber impliziert!«

»Okay, sorry!«, rufe ich aus. »Aber findest du es nicht ein bisschen manipulativ, dass du deine Geschwister hierherfliegst, nur damit sie deinem Dad einreden können, in die Stadt zu ziehen?«

Aus dem Augenwinkel sehe ich, wie Riven mir ihren Oberkörper zuwendet. Flüchtig schaue ich zu ihr rüber und stocke. Ihr Gesicht ist wutverzerrt. Sie wollte doch unbedingt hören, was ich denke! Aber natürlich passt es ihr nicht. Scheiße …

So habe ich sie noch nie gesehen. Doch das macht ihr Vorhaben nicht besser. Will sie Mr. Williams ernsthaft hier weglocken? Der Mann ist hier aufgewachsen, verdammt. Die Insel ist seit siebzig Jahren sein Zuhause. Wohlgemerkt das einzige, das er je hatte. Aber Riven ist es nicht gut genug, was? Sie hat Stadtluft geschnuppert und jetzt keinen Sinn mehr dafür, wie viel Malcolm Island eigentlich wert ist.

»Ich bin also manipulativ, weil ich meinen Vater nicht hier allein lassen will, wo sich niemand um ihn kümmert und er in seinem Haus versauert?« Schon wieder dreht sie mir die Worte im Mund herum.

»Ich glaube nur, du solltest seine Entscheidungen vielleicht respektieren, solange er noch in der Lage ist, selbst welche zu treffen!«

»Manchmal sind Menschen aber irrational!«

»Du meinst, wenn ihr Herz und ihre Seele an einem Ort hängen, weil sie ihr Zuhause über alles lieben? Ja, ganz schlimm, wirklich!«

Ich kann nicht mehr verhindern, dass ich laut werde. Ich sehe vor mir, wie Riven ihren Vater von der Insel holt, sie das Haus verkaufen, es womöglich abreißen und ich sie verdammt noch mal nie wiedersehe.

Sie erkennt nicht, was ihr Dad an dieser Insel hat. Was *sie* daran hat. Seit Wochen versuche ich, ihr zu zeigen, was das hier, was *ich* wert bin – offenbar ohne Erfolg.

Und am meisten stört mich daran, dass mir bewusst war, wie sinnlos diese Idee ist. Ich habe mir eingeredet, ich könnte ihren Aufenthalt ebenso locker sehen, wie sie es tut, aber wenn ich ehrlich bin, habe auch ich versucht, sie zu manipulieren. Mit jedem Spaziergang über die Insel, jedem Filmabend, zu dem ich sie mitgeschleppt habe, jeder Nacht in ihrem oder meinem Bett. Ich wollte, dass sie mehr in diesem Ort sieht als nur eine Vergangenheit. Und habe die ganze Zeit über nicht realisiert, dass sie längst eine ganz andere Zukunft plant, von der sie nicht mehr abrücken wird.

»Warum genau bist du jetzt plötzlich so sauer?«, will Riven wissen, und ich atme schnaubend aus. »Ich will mich einfach nur um meinen Dad kümmern, findest du das so verwerflich?«

Dann zieh her, hätte ich am liebsten gesagt. *Wenn er dir so wichtig ist, dann solltest du diejenige sein, die sich anpasst, nicht er.*

Doch wenigstens diese Worte kann ich zurückhalten. Sie wären unfair und manipulativ und vermutlich ziemlich schmerzhaft, weil ich weiß, dass sie das nicht kann. Wie auch, mit dieser verfluchten Karriere? Wer hat sich Jobs ausgedacht? Sie machen das Leben so scheiße kompliziert.

»Ich stell mir einfach nur vor, wie ich mich fühlen würde, wenn meine Kinder in fünfzig Jahren versuchen, mich hier wegzuzwingen«, sage ich stattdessen und parke den Wagen vor Mr. Williams Haus.

»Weißt du was?«, platzt es aus Riven heraus, und noch im selben Moment schnallt sie sich ab. »Du kannst froh sein, wenn du in fünfzig Jahren Kinder hast, die sich die Mühe machen, sich um dich zu kümmern!« Sie reißt die Beifahrertür auf und springt aus dem Wagen.

In meinem Inneren brodelt es. Eine ungesunde Mischung aus Wut, Reue und Verzweiflung steigt in mir auf. Ich sehe im Rückspiegel, wie Riven allein die Tanne von der Ladefläche hievt, bringe es aber nicht über mich, auszusteigen und ihr zu helfen. Ich bin zu sauer. Und zu schuldbewusst. Und habe gleichzeitig zu große Angst, noch mehr zu sagen, was sie verletzt.

Als Riven den Baum auf die Veranda schleppt, steige ich doch aus. Aber sie funkelt mich nur an und wendet sich der Haustür zu. »Frohe Weihnachten, Leevi«, spuckt sie aus, und alles in mir verkrampft sich. Ohne nachzudenken, setze ich mich wieder hinters Lenkrad und fahre los.

Mit jedem Meter, den ich zwischen uns bringe, verraucht meine Wut weiter, und zurück bleibt ein beklemmendes Gefühl der Hilflosigkeit. Eine alles einnehmende Angst, Riven zu verlieren. Und genau die hätte niemals in mir wachsen dürfen.

Abstand. Ich brauche einfach ein bisschen Abstand von ihr, um wieder klar denken zu können. Über Weihnachten haben wir den ohnehin, und danach werden wir uns versöhnen, wie Freunde das eben machen. Dennoch raffe ich mich wenigstens zu einer Nachricht auf, als ich wenig später zu Hause ankomme.

Leevi: Es tut mir leid.

Doch egal, wie lange ich warte – ich bekomme keine Antwort.

Kapitel 13

RIVEN

»Dad, sie sind da!«

Ich lasse den Vorhang wieder vor das Fenster fallen, durch das ich eben den silbernen Mietwagen habe vorfahren sehen, und eile zur Tür. Als ich sie öffne, steigt Jaspar gerade aus dem Auto und rückt mit finsterem Gesichtsausdruck seinen Mantel zurecht. Mein Bruder lässt seinen Blick über die Straße wandern, dann bleibt er an mir hängen. Wenigstens ringt er sich ein Lächeln ab. Ein ziemlich schmallippiges, aber besser als nichts.

»Riven!« Jenna ist hinter ihm ausgestiegen und winkt mir freudestrahlend zu. Naemi öffnet die Beifahrertür und streicht sich die Haare zurück, die der eiskalte Dezemberwind ihr ins Gesicht weht.

Ich schlüpfe in meine Schuhe und husche ohne Jacke zu ihnen nach draußen. Jenna ist die Erste, die den Wagen umrundet und mich an sich zieht. Sie duftet nach dem teuren Parfüm, das sie ausnahmslos immer trägt, und ich muss lächeln. Meine Schwester ist so unglaublich geruchsaffin. Nicht mal bei einem ganzen Tag Flugreise kann sie darauf verzichten, gut zu riechen.

»Hi, Schwesterherz!«, quiekt sie und drückt mir mit ihren rot geschminkten Lippen einen Schmatzer auf die Wange.

»Boah, Jenna!«, beschwere ich mich lachend und wische an der Stelle herum.

»Keine Panik, der ist kussecht!«

»Na, ich hoffe doch.«

Sie lässt mich los, und Naemi tritt an ihre Stelle. Sie drückt mich etwas zurückhaltender, man könnte fast sagen, erwachsener. Beinahe wirkt es professionell, aber sie kriegt gerade noch den Bogen zur Herzlichkeit.

»Gut siehst du aus«, behauptet sie und lässt ihren Blick über mich schweifen. »Bis auf den Pullover ...«

Ich trage denselben Rentierpullover mit Bommelnase, den ich auch Dad geschenkt habe. Nur ist meiner dunkelblau und seiner grün.

»Oh, ich will auch so einen!«, behauptet Jenna und zieht an der Rentiernase. »Ist ja süß!«

Jaspar hat unterdessen den Kofferraum geöffnet und hievt das Gepäck heraus. Keine Begrüßung von ihm. Was habe ich auch erwartet? Ich trete zu ihm und nehme ihm eine der Taschen ab. Er mustert mich abschätzig.

»Du erkältest dich«, behauptet er.

»Es sind nur fünf Minuten«, erinnere ich ihn und verdrehe innerlich die Augen. Kann er nicht wenigstens normal Hallo sagen, ohne nebenbei seine To-do-Liste abzuarbeiten?

Mein Bruder scheint einen ähnlichen Gedanken zu haben. Er seufzt, nimmt mir die Tasche wieder ab, um sie an Naemi weiterzugeben, und umarmt mich. »Hi, Küken«, murmelt er.

»Hey«, nuschle ich an seiner Schulter und drücke ihn unbeholfen. Das ist dann doch etwas herzlicher, als ich erwartet habe. Umarmungen von Jaspar gibt es eigentlich nur zum Geburtstag. Sie passen nicht zu seinem Image.

Eilig lässt er mich wieder los und widmet sich dem Gepäck.

»Wie war die Reise?«, will ich wissen.

»Lang. Und der Mietwagenverleih bei Port Hardy war ein Desaster. Sie wollten uns aus irgendeinem Grund einen Twingo andrehen, obwohl ich eine S-Klasse gebucht hatte. Die stand dann natürlich auch nicht mehr zur Verfügung, also durfte ich den Kerl ewig und drei Tage belabern, bis er mir den hier vermietet hat.«

»Mit Nachlass natürlich«, wirft Jenna säuselnd ein. »Jas ist heute mies gelaunt, sei gewarnt.«

»Ich wüsste ja gern, was du gesagt hättest, wenn ich dich eingequetscht in einen Twingo mit deinem Koffer auf dem Schoß hergefahren hätte«, schießt er zurück, und Jenna bläst die Backen auf, bereit für die nächste Erwiderung.

»Könnt ihr mal die Klappe halten«, beschwert Naemi sich, reißt Jaspar das Gepäckstück aus der Hand und zerrt es zur Veranda. »Den ganzen verdammten Tag, ich schwöre …«

»Naemi ist auch mies drauf, weil Jas mies drauf ist«, erläutert Jenna mir und nimmt mit missmutigem Gesicht den nächsten Koffer entgegen. »Jas, der ist aber schwer!«

»Ja. Das ist *deiner*«, erinnert er sie.

Sie funkelt ihn an und zerrt das Gepäckstück in Richtung des Hauses.

»Also alles wie immer?«, hake ich nach.

»Hi, Dad«, höre ich von Naemi und drehe mich zu ihr um. Sie hat die Stufen erklommen, und Dad ist aus dem Haus getreten, um ihr das Gepäck abzunehmen. Selbst auf die Entfernung ist die unbeholfene Stimmung zwischen ihnen spürbar. Wie lang haben sie sich jetzt nicht mehr gesehen? Drei Jahre? Vier? Wie merkwürdig das sein muss …

Naemi ist es, die zuerst einen Schritt auf unseren Vater zumacht und ihn umarmt. Vorsichtig drückt er sie an sich, und mir entgeht nicht, wie traurig sein Lächeln ist. Zwiegespalten. Irgendwo zwischen Freude und Wehmut.

»Mein Gott, seid ihr erwachsen geworden …« Er mustert Naemi und anschließend die anderen beiden.

Jaspars Mundwinkel zuckt. Er ist der Einzige, dessen Reaktion ich nicht einordnen kann. Freut er sich? Bereut er es, hergekommen zu sein? Seinem Gesichtsausdruck würde ich alles zutrauen.

Jenna stürmt die Verandatreppe hoch und fällt Dad um den Hals. Einen Moment lang wirkt er völlig überrumpelt, dann tätschelt er ihr lachend den Rücken. »Na, na«, macht er.

Ich nehme Jaspar etwas von dem restlichen Gepäck ab, und er schlägt die Kofferraumluke zu. Gemeinsam gehen wir hoch zu den anderen, bis er und Dad sich gegenüberstehen.

Diesmal ist es mein Vater, der die Umarmung initiiert. Mich beschleicht das unangenehme Gefühl, dass er sonst auch keine bekommen hätte. Weil Jaspar für so etwas zu beklommen ist. Zu sehr Business und zu wenig Sohn.

Als der Älteste von uns sollte er eigentlich die engste Bindung zu Dad haben. Immerhin war er neunzehn, als wir nach Toronto gezogen sind. Er hatte fast zwei Jahrzehnte Zeit mit Dad. Stattdessen hat er offenbar alles darangesetzt, sich von Malcolm Island und allem, was damit in Verbindung steht, zu lösen. Selbst wenn es der eigene Vater ist.

»Hey, Dad«, murmelt er steif und löst sich auch schon wieder von ihm. »Wie geht es dir?«

»Ach …« Dads Lächeln schwindet, und ich kann förmlich spüren, wie unangenehm ihm diese Frage ist. Er kann es nicht leiden, nach seiner Gesundheit gefragt zu werden. Bis heute ist er weit von Akzeptanz entfernt, was seine Alzheimererkrankung angeht. »Mal so, mal so«, wiegelt er ab und zieht Jennas Koffer nach drinnen. »Kommt rein. Riven, du wirst krank ohne Jacke!«

Wieder zuckt Jaspars Mundwinkel, doch er sagt nichts dazu.

»Oh, es sieht noch genauso aus wie früher!«, stellt Jenna fest, die uns voran das Haus betreten hat. »Wow!«

»Ist das Sofa nicht langsam durchgesessen?«, fragt Naemi ein wenig misstrauisch.

Jaspar lässt mir den Vortritt und schließt die Haustür hinter uns. Auch sein Blick schweift missmutig durchs Wohnzimmer.

»Lächeln«, rutscht es mir leise heraus, und er verzieht genervt das Gesicht.

»Habt ihr Hunger?«, fragt Dad und hängt Naemis Mantel für sie an die Garderobe. »Ich habe gekocht. Gemüselasagne! Und ihr habt sicher Durst, oder?«

Er führt uns in die Küche, wo wir bereits den Tisch gedeckt haben. Jetzt erst sehe ich, dass er sogar Kerzen angezündet und Servietten neben die Teller gelegt hat. Er gibt sich solche Mühe, dass ich ihn am liebsten ebenfalls drücken würde. Unser Vater ist eine wundervolle Person. Und ich hoffe sehr, dass meine

Geschwister das wertzuschätzen wissen, auch wenn sie gerade nicht danach aussehen.

»Was möchtet ihr trinken?«, fragt Dad und öffnet erwartungsvoll den Kühlschrank. Jaspar lässt sich auf den Stuhl am Kopfende des Tisches sinken. Der, auf dem früher bei unseren Familienessen *immer* Dad saß. Macht er das mit Absicht? Ich kann mir nicht vorstellen, dass er das vergessen hat! Doch er übergeht meinen irritierten Blick, lehnt sich zurück und krempelt die Ärmel seines schwarzen Rollkragenpullovers hoch.

»Ich hätte gerne ein Bier.«

Es ist nicht wie früher. Nicht ansatzweise.

Ich dachte, meine Geschwister hier zu haben, würde sich nostalgisch anfühlen. Als wären wir wieder Kinder, die sich zwar ständig in den Haaren liegen, aber sich ebenso oft wieder vertragen. Stattdessen ist es beinahe, als hätte ich drei Fremde eingeladen. Und mit jedem Tag, den sie in diesem Haus verbringen, fühle ich mich weiter von ihnen entfernt. Einsamer. Verlorener.

Dad gibt sich wirklich Mühe. Mir ist nicht entgangen, dass er sich alles Mögliche heimlich notiert und Dinge wie die Lieblingsgetränke meiner Geschwister wie von einem Spickzettel abliest, um ja nichts zu vergessen. Er tut wirklich alles, um normal zu wirken. Zu jeder Mahlzeit tischt er ein anderes unserer Lieblingsgerichte auf und versucht unermüdlich, die drei in Gespräche zu verwickeln. Doch trotz all seiner interessierten Fragen bleiben diese einseitig. Die erhoffte Bindung bleibt aus, und obwohl zumindest meine Schwestern versuchen, wieder näher an Dad heranzukommen, bringt auch das nichts.

Vielleicht ist das nur mein Empfinden, rede ich mir ein. Weil ich eben nicht plötzlich total dicke mit meinen Schwestern bin, wie ich es mir gewünscht habe, sondern weiterhin Welten zwischen uns liegen. Weil wir einfach grundverschieden sind und das kein Besuch und kein Weihnachten kitten kann.

Vielleicht ist es aber auch wirklich so. Vielleicht kann man Nähe nicht erzwingen, erst recht nicht, wenn man dabei nur seine eigenen Pläne verfolgt. Vielleicht hatte Leevi mit allem, was er gesagt hat, recht.

Der Gedanke an ihn lässt mich nicht in Ruhe und will mich immer öfter dazu treiben, mein Smartphone zu holen und ihm doch zu schreiben. Aber ich kann mir nicht eingestehen, dass mein Vorhaben manipulativ war, egal, wie sehr ich zweifle. Ich will nicht, dass ich ausgerechnet diese Eigenschaft mit einem Teil meiner Familie gemeinsam habe. Nicht, wenn ich jahrelang dachte, es sei das, was mich am stärksten von ihnen unterscheidet.

»Schaffen wir wenigstens einen smartphonefreien Abend?«, frage ich, als ich am fünfundzwanzigsten aus der duftenden Küche komme und meine Geschwister wieder in die Bildschirme versunken auf dem Sofa vorfinde. »Das Essen ist fertig.« Die Weihnachtsbaumbeleuchtung taucht den Raum in ein angenehm schummriges Licht, und wie so oft nehme ich mir einen kurzen Moment, um das Funkeln der roten und goldenen Kugeln zu bewundern, bevor ich zurück in die Küche gehe.

Dad hat sich für heute selbst übertroffen. Es gibt Truthahn, Soße, Kartoffelbrei und glasiertes Gemüse. Ein Weihnachtsessen, das dem bei Mom in keiner Weise nachsteht. Und das, obwohl sie es mittlerweile jedes Jahr von einem Sternekoch zubereiten lässt. Kochen konnte Dad schon immer großartig.

Da es in der kleinen Küche sonst zu chaotisch gewesen wäre, habe nur ich ihm in der letzten Stunde mit den Vorbereitungen geholfen. Zumindest ist das die offizielle Begründung. In Wirklichkeit will Dad nicht, dass die anderen sehen, wie schwer es ihm mittlerweile fällt, ein simples Rezept zu befolgen. Das Chaos, das er bei meiner Ankunft auf der Insel auf der Arbeitsplatte hinterlassen hatte, ist nichts im Vergleich dazu, was man nun vorfindet, wenn man ihn allein kochen lässt.

Wir versammeln uns alle um den schmuckvoll gedeckten Tisch, und unser Vater holt voller Stolz den Truthahn aus dem Ofen.

»Sieht toll aus, Dad«, macht Naemi ihm ein Kompliment, und Jaspar hat diesmal den Anstand, sich einen der Plätze an der Seite auszusuchen. Ich setze mich ihm gegenüber auf die Bank, neben Jenna, die ein leicht gestresstes Gesicht macht. Vermutlich rechnet sie im Kopf gerade durch, wie viel Sport sie machen muss, um dieses Essen wieder runterzutrainieren. Ich verstehe, dass das für sie als Model tatsächlich von beruflicher Bedeutung ist. Aber ich mache mir doch Sorgen um sie. Dieser perfekte Körper, der für sie so bedeutsam ist, hält sie selbst an Weihnachten zurück.

»So, wer möchte den Truthahn anschneiden?«, fragt Dad und hält triumphierend das Messer in die Höhe.

»Du natürlich«, sage ich. Jaspar brummt zustimmend, aber mir ist nicht entgangen, wie seine Hand bei der Frage gezuckt hat.

»Hm ... Nein, wisst ihr was? Du schneidest ihn an, Riven!« Er überreicht mir das Besteck.

»Ich?«, frage ich verdutzt.

»Ja. Weil du uns heute so zusammengebracht hast! Diesen gemeinsamen Abend verdanken wir dir.«

»Stimmt«, pflichtet Jenna ihm bei. »Du hattest die Idee.«

Ob es eine gute Idee war, wüsste ich gern ... Aber jetzt ringt sich sogar Jaspar ein Lächeln ab und nickt in Richtung des Truthahns.

Unbeholfen schneide ich ihn an und verteile die Scheiben auf unsere Teller. Bevor wir uns an den Beilagen bedienen, hebt Dad sein Glas.

»Auf unser Wiedersehen! Und auf viele weitere.«

Mir wird schwer ums Herz. Ob es da noch so viele geben wird? Nach wie vor wünsche ich mir, dass Dad mit nach Toronto kommt. Aber was, wenn er das wirklich nicht will, egal, was passiert? Werden meine Geschwister sich in Zukunft öfter hierherbequemen? Und wie oft schaffe ich es überhaupt selbst auf die Insel, sobald ich weiterarbeiten muss? Zweimal im Jahr? Einmal? Der Gedanke, dass Dad dann wieder allein sein wird, macht mich traurig. Natürlich wird er dann eine Pflegekraft haben – so zumindest die Hoffnung. Aber trotzdem ... ein Leben so weit weg von der Familie ...

Jaspar räuspert sich und stößt mit uns an. »Auf deine Gesundheit, Dad.«

Meine Kehle schnürt sich noch ein bisschen weiter zu. Sicher meinte Jaspar das nur gut, aber ... Seine Worte haben dennoch einen bitteren Beigeschmack. Ich weiß auch nicht, wieso.

»Keine Handys«, erinnert Naemi Jenna, die ihr Smartphone rausgeholt hat und schnell ein Bild vom Essen knipst.

»Ich schick's nur kurz an Mom!«, verteidigt sie sich und wischt in Rekordgeschwindigkeit über den Bildschirm, um eine Nachricht zu tippen.

»Wo ist Yema eigentlich?«, fragt Dad und schaut sich zur Tür um.

»Ähm ... bei Jonathan«, erinnert Naemi ihn, die im Begriff ist, sich Kartoffelbrei aufzutun.

»Bei wem?«, will Dad wissen.

Sie runzelt die Stirn und hält in der Bewegung inne. »Ihrem Mann.«

Dad blinzelt. »Wie?«, fragt er, und in mir gefriert alles zu Eis. »Vielleicht sollten wir mit dem Essen auf sie warten.« Wieder schaut er sich zur Tür um, als würde er erwarten, dass unsere Mutter jeden Moment hereinspaziert.

Ich spüre förmlich, wie sich die Blicke meiner Geschwister schwer auf mich legen, und muss schlucken. Zögerlich greife ich nach Dads Hand und drücke sie.

»Dad ...«

Verwirrt sieht er mich an.

»Mom ist in Toronto.«

»Wie? Warum das denn?«

Hilflos schaue ich zu Naemi. Ihre Augen sind vor Entsetzen geweitet. Jenna umklammert verunsichert ihr Smartphone.

Jaspars Gesicht hingegen ist zugezogen, seine Lippen sind eine dünne Linie.

Mittlerweile bin ich daran gewöhnt, dass Dad hin und wieder kleine Erinnerungslücken oder Orientierungsprobleme hat. Manchmal vertut er sich in der Zeit oder im Tag. Oder er macht Anstalten, in Sommerkleidung vor die Tür zu gehen, weil er nicht mehr zu wissen scheint, dass gerade Winter ist. Aber das …

Was soll ich ihm denn jetzt sagen? Wie soll ich das erklären?

Er zieht die Brauen zusammen. »Wer ist dieser Jonathan? Ist sie mit ihm dort?«

»Dad«, setze ich wieder an, doch ich kann nicht weitersprechen. Meine Stimme zittert, und ich weiß nicht, was ich sagen soll. Oh Gott …

»Jonathan ist der Mann, den sie nach eurer Scheidung geheiratet hat«, erklärt Jaspar ruhig.

Dad entzieht mir seine Hand. »Unsere Scheidung?«

Ich beiße mir auf die Lippe und schüttle flehend den Kopf, damit Jas aufhört. Er kann doch nicht … wenn Dad sich daran gerade nicht erinnert … Wie furchtbar muss das sein? Er denkt, sie wären noch verheiratet, und dann …

»Lasst uns doch einfach essen und später darüber reden«, versuche ich es. »Der Truthahn wird kalt.«

»Ich verstehe nicht, was für eine Scheidung?«

»Später«, beschwört ihn auch Naemi, und Jenna packt beschämt ihr Handy weg.

»Was, später! Ich will wissen, was mit meiner Frau ist!«, empört Dad sich nun. Sein Tonfall hat nichts mehr von seiner üblichen Sanftheit. Da ist wieder der … neue Dad. Der ausgewechselte. Der, den der Alzheimer geschaffen hat – oder wohl eher ruiniert. »Was haltet ihr vor mir geheim, hm?«

»Es ist alles okay«, versichere ich ihm und greife wieder nach seiner Hand. Er stößt grob meine Finger beiseite und schlägt mit der Faust auf den Tisch.

»Lass mich in Ruhe! Ich will die Wahrheit!«

»Beruhig dich«, sagt Jaspar jetzt energischer.

»Dann sagt mir, was los ist!«

»Du hast Alzheimer, verdammt!« Jaspar haut ebenfalls auf den Tisch, seine Finger verkrampfen sich um den Griff seiner Gabel. »Mom hat dich schon vor zehn Jahren verlassen.«

Ich schlage mir die Hand vor den Mund, und Jenna atmet entsetzt ein.

»Jas!«, empört Naemi sich, doch ich kann nur Dad anschauen. Dad, dessen Gesichtszüge entgleisen.

Dad, der gerade eine ganze Palette an schmerzhaften Emotionen zu durchleben scheint und offenbar gar nicht mehr weiß, wohin mit sich.

Erneut greife ich seine Hand, drücke seine klammen Finger. Und als er mich nun ansieht, kann ich förmlich sehen, wie sich sein Blick ein wenig klärt. Wie er wieder zu sich zurückzufinden scheint und die grausame Realität ihn erschlägt.

Er schluckt, befreit sanft seine zitternden Finger aus meinen und steht auf. »Entschuldigt mich«, bringt er hervor. »Ich … einen Moment.«

»Dad«, flüstere ich, doch da ist er bereits durch die Tür.

Naemi schlägt Jaspar mit der flachen Hand gegen den Oberarm. »Geht's noch?«, zischt sie. Jenna tupft derweil mit ihrer Serviette an ihrem Augenwinkel herum, um ihr Make-up vor den drohenden Tränen zu retten.

Ohne mich weiter um meine Geschwister zu scheren, stehe ich ebenfalls auf und folge Dad aus der Küche. Er ist nicht im Wohnzimmer, und auf der Veranda ist es dunkel, also gehe ich die knarzende Treppe nach oben zu seinem Zimmer. Die Tür ist nur angelehnt und wirft einen Lichtkegel in den Flur.

»Dad?«, frage ich leise und klopfe vorsichtig an. Als er nicht reagiert, luge ich ins Innere. Mein Vater steht vor seinem geöffneten Kleiderschrank und rührt sich nicht. »Dad, wie geht's dir?«

Er schüttelt den Kopf. Zögerlich trete ich ein und gehe näher zu ihm.

»Ich hab es vergessen«, flüstert er mit heiserer Stimme, ohne sich zu mir umzudrehen. »Ich hatte es wirklich vergessen, und kurz … Kurz wollte ich es auch nicht glauben, weißt du? Aber ihre Sachen … Da hingen immer ihre Kleider.« Kraftlos deutet er auf die rechte Schrankseite, die nun mit seinen Hosen und Jacken gefüllt ist. »Meine Yema …«

Dads Stimme bricht. Ich berühre ihn an der Schulter, und als er mich nicht abschüttelt, umarme ich ihn von hinten und lehne meine Wange an seinen warmen Rücken. Er legt seine Hände über meine und atmet zittrig ein.

»Tut mir leid«, hauche ich und versuche, meine eigenen Tränen zurückzuhalten. Ohne Erfolg, denn meinen Vater leiden zu sehen, kann ich nicht ertragen. Niemals. Es tut einfach viel zu sehr weh.

Mit einem Räuspern löst er meine Arme um seine Mitte. »Gibst du mir ein paar Minuten, Riven? Ich … Ich komme gleich wieder runter, ja?«

Ich kann hören, dass er ebenfalls weint, auch wenn er sich nicht zu mir umdreht, kann seinen Schmerz förmlich in meiner eigenen Brust spüren.

»Klar«, bringe ich hervor. »Sollen wir mit dem Essen auf dich warten?«

»Nein, bitte nicht.«

»Okay. Bis gleich.« Langsam verlasse ich das Zimmer wieder und schließe leise die Tür hinter mir. Am liebsten würde ich mich jetzt auch verkriechen. Mich ins Bett legen und heulen, weil das alles einfach nur scheiße ist. Aber ich höre meine Geschwister unten lautstark diskutieren, und ich fürchte, wenn ich mich dem nicht jetzt sofort stelle, wird es nur noch schlimmer werden.

Widerwillig wische ich mir die Tränen von den Wangen und gehe wieder nach unten. Sie verstummen, als ich die Küche betrete und mich an meinen Platz setze. In dem verzweifelten Versuch, ein bisschen Normalität herzustellen, greife ich nach der Bratensoße und verteile sie über meiner vermutlich schon kalten Truthahnscheibe. »Dad braucht einen Moment«, sage ich, ohne aufzusehen, und fische mir ein paar glasierte Möhren aus der Beilagenschüssel.

»Ist das dein Scheißernst?«, platzt es aus Jaspar heraus.

Fragend schaue ich zu ihm auf. Seine Miene ist wutverzerrt.

»Wie oft ist er so, hm?«

»Es kommt phasenweise«, sage ich betont ruhig. »Die Krankheit verläuft nicht linear.«

»Also übersetzt: Es ist unberechenbar. Und er wird aggressiv.«

»Nein. Was redest du da? Dad würde doch keiner Fliege was zuleide tun.«

»Wenn er bei Sinnen ist, vielleicht nicht, aber so …«

Mir entweicht ein Schnauben. »Im Ernst? Hörst du dich eigentlich selbst reden?« Ich schaue Naemi und Jenna an, in der Hoffnung, dass sie mir zur Seite springen, aber ich ernte nur zweifelnde Blicke und Schweigen.

Jaspar schüttelt den Kopf, sein Gesicht der Inbegriff von Verbitterung. »Auf die Gefahr hin, mich zu wiederholen, sage ich es jetzt trotzdem noch mal: Dad gehört ins Heim. Sieh's endlich ein, Riven. Dieser Plan, dass er bei dir einzieht, ist doch Quatsch!«

In mir zieht sich alles unangenehm zusammen. Meine Kehle fühlt sich an, als würde mir jemand absichtlich die Luft abdrücken. »Was soll daran besser sein? Außer dass ihm da statt dir irgendwelche Fremden unsensibel vor die Nase klatschen, dass er geschieden ist?«

»Du kannst das nicht stemmen, verdammt! Deine Hilfsbereitschaft ist ja schön und gut, aber das hier ist doch einfach nur sinnlos!«

Jetzt knalle auch ich meine Gabel hin. »Du bist so ein egoistischer Arsch, Jaspar!«

»Egoistisch? Ich versuche hier, auf *dich* aufzupassen, weil du das offensichtlich selbst nicht kannst!«

»Jas«, setzt Naemi an, doch wir beide beachten sie nicht weiter.

»Ich bin erwachsen, schon vergessen! Ich kann auf mich selbst aufpassen! Und dein *Aufpassen* hat rein gar nichts mit Fürsorge oder Nächstenliebe zu tun! Dir geht's nur darum, *deine* Scheißvorstellung von *meinem* perfekten Leben zu verwirklichen, damit ich auch ja weiter in *deine* perfekte Familie passe! Und nicht rausfalle, so wie Dad! Und deswegen juckt es dich auch kein bisschen, wie's ihm geht, oder? Weil du ihn eh schon aufgegeben hast! Weil er einfach nicht zu dem ach so tollen neuen, erfolgreichen Jaspar passt! Du kotzt mich an, echt!« Wutentbrannt stehe ich vom Tisch auf, stürme aus der Küche und knalle die Tür hinter mir zu. Er folgt mir mit polternden Schritten.

»Wer hört sich hier nicht selbst reden, hä?«

»Bitte hört auf zu streiten«, mischt sich jetzt auch Jenna ein, die ebenfalls die Küche verlassen hat.

»Nein, im Ernst«, führt er fort. »Ich wüsste gern, wann du ach so erhaben wurdest, dass du dich hier als Moralapostel über uns aufspielen darfst! Nur weil du alle paar Wochen mal 'ne halbe Stunde entbehrst, um hier anzurufen, bist du jetzt das bessere Kind, oder was? Ich sage dir rein rational, dass dieser Plan Quatsch ist, und du spielst mich als den Bösen aus!«

»Mich interessiert deine beschissene Rationalität aber nicht, Jaspar! Und es wäre okay gewesen, hättest du es *ein Mal* gesagt. Vielleicht auch zwei Mal. Aber du lässt nicht locker, weil du es verdammt noch mal nicht akzeptieren kannst, dass ich eine Entscheidung getroffen habe, die dir nicht passt! Und sorry, aber ja. Dass ich Dad regelmäßig anrufe, macht mich zu einer besseren Tochter, weil es bedeutet, dass er mir verdammt noch mal nicht egal ist!«

»Okay, jetzt beruhigen wir uns mal wieder«, versucht Naemi es und legt Jaspar eine Hand auf den Arm. Sein Kopf ist hochrot angelaufen, und er funkelt mich wutentbrannt an.

Ich schnaube, schlüpfe in meine Ankle Boots und reiße meinen Mantel von der Garderobe.

»Wo willst du hin, Riven?«, fragt sie.

»Frische Luft schnappen.« Ich stürme aus dem Haus und knalle auch diese Tür hinter mir zu. Mit schnellen Schritten stapfe ich die Straße entlang und ignoriere, dass meine Schwester mir auf die Veranda folgt und mir hinterherruft. Ich bin so sauer. Und enttäuscht. Und einfach … fehl am Platz.

Wie können Jaspar und ich ernsthaft Geschwister sein? Wir haben nichts, aber auch wirklich nichts gemeinsam. Dabei sollten wir uns doch eigentlich näher sein als irgendwem sonst. Dabei sollten doch gerade diese drei Menschen die sein, die mich kennen und verstehen.

Letztendlich sind es tatsächlich Fremde, die ich da eingeladen habe. Und ich bin wieder einmal allein.

Kapitel 14

LEEVI

»Alles Gute zum Geburtstag«, gähne ich und lasse mich dabei auf mein Bett fallen. »Na, kamen schon die drei Könige, um dich zu beschenken?«

Tommy schnaubt. »Kannst du aufhören, jedes Jahr denselben miesen Witz zu bringen? Ich bin nicht Jesus, nur weil ich an Weihnachten Geburtstag habe!«

»Und so teilte er das Schokobrötchen …«

»Dachte schon, du rufst gar nicht mehr an«, übergeht mein bester Freund den Kommentar.

»Dass ich es vier Mal versucht hab, ist dir aber klar, oder?«

»Sorry, hier war Drama. Onkel Geralt hat seine Brille verlegt.«

»Das klingt furchtbar.«

»War es! Ich hab noch nie so viel Geschrei gehört.«

Bin ich froh, dass mir das erspart geblieben ist. Da es uns auf Dauer zu stressig wurde, neben den familiären Verpflichtungen auch noch Geburtstagstreffen am Weihnachtstag auszumachen, sind Tommy und ich schon vor Jahren dazu übergegangen, uns erst einen Tag nach seinem Geburtstag persönlich zu sehen. Stattdessen rufe ich ihn am fünfundzwanzigsten an, wir reden ein paar Minuten und widmen uns dann wieder Essen, Geschenken und dem kitschigen Fernsehprogramm.

Tommy hat es da definitiv schlimmer getroffen als ich. Im Gegensatz zu mir hat er eine große Verwandtschaft, die zum Teil auf Vancouver Island lebt, und da mit seinem Geburtstag ja gleich zwei Feierlichkeiten auf einen Tag fallen, kommen sie

Weihnachten alle zu Besuch ins Haus seiner Eltern. Oft bleiben sie über eine Woche, was Tommy mitunter den letzten Nerv raubt.

Wie jedes Jahr frage ich ihn nach seinem Tag und den Geschenken, die er bekommen hat, und Tommy erzählt ein paar Minuten munter vor sich hin. Beinahe flüchtig erwähnt er die limitierte Blu-ray-Sammlung mit Filmen von Leonardo DiCaprio, die Auri ihm geschenkt hat. Vermutlich nicht ganz das, was er sich erhofft hat, nachdem er ihr dieses sündhaft teure Wochenende beim Käsefestival spendiert hat. Leider konnten sie die Reise gar nicht antreten, weil Auri kurz vorher krank wurde. Er hat zwar durch die Stornierung den Großteil seines Geldes zurückbekommen, doch das hat ihn wenig getröstet.

Keine Ahnung, was er dort vorhatte. Ob das Teil seines Plans war, aus der Freundschaft mit Auri endlich mehr zu machen?

»Hast du eigentlich mit Simo geschrieben?«, wechselt Tommy das Thema, und ich seufze innerlich.

»Ich hab ihm heute Mittag gratuliert, ja.«

»Und, was spricht er?«

Ich verdrehe die Augen. Vor ein paar Stunden hatte ich eine fast identische Unterhaltung mit Auri, nur in Chatform. Das ganze verdammte Jahr über nehmen sie diesen Namen nicht in den Mund, nur um mich an Weihnachten dann damit zu Tode zu nerven.

»Er hat jetzt einen Hund.«

»Im Ernst?«

»Jop. Ein Riesenwelpe. Er heißt Nuppi.«

»Was ist denn ein Riesenwelpe?«

»Ein verdammt großer Welpe eben.«

»Hast du ein Foto?«

»Ja ...«

Erwartungsvolles Schweigen. Resigniert leite ich Tommy das Bild von dem überdimensionalen Fellknäuel weiter, das wohl eher als Bär statt als Hund durchgehen würde.

»Oh mein Gott, der ist ja süß.«

»Und wie.«

»Sagst du ihm alles Gute von mir?«
»Dem Hund?«, frage ich scheinheilig.
»Nein«, murmelt Tommy verdrossen. »Simo …«
»Das ist jetzt nur ein Vorschlag. Aber wie wär's, wenn du deinem *Zwillingsbruder* selbst gratulierst?«
Ich kann förmlich hören, wie er die Lippen zusammenpresst. »Er hat mir ja auch nicht geschrieben.«
»Tolle Begründung, echt.«
»Du weißt, dass es schwierig ist. Bitte? Es ist mein Geburtstag, Leevi!«
Damit würde er mich leider sogar kriegen, wenn Auri mich nicht schon vorhin weichgeklopft hätte. Jedes verdammte Jahr dasselbe.
»Schön, ich richte es ihm aus.«
Seit Simo vor ein paar Jahren weggezogen ist, bin ich die einzige Brücke zwischen ihm, Auri und Tommy. Und auch wenn es mir wirklich nichts ausmacht, ein paarmal im Jahr irgendwelche Glückwünsche hin und her zu schicken, frage ich mich, ob das denn so sinnvoll ist. Entweder sie reden miteinander, oder sie lassen es. Wobei …
Kurz bin ich in Versuchung, Auri noch mal zu schreiben, dass sie im Gegenzug Riven frohe Weihnachten wünschen soll. Aber nein. Das könnte ich auch selbst. Und ich mache es nicht, weil sie offensichtlich keinen Kontakt mehr möchte. Zumindest hat sie mir seit unserem Streit im Auto nicht geantwortet. Und auch wenn das scheiße wehtut, respektiere ich das.
»Danke, Leevi. Bist der Beste!«, behauptet Tommy.
»Mhm«, mache ich. »Wir sehen uns morgen?«
»Auf jeden Fall!«
»Dann gute Nacht. Und pass auf Onkel Geralts Brille auf.«
»Ich werde von der träumen, ohne Witz. Das war so ein Drama …«
Ich muss schmunzeln. »Das klingt doch vielversprechend.«
»Und wie. Nacht …«
Er legt auf, und ich tippe eine kurze Nachricht an Simo. Er ist zufällig online und liest sie sofort.

Leevi: Alles Gute von Tommy

Simo: Danke. Alles Gute zurück.

Und das war's.
Oh Mann.
Ich lege das Handy beiseite, lasse mich in die Kissen sinken und reibe mir über das Gesicht. Mom, Dad und ich waren bei Sally zum Weihnachtsessen eingeladen, und ich habe mich nach dem Nachtisch schon verabschiedet, um in Ruhe meiner Melancholie nachhängen zu können. Die Feier war zwar wie immer schön, aber dieses Jahr hatte ich permanent das Gefühl, dass dabei etwas fehlt. Jemand. Jemand, der schon so lange nicht dabei war und bei dem es sich trotzdem so anfühlt, als würde sie dazugehören.

Der Gedanke an Riven ist ein schwerer Stein in meiner Magengrube. In den letzten Tagen konnte ich nicht aufhören, an sie zu denken. An den Streit. An meine Worte und ihre. An die furchtbare Angst, sie zu verlieren, und den Abstand, der einfach nicht zwischen uns gehört.

Scheiße, hätte ich das doch alles nicht gesagt. Hätte ich mich vernünftig entschuldigt. Hätte ich meine Gefühle besser im Griff …

Klack.
Verwirrt hebe ich den Kopf. Was war das?
Klack. Klack.
Auf der Suche nach der Geräuschquelle sehe ich mich im Zimmer um, kann jedoch nichts entdecken. Als es wieder ertönt, realisiere ich, dass es aus Richtung des Fensters kommt. Spukt es jetzt, oder was ist hier los?

Ich stehe auf und spähe durch die Scheibe in die Dunkelheit draußen. Auf den ersten Blick bin ich irritiert, weil das Mondlicht alles in ein so helles Licht taucht. Dann verstehe ich.

Es schneit. Und diesmal bleibt es liegen.

Mir fällt eine dunkle Silhouette auf, die unter dem Baum vor meinem Fenster steht, die Arme eng um ihren Körper geschlungen. Ein bleiches Gesicht schaut zu mir hoch, und sie hebt eine Hand zum Gruß. Mein Herz macht einen Satz.

Ich öffne das Fenster und kneife die Augen zusammen, um besser zu sehen. Schneeflocken wehen mir ins Gesicht und schmelzen auf meinen Wangen. Halluziniere ich, oder ist sie wirklich hier?

»Riven?«

»Hi«, krächzt sie, und ihre Stimme jagt mir einen Schauder über die Arme. Sie klingt nicht gut. Ziemlich hilflos, um ehrlich zu sein.

»Ich komm runter«, beschließe ich sofort, mache das Fenster wieder zu und sprinte ins Erdgeschoss zur Haustür. Als ich sie öffne, steht Riven bereits davor, sichtlich durchgefroren und mit rot geränderten Augen.

»Hey«, sage ich sanft und winke sie nach drinnen. »Was ist los?«

Völlig aufgelöst steht sie in unserem Flur. Schnee hängt ihr in den Haaren, eine neue Träne rollt über ihre Wange. »Ich wollte dir schreiben«, stößt sie aus, »aber ich hatte mein Handy nicht dabei. Ich ... deine Eltern.«

»Alles gut. Die sind nicht da.« Überfordert lege ich ihr eine Hand auf die Schulter.

Als hätte die Berührung einen Damm in ihr gebrochen, schlingt Riven ihre Arme um meine Mitte und vergräbt das Gesicht an meiner Brust. Sie zittert. Und ich glaube, es ist nicht von der Kälte.

»Es tut mir leid«, schluchzt sie. »Dass ich so fiese Sachen zu dir gesagt habe und nicht zuhören wollte ...«

Völlig perplex drücke ich sie an mich und streiche über ihren Rücken. Ich sehne mich danach, sie noch enger zu umarmen. Doch mein Körper ist wie auf Abwehr programmiert. Als wüsste er genauso gut wie mein Kopf, dass ich Riven nicht so nah an mich heranlassen darf, wie ich es bisher getan habe, wenn ich sie ohne Herzschmerz wieder ziehen lassen will.

Aber scheiße ...

Ich habe sie so vermisst.

»Du hattest recht«, flüstert sie. Schniefend löst sie sich von mir, senkt den Blick und wischt sich über die Wangen. »Sorry ...«

»Recht womit?«

»Dass mein Plan scheiße ist. Und manipulativ.«

»Das habe ich nicht so gemeint«, sage ich leise, doch sie schüttelt den Kopf.

»Ich wollte dich nicht ignorieren. Ich war nur so sauer ...«

»Und ich wollte nicht so furchtbare Sachen sagen«, gestehe ich. »Aber ich war auch sauer.« Ich halte inne. »Okay, nein. Ich glaube, ich hatte eher Angst.«

Riven schaut zu mir hoch, und ihr verheultes Gesicht mit diesen braunen Rehaugen weckt in mir das Bedürfnis, sie wieder eng an meine Brust zu drücken. »Angst wovor?«, fragt sie.

Schuldbewusst zucke ich mit den Schultern. »Davor, dass wir uns nie wiedersehen, wenn dein Dad nicht mehr hier wohnt.«

Schmerzerfüllt verzieht sie das Gesicht. Es ist weit über ihrem standardmäßigen Nasekräuseln. Und das macht mich seltsam zufrieden. »Oh«, ist alles, was sie herausbekommt.

»Ist was passiert?«, wechsle ich das Thema.

Riven atmet tief durch und reibt sich erneut über die Wangen. »Nur ein Streit.«

»Nur?«, murmle ich und wische ihr eine letzte Träne aus dem Augenwinkel. »Ein Streit mit wem?«

»Jaspar. Können wir ... Ich meine, willst du mit mir spazieren gehen? Es schneit.« Sie klingt so hoffnungsvoll, dass ich unmöglich Nein sagen könnte. Ich greife kurzerhand nach meiner Jacke und ziehe meine Schuhe an. Kurz darauf stehen wir auf der Straße im eisigen Wind, der uns Schnee ins Gesicht weht.

»Also?«, frage ich, während wir den Weg zum Strand einschlagen. Die Luft riecht mehr denn je nach Salz und Winter. In Rivens dunklen Haaren fangen sich weiße Flocken, unter unseren Sohlen knirscht es bei jedem Schritt.

Riven vergräbt die Hände tief in ihren Manteltaschen und legt beim Gehen den Kopf in den Nacken. »Dad ... hatte einen

Aussetzer«, beginnt sie leise. »Und Jaspar musste sich wieder aufspielen wie der große Beschützer und mir erklären, was ich alles falsch mache.«

Sie erzählt mir von dem Streit und der furchtbaren Erinnerungslücke ihres Vaters. Rivens Stimme wird immer wackliger, und in mir zieht sich alles zusammen.

»Ich weiß einfach nicht, was ich machen soll«, flüstert sie. »Wir sind doch eine Familie.«

»Seid ihr das?«, rutscht es mir heraus.

Wir haben den Strand erreicht. Hier ist es dunkel. In der Ferne leuchten nur die Lichter von Port McNeill, neben uns rauschen die Wellen auf den Kies. Dennoch kann ich erkennen, wie Riven mich ansieht. Fragend, zweifelnd. »Wie meinst du das?«

»Ich glaube, in eine Familie wird man nicht geboren. Eine Familie muss man werden und bleiben. Das ist etwas, das die meisten Menschen grundsätzlich falsch verstehen. Was macht eine Familie denn aus? Dass man in der Kindheit denselben Nachbarn hatte? Im selben Haus gewohnt hat? Eine Familie bedeutet Zusammenhalt. Und zwar immer.«

Riven schluckt und schweigt eine lange Weile. »Ja, du hast recht«, flüstert sie schließlich. »Ich glaube, ich fange erst an, das zu verstehen. Die ganze Zeit über habe ich versucht, so zu sein wie sie. Dazuzupassen. Dazuzugehören. Aber irgendwie habe ich mich dadurch nur immer weiter verbogen, und es war doch nie richtig. Weil sie gemerkt haben, dass es nicht echt ist. Und weil ich gemerkt habe, dass es sich nicht schön anfühlt. Sondern vielmehr, als würde ich kaputtgehen.«

»Du musst dich nicht verbiegen«, sage ich leise. »Für die richtigen Leute bist du perfekt so, wie du bist. Für deinen Dad zum Beispiel.«

Und für mich.

Doch das spreche ich nicht aus, auch wenn ich mir einbilde, dass sie die Worte dennoch hören kann. Denn eigentlich dürfte keiner von uns beiden das wissen, wenn wir bei unserer Abmachung bleiben wollen.

Riven atmet zittrig ein, und plötzlich spüre ich ihre kalten Finger an meinen. Sie tastet in der Dunkelheit nach meiner Hand und verschränkt sie mit ihrer.

Sofort habe ich Herzrasen. Ich schaue ihr in die Augen, halte sie fest, ringe um Atem.

»Danke, dass du für mich da bist«, flüstert sie, und über den Wind und die Wellen hinweg höre ich ihre Stimme kaum. Trotzdem ist sie laut in meinem Inneren, als würden meine Gefühle für sie sie verstärken.

»Für die richtigen Leute ist das selbstverständlich«, erwidere ich leise, und ein wehmütiges Lächeln kämpft sich auf ihre Lippen.

»Können wir uns wieder versöhnen?« Sie drückt meine Finger fester und tritt ein wenig näher zu mir.

»Haben wir doch schon.«

Riven schüttelt den Kopf. »Nicht richtig.«

»Wie macht man es richtig?«

Sie rückt noch näher und legt den Kopf zurück, um mich dennoch ansehen zu können. Ich rühre mich nicht, warte ab. Riven lässt ihre freie Hand in meinen Nacken wandern. Sie ist eiskalt, doch ich stehe durch die Berührung so unter Strom, dass es mir völlig egal ist.

Langsam löse ich meine Finger aus ihren und umfasse ihre Taille. Riven nimmt mein Gesicht zwischen ihre Hände, und ich komme ihr bereitwillig entgegen, als sie es zu sich herunterzieht. Sie stellt sich auf die Zehenspitzen, um mich zu küssen, und ich ziehe sie enger an mich.

Der Kuss ist kurz, aber innig. Rivens Lippen sind warm und weich. Ihre eiskalte Nasenspitze streift meine Wange, als sie ihren Mund wieder von meinem löst und ihren Kopf auf meine Schulter bettet.

Ich halte sie eng umschlungen und wiege sie sanft hin und her. »Soso«, murmle ich, und sie muss leise lachen. »So geht das also.«

»Mhm«, macht Riven, und ich höre das Schmunzeln aus ihrer Stimme heraus.

Ich drücke ihr einen Kuss aufs Haar. »Ich hab dich vermisst«, raune ich.

»Ja …« Sie zögert. »Ich dich auch.«

»Es tut mir leid, was ich gesagt habe.«

»Aber du hattest recht.«

Schnaubend schüttle ich den Kopf. »Nicht ansatzweise, nein. Was du für deinen Dad tust, ist absolut selbstlos und liebevoll. Und ich finde das sehr beeindruckend. Nur, damit du es weißt.«

Riven atmet tief durch. »Danke.«

Wir stehen eine Weile so da, lauschen dem Rauschen der Wellen und lassen uns vom Wind Schnee in die Haare pusten. Mir ist kalt, aber es ist mir egal. Ich würde stundenlang hier stehen bleiben, wenn es bedeutet, dass ich Riven halten kann.

»Leevi?«, murmelt sie irgendwann.

»Hm?«, mache ich, meine Stimme heiser von der Kälte.

»Wie lange sind deine Eltern eigentlich noch unterwegs?«

Ich muss schmunzeln. »Basierend auf der Menge an Punsch, die Sally gekocht hat, würde ich sagen, noch mindestens ein paar Stunden. Weihnachten, Silvester und Familiengeburtstage sind Dads wilde Abende.«

Riven reibt ihre Nase an meinem Hals, und ich spüre ihren heißen Atem auf meiner Haut. Sofort wird mir warm. »Steht dein Angebot noch, dass ich mich in deinem Bett verstecken kann?«, flüstert sie.

»Du kannst in meinem Bett machen, was du willst«, raune ich belustigt.

»Verlockend.« Riven löst sich von mir, und zu meiner Überraschung greift sie wieder nach meiner Hand und verschränkt ihre Finger mit meinen. »Wollen wir?«

Ruhe umfängt uns.

Ich liege in meinem Bett, Riven bäuchlings auf meiner Brust, die Decke bis über ihre Schultern gezogen. Das Fenster ist geöffnet, weil sie den Schnee fallen hören wollte, und duftende Dezemberluft weht zu uns herein.

Im Haus ist es still. Meine Eltern sind noch immer nicht zurück, und ich habe jegliches Zeitgefühl verloren. Die Nacht draußen ist finster, meine Nachttischlampe taucht das Zimmer in ein schummriges Licht, und Rivens Finger ziehen Kreise auf meinem rechten Oberarm.

Ich streiche unter der Decke über ihren nackten Rücken. Immerzu auf und ab, gleichbleibend langsam, als hätten wir alle Zeit der Welt. Ich muss zumindest so tun, als wäre dem so. Als könnte uns nichts auseinanderreißen. Nicht heute, nicht morgen, nicht im Januar.

Mir ist klar, was Rivens Finger da auf meiner Haut umkreisen. Ein Tattoo. *Das* Tattoo.

The woods are lovely, dark and deep,

Als sie Luft holt, weiß ich bereits, dass die Frage nun kommt. Ehrlich gesagt hat es mich gewundert, dass sie sie so lange zurückgehalten hat. Schon seit ich das erste Mal Rivens Blick auf meiner Haut gespürt und das leichte Kräuseln ihrer Nase bemerkt habe, bin ich mir ihrer Neugier bewusst. Doch sie muss gewusst haben, dass ich ihr nichts erzählt hätte. Vertrauen hin oder her. *Riven* hin oder her. Egal, wie offensichtlich ich die Worte präsentiere, ihre Bedeutung gehört mir allein. Oder zumindest dachte ich das. In diesem Moment bin ich mir nicht mehr sicher, ob ich gleich schweigen oder sprechen werde.

»Sie gehören zusammen, oder?«, flüstert sie und schmiegt ihre Wange enger an meine Brust. »Dieses Tattoo und das an deinem Handgelenk.«

Ich muss schmunzeln. Natürlich hat sie schon ihre eigenen Theorien. Und ich glaube, so gut, wie sie mich kennt, fiele es ihr nicht mal schwer, auf die Wahrheit zu kommen. »Ja«, gestehe ich und fahre wieder ihre Wirbelsäule empor, diesmal bis in ihren Nacken. Ich streiche über die feinen Härchen dort und dann in Schlangenlinien hinab bis zu ihrer Taille.

»Aber es fehlt noch etwas«, fährt sie fort.

»Hm?«, brumme ich.

»Von dem Puzzle. Es ist noch nicht fertig, kann das sein?«

»Doch.« Theoretisch zumindest. Praktisch auch. Nur gefühlt ist es das nicht. Gefühlt sehne ich mich nach einem Schlussstrich, den es niemals geben wird.

»Aber da ist ein Komma hinter dem letzten Satz. Das heißt, es geht weiter.« Riven richtet sich auf, um mir ins Gesicht sehen zu können. Ihr Becken drückt gegen meines, und schon wieder überkommt mich Erregung. Tief atme ich durch und muss gleichzeitig schmunzeln. Ich mag es, wie sie denkt. Sie hat eine klare Frage vor Augen, aber sie stellt sie nicht. Stattdessen versucht sie, es sich selbst zu erschließen, indem sie indirekt drum herum arbeitet.

»Geht es auch«, gestehe ich. »Aber es sind bereits alle Puzzleteile da. Man muss sie nur finden.«

Nun zieht sie doch unzufrieden die Nase kraus. »Aber ich kenne all deine Tattoos. Die anderen passen nicht dazu. Ich überlege seit Ewigkeiten!«

»Ach ja?« Ich kann mir ein Grinsen nicht verkneifen.

»Ist es versteckt?«

»Ich bin nackt«, erinnere ich sie. »Wo genau soll ich es versteckt haben? In meiner nicht vorhandenen Bauchfalte?«

Jetzt muss sie lachen und boxt mir gegen die Schulter. »Ich meinte, ob es extra klein ist oder so!«

»Nein, sie sind normal groß. Sie sind nur an Stellen, denen du scheinbar nicht besonders viel Aufmerksamkeit schenkst.«

Riven legt den Kopf schief. »Sie? Und was für Stellen sollen das sein?«

Unschuldig zucke ich mit den Schultern, während sie zu überlegen scheint.

»Rücken?«, fragt sie plötzlich.

Ich muss schnauben. »Wie, du widmest meinem Rücken keine Aufmerksamkeit? Außerdem ist der doch voll mit meinem gigantischen Drachentattoo, schon vergessen?«

Sie verengt die Augen und rutscht von mir herunter. »Umdrehen«, fordert sie.

Ich gehorche, und sie zieht die Decke zurück. Die eiskalte Nachtluft lässt mich frösteln.

»Okay, der Drache hätte mich jetzt sehr gewundert, aber trotzdem enttäuschend.«

»Du kannst noch auf meinem Hintern nach Ben Howard suchen, wenn du schon dabei bist«, ziehe ich sie auf.

Doch statt dieser Aufforderung nachzugeben, legt sie sich wieder auf mich, und ich spüre ihre weichen Brüste an meinem nackten Rücken. »Verrat's mir?«, flüstert sie und zieht mit den Zähnen an meinem Ohrläppchen. »Bitte.«

»Knöchel«, gebe ich seufzend nach. Nicht dass Rivens Erpressungsversuche sonderlich gut sind. Ich kann ihr nur generell schlecht etwas verwehren.

Sie löst sich wieder von mir, und ich spüre, wie sie die Decke an meinen Füßen zurückzieht, um diese zu inspizieren. Riven sagt nichts, also fülle ich die Stille.

»Stopping by woods on a snowy evening.«

An den Außenseiten meiner Knöchel steht jeweils längs derselbe Satz, nur einmal mit einem Komma, einmal mit einem Punkt. Gemeinsam mit den anderen beiden Tattoos ergeben sie den letzten Vers des Gedichts von Robert Frost.

The woods are lovely, dark and deep,
But I have promises to keep,
And miles to go before I sleep,
And miles to go before I sleep.

Gleichzeitig bilden sie mein Gefängnis. In dem Gedicht hält das literarische Ich des Nachts an einem verschneiten Wald und wünscht sich, diesen betreten zu können. Doch bei dem Wunsch bleibt es. Andere Verpflichtungen rufen es und hindern es daran, dem nachzugehen. Und in diesen vier Zeilen finden sich all mein Sehnen und all meine Zurückhaltung wieder. Sie fangen mein ganzes Leben ein. Wie gern ich etwas anderes machen würde. *Mehr* aus mir machen würde. Wie gern ich einfach ausprobieren würde, wo meine eigenen Träume mich hinführen. Doch auch mich binden Verpflichtungen. Niemals könnte ich meine Eltern im Stich lassen und Dads Lebenswerk damit zerstören. Ich habe mir geschworen, meine Familie zu unterstützen, komme, was wolle. Das sind meine Versprechen. Egal, wie sehr ich mich nach anderen Dingen sehne.

Aber manchmal würde ich gern einen Punkt hinter diese erste Zeile setzen. Das Gedicht einfach anhalten, bevor es mein Schicksal erneut besiegelt, es seine Botschaft nicht mehr verkünden lassen. Den Rest davon vergessen, und meine Verpflichtungen mit ihm.

The woods are lovely, dark and deep.

Und ich wäre endlich frei.

»Was denkst du?«, fragt sie leise. Riven hat mich wieder zugedeckt, sich neben mich gekuschelt und streicht mir die Haare aus dem Gesicht. Ich drehe mich zu ihr auf die Seite und ziehe sie in meine Arme.

»Dinge«, krächze ich und muss mich räuspern, um den Kloß in meinem Hals loszuwerden.

»Schöne Dinge?«, fragt sie und mustert mich besorgt. »Oder unschöne Dinge?«

»Leevi-Dinge«, weiche ich aus und küsse sie sanft auf die Nasenspitze.

Sie zögert. »Ich glaube, ich frage besser nicht das, was ich fragen wollte, oder?«

Wieder muss ich schmunzeln. »Vielleicht lieber nicht. Aber wenn du willst, kannst du es zu einem der anderen Tattoos fragen.« Ich würde ihr alles erzählen. Nur das nicht. Nicht die eine Sache, die ich selbst nicht wahrhaben will.

Sie blinzelt. »Egal welchem?«

»Jap. Aber ich muss dich warnen: Manche sind nicht besonders spannend.«

RIVEN

Ich glaube nicht, dass ich auch nur ein einziges dieser Tattoos langweilig finden könnte. Einfach, weil es Leevi ist, der sie sich ausgesucht hat. Und weil jedes von ihnen, ganz egal, welche Bedeutung es hat, mir einen weiteren Einblick in ihn gewährt. In diesen wundervollen Kopf. In diese zärtliche, liebevolle Seele.

Ein bisschen enttäuscht bin ich schon, dass er mir das Gedicht nicht erläutert hat. Aber ich habe meine eigenen Theorien. Und dass er mir nun eines der anderen erklären will, macht es wieder wett. Mich zu entscheiden, ist leicht, auch wenn ich einen Moment lang zögere. Am liebsten würde ich sie alle verstehen. Doch ein kleines, unscheinbares von ihnen brennt mir seit Wochen unter den Nägeln. Wortwörtlich. Ich streiche jedes Mal darüber, wenn wir miteinander schlafen. Es ist für mich zur Gewohnheit geworden, genau das als Erstes zu tun. Wenn meine Fingerspitzen unter sein Shirt oder seinen Pullover wandern, fahren sie das Wort einmal nach, als würde es sich mir dann erschließen.

Understood.

Auch jetzt streiche ich mit dem Daumen darüber, ohne meinen Blick von Leevis zu lösen. Ich finde die Stelle in der Kuhle seines Beckenknochens blind.

Er stößt hörbar die Luft aus. »Warum war mir klar, dass du das wählst?«, raunt er.

»Vielleicht denken wir zu ähnlich«, flüstere ich und schmiege mich enger an ihn. Sein nackter Körper beruhigt und erregt mich gleichzeitig. »Also?«

Sein Schmunzeln gibt mir Sicherheit. Es sagt mir, dass er es ernst meinte, als er behauptet hat, ich könne nach jedem von ihnen fragen. »George Orwell«, erklärt er leise.

Ich blinzle nur. »Ich glaube, du musst ein bisschen genauer werden ...«

»Es ist ein Stück eines Zitats aus *1984*. *Perhaps one did not want to be loved as much as to be understood.* Ich fand es passend. Denn Liebe findet man irgendwie überall, teils tiefe, teils oberflächliche. Aber jemanden, der einen wirklich versteht ... Das scheint seltener zu sein.«

Bei seinen Worten wird es eng in meiner Brust. Es ist, als hätte Leevi direkt in meinen Kopf geschaut und Gedanken daraus hervorgeholt, die sich förmlich darin festgefressen hatten. Die Essenz all meiner Zweifel, all meiner Traurigkeit. Das tiefe Gefühl von Anders-sein und Nicht-dazugehören. Den Grund dafür, dass ich immer wieder mit den Tränen kämpfe, wenn ich unter Menschen bin, die ich liebe. Die Erklärung für das Glaskastengefühl und meine ewige Zurückhaltung anderen gegenüber.

Ich wusste nicht, wie es sich anfühlt, verstanden zu werden. Ich wusste nur, dass mich keiner versteht, denn auch ohne die Erfahrung gemacht zu haben, hätte ich es doch erkannt.

Habe ich es erkannt. Denn mit ihm hat sich das geändert. Leevi weiß genau, wie ich mich fühle. Wie ich bin. Er ist wie ein Spiegel, der mir endlich alles aufzeigt, was mir sonst an mir selbst verborgen blieb, und er tut es auf die schönste Weise. Auf eine, die *mich* schöner macht, als ich mich sonst sehe. Wertvoller. Besonderer.

»Hey ...«

Ich merke erst, dass ich weine, als er mir mit dem Daumen eine Träne aus dem Augenwinkel wischt und die Feuchtigkeit auf meiner Wange verteilt. Aber wie könnte ich nicht weinen, wenn mir in diesem Moment schmerzhaft bewusst wird, dass ich mit Leevi mehr zurücklassen werde als nur einen Freund? Er ist das Puzzleteil, das mir ein Leben lang gefehlt hat.

Mein Zuhause ist in Toronto.

Ich erinnere mich noch gut daran, wie ich diesen Satz nach unserem ersten Kuss gesagt habe. Wie er mir mehr abverlangt hat, als er sollte, weil ich schon beim Sprechen das Gefühl hatte, Leevi zu belügen.

Denn so stimmte es nicht. Nicht ganz.

Meine *Karriere* ist in Toronto. Meine Familie, oder das, was sich als solche ausgibt. Meine Freunde, die keine sind. Mein Besitz.

Aber ob ich mich dort auch zu Hause fühle …?

Ich weiß es nicht. Noch vor wenigen Monaten hätte das außer Frage gestanden. Jetzt hingegen ist mein Leben so durcheinander, dass ich glaube, gar nichts mehr zu wissen. Erst recht nichts über mich selbst. Und gleichzeitig sind manche Dinge mir in den letzten Wochen schmerzhaft klar geworden.

»Riv.« Leevis Flüstern jagt mir Gänsehaut über den ganzen Körper, und ich dränge mich enger an ihn. »Was ist los?«

Ich schniefe und lasse zu, dass er mir auch über die andere Wange wischt. »Meinst du, dein Tätowierer hat in den nächsten Wochen noch einen Termin frei?«

Er schnaubt ungläubig. »Ich bin mir sogar sicher, dass er das hat. Wieso?«

»Ich will auch eins. Als …« Ich schlucke. »Als Erinnerung.«

Leevi runzelt die Stirn, und der Schmerz, den meine Worte bei ihm auslösen, ist offensichtlich. Es tut mir selbst weh, ihn zu verletzen. Von Abschied zu sprechen, obwohl wir keinen wollen. Aber es führt nun mal kein Weg daran vorbei. »Okay«, sagt er ruhig. »Weißt du schon, was? Ein Symbol? Ben Howard auf deinem Hintern? Einen riesigen Drachen auf dem Rücken?«

Ich schüttle den Kopf. »Ich möchte auch ein Zitat.«

Nun hebt er interessiert die Brauen. »Welches?«

Ich schlucke, denn darüber habe ich noch nicht nachgedacht. Aber eben kam mir ein Gedanke, der sich eisern in meinem Inneren festgesetzt hat und immer schöner klingt, je öfter ich ihn durchspiele. »Ich möchte, dass du es aussuchst«, flüstere ich.

Leevis Augen werden weit. »Ich?«, fragt er geradezu entsetzt.

»Ja. Und es soll in deiner Handschrift sein.«

»Ähm … Ich kann dir ein paar Vorschläge machen …«

»Nein. Ich will es nicht vorher wissen. Überrasch mich.«

Er macht ein Geräusch, das klingt, als hätte er sich soeben an einer Erwiderung verschluckt. »Was?«, krächzt er.

Ich lächle nur müde. »Bitte?«, frage ich und erinnere mich an all die Zettel mit Gedichten, die Leevi mir geschrieben hat. An seine Nachrichten, mal lustig, mal schön. Ich will, dass er seine eigene Botschaft auf meiner Haut verewigt. Dass ich mich auf ewig an dieses *uns* erinnern kann. An dieses Verstehen. Die Geborgenheit, das Sehnen, das Vermissen. Leevis Worte, welche auch immer er wählt, werden mich immer an ihn erinnern. Und er mich an die Insel. Und die Insel mich an alles.

»Bitte«, wiederhole ich leiser und küsse ihn sanft. Mein Herz sticht. Seine Lippen streifen kaum merklich meine, einmal, zweimal, unendlich oft. Aus der federleichten Berührung wird eine innige, aus Zärtlichkeit Verlangen. Und für den Bruchteil einer Sekunde ist mir glasklar, dass wir längst zu weit gegangen sind. Nicht heute, nicht beim letzten Mal, nicht beim ersten – sondern schon damals auf Dads Veranda, mit dieser ersten Umarmung, die alles in Brand gesteckt hat.

»Was, wenn ich es verkacke?«, fragt Leevi zwischen zwei Küssen und rollt sich über mich.

Ich lasse meine Finger in seine Haare wandern und vergrabe sie in seinen kurzen Locken. »Kannst du nicht«, flüstere ich. »Egal, was du wählst, es erinnert mich an dich. Und das ist eigentlich alles, was ich will.«

Zu weit.

Noch weiter.

Und hinter der Grenze, die ich soeben übertreten habe, scheint sich ein Abgrund aufzutun, in den wir nun haltlos hineinstürzen. Kein schwarzer Abgrund. Kein angsteinflößender. Es ist Sternenhimmel, tiefstes Indigo, doch ich weiß, dass auch das nicht bedeutet, dass wir ewig fallen können. Der Aufprall in ein paar Wochen wird schmerzhaft. Aber wenn Leevi bei mir ist …

Einen Moment lang hält er inne, seine braunen Augen sind unergründlich. »Gott, ich …«, stößt er aus, unterbricht sich jedoch. Sein Mundwinkel zuckt. Leevi presst die Lippen zusammen. Lächelt, nicht unbefangen, aber irgendwie ehrlich. Und sagt dann etwas ganz anderes. »In Ordnung.«

Als ich gegen Mitternacht wieder zurückkomme, ist im Haus Ruhe eingekehrt. Ausnahmsweise läuft kein Fernseher, niemand telefoniert, keiner streitet. Im Erdgeschoss ist es dunkel, als wären alle schon ins Bett gegangen, und ich streife an der Garderobe leise meine Schuhe ab.

Das Knarzen der alten Holzdielen verrät mir, dass ich doch nicht allein bin. Verwirrt schaue ich hoch und sehe Jaspar neben mir stehen, die Arme vor der Brust verschränkt, die Lippen zusammengepresst.

»Was ist das?«, fragt er und weist mit dem Kinn auf das dünne Buch, das ich mir unter den Arm geklemmt habe. Leevis Weihnachtsgeschenk für mich. Ein Emily-Dickinson-Gedichtband. Und ich habe ihm nicht einmal etwas besorgt …

»Ein Geschenk.«

Jaspars Gesicht bleibt wie versteinert. »Wir haben versucht, dich anzurufen«, sagt er mit seltsam ruhiger Stimme.

Ich zucke mit den Schultern und ziehe meinen Mantel aus. »Ich hatte mein Handy nicht dabei.«

»Okay.«

Mich beschleicht das Gefühl, dass er gern mehr sagen würde, es sich aber verkneift. Vielleicht noch eine Standpauke darüber, wie unverantwortlich das doch von mir war oder was auch immer.

»Gute Nacht«, sage ich knapp und will an ihm vorbei zur Treppe, doch Jaspar stellt sich mir in den Weg und lässt die Arme sinken.

»Tut mir leid«, knurrt er durch zusammengebissene Zähne, und ich weiß für einen Moment nicht, wie mir geschieht. Wann hat mein Bruder sich das letzte Mal bei mir entschuldigt? Ich glaube, noch nie.

»Was?«, frage ich verwirrt.

»Vorhin …« Es fällt ihm sichtlich schwer, die richtigen Worte zu finden. Doch wenn er glaubt, ich würde ihn deshalb vom Haken lassen und diese halb gare Versöhnung als solche akzeptieren, täuscht er sich.

»Du musst dich schon ein bisschen konkreter ausdrücken«, fordere ich.

»Ich will nur nicht, dass du deine Entscheidungen später mal bereust, okay?«, umgeht er eine Antwort. »Die Fashion-Industrie ist fucking hart, Riven. Du riskierst mehr, als dir bewusst ist. Und falls du den Job verlierst …«

»Du verstehst es wirklich nicht, oder?«, entfährt es mir. »Weißt du, wie egal mir dieser Job ist, in Anbetracht der Tatsache, dass ich meinen *Vater* verliere? Wie kannst du das ernsthaft auf eine Ebene stellen? Wie kann Dad dir so wenig bedeuten?«

Er zieht die Brauen zusammen. »Er bedeutet mir nicht wenig. Ich glaube nur, dass deine Karriere wichtiger ist als die Frage, wo Dad wohnt, wenn er sich bald ohnehin an nichts mehr erinnern kann.«

Von Jaspars Worten wird mir schlecht. Er ist so widerlich rational. »Ist das dein Ernst? Was ist das denn für eine Logik, Jas? Empfindest du das wirklich so? Wenn ja, dann lebst du echt nur noch für deine Arbeit, oder? Du hast längst vergessen, wie es ist, irgendwas anderes zu lieben. Geschweige denn irgendwen.«

Frustriert runzelt er die Stirn. Jaspar vergräbt die Hände in den Taschen seiner Chinohose und zuckt träge mit den Schultern. »Mag sein. Aber so bin ich eben. Das musst du akzeptieren.«

»Und warum akzeptierst du nicht, dass ich so *nicht* bin?«

Missmutig verzieht er den Mund. »Ich versuche es ja. Aber ich fühle mich für dich verantwortlich, Riv. Als Dad nicht mehr Teil der Familie war, habe ich versucht, diese Rolle für dich und

Jenna zu übernehmen, okay? Ich will das Beste für dich. Und leider geht es nicht in meinen Kopf, dass *das hier* das Beste sein soll. Er ist nicht mehr der Mann von früher.«

»Nein!«, bricht es aus mir hervor. »*Du* bist nicht mehr der Jaspar von früher! Und hast du schon mal daran gedacht, dass das Beste vielleicht das ist, was mich am glücklichsten macht?«

»Und du willst mir jetzt erzählen, dass es dich glücklich macht, auf dieser Insel rumzusitzen und Löcher in die Luft zu starren, während Dad immer weniger er selbst ist? Oder ihn in Toronto in deiner Wohnung rumirren zu lassen und ihn immer wieder daran erinnern zu dürfen, was er alles verloren hat?«

»Du verstehst es nicht«, sage ich schlicht. »Bei ihm zu sein, macht mich glücklich, weil es *ihn* glücklich macht.« Und diese Einstellung ist das genaue Gegenteil von der meines Bruders, das wird mir jetzt wieder schmerzlich bewusst. Denn Jaspar ist glücklich, wenn die Dinge so laufen, wie er es will – egal, wie andere dabei empfinden.

»Aber ...«

»Ich gehe jetzt ins Bett«, unterbreche ich ihn. »Und ehrlich gesagt habe ich es satt, darüber zu diskutieren, was ich mit *meinem* Leben mache. Weder mit dir noch mit Mom oder sonst wem. Wenn es euch nicht passt, dann haltet euch einfach raus.«

»Schön«, murmelt er und gibt den Weg zur Treppe frei. »Aber komm dann nicht zu uns und beschwer dich, wir hätten dich nicht gewarnt.«

Allein dieser Satz treibt meine Wut schon wieder auf die Spitze. Schnaubend schüttle ich den Kopf. »Weißt du was, Jaspar? Falls ich mich jemals über mein Leben beschweren müsste oder Hilfe bräuchte oder sonst irgendwas, wärst du der Allerletzte, zu dem ich gehen würde. Ich habe es nämlich schon viel zu oft bereut, dich an meinem Leben teilhaben zu lassen.«

Ohne ihm Zeit für eine Erwiderung zu lassen, wende ich mich ab und stürme die Treppe hoch. Mein Herz brennt, weil es zwischen uns nicht so sein sollte. Wir sind Geschwister, verdammt. Familie.

Aber wie Leevi schon gesagt hat, muss das nichts bedeuten. Und das Wort *Bruder* ist keine Ausrede für Jaspars Verhalten. Keine Entschuldigung. Und auch kein Grund, um es einfach hinzunehmen und mich jedes Mal aufs Neue davon fertigmachen zu lassen.

Ihn von mir zu stoßen, schmerzt mehr, als ich ertrage. Aber solange er nicht in der Lage ist, sich zu ändern, werde ich es tun. Genauso mit Mom. Weil ich ohne die beiden und ihr rücksichtsloses Verhalten besser dran bin. Selbst wenn es bedeuten würde, dann allein zu sein.

Doch von allein bin ich zumindest hier auf Malcolm Island weit entfernt, wenigstens das habe ich allmählich gelernt. Das Dorf ist eine Familie für sich. Eine, die mehr gibt, als sie nimmt, und nichts im Gegenzug erwartet. So, wie es sein sollte. Nicht nur Leevi, sondern auch Laina, Sally, Auri, Tommy, Lavender und Jonne haben mir in den letzten Wochen gezeigt, dass sie für mich da sind, wenn ich sie brauche.

In meinem Zimmer angekommen, mache ich die Lichterkette an, werfe mich aufs Bett und schlage den Gedichtband auf, den Leevi mir geschenkt hat. Ich hätte heute Nacht bei ihm bleiben sollen. Egal, was für Fragen das aufwirft. Ich vermisse seine Wärme, das Streicheln seiner Finger auf meiner Haut, das Geräusch seines Atems, seine Stimme, sein Lachen.

Scheiße, ich vermisse alles an Leevi, und das schon wenige Minuten nachdem wir uns verabschiedet haben. Wie soll ich den wahren Abschied überleben?

Noch immer bin ich überwältigt von seiner Geste. Das Buch ist so ein simples Geschenk und doch bedeutsamer als das meiste, was ich in meinem bisherigen Leben geschenkt bekommen habe. Er wusste, dass ich die kleinen Gedichte liebe, die er mir oft auf Zetteln hinterlässt. Und obwohl wir die letzte Woche zerstritten waren, hat er es für mich besorgt, vorbereitet und eingepackt. Ich habe diesen Mann wirklich nicht verdient.

Beinahe andächtig blättere ich durch die kleinen Klebezettel, mit denen Leevi mir seine Lieblingsgedichte markiert hat. Wenn ich nur daran denke, wie er das Buch in den Händen hält, es liest und dabei an *mich* denkt, breitet sich Wärme in meinem Inneren aus. Wieder sehne ich mich zu ihm. In sein Bett, seine Arme, eng an seine Seite gekuschelt. Ich wünschte, Leevi würde mir die Gedichte vorlesen. Sie mir ins Ohr flüstern, während er sanft über meinen Rücken und meine Haare streicht und alles nach ihm duftet.

Okay, das reicht. Dafür, dass wir nur etwas Lockeres wollten, ist das zwischen uns ganz schön eskaliert. Leevi füllt jeden Winkel meines Kopfes, wenn ich mich nicht aktiv von ihm ablenke. Also mache ich genau das. Ich schlage das Buch ganz vorne auf, beginne zu lesen und versuche dabei, nicht an ihn zu denken.

Leider ist das schwierig, wenn ich glaube, ihn in jedem zweiten Gedicht wiederzuerkennen. So als kämen sie aus meinem eigenen Herzen und wären nur über ihn geschrieben worden. Ein Spiegel meiner Gefühle für ihn.

Heart, we will forget him,
You and I, tonight!
You may forget the warmth he gave,
I will forget the light.

Vielleicht sollte ich ihm doch noch mal schreiben. Nur, um mich erneut zu bedanken …

Ich habe das Smartphone schon in der Hand und drücke die verpassten Anrufe meiner Geschwister weg, als es leise an der Tür klopft.

»Ja?« Vermutlich ist es Jaspar, der es sich nun doch nicht verkneifen kann, noch mal nachzutreten. Automatisch versteife ich mich, strecke den Rücken durch und hebe das Kinn.

Doch stattdessen streckt Jenna ihren Kopf ins Zimmer. Sie ist bereits abgeschminkt – ein Zustand, in dem ich sie seit Jahren nicht mehr gesehen habe – und trägt ein übergroßes *Balenciaga*-T-Shirt als Schlafanzug. »Darf ich rein?«, flüstert sie.

»Okay«, sage ich möglichst neutral und bin überrascht, als sie sich neben mir aufs Bett setzt und nah an mich heranrutscht.

»Oh, das ist ja hübsch«, meint sie und streicht über die Blumen auf dem Cover des Gedichtbands, den ich eben zugeklappt habe.

»Ja. Das hab ich vorhin geschenkt bekommen.«

»Warst du bei einer Freundin?«

»Bei Leevi«, gestehe ich.

»Oh, wie süß von ihm.« Gedankenverloren streicht sie weiter über den Umschlag, bis sie sich plötzlich wieder zu erinnern scheint, warum sie hier ist, und ihn beiseitelegt.

»Ich bin eine miese große Schwester, oder?«, fragt sie, ohne mich anzusehen. Sie mustert ihre zierlichen Finger, mit denen sie am Saum ihres Shirts herumzupft.

»Wie kommst du darauf?«

»Na ja … Du bist die Erwachsene von uns beiden, obwohl ich älter bin. Du kümmerst dich um Dad, und ich … keine Ahnung. Ich rufe ihn nicht mal an, weißt du? Oder dich.«

»Ist schon okay«, versichere ich ihr leise. »Jeder macht es eben so, wie er es kann. Solange du nicht versuchst, mir ständig alles auszureden …«

»Jas kann echt ein Arsch sein«, pflichtet sie mir bei und zieht meine Bettdecke über ihre Beine.

»Kann man so sagen.« Mehr fällt mir nicht ein. Ich finde es surreal, dass Jenna mit mir in meinem Bett sitzt, als wären wir wieder Kinder. Wann waren wir uns das letzte Mal so nah? Vielleicht, als ich fünfzehn war?

»Dad geht's übrigens wieder gut«, versichert sie mir. »Wir haben mit Naemi gegessen und dann noch eine Folge CSI geschaut, während Jas brüten war.«

»*CSI* an Weihnachten?«, lache ich.

»Furchtbar, ich weiß. Er wollte keinen Film mehr anfangen, weil er zu müde war. Dafür schauen wir morgen *Liebe braucht keine Ferien*. Hat er mir versprochen.«

»Hat er was gegessen?«

»Ja. Jaspar hat ihm was warm gemacht. Für dich ist auch noch was da! Der Truthahn ist richtig gut geworden. Hattest du überhaupt Abendessen?«

Ich zucke mit den Schultern, doch mein Magen grummelt verräterisch. »Später vielleicht«, meine ich. Ich habe zwar Hunger, aber ich möchte diesen seltsam harmonischen Moment mit meiner Schwester noch ein wenig in die Länge ziehen. Mich noch ein bisschen länger so fühlen, als wären wenigstens wir beide eine Familie.

»Ich kann ja mitkommen«, schlägt sie vor. »Irgendwie habe ich auch schon wieder Hunger. Und wir könnten noch einen Film gucken! Jaspar ist vor ein paar Minuten ins Bett. Hab ihn im Bad gehört.«

»Wie früher«, stelle ich belustigt fest. Da haben wir uns auch manchmal nachts nach unten geschlichen, und Jenna hat für uns den Fernseher angemacht, weil sie immer beobachtet hat, wo Mom und Dad abends die Fernbedienung versteckten.

»Nur ohne dass wir Ärger kriegen«, schmunzelt sie, steht aus dem Bett auf und rafft meine Bettdecke zusammen. »Wie früher«, meint sie auf meinen fragenden Blick hin, und ich muss lächeln. Damals haben wir oft unsere Bettdecken mit ins Wohnzimmer genommen und uns dann darunterkuschelt. Aus irgendeinem Grund fühlt sich Bettwäsche auf einem Sofa tausendmal bequemer an als in einem Bett.

Ich lege den Gedichtband auf meinen Nachttisch, belade mich mit den Kopfkissen und schleiche gemeinsam mit Jenna die knarzende Treppe nach unten.

Kapitel 15

LEEVI

Alles ist schwer. Meine Füße, mein Kopf, meine Gedanken. Ich stehe auf unserem Kutter und helfe Dad dabei, das Netz einzuholen. Gischt spritzt mir ins Gesicht, Januarregen prasselt fast waagerecht auf uns ein. Die Kälte sitzt mir in den Knochen, gemeinsam mit der Erschöpfung.

»Pack an, Junge«, fordert Dad, und trotz meiner schmerzenden Hände ziehe ich fester.

Ich bekomme kaum mit, wie wir die Fische aus den engen Maschen befreien und ihr Schicksal besiegeln. In Gedanken bin ich weit weg von hier – muss es auch sein, um diese Arbeit noch zu ertragen. Vielleicht kommt es mir nur so vor, aber seit letzte Woche die neue Saison begonnen hat, ist es schwerer als sonst. *Noch* schwerer. Ich komme morgens kaum aus dem Bett, muss mich zwingen, aufzustehen und mich fertig zu machen. Und sobald ich mit Dad auf dem Schiff stehe, bin ich nur noch körperlich anwesend. Ich will das alles nicht mehr, verdammt.

Doch oft genug werde ich daran erinnert, dass das keine Rolle spielt. Immer, wenn ich Dad anschweige, statt endlich zu sprechen. Immer, wenn ich die Ärmel meines Pullovers zurückschiebe und mein linkes Handgelenk darunter zum Vorschein kommt. Immer, wenn Riven in meinem Arm liegt und mit ihren Fingern sanft über das Tattoo an dieser Stelle streicht.

But I have promises to keep,

Es ist, wie es ist. Mich dagegen zu sträuben, wird es nur schwieriger machen und doch nichts ändern.

Also lenke ich mich ab. Verbringe jede Sekunde auf dem Schiff gedanklich bei Riven und meine Freizeit auch körperlich. Ich bezweifle, dass wir noch irgendwen täuschen. Meine Eltern jedenfalls nicht mehr, und auch Mr. Williams wirft mir immer wieder wissende Blicke zu.

In den letzten Wochen habe ich zunehmend Zeit mit Rivens Dad verbracht. Aus einem eher versehentlichen Abendessen zu dritt wurde etwas Regelmäßiges, und scheinbar tut ihm der zusätzliche soziale Kontakt gut. Auch mit Sally und meinem Dad ist er wieder enger befreundet. Doch gleichzeitig baut er ab. Seine Erinnerungslücken werden scheinbar größer, und erst vor ein paar Wochen haben wir ihn im halben Dorf gesucht, weil er plötzlich verschwunden war. Wir fanden ihn wieder am Strand. Mit Schuhen diesmal, aber ziemlich verwirrt.

Während Rivens Abschied näher kommt, wächst also auch ihre Sorge um ihren Vater. In letzter Zeit geraten sie immer öfter aneinander. Sie streiten, weil er nach ihrer Abreise ins Heim soll. Streiten, weil er weiterhin nicht nach Toronto will. Streiten, weil sie nicht bleiben kann.

Ich schätze, man kann gar nicht anders, wenn das Leben einem so übel mitspielt. Sie sind Verbündete, solange sie gegen diese Krankheit kämpfen, und sobald diese ihnen eine Pause bietet, richtet sich all der Frust gegen den jeweils anderen.

Wenn ich daran denke, dass sie in weniger als einer Woche geht, fühlt es sich an, als würde die Gischt auf meinen Wangen zu Eis gefrieren und mir der Wind jegliche Luft aus den Lungen drücken. Wenn ich daran denke, dass sie geht, dann fühle ich nur noch Schmerz. Verzweiflung. Angst. Und schon jetzt den scharfen Stachel des Vermissens, der sich metertief in meine Brust gräbt. Wenn ich daran denke, dass sie geht …

Nein.

Ich denke nicht daran.

Ich denke an jetzt. An meinen Feierabend später. An das Lächeln, das sich auf ihren Lippen ausbreiten wird, und das Tattoo, dessen Entwurf ich zu Hause auf meinem Nachttisch liegen habe, versteckt in einem meiner Gedichtbände.

Obwohl sie so viel Zeit hatte, um sich umzuentscheiden, ist Riven bei ihrem Wunsch geblieben. Sie will eine Erinnerung, und ich soll sie aussuchen. Also habe ich genau das getan, auch wenn die Aufgabe in mir regelrechte Panik ausgelöst hat.

Was, wenn sie es nicht mag? Dieses Tattoo ist nichts, was sie einfach wieder wegwaschen kann. Nichts, was sie vergessen könnte. Es wird – so zumindest in der Theorie – für den Rest ihres Lebens auf ihrer Haut bleiben. Und wenn ich es vermassle … wenn ich etwas aussuche, das ihr nicht gefällt …

Oh Gott, der Gedanke ist fast genauso schlimm wie der an ihren Abschied. Seit Weihnachten denke ich darüber nach, und zwischen den tausend Sätzen, die ich in Erwägung gezogen habe, stach nur einer hervor, der perfekt zu ihr passt. Der lauter *Riven* schreit, als die anderen es je könnten. Ich hoffe nur, sie empfindet das genauso.

RIVEN

»Und du bist dir sicher, dass du das willst?«, hakt Leevi schon wieder nach.

Ich verdrehe die Augen und werfe ihm einen halb belustigten, halb genervten Seitenblick zu. »Ja.«

»Also vertraust du mir?« Er klingt geradezu misstrauisch. Als könnte er nicht glauben, dass das wirklich der Fall ist.

Ich muss lachen. »Im Ernst, du musst aufhören, das zu fragen. Langsam klingt es verdächtig. Als hättest du dir einen grandiosen Prank überlegt, und ich entdecke später einen Nacktmull auf meinem Arm.«

Er grinst. »Einen Nacktmull?«

»Oder was auch immer bei einem Prank von dir rauskommen würde.«

Er schüttelt den Kopf. »Du bist diejenige, die sich, ohne das Motiv zu kennen, ein Tattoo stechen lassen will. Ich glaube, ich habe jedes Recht, das zu fragen.«

»Es wird schon nichts Unanständiges werden. Oder?« Ich hebe prüfend eine Braue.

»Wer weiß ... Solche Zitate sind ja bekannterweise sehr frei interpretierbar.«

Ich stoße ihn in die Seite. »Und ich hoffe für dich, dass du jede mögliche Interpretationsweise vorher einmal durchdacht hast.«

»Hmm«, macht er unschuldig und vergräbt die Hände in den Hosentaschen.

»Wo genau gehen wir eigentlich hin?« Wir haben vor ein paar Minuten den Ortskern Sointulas verlassen und steuern nun auf ein einsames, ziemlich heruntergekommenes Haus direkt am Meer zu. Es wirkt nicht baufällig, aber man sieht dem Gebäude selbst im schwachen Abendlicht an, dass daran schon lange niemand mehr etwas gemacht hat. Hinter den schmutzigen Fenstern brennt vereinzelt Licht. »Ist das etwa dein Tattoostudio?«

»Hab ich was von einem Studio gesagt?«, fragt Leevi belustigt.

Ich mustere ihn von der Seite. Nein, wenn ich so drüber nachdenke, hat er das wirklich nicht. Er spricht nur immer von seinem Tätowierer. »Wie viele deiner bisherigen Tattoos haben sich entzündet?«, will ich wissen.

Jetzt lacht er. »Keins.«

»Und wie viele hast du noch mal genau?«

»Da bist du die Expertin, glaube ich.« Er zwinkert mir zu.

Ich boxe ihn gegen den Oberarm.

»He, was hat dir Tattoo Nummer 35 getan?«, will er wissen und reibt sich die Stelle.

Ich presse die Lippen zusammen und versuche vergeblich, mein Grinsen zu verbergen. Leevis wird dafür umso breiter. Natürlich übertreibt er wieder maßlos. Es sind gerade mal elf Stück.

»Sorry, 35«, murmle ich trotzdem und streichle versöhnlich über seinen Arm. Unsere Finger berühren sich und verhaken sich einen Moment lang miteinander.

Er räuspert sich. »Mach die anderen nicht neidisch.«

»Dann sage ich ihnen besser nicht, dass die 35 mein Lieblingstattoo ist.«

The woods are lovely, dark and deep,

Irgendwie hat sich dieser Satz in mein Gehirn gebrannt, noch mehr, als es die anderen seiner Tattoos getan haben. Es ist so Leevi. Und Leevi ist einfach …

Ich ziehe meine Hand zurück und werde rot, weil ich mir unweigerlich wieder vorstellen muss, wie ich über jedes von Leevis Tattoos streiche. Über schwarze Tinte auf nackter, warmer Haut.

Wir erreichen das kleine Holzhaus mit dem bemoosten Dach und der abblätternden Farbe. Das Fenster direkt neben der Haustür ist zugenagelt, was schon mal einen eher … ausladenden Eindruck macht. Trotzdem drückt Leevi unbekümmert die Klingel, und kurz darauf geht hinter der dunklen Milchglasscheibe in der Tür Licht an. Sie wird geöffnet und ein Typ Anfang zwanzig steht vor uns.

Er ist groß und eher schlaksig, aber nicht auf negative Weise. Seine ganze Statur hat etwas Sehniges und wirkt anziehend definiert. Dank seiner hochgekrempelten Ärmel kann ich seine Unterarme sehen. Sie sind trainiert und fast komplett mit Tattoos bedeckt.

Dennoch lenkt mich der Anblick nur kurz von seinem Gesicht ab. Seine dunklen Haare sind zerzaust, seine grünen Augen geradezu stechend. Ein Bartschatten bedeckt seine Wangen, und ich muss mich davon abhalten, ihn unverhohlen anzustarren.

Er hat eine Ausstrahlung, die meinen Kopf durcheinanderbringt, aber ich habe keine Ahnung, woraus sie besteht. Und das macht ihn verdammt interessant. Besonders in Verbindung mit dem Verwegenen, das an ihm klebt, als hätte er eine riesige Leuchtreklame mit der Warnung »Gefährlich« über dem Kopf hängen. Vor mir steht ein Mensch, den ich nicht lesen kann. Und das ist selten.

»Ich hab gehört, ihr braucht einen Tätowierer?«, grüßt der Kerl uns und lehnt sich lässig mit einer Schulter gegen den Türrahmen. Ein schiefes Lächeln breitet sich auf seinem Gesicht aus und lässt ein Grübchen auf seiner linken Wange entstehen. Sein Blick wandert über mich. Nicht auf eine unangenehme Weise, eher genauso interessiert, wie ich ihn eben gemustert habe. Und eine Sache glaube ich immerhin jetzt schon über ihn herausgefunden zu haben. Er ist kein bisschen gefährlich. Er sieht nur verdammt noch mal so aus.

»Riven, das ist Jarkko«, stellt Leevi ihn vor. »Ein guter Freund von mir.«

»Und der beste Tätowierer Sointulas«, fügt dieser mit einem verwegenen Schmunzeln hinzu.

»Der *einzige* Tätowierer Sointulas«, korrigiert Leevi schnaubend. »Aber okay, auch ein ziemlich guter. Jarkko, das ist Riven. Mr. Williams' Tochter.«

Er nickt. »Schon mal gesehen.«

»Echt?«, frage ich überrascht. Er ist mir nie aufgefallen, weder im vergangenen Vierteljahr noch damals in meiner Kindheit.

»Klar. Ich bin hier aufgewachsen, als ob wir uns da nie über den Weg gelaufen wären. Aber ich nehm's dir nicht übel, die meisten Leute verdrängen meine Existenz ganz automatisch. Ich bin praktisch unsichtbar. Hilft, wenn ich mal wieder eine Bank ausraube.«

Leevi seufzt. »Können wir uns den düsteren Sarkasmus für später aufheben?«

Jarkko zuckt mit den Schultern und tritt beiseite. »Immer reinspaziert.«

Wir folgen ihm in den schmalen Flur, und das Erste, was mir auffällt, ist die regelrechte Sammlung an Müll, die sich gegenüber einer voll behangenen Garderobe an der Wand auftürmt. Der Großteil scheint Altglas zu sein, primär Weinflaschen und anderer Alkohol. Was in den schwarzen Müllsäcken daneben ist, weiß ich nicht und will ich auch nicht wissen.

Ich wende den Blick davon ab und ziehe meine Jacke aus. Das geht mich nichts an.

Das Wohnzimmer, in das Jarkko uns führt, ist immerhin halbwegs ordentlich. Nicht unbedingt aufgeräumt, aber auch nicht unordentlicher als beispielsweise das von Leevis Eltern. Dennoch spiegelt es das Äußere des Hauses wider. Alles wirkt alt, heruntergekommen, reparaturbedürftig.

»Rest der Familie ist ausgeflogen«, lässt Jarkko uns wissen und tritt zu einem abgewetzten Ledersessel, auf dessen Beistelltisch sein Tätowierequipment aufgebaut ist. Auffordernd nickt er mir zu, und ich setze mich.

Wer wohnt noch mit ihm hier? Seine Eltern? Geschwister? Was für Verhältnisse herrschen hier? Ich fürchte, Jarkko ist einer dieser Menschen, bei denen die Familie mehr über sie aussagt, als sie selbst es je könnten. Und das ist nicht unbedingt etwas Gutes, denn es bedeutet meist, dass etwas im Argen liegt.

»Also«, sagt er und rückt seine Utensilien zurecht. Seine langen Finger wandern mit absoluter Selbstverständlichkeit darüber. Jarkko schaut mich direkt an, und sein Blick lässt mich innehalten. »Ich weiß, hier sieht es aus wie ...« Sein Mundwinkel zuckt, und kurz kommt das Grübchen zum Vorschein. »Na ja, wie es in einem Alkoholikerhaushalt eben aussieht, aber ich schwöre, ich desinfiziere nicht mit Whiskey.«

Ich kann nicht verhindern, dass ich überrascht die Brauen hebe. Natürlich konnte ich mir das schon denken, aber ich hätte nicht damit gerechnet, dass er mir diese Info so direkt hinklatscht, als wäre nichts dabei. Dennoch ist mir die Situation unangenehm. Offenbar unangenehmer als ihm, und ich habe das dringende Bedürfnis, sie mit einem Scherz aufzulockern.

»Sondern mit Korn?«, entwischt es mir, und er lacht auf.

»Scheiße, warum kriege ich immer die frechen Kunden?« Er wirft Leevi einen vielsagenden Blick zu.

»Sorry.« Ich grinse verlegen. Jarkko nickt anerkennend, als hätte ich mit diesem Witz eine Prüfung bestanden.

»Und du bist dir sicher, dass du dir von dem Nerd da ein schnulziges Tattoo aussuchen lassen willst? Nicht lieber 'nen Totenkopf oder so? Ich versuche ja seit Jahren, Leevi 'nen Anker anzudrehen. Oder ein Herz mit einem Pfeil durch, unter dem *Mom* steht.«

»Auf deinem Hintern ist doch noch Platz«, meine ich an Leevi gewandt, der belustigt die Augen verdreht. »Ich glaube, das ist schon okay so«, antworte ich ernster.

Mittlerweile bin ich so weit, Jarkko mit diesem Tattoo zu vertrauen. Oder generell ihm. Seine sarkastisch-scherzhafte Art erinnert mich an Leevi, wenngleich sie um einiges bitterer ist. Auch wenn sie auf den ersten Blick wirken wie Tag und Nacht, verstehe ich, wieso die beiden befreundet sind. Und wem Leevi vertraut, dem vertraue auch ich.

»Also gut«, meint Jarkko. »Dann zeig mal her.«

Leevi holt einen kleinen gefalteten Zettel aus seiner Hosentasche und hält ihn ihm entgegen. Die beiden wenden mir den Rücken zu, sodass ich nicht sehen kann, was darauf steht. Wie besprochen. Dennoch wird mir jetzt mulmig zumute.

Jarkko wiegt den Kopf hin und her. »Mhm. Okay. Genau so?«

»Jap.«

»Na, meinetwegen. Ich mach eben den Abzug.« Sie lösen sich voneinander, und er faltet den Zettel wieder zusammen. Bevor er geht, lehnt er sich noch einmal zu Leevi und raunt diesem etwas ins Ohr, das ich nicht verstehe. Jarkko zwinkert mir zu und verschwindet zurück in den Flur.

»Was hat er gesagt?«, will ich wissen.

»Er hat mich beleidigt«, sagt Leevi ohne jede Spur von Groll und schmunzelt.

»Das macht er öfter, kann das sein?«

»Ist sein Ding.« Er kommt zu mir und lässt sich auf die Armlehne des Sessels sinken. »Ganz sicher?«, fragt er schon wieder. »Du willst es wirklich nicht vorher sehen?«

»Wenn du mich das noch mal fragst, nehme ich den Totenkopf.«

Leevi hebt herausfordernd die Brauen, doch ich wechsle schnell das Thema, bevor er die Drohung zu ernst nimmt. Ich räuspere mich und senke meine Stimme. »Was meinte er mit Alkoholiker? Er ist doch nicht …?«

»Jarkko trinkt nicht. Keine Sorge, er ist nüchtern und weiß genau, was er tut. Außerdem hat der Typ eine so ruhige Hand, der hätte auch Chirurg werden können.«

»Erzähl das mal bitte unseren früheren Lehrern«, ertönt Jarkkos Stimme. Er betritt soeben wieder den Raum und versteckt dabei etwas hinter seinem Rücken. »Wenn's nach denen geht, bin ich ja selbst zum Tätowieren nicht zu gebrauchen. Also. Wohin soll's?«

Ich schiebe den rechten Ärmel meines Pullovers hoch und zeige ihm die Stelle, die ich mir ausgesucht habe. Längs von meinem Handgelenk ausgehend meinen Arm entlang – ein Spiegelbild zu Leevis Tattoo. Ich fahre sie mit dem Finger nach. »So, dass es am Handgelenk endet. Geht das?«

Jarkko nickt fachmännisch und fängt ohne weitere Nachfrage an, die Stelle zu säubern. »Du hast da zwar eh nur Flaum, wenn überhaupt, aber ich würde das trotzdem mal rasieren, ja?«

»Klar.«

Von Leevi kommt keine Reaktion. Ich drehe mich zu ihm um und treffe seinen fast schon entsetzten Blick.

»Was?«, will ich wissen.

»Ähm … nichts. Es ist nur … Das ist eine echt präsente Stelle.«

Ich kneife die Augen zusammen. »Das Tattoo ist doch tageslichtkonform, dachte ich?«

»Ja, schon …«

»Was spricht dann dagegen?«

»Nichts, nur … Da siehst du es ja immer.«

Ein Kribbeln macht sich in meiner Magengrube breit. »Genau deswegen soll es ja da hin«, gestehe ich. Was auch immer Leevi mir da ausgesucht hat, ich will es sehen können. Jederzeit. Ich will die Worte lesen und an ihn denken. Ich will, dass jeder

Blick auf dieses Tattoo ein warmes Gefühl in meiner Brust verursacht, und ich will dieses Gefühl unendlich oft, immer wenn ich es brauche.

Leevi hält meinen Blick, und am liebsten hätte ich ihn an mich gezogen und ihn geküsst. In letzter Zeit möchte ich das ständig machen, aber es vor anderen Menschen zu tun, würde auch die letzte unserer Grenzen überschreiten. Und das, obwohl wir doch ohnehin schon so verzweifelt versuchen, uns an dieser lockeren Vereinbarung von damals festzuklammern. Ich schlucke das Verlangen herunter, wo es in meiner Magengrube vor sich hin schwelt wie heiße Kohlen, und sehe wieder zu Jarkko. Der hält mir soeben einen dünnen Streifen Text auf den Arm, den er aus einer Zeitung ausgeschnitten hat.

»Hier?«, hakt er nach. »Oder noch ein bisschen weiter rechts?« Er schiebt ihn ein kleines Stück zu meinem Handgelenk.

»So ist es perfekt.«

»Okay. Dann ab jetzt bitte wegschauen.«

Ich drehe den Kopf wieder zu Leevi auf meiner anderen Seite. Er sieht von meinem Arm auf und trifft meinen Blick. Nachdenklich und ein wenig wehmütig. Ich schlucke.

Mein Mund wird trocken, wenn er mich so ansieht. Das Atmen fällt mir schwerer. Gänsehaut breitet sich auf meinen Armen aus, was für das Tattoo sicher nicht förderlich ist. Ich spüre, wie Jarkko mein Handgelenk desinfiziert und seine Vorlage auf meine Haut überträgt. Seine langen Finger schließen sich um meinen Unterarm, und kurz darauf füllt das Surren der Nadel den Raum.

Ich taste mit meiner freien Hand nach Leevis, zu gefesselt von seinen braunen Augen, um wegzusehen, und er verschränkt seine Finger mit meinen.

Jarkko setzt die Nadel an. Ich verziehe bei dem leichten Schmerz unvermittelt das Gesicht, und Leevi …

Leevi scheitert daran, sich ein Schmunzeln zu verkneifen.

»Was ist so lustig?«, beschwere ich mich und verziehe das Gesicht noch weiter, weil das unangenehme Ziepen anhält.

»Sorry«, lacht er und schüttelt hilflos den Kopf. Das Lächeln auf seinen Lippen wird breiter, und in meiner Magengrube glimmt erneut Sehnsucht auf. »Du ziehst immer so süß die Nase kraus, ich kann nicht anders.«

Ich versuche mich an einem Schmollmund, aber es wird eine merkwürdige Mischung aus Lächeln und Grimasse. Leevi lacht noch mehr. Jarkkos Griff um meinen Arm festigt sich, wahrscheinlich um zu verhindern, dass ich ihm mit dem Gewackel die Arbeit versaue.

Ich löse meine Finger aus Leevis und schiebe etwas umständlich seinen linken Ärmel hoch, um das Tattoo zu entblößen. Dieselbe Stelle wie meines. Da, wo er es immer sieht, eine konstante Notiz an sich selbst.

But I have promises to keep,

Ich streiche mit den Fingerspitzen über die schwarzen Lettern. Dass ich immer noch nicht weiß, was es bedeutet, fuchst mich. Es ist, als sollte es Leevi an etwas erinnern. Irgendetwas, was er erledigen muss. Immerzu. *Promises to keep.* Ein Versprechen, das er halten muss. Oder vielleicht eine Verpflichtung. Aber wem gegenüber? Der Satz steht im krassen Widerspruch zu dem auf seinem Oberarm. Und das irritiert mich, weil gerade der es ist, der so sehr *Leevi* schreit.

Jarkko setzt die Nadel an einer besonders schmerzhaften Stelle an, und ich schließe kurz gequält die Augen. Diesmal lacht Leevi nicht. Er mustert mich schweigend. Hat es wahrscheinlich die ganze Zeit über getan, während ich in Gedanken versunken war. Ich glaube, er sieht wie so oft die Frage in meinen Augen, aber er geht nicht darauf ein.

»Wie kommst du klar?«, will Jarkko wissen, und Leevi nimmt wieder meine Hand.

»Gut«, erwidere ich ehrlich und muss mich daran erinnern, ihn dabei nicht anzuschauen. Der Schmerz ist unangenehm, aber nicht furchtbar. Mein Gehirn kann sich nur noch nicht ganz entscheiden, ob es sich auf ihn konzentrieren soll oder auf Leevis viel zu schönes Gesicht.

»Brauchst du was?«, fragt dieser jetzt. »Was zu trinken?«

»Korn?«, gluckst Jarkko.

Ich schüttle den Kopf. Gegen ein Wasser hätte ich jetzt zwar nichts einzuwenden, aber … dann müsste Leevi aufstehen. Meine Hand loslassen. Aus dem Raum gehen. Und das ist es mir nicht wert.

Ich habe völlig das Zeitgefühl verloren. Der Schmerz wird stärker, je länger Jarkko an meinem Handgelenk arbeitet, und irgendwann schließe ich die Augen und lasse meinen Kopf gegen Leevis Schulter sinken, der immer noch neben mir auf der Lehne sitzt. Die beiden fangen an, sich leise zu unterhalten. Jarkko fragt, wie das Geschäft läuft, Leevi erkundigt sich im Gegenzug nach seiner Mutter. Jedes Mal antwortet Jarkko nur knapp. Generell scheint er nicht unbedingt ein Mann der vielen Worte zu sein. Vielleicht liegt es aber auch daran, dass er sich auf seine Arbeit konzentriert. Dennoch fange ich an, ihn zu mögen.

Er fragt mehrfach, ob wir eine Pause machen sollen, und erklärt mir, dass man bei so feinen Tattoos wie meinem sehr genau arbeiten muss, weil jeder noch so kleine Fehler sofort auffallen würde. Auf die Frage, ob er sich das alles selbst beigebracht hat, antwortet er nur mit einem Ja und schweigt anschließend wieder.

Es ist beeindruckend. Leevis Tattoos sehen aus wie gedruckt. Kleine Kunstwerke, obwohl es nur Schrift ist. Es muss schwierig sein, so genau und präzise zu arbeiten, erst recht auf Haut.

»So.« Das Geräusch der Nadel verstummt, und ich höre, wie Jarkko sie beiseitelegt. Er wischt die Tinte von meinem Arm und reibt ihn mit irgendetwas ein. »Fertig.«

Leevi versteift sich merklich, und ich schlucke. Die ganze Zeit über war ich kaum nervös wegen des Tattoos, weil ich ihm voll und ganz vertraue. Aber jetzt … Jetzt kribbelt alles in mir vor Aufregung.

Er räuspert sich. »Bereit?«

Ich nicke, reiße mich widerwillig von seinen braunen Augen los und drehe den Kopf.

Das Erste, was mir auffällt, ist, wie hübsch es ist. Wie filigran. Als Nächstes erkenne ich Leevis Handschrift, bei der er sich diesmal besonders viel Mühe gegeben zu haben scheint, und erst dann sickern die Worte zu mir durch, die da in schwarzer Tinte auf ewig unter meiner Haut stehen.

I wish you a kinder sea.

Ich muss so unvermittelt weinen, dass ich keine Chance habe, die Tränen zurückzuhalten. Ein überraschtes Schluchzen entweicht mir, und ich ringe vergeblich um Fassung. Das ist … er …

»Shit, Riv …« Leevis Stimme dringt zu mir durch, und ich drehe den Kopf wieder zu ihm. Tränen tropfen mir vom Kinn und auf meine Jeans.

»Ich, äh … geh mal die Rechnung schreiben«, murmelt Jarkko und huscht aus dem Zimmer.

Aus Leevis Blick spricht pure Verzweiflung. »Magst du es nicht? Das ist Emily Dickinson. Scheiße, ich dachte echt, das würde dir gefallen, tut mir leid.«

Ich ziehe meine Hand aus seiner, bringe jedoch keine Worte heraus. Sein Gesichtsausdruck wird noch trauriger.

»Shit, Riv, das … ich wollte nicht …«

Seine Worte dringen gar nicht richtig zu mir durch. Mein Herz quillt über vor Rührung und Liebe für diesen Mann, und alles in mir schmerzt vor Wehmut.

Ich lege meine Finger in Leevis Nacken und ziehe ihn zu mir herunter, bis ich ihn küssen kann. Nur kurz, weil Leevi dasitzt wie versteinert, aber dieser Moment, das Gefühl seiner Lippen auf meinen, brennt sich dennoch in mein Gedächtnis, bis es ebenso unauslöschbar ist wie das Tattoo.

Er schweigt. Seine Augen suchen mein Gesicht ab, als erhoffte er sich darin eine Erklärung. Ob für den Kuss oder für meine Tränen, weiß ich nicht. Vermutlich beides, doch es hängt ja auch zusammen.

Ich weine vor Glück, vor Zuneigung, vor Ergriffenheit. Noch nie habe ich mich so verstanden gefühlt.

»Leevi«, flüstere ich und lächle ihn an. »Ich liebe es.«

Er atmet heftig aus, als hätte er bis eben die Luft angehalten. Meine Finger liegen noch immer in seinem Nacken, und ich ziehe ihn vorsichtig wieder näher zu mir. Leevi schluckt und senkt den Kopf. Er lehnt seine Stirn an meine und fährt mit seiner Nase meine Wange entlang. »Wirklich?«, haucht er. »Du weinst.«

»Weil es so schön ist, Leevi.« Ich schiebe meine Finger höher, bis in seine Haare, und überbrücke den letzten Abstand zwischen unseren Lippen. Diesmal erwidert Leevi den Kuss. Behutsam, als könnte er etwas kaputt machen, wenn er sich nicht zurückhält. Ich öffne meinen Mund ein wenig und fahre mit der Zunge über seine Unterlippe.

Wieder entweicht ihm ein Aufatmen, das einem Seufzen gleicht. Er legt seine Hände an meine Wangen, küsst mich inniger, und mit einem Mal ist mir egal, dass wir nicht allein sind und Jarkko jeden Moment zurückkommen könnte. Es wäre mir egal, wenn die ganze Insel uns sähe, oder ganz Toronto, oder meinetwegen die ganze Welt. Meine Gefühle für Leevi, die ich so lange eisern unter Verschluss gehalten habe, sprudeln nun über und müssen endgültig aus mir heraus.

Ich ziehe ihn an seinem Pullover näher zu mir, und er rutscht von der Lehne mit auf die Sitzfläche des Sessels, ohne den Kuss dabei zu unterbrechen. Sein Körper drückt sich warm an meinen, und ich lege meine Beine über seinen Schoß, um ihm noch näher zu sein, schmiege mich enger an ihn.

Leevi legt mir einen Arm um die Taille und hebt mit der anderen Hand mein Kinn ein wenig an. Seine Zunge wandert in meinen Mund und …

»Was zur Hölle geht hier ab?«

Die fremde Frauenstimme lässt mich zusammenfahren, und Leevi stöhnt auf. Er löst sich von mir, um den Kopf zu drehen, und ich muss den Hals recken, um an ihm vorbei zur Tür sehen zu können.

Eine junge Frau mit langen schwarzen Locken steht dort, noch in Jacke und Schuhen. Sie mustert uns aus grünen Augen, eine Mischung aus Irritation, Belustigung und Ärger auf ihrem Gesicht. Sie sieht Jarkko verdammt ähnlich. Seine Schwester?

»Hey, Mona«, sagt Leevi, und ich höre das verschmitzte Grinsen aus seiner Stimme heraus.

Ich hebe verlegen die Hand zum Gruß, und die Fremde schnaubt. »Hi. Warum genau macht ihr in meinem Wohnzimmer rum?«

»Bitte?« Jarkko steckt seinen Kopf zur Tür rein, und sofort verfinstert Monas Gesicht sich.

»Ich hab mich schon gefragt, wo du dich rumtreibst.«

»Dir auch einen schönen Abend, Schwesterherz.« Er wuschelt ihr im Vorbeigehen durch die Haare, was auf lautstarken Protest stößt, und kommt wieder zu uns. »Hab ich die Show verpasst? Ihr könnt gleich weitermachen, aber ich muss das erst sicher verpacken.« Er weist auf mein Tattoo und beugt sich über den Beistelltisch.

»Wo ist Mom?«, will Mona wissen.

»Keine Ahnung«, gibt Jarkko tonlos zurück. »Nicht hier.«

»Wenn du schon nicht arbeitest, könntest du wenigstens ein Auge auf sie haben.«

»Ich bin nicht ihr Babysitter.«

Sie schnaubt erneut, dann verlässt sie ohne ein Wort das Wohnzimmer, und ich höre sie die Treppe hochstapfen.

»*One big happy fucking family*«, murmelt Jarkko.

Ich räuspere mich. »Du meintest was von einer Rechnung?«

Belustigt schaut er zu mir auf. »Das war nur eine Ausrede, um aus dem Zimmer zu flüchten. Ich hab in meinem Leben noch keine Rechnung geschrieben.«

»Außerdem zahle ich das Tattoo«, fügt Leevi hinzu. »Wie besprochen. Ich suche aus, ich zahle.«

»Was du nicht müsstest«, gibt Jarkko zu bedenken. »Du gibst mir sowieso jedes Mal zu viel für das bisschen Tinte.«

»Ich zahle ja auch nicht für die Tinte, sondern für deine Zeit und dein Können.«

»Meine Zeit ist nichts wert, Kumpel.«

Mit einem Ächzen schiebt Leevi meine Beine beiseite und steht aus dem Sessel auf. »Ich diskutiere das nicht schon wieder. Du kriegst von mir dasselbe, wie das Tattoo in einem Studio gekostet hätte, und basta.« Er zieht ein paar Scheine aus seiner Jeans und schiebt sie Jarkko, der noch mit meinem Arm beschäftigt ist, in die hintere Hosentasche.

»Wenn du meinst«, brummt dieser kopfschüttelnd und wickelt Folie über mein Tattoo. »War mir eine Freude, mit euch Geschäfte zu machen.«

Kapitel 16

LEEVI

Rivens Berührungen brennen immer noch nach, als wir uns an der Haustür von Jarkko verabschieden. Ich fühle mich wie benebelt, weil ich in Gedanken halb in dem Kuss festhänge. Sie hat mir damit den Boden unter den Füßen weggezogen, und ich habe ihn bis jetzt nicht wiedergefunden.

Abgesehen von dem Zwischenfall mit Laina bei Auris Party war es das erste Mal, dass uns jemand so zusammen gesehen hat. Und es schien sie kein bisschen zu stören.

Was bedeutet das? Ist da jetzt mehr zwischen uns, oder sollten wir die Grenze doch wieder hochziehen? Vielleicht bereut sie es. Vielleicht sollte *ich* es bereuen, doch das tue ich nicht. Ich kann nur verzweifelt mehr wollen. Immer und immer wieder mehr.

Wir laufen schweigend nebeneinanderher. Riven hat ihre Finger mit meinen verschränkt, als wäre es das Normalste auf der Welt, dass wir Händchen haltend durchs Dorf laufen, und hebt immer wieder ihren rechten Arm. Sie sieht darauf hinunter, als könnte sie durch ihre Jacke und den Pullover bis auf das Tattoo sehen. Das Tattoo, das sie *liebt*.

Die Worte erschlagen mich immer noch.

Der Gedanke, sie könnte irgendwas von mir lieben, und seien es nur diese sechs Worte in meiner Handschrift, ist überwältigend.

Hinter den Fenstern von Mr. Williams' Haus ist es bereits dunkel. Er geht in letzter Zeit immer früher ins Bett, und ich bin mir nicht sicher, ob er uns damit womöglich bewusst entgegenkommt. Wir ziehen an der Garderobe Schuhe und Jacken aus und schleichen uns die knarzende Treppe hoch bis in Rivens Zimmer.

Kaum dass wir es betreten haben, spüre ich ihre Finger am Saum meines Pullovers und drücke sie mit dem Rücken gegen die geschlossene Tür.

Sie zieht mich aus und ich sie, bis wir beide nur noch unsere Unterwäsche tragen. Das Gefühl ihrer Finger in meinen Haaren und ihrer nackten Haut auf meiner ist gleichzeitig vertraut und jedes Mal aufs Neue aufregend. Ich werde mich nie daran gewöhnen, wie sie sich anfühlt. An ihre Berührungen, ihren Duft, das leise Geräusch ihres Atems. Natürlich nicht. Wie auch, wenn wir nur noch ein paar Tage haben, bevor alles vorbei ist?

Ich muss den Gedanken gewaltsam von mir schieben. Riven gewinnt wieder die Überhand, meine Erregung mit ihr. Ihre Lippen versiegeln meine, und ich hebe sie hoch, trage sie zum Bett und lasse uns darauf sinken. Riven schlingt ihre Beine um meine Hüften und sorgt so dafür, dass mein Schritt gegen ihren drückt. Ein leises Stöhnen entfährt ihr, und ich locke mit einer kreisenden Bewegung meines Beckens noch ein weiteres hervor.

Sie lässt ihre Finger durch meine Haare wandern, meinen Nacken hinab und über meine Brust. Ich schiebe meine Hand zwischen uns, in Rivens Slip, und dringe mit zwei Fingern in sie ein.

Schon jetzt ist sie unheimlich feucht. Und obwohl sich alles an mir danach sehnt, in ihr zu sein, ihre Enge um mich zu spüren, eins mit ihr zu werden, halte ich mich zurück. Riven kommt immer zuerst, wenn wir miteinander schlafen. Über die Monate hinweg hat sich das wie eine Tradition etabliert, und ich habe nicht das Bedürfnis, es zu ändern. Es ist meine Art, sie auf Händen zu tragen. Wenn ich ihr sonst nichts geben kann, dann wenigstens das.

Ich löse meine Lippen von ihren und lasse meinen Mund tiefer wandern. Über ihren Hals, ihr Schlüsselbein, ihre Brüste.

Riven reckt sich mir entgegen und hebt ihr Becken ein wenig, damit ich sie leichter ausziehen kann. Ich küsse ihre Rippenbögen. Ihren Bauch. Die Kuhle neben ihrem Beckenknochen. Tiefer. Ein Keuchen entweicht ihr. Ich knete mit den Händen ihre Brüste, während ich mit der Zunge ihren Kitzler umkreise. Riven schlingt ihre Beine um meinen Rücken und stöhnt meinen Namen. Leise, aber dennoch laut genug, dass ich ihn deutlich hören kann. Und als sie kurz darauf mit ihren kurzen Fingernägeln über meinen Nacken fährt und sich erneut in meine Haare krallt, höre ich endgültig auf zu denken.

RIVEN

Leevi saugt an mir, dringt mit seiner Zunge in mich ein und bringt mich fast um den Verstand. Ich klammere mich an ihm fest und stöhne in mein Kissen. Der Orgasmus nimmt mir ein paar Sekunden lang den Atem, während Leevi mich weiter leckt und dafür sorgt, dass sich jede Faser meines Körpers zusammenzieht.

Seine Daumen fahren noch einmal mit sanftem Druck über meine harten Nippel, bevor er seine Finger sanft über meine Seiten hinuntergleiten lässt. Er legt die Hände fest an meine Taille und küsst sich wieder meinen Bauch empor, über meine empfindlichen Brüste bis zu meinem Kinn.

Ich drehe den Kopf, um ihn zu küssen. Mein Herz ist so voll mit Leevi, dass es sich anfühlt, als müsste es gleich platzen. Jeder Millimeter Abstand zwischen uns ist einer zu viel. Wenn ich könnte, würde ich mit ihm verschmelzen. Eins werden. Ihn nie, nie wieder loslassen.

In einer endlosen Bewegung streichen meine Finger durch seine Locken. Immerzu über seinen Hinterkopf, seinen Nacken hinab, dann hinter seinem Ohr wieder hinauf bis zu seiner Schläfe. Leevi öffnet mein Nachtkästchen, ohne unseren Kuss zu unterbrechen. Er tastet mit einer Hand in der Schublade und holt kurz darauf ein Kondom hervor. Ich schiebe ihm die Boxershorts halb von den Hüften, zu ungeduldig, um sie ihm ganz auszuziehen, und lasse ihn gerade genug Raum zwischen uns bringen, um sich das Kondom überzuziehen.

Langsam schiebt Leevi sich in mich. Füllt mich aus. Dringt ganz in mich ein, während ich ihn wieder eng an mich ziehe. Sein Atem streift meine Wange, dann meine Lippen, und sein Kuss löst mich auf. Alles verschwimmt, so wie wir miteinander verschwimmen. Das Gefühl von ihm in mir nimmt überhand, breitet sich bis in meine Brust aus, macht mein Herz noch voller. Es ist, als würde er jede Faser meines Seins einnehmen. Mit mir verschmelzen. Einen Teil von mir ausfüllen, von dem ich nicht wusste, dass er leer ist.

I wish you a kinder sea.

Ich liebe ihn. Ich liebe Leevi so sehr, dass es mir körperlich wehtut. So sehr, dass es all meine Gedanken beherrscht. So sehr, dass ich beinahe schon wieder weinen muss. Aber ich reiße mich zusammen. Ich weiß, dass er aufhören würde, sobald ich damit anfange. Und das will ich nicht. Ich will diesen Moment genießen, weil es ebenso gut das letzte Mal sein könnte, dass wir miteinander schlafen. Uns so nah sind. Dass *irgendwer* mir so nah ist.

Vielleicht sollte es das letzte Mal sein. Weil es so perfekt ist und alles andere nur noch mehr wehtun würde. Es ist Zeit für einen Abschied. Ob wir wollen oder nicht. Ich wollte meine Freistellung verlängern. Wenigstens noch ein paar Wochen länger bleiben. Doch Faiza hat mir klargemacht, dass selbst sie dann nicht mehr dafür sorgen kann, dass ich den Job behalte.

Ich streiche über Leevis Brust und seinen Rücken, spüre den Muskeln nach, die seit Beginn der Saison wieder definierter werden. Sein Stöhnen wird von meinen Lippen verschluckt, als er nun härter in mich stößt. Ich drücke ihm mein Becken entgegen, seine Hand knetet meine Brüste. Ein Zittern ergreift von ihm Besitz, dennoch macht er weiter. Ich schiebe meine Finger zwischen uns und reibe mich selbst.

Unser Atem geht stoßweise, mein Körper prickelt vor Erregung. Wir kommen fast gleichzeitig, und Leevi richtet sich ein Stück weit auf, um meine Finger mit seinen zu ersetzen. Er bewegt sich wieder langsamer in mir, reibt mit sanftem Druck über meinen Kitzler, und ich wünschte, ich hätte das Licht angemacht. Ich wünschte, ich könnte ihn jetzt klarer sehen – seine zerzausten Haare, die braunen Augen. Dieses Gesicht, das ich so liebe, und diesen Körper, der in mir so viel Verlangen weckt.

Allmählich ebbt der Orgasmus ab. Leevi zieht sich aus mir zurück, und ich lasse widerwillig zu, dass er kurz aus dem Bett aufsteht, um das Kondom zu entsorgen. Wir haben es nicht mal unter die Bettdecke geschafft, und ich breite sie halb über mir aus, zu erschöpft, um sie ganz aufzufalten.

Leevi hilft nach und legt sich zu mir. Er schmiegt sich nackt an meinen Rücken und schlingt seinen Arm schwer um meine Mitte. Wir reden nicht, müssen es auch nicht tun. Ich schließe die Augen und spüre seinen Herzschlag zwischen meinen Schulterblättern, stark und heftig. Leevi drückt einen Kuss in meinen Nacken, und ich klammere mich an seinem Arm fest.

»Gute Nacht«, flüstere ich.

Seine Nase streift meinen Hals. Seine Stimme ist rau. »Nacht, Riv.«

Als ich aufwache, bin ich allein. Noch immer ist es dunkel, die warme Bettdecke ist mir bis unters Kinn gezogen, doch die andere Seite des Bettes ist kalt. Verschlafen taste ich nach dem Schalter meiner Nachttischlampe und knipse das Licht an. Es ist ein Uhr nachts, wie mir ein Blick auf mein Handy sagt. Aber keine Nachricht von Leevi.

Normalerweise geht er erst frühmorgens, bevor er zur Arbeit muss. Aber heute ist Sonntag, und das tut er nie, ohne mich zu wecken oder mir zu schreiben. Seine Klamotten sind weg, sein Smartphone jedoch liegt auf meinem Nachttisch.

Vielleicht ist er nur kurz im Bad. Ich lehne mich mit dem Rücken gegen das Kopfende meines Bettes, mummle mich tiefer in die Decke ein und warte – vergeblich.

Als er auch nach zwanzig Minuten nicht zurückkommt, schlüpfe ich kurzerhand in eine Jogginghose und einen Hoodie und husche aus dem Zimmer. Auf dem Flur ist es still. Die Badezimmertür steht offen, das Licht ist aus. Zur Sicherheit knipse ich es an, doch der kleine Raum ist leer, weshalb ich ins Erdgeschoss schleiche. Aber weder in der Küche noch im Wohnzimmer kann ich Leevi entdecken.

Hat er das Handy vergessen und es zu spät gemerkt? Klingeln, damit ich ihn noch mal reinlasse, kann er ja schlecht, wenn Dad schläft.

Ich könnte es ihm nicht übel nehmen. Dennoch bin ich ein wenig enttäuscht, somit keine seiner üblichen Nachrichten zu bekommen. Ich lösche das Licht im Wohnzimmer wieder und will mich gerade der Treppe zuwenden, als mein Blick auf die Haustür fällt. Hinter der Milchglasscheibe ist es hell draußen. Das Verandalicht ist an.

Ich gehe hinüber zur Tür und ziehe probehalber daran. Sie schnappt auf, ohne dass ich die Klinke drücken muss, und kalte Nachtluft strömt mir entgegen. Verwirrt mache ich einen Schritt nach draußen. Und tatsächlich. Leevi sitzt auf einem der alten Gartenstühle, eine Decke vom Sofa über seine Beine gelegt, den Arm auf der Lehne abgestützt, und starrt auf die dunkle Straße.

»Leevi?«, frage ich leise.

Sein Mundwinkel zuckt, so als hätte er nur darauf gewartet, dass ich ihn finde, und doch gehofft, dass ich es nicht tue. Er dreht mir das Gesicht zu und lächelt traurig. Seine Augen sind gerötet, und bei seinem Anblick zieht sich mein Herz schmerzhaft zusammen.

»Hi«, sagt er, seine Stimme rau. Ob von der Kälte oder vom Weinen, weiß ich nicht.

Ich mache einen unsicheren Schritt auf ihn zu. »Was ist passiert?«

Leevi schüttelt den Kopf. »Nichts, ich ... brauchte nur frische Luft. Du kannst wieder ins Bett gehen, ich komm dann nach.«

Ich denke gar nicht daran, ihn hier allein zu lassen. Stattdessen trete ich zu ihm und bleibe fragend vor ihm stehen. Als er stumm nickt, lasse ich mich auf seinen Schoß sinken, und Leevi zieht die dünne Decke über uns beide.

»Ist dir nicht kalt?«, flüstere ich und kuschle mich an seine Brust. Er schlingt seine Arme fest um meinen Körper, und ich stupse mit meiner Nasenspitze gegen seine Wange. Er ist eisig.

»Nicht wirklich«, behauptet er und blinzelt eine Träne weg, die sich in seinem Augenwinkel sammelt.

»Warum weinst du?«, hauche ich, obwohl ich den Grund zu kennen glaube. Vermutlich ist es derselbe, der auch mir zunehmend das Herz in Stücke reißt.

Leevi atmet tief durch und zieht mich fester an sich. »Weil es so scheiße wehtut, dass du gehst.«

Das hatte ich befürchtet.

Mit einem Mal ist auch mein eigener Schmerz zurück, und mein Inneres blutet wieder.

»Du weißt, dass ich nicht länger bleiben kann«, flüstere ich. »Ich hab Faiza gefragt.«

»Ja«, sagt er nur, und ich glaube, den unausgesprochenen Rest des Satzes hören zu können. *Aber das macht es nicht einfacher.*

»Wir können in Kontakt bleiben«, versuche ich es und dränge meine eigenen Tränen zurück. Wenigstens eine von uns muss die Fassung bewahren. Sonst wird aus einem *viel zu schwer* ein *unmöglich*.

Wieder schüttelt Leevi den Kopf und weicht meinem Blick aus. »Bitte lass uns nicht mehr so tun, als wäre das genug.«

Ich muss schlucken. »Aber das war der Deal«, bringe ich hervor. Auch wenn ich mich genauso fühle wie er. Genauso kaputt, enttäuscht, zerrissen.

»Ich weiß«, haucht er und festigt seinen Griff um meine Taille.

Mir fällt nichts mehr ein, was ich noch sagen könnte. Ich lehne mich gegen Leevis Brust, vergrabe das Gesicht an seinem Hals, und Schweigen hüllt uns ein. Die Kälte der Nacht kriecht unter die Decke und bis in meine Knochen, doch ich ignoriere es. Ich bin wie gefangen in diesem Moment der Trauer zwischen uns.

»Es ist genauso beschissen wie damals«, murmelt er irgendwann.

»Wie meinst du das?«, flüstere ich.

»Du bist gegangen, und ich konnte nichts tun, um es zu verhindern. Wir beide nicht. Ich fühle mich so hilflos wie noch nie.«

Ich atme tief durch. »Ich mich auch«, gestehe ich leise.

Es ist okay. Es *wird* okay sein. Dieses Gefühl wird vergehen, der Schmerz mit ihm. Weil es gar nicht anders geht. Meine Karriere, meine Familie, mein *Leben* ist in Toronto. Und sosehr ich auch gelernt habe, bleiben zu wollen – es geht nicht.

Kapitel 17

RIVEN

»Und ihr seid euch sicher, dass ihr das schafft?«, frage ich zum zehnten Mal. Wir stehen in Dads Wohnzimmer, neben mir mein gepackter Koffer, und alles in mir schreit *Stopp*.

»Ach, Riven.« Sally lächelt und schüttelt schwach den Kopf. »Es sind doch nur ein paar Wochen. Das schaffen wir, das ganze Dorf hilft zusammen. Wirklich. Sei dir sicher, dass Richard in den besten Händen ist. Nicht wahr, du alter Stinkstiefel?«

Dad ringt sich ein Schmunzeln ab. »Wenn du weiter so unhöflich zu mir bist, frage ich doch noch mal im Pflegeheim, ob sie mich schon vorher einziehen lassen.«

»Na, immer langsam, so schnell wollen wir dich dann doch nicht loswerden.« Sie tätschelt ihm den Arm. »Und auch dich würden wir ja gerne länger hierbehalten, Riven, aber wenn ihr jetzt nicht fahrt, verpasst ihr die Fähre.«

Widerwillig drehe ich den Kopf. Leevi steht vor der geöffneten Haustür, sein Gesicht so unleserlich wie noch nie. »Bereit, wenn du es bist«, sagt er leise, doch seine Stimme bekommt schon beim ersten Wort einen verräterischen Knacks.

Ich nicke und wende mich wieder meinem Vater zu. Er wischt sich über die Augen, und ich erhasche noch einen Blick auf eine Träne. »Ach, Dad …«

»Alles gut«, schnieft er und zieht mich an sich. »Danke, dass du hier warst, Küken. Es war sehr schön, dich wieder bei mir zu haben.«

Meine Kehle wird eng. »Nichts zu danken. Wirklich …«

»Doch. Ich werde dich vermissen. Versprochen.«

Versprochen. Zumindest solange er sich an mich erinnert, wird er das tun. Und womöglich wird er sich auch immer wieder fragen, wo ich bin. Warum ich ihn verlassen habe. Scheiße, ich kann das nicht.

»Ich dich auch, Dad«, presse ich hervor und klammere mich an ihm fest. »Ich ruf dich ganz oft an, ja?«

»Mhm«, krächzt er. »So. Jetzt aber. Deine Karriere wartet.« Er schiebt mich sanft von sich und blinzelt weitere Tränen weg. »Du musst deinen Flug erwischen.«

Ich habe keine Ahnung, wie ich es schaffe, nicht zu weinen. Ich umarme Dad noch einmal, drücke ihm einen Kuss auf die Wange und umklammere meinen Koffer. »Bis bald, Dad.«

»Ja.« Er hört einfach nicht auf, schmerzerfüllt zu lächeln. »Bis bald.«

Noch nie fiel es mir so schwer, mich umzudrehen. Oder einen Fuß vor den anderen zu setzen. Ich ziehe meinen Koffer bis zur Tür, und Leevi nimmt ihn mir ab. Leevi, den ich genauso wenig verlassen will. Leevi, der vor ein paar Tagen noch um mich geweint hat und jetzt scheinbar alles tut, um seine Gefühle in Schach zu halten.

Mit einem letzten Blick über meine Schulter schließe ich die Haustür und folge ihm die Stufen der Veranda hinunter zum Ford. Kurz darauf liegt mein Koffer auf der Ladefläche, und wir schnallen uns an. Leevi startet den Motor. Ich werfe einen letzten Blick auf das Haus, das bald nicht mehr unseres sein wird. Zumindest nicht mehr richtig. Sobald Dad ein paar Kilometer weiter auf Vancouver Island ins Heim gezogen ist, werden wir das Haus vermieten, damit es nicht leer steht. Vom Verkauf konnte ich meine Geschwister immerhin abhalten.

Es tut trotzdem weh. Ich wünschte, ich könnte bleiben.

»Bereit?«, fragt Leevi leise.

Ich nicke, bringe es jedoch nicht über mich, ihn anzusehen. Jetzt kommen die Tränen doch. Ich blinzle sie weg und halte einen Moment lang die Luft an, während er den Ford in Richtung der Fähre steuert.

LEEVI

Von all den Fahrten, die ich mit Riven in diesem Auto verbracht habe, ist das mit Abstand die schmerzhafteste. Fast eine Stunde dauert es, bis wir am Flughafen ankommen. Eine Stunde Schweigen. Eine Stunde Schmerz. Eine Stunde, in der mir ein und derselbe Satz immer und immer wieder durch den Kopf schießt, als könnte er so erzwingen, dass ich ihn ausspreche.
Ich liebe dich, Riv.
Ich liebe dich.
Ich liebe dich.
Ich. Liebe. Dich.
Ich muss es ihr sagen. Aber ich darf nicht. Ich will nicht. Ich kann nicht. Was würde es ändern? Das war nicht der verdammte Deal.
Von Anfang an hat sie klargemacht, was sie will und was nicht. Wir waren nie in einer Beziehung, werden es auch nie sein. Und dieses verdammte Geständnis ist letztendlich auch nur ein Mittel zum Zweck, um einen Teil meines Schmerzes auf sie auszulagern. Um nicht mehr allein leiden zu müssen.
Immer wieder rede ich mir ein, es sei eine Wahrheit, die sie verdient hat, aber in Wirklichkeit ist es eine Wahrheit, die sie nicht will. Und das ist ihr gutes Recht. Ich müsste nur endlich lernen, das zu akzeptieren.
Die Zeit vergeht rasend schnell und gleichzeitig in Zeitlupe. Ehe ich mir dessen wirklich bewusst bin, haben wir Rivens Koffer abgegeben und stehen vor dem Check-in. Ich weiß nicht, was ich tun soll. Ich bin mit der schieren Menge an Gefühlen in meiner Brust überfordert. Sie geht.
Sie geht tatsächlich.
Ein Vierteljahr lang habe ich es geschafft, mir einzureden, dass sie das nicht tun wird. Ein Vierteljahr lang habe ich mich

belogen, um den Schmerz abzuschwächen, doch letztendlich habe ich ihn nur aufgeschoben. Und jetzt holt er mich ein.

»Also dann«, sagt sie und schaut zu mir hoch.

Ich liebe dich, ertönt es in meinem Inneren. Ihre braunen Augen sind traurig.

»Also dann«, wiederhole ich atemlos. Was soll ich auch anderes sagen? War schön mit dir. Bis irgendwann. Guten Flug.

Ich liebe dich.

Gott. Verdammte. Scheiße.

»Hast du alles?«, krächze ich und muss mich räuspern.

»Ja ... bestens versorgt.« Ein schwaches Lächeln, das ihre Augen nicht erreicht. Kurz bebt Rivens Unterlippe, als würde auch aus ihr etwas herauswollen, das nicht heraussoll.

»Okay.«

Sie atmet tief durch. Langsam, beinahe in Zeitlupe, schlingt sie ihre Arme um mich. Ich drücke Riven an meine Brust und habe das Gefühl, als würde ich nicht nur sie halten, sondern mich zusammen. Damit ich nicht zerbreche und in Scherben auf dem Boden dieses Flughafens lande.

»Schreib mir?«, flüstere ich ihr ins Ohr, und sie nickt.

»Gut.« Jetzt kommen die Tränen doch. Eilig blinzle ich sie weg und schiebe Riven von mir. »Dann bis bald.«

Sie schaut mich an, und auch ihre Augen glänzen. »Bis bald, Leevi«, flüstert sie.

»Ich ...« Ich schlucke die Worte herunter. »Ich geh dann mal«, sage ich stattdessen. Es gibt keine Möglichkeit, das hier weniger schmerzhaft zu machen. Und bevor ich mich unter Rivens traurigem Blick doch noch auflösen kann, drehe ich mich um und lasse sie allein.

Vielleicht hatte sie recht.

Vielleicht hätten wir all das nie tun sollen.

Vielleicht war jede Minute, die wir trotzdem miteinander verbracht haben, letztendlich nur Folter an uns selbst.

Kapitel 18

RIVEN

Ich hatte vergessen, wie laut diese Stadt ist. Wie furchtbar, furchtbar laut.

Seit ich vor zwei Wochen am Flughafen in Toronto angekommen bin, habe ich das Gefühl, als hätte ich ein durchgehendes Dröhnen in den Ohren. Nach den Monaten auf Malcolm Island gleicht jedes vorbeifahrende Auto, jedes Geräusch aus den Nachbarwohnungen, jedes Hupen und jeder Krankenwagen schier unerträglichem Lärm.

Noch immer warte ich vergeblich darauf, dass ich mich daran gewöhne. Dass ich lerne, es wieder zu ignorieren, so wie ich es die letzten zehn Jahre getan habe.

Damals war es genauso. Der Umzug von Sointula hierher war eine Herausforderung, weil ich mich konstant gefühlt habe, als wäre ich ein Fisch auf dem Trockenen. Eine Pflanze, die aus ihrem natürlichen Lebensraum gerissen wurde und hier eingehen wird, weil sie sich nicht anpassen kann. Weil sie nun mal ist, wie sie ist, und zwar so tun kann, als würde sie dazugehören, aber im Inneren immerzu sie selbst bleibt. Immerzu anders. Immerzu fehl am Platz.

Ich hätte damals nicht gedacht, dass ich es irgendwann schaffen könnte, mich an das Stadtleben zu gewöhnen. Und dass nur ein paar Monate weg von hier dafür sorgen, dass ich wieder bei null anfange, lässt mich glauben, dass ich mir vielleicht nur eingeredet habe, es damals getan zu haben. Vielleicht war mein Platz trotz allem nie hier. Vielleicht bin ich einfach Riven

Williams geblieben, ganz gleich, was mein neuer Nachname sagt.

Vergeblich warte ich auf das Gefühl des Nachhausekommens. Das, welches mich bei Dad umfangen und meine Rückkehr auf die Insel in wehmütige Nostalgie getränkt hat. Doch es will sich einfach nicht einstellen, und nicht mal der Schnee, der hier zentimeterdick liegt, hilft.

Ich betrete meine Wohnung, und da ist nichts. Ich gehe wieder zur Arbeit – nichts. Ich besuche Mom und meine Geschwister – immer noch nichts.

Es ist nicht so, als würde ich mich nicht freuen, sie zu sehen. Sogar mit Jaspar habe ich mich halbwegs ausgesprochen, besonders nachdem er sich seit Weihnachten bemüht hat, Dad und mich wieder mehr in sein Leben zu integrieren.

Nur ... fehlt etwas. Jemand. Alles. Seit ich wieder hier bin, fühle ich mich so allein wie noch nie. Es ist eine Erfahrung, die all meinen bisherigen Schmerz übersteigt. Als hinge mein Glaskasten jetzt meterhoch in der Luft, wo mich gar niemand mehr sieht.

Wie erwartet ist die Kommunikation mit Dad und Leevi anders. Es fühlt sich beinahe an wie eine Blockade, die da zwischen uns liegt. Vorher waren sie die Einzigen, denen ich völlig offen gegenübertreten konnte. Die Einzigen, die mich mühelos verstehen. Doch jetzt, wo wir nur noch über Chat und Telefon miteinander reden können, fühle ich mich wieder außen vor. Da ist wieder diese unsichtbare Wand zwischen uns, die mich auch vom Rest der Welt trennt. Dieser Glaskäfig aus Unzugehörigkeit, der nun auch sie nicht mehr verschont und in dem ich langsam, aber sicher ersticke.

Ich sehne mich nach Dads Umarmungen. Nach seiner Nähe, seinem Lachen, dem Geräusch des Fernsehers mit der tausendsten Folge CSI.

Und ich sehne mich nach Leevi. Nach unseren Gesprächen. Nach seinem Verständnis. Nach seinen Berührungen. Nach seinem Körper an meinem und dem Gefühl, zu jemandem zu gehören, obwohl wir genau das doch nie wollten.

Nie hätten haben sollen.

Und doch war es da.

»Riven?«

Verwirrt sehe ich auf. Faiza steht in der Tür zu unserem Büro und mustert mich erwartungsvoll. »Brauchst du noch lange?«

»Hm?« Kurz weiß ich nicht, was sie meint. Was wollte ich überhaupt hier drin? Wir haben eine Besprechung mit einem der anderen Teams, und ich … wollte irgendetwas holen.

Ach ja. Unsere Entwürfe für die Gala nächste Woche. Gott, wo habe ich die noch mal hingetan?

»Tut mir leid, ich hab's gleich«, stammle ich und durchwühle den Stapel auf meinem Schreibtisch. Seit meiner Rückkehr hat sich hier einiges angesammelt. Die Unordnung, die nun an meinem Arbeitsplatz herrscht, ist weder erträglich noch zu bewältigen. Ich bin einfach heillos überfordert mit … allem.

»Gehts dir wirklich gut?«, hakt Faiza nach. »Nichts für ungut, aber du wirkst ein bisschen zerstreut in letzter Zeit.«

»Ja, alles bestens, wirklich.«

»Okay … Aber dann verstehe ich nicht, warum ich ständig dreimal nachfragen muss, bevor du deine Aufgaben erledigst.« Ihre Stimme hat die typische Mischung aus Strenge und Nachsicht. Die, die ganz klar daran erinnert, dass sie hier meine Vorgesetzte ist, aber mir trotzdem nie das Gefühl gibt, ich könnte nicht mit ihr reden. Faiza ist eine großartige Chefin, und ich fühle mich bei ihr unglaublich wohl. Das ist nichts, was ich einfach so aufgeben möchte. Aber auch ihre Geduld wird irgendwann verspielt sein.

»Tut mir wirklich leid«, versuche ich es erneut. »Ich geb mir mehr Mühe, okay? Ich brauche einfach ein bisschen, um wieder reinzukommen. Das wird bald wieder.«

Wie gut ich darin bin, uns das einzureden. Ich glaube es fast selbst. Will es zumindest glauben. Weil alles andere nicht ertragbar wäre. »Ah, hier sind die Entwürfe!« Ich ziehe die Mappe aus dem Stapel hervor und eile damit zur Tür. »Kann losgehen!« Ablenkung. Routine. Einfach weitermachen.

Irgendwann wird der Schmerz vergehen.

Faiza seufzt. »Also gut. Dann mal rein ins Getümmel, hm?«

LEEVI

»Jetzt reicht es wirklich!«
Irritiert blinzle ich Laina an, die sich soeben ungefragt Zutritt zu meinem Zimmer verschafft hat. Sie steht im Türrahmen, die Hände in die Hüften gestemmt, und schaut sich mit missmutiger Miene um.
»Ähm …« ist das Einzige, was ich herausbringe. Es ist halb acht abends, und ich habe definitiv keinen Besuch mehr erwartet. Erst recht keinen, der mich anfunkelt, als hätte ich sein letztes Stück Pizza weggegessen. »Was soll ich zuerst fragen, was du hier machst oder wie du hier reingekommen bist?«
»Deine Mom hat mich reingelassen. Und ich bin hier, um mich zu beschweren! Denkst du echt, du kannst mich einfach so mit Tommy und Auri allein lassen?! Ohne Vorwarnung?!«
Ah. Es geht um den heutigen Filmabend.
»Lav und Jonne sind doch da.«
»Nein, Lav ging's nicht gut wegen der Renovierung. Sie kommen nicht.«
Ich zucke nur mit den Schultern, mache aber keine Anstalten, mein Buch sinken zu lassen oder aus dem Bett aufzustehen. »Konnte ich ja nicht wissen.«
»Du hättest aber Bescheid geben können, dass du nicht kommst!«
»Hab ich. Ich hab Tommy geschrieben.«
Sie verschränkt die Arme vor der Brust. »Mir aber nicht.«
»Ist es jetzt so schlimm, dass du einen Abend mit den beiden allein verbringen musst? Ihr seid doch Freunde, oder hab ich was verpasst?«
Laina schnaubt. »Nein, aber was schlimm ist, ist, dass ich dich fast gar nicht mehr sehe, weil du dich nur noch in deinem Zimmer verschanzt!«

Wieder zucke ich mit den Schultern. »Die Arbeit ist anstrengend.«

»Ja, besonders, wenn man rund um die Uhr Riven nachweint.«

Ich verziehe das Gesicht, widerspreche jedoch nicht. Was soll ich auch sagen? »Darf ich das nicht, oder was?«

»Doch, aber meinst du nicht, nach vier Wochen wäre es mal Zeit, sich wieder aufzurappeln und weiterzumachen?«

Ja.

Wäre es wohl. Wenn ich nicht das Gefühl hätte, als wäre mit ihrer Abreise mein Leben auseinandergebrochen. Als hätte ihre Anwesenheit hier die Dinge so unwiderruflich verschoben, dass ich nun ohne sie nicht mehr funktioniere.

Riven hat in mir etwas freigesetzt, das ich lange unter Verschluss gehalten habe. Zweifel. Ein Zögern, wo vorher klar definierter Stillstand war. Jetzt habe ich permanent das Gefühl, als würde mich etwas in mir drängen, einen Schritt nach vorn zu machen. Loszulaufen. Etwas zu ändern, um mich aus diesem Innehalten zu befreien.

Doch ich weiß nicht, wie das gehen soll. Was es bringen soll. Ich bin dafür weder gemacht noch bereit. Noch schlimmer, ich habe eine Scheißangst davor. Also zwinge ich mich, ruhig zu bleiben. Und betäube das Gefühl, indem ich mich selbst betäube.

»Wann hast du hier das letzte Mal geputzt?«, beschwert Laina sich, die das Zimmer betreten hat und meinen Schreibtisch mustert. Sie fährt über meinen geschlossenen Laptop und beäugt den Staub an ihrer Fingerspitze. »Oder was designt? Für dein Portfolio?«

»Wozu?«, frage ich. Seit Rivens Abreise habe ich generell wenig gemacht. Hin und wieder habe ich mich dafür eingeteilt, Mr. Williams zu helfen. Aber da so viele aus dem Dorf ihm zur Seite stehen, ist er nicht auf mich angewiesen. Das kommt mir gelegen, um ehrlich zu sein. Denn sowohl er als auch das Haus reißen meine Wunden jedes Mal aufs Neue auf.

Den Rest meiner Freizeit verbringe ich mit Lesen oder Filmeschauen. Vorzugsweise allein, weil ich permanent Angst habe, ein Gespräch mit jemandem könnte die provisorische Hülle, die ich um mein Zögern herum errichtet habe, zum Brechen bringen und mich noch tiefer ins Verderben stürzen.

»Weil du es gern machst?«, fragt Laina, halb wütend, halb besorgt.

»Momentan keine Lust.«

»Und auf uns auch nicht?«

Ich seufze. »Das hat doch nichts mit euch zu tun.«

»Fühlt sich aber schon so an, wenn man dich gar nicht mehr zu Gesicht kriegt.«

»Ach, Laina ...«

Sie bleibt in der Mitte meines chaotischen Zimmers stehen und mustert mich missmutig. »Warum versucht ihr es nicht trotzdem?«

Nun lasse ich doch mein Buch sinken. »Wer soll was versuchen?«

»Du und Riven. Eine Fernbeziehung. Ich meine ...«

Dieses Thema schon wieder. »Das war nicht der Deal, Laina. Und wir wissen beide, dass es alles nur noch komplizierter machen würde.«

»Ist komplizierter schlimmer oder besser?«

Ich öffne bereits den Mund, schließe ihn dann aber wieder, ohne etwas zu sagen. Ganz ehrlich, ich würde Riven als Freundin wollen, egal wie. Ich hätte sie lieber an ein paar Tagen im Jahr als gar nicht. Nur weiß ich, dass sie das nicht will. Und dass es vermutlich eine noch größere Folter wäre, als mich einfach jetzt von ihr zu lösen.

»Das steht überhaupt nicht zur Auswahl«, sage ich ruhig. »Also können wir bitte aufhören, darüber zu diskutieren?«

»Was denn für eine Auswahl, verdammt! Du hast ja nicht mal versucht, um sie zu kämpfen!«

Ich seufze auf. »Das ist keiner deiner Liebesromane.«

»Dass es fiktive Romane sind, heißt nicht, dass in ihnen nicht auch ein Fünkchen Wahrheit stecken könnte.«

»Wie stellst du dir das denn vor?«, frage ich genervt. »Soll ich hier alles stehen und liegen lassen und nach Toronto ziehen?

Dad kann schauen, wo er bleibt, und wir sehen uns nur noch an den Feiertagen? Ist dir das lieber?«

Laina zieht einen leichten Schmollmund. »Ich verstehe sowieso nicht, warum sie unbedingt zurück in die Stadt wollte. Sie klang die letzten Male, die ich mit ihr geredet habe, auch nicht erpicht darauf. Und die Nachrichten, die wir letztens ausgetauscht haben, waren weit weg von Begeisterung.«

»Laina ...«

»Vielleicht würde sie ja wiederkommen, würdest du sie fragen.«

»Klar, das schlage ich ihr mal vor. He, hättest du nicht Lust, deinen Job für mich aufzugeben und gemeinsam mit mir in der Pampa zu wohnen? Ich hab zwar kein Geld und spätestens in 'nem Jahrzehnt auch keinen Job mehr, aber *who cares*, Hauptsache, du bist bei mir. Mann, ich hab ihr nichts zu bieten, Laina. Ich hab mir ja kaum selbst was zu bieten. Also bitte ...«

»Das Thema hatten wir schon«, mischt sich Tommys Stimme ein, und ich drehe irritiert den Kopf. Er lehnt mit verschränkten Armen im Türrahmen und lässt den Blick durchs Zimmer schweifen. »Okay, aber so, wie's hier aussieht, kann ich es Riven nicht verübeln, wenn sie nicht wiederkommt. Ich hoffe, du hast wenigstens damals aufgeräumt, bevor ihr hier drin ...«

»Oh mein Gott«, stößt Laina aus.

»Den hast du auch mitgebracht?«, murmle ich.

»Ja. Und ich bereue es jetzt schon!«

»Entschuldigung?«, fragt Tommy gespielt beleidigt. »Sorry, bin spät dran, musste noch mit deiner Mom quatschen. Sie hat mich sehr vermisst.«

Laina verdreht die Augen, ich tue es ihr nach.

»Zurück zum Thema«, verkündet Tommy. »Wenn ich noch einmal diese ›Ich bin nichts wert‹-Leier höre, kotze ich.«

»Ihr seid so hilfreich«, sage ich sarkastisch.

»Und du bist so ein verdammter Feigling!« Er kommt ganz ins Zimmer und schließt die Tür hinter sich. »Jetzt mal im Ernst. Ich kann's mir nicht mehr anschauen! Wir wissen alle, dass du deinen Job hasst. Du kannst dir ja gern einreden, es wäre anders, aber dem ist nicht so. Du hast ihn noch nie gemocht, und jeden Abend, den du völlig erschöpft nach Hause kommst und absolut nichts davon hast, außer dass dein Leben langsam an dir vorbeizieht, hasst du ihn ein bisschen mehr. Ich weiß es. Laina weiß es. Deine Mom weiß es. Und ich wette, dein Dad weiß es auch, selbst wenn er es genauso wenig wahrhaben will wie du. So.«

Verdutzt schaue ich Tommy an. Laina hat die Augen weit aufgerissen. Sie wirkt ebenso schockiert über seine Direktheit, wie ich es bin. Ich fürchte, der Clown in Tommys Kopf hat gerade Urlaub. Und den nutzt er nun, um mir mal so richtig eins reinzuwürgen, indem er mir mein hübsches kleines Konstrukt aus eingeredeten Wahrheiten zertrampelt. Danke dafür.

»Willst du das jetzt ewig so weitermachen?«, fragt Tommy. »Dir ewig einreden, es *müsse* so sein, bis dich jemand zwingt, was zu ändern? Willst du warten, bis dein Dad in Rente geht? Oder reicht das auch nicht? Machst du dann immer noch weiter, weil *er* es ja nicht übers Herz bringen würde, den Fischereibetrieb aufzugeben? Akzeptierst du ernsthaft, dass du dein Leben unglücklich und unterbezahlt verbringst, nur um ihn glücklicher zu machen?«

»Was soll ich denn stattdessen tun?«, frage ich schnaubend und versuche damit, meine Angst zu überspielen. Angst davor, Dad irgendwann die Wahrheit zu sagen. Ihn zu enttäuschen.

»*Irgendwas*, Leevi, es ist mir echt egal! Nimm 'nen Kredit auf und studier! Webdesign oder Literatur oder Film, was weiß ich! Zieh meinetwegen nach Paris und lern Ölmalerei, wenn dich das glücklich macht, aber mach *irgendwas*, was für *dich* ist und nicht nur für die anderen! Sei mal du selbst! Denn entgegen deinen Überzeugungen bedeutet du selbst zu sein nicht, dass du deine bedingungslose Loyalität so lange auslebst, bis sie dich kaputt macht. Es bedeutet, dass du dich auch mal selbst verwirklichst, *deinen* Leidenschaften nachgehst, selbst irgendwas schaffst. Scheiße, ich versteh das mit den familiären Verpflichtungen. Und vielleicht hätte ich die olle Bäckerei nicht übernommen, wäre Simo nicht abgehauen. Aber ich hätte es auch nicht getan, hätte ich es nicht *gewollt*. Mir macht das Spaß. Ich liebe es weit mehr, als ich es hasse, auch wenn ich manchmal keine Schokobrötchen oder Muffins mehr sehen kann. Siehst du den Unterschied, Mann? Ich bin Tommy, der Bäcker, und du bist Leevi, der unglückliche Träumer, verstehst du, was ich dir sagen will?«

Stille tritt ein.

Und ich wünschte, ich könnte diese letzte Frage mit Nein beantworten. Ich wünschte, ich würde es nicht verstehen. Ich wünschte, Tommy hätte unrecht.

Aber stattdessen trifft er den Nagel auf den Kopf. Er hat meine Schutzkuppel nicht nur zertreten, er hat sie in eine Milliarde winziger Scherben zersprengt, die jetzt schmerzhaft auf mich herabregnen.

Ja, ich bin unglücklich.

Und nein, ich ändere nichts daran. Weil ich mehr davor zurückscheue, andere unglücklich zu machen als mich selbst.

Laina setzt sich neben mich aufs Bett. Sie zögert, so als wäre sie sich nicht mehr sicher, ob sie mich noch berühren darf, nachdem ich sie so lange auf Abstand gehalten habe.

Ich werfe ihr einen verzweifelten Blick zu, und sie schlingt doch ihre Arme um mich. Ihre Locken kitzeln mich an der Nase, und dieses vertraute Gefühl ist vielleicht das Tröstlichste an ihrer Berührung. »Hat er recht?«, flüstert sie.

»Natürlich hab ich recht«, murmelt Tommy, der sich auf meiner anderen Seite niederlässt. »Leider.«

Ich stoße ihm meinen Ellbogen in die Seite, lasse aber zu, dass auch er mich umarmt. »Du bist echt unausstehlich«, murre ich.

»Hab dich auch lieb.«

Ich seufze. »Du hast leider wirklich recht ...«

»Ha!«

Laina verpasst ihm über mich hinweg einen Schlag gegen die Schulter. »Geht's noch?«, beschwert sie sich.

»Sorry«, nuschelt er. »Und jetzt? Machst du auch was mit dieser Erkenntnis, oder tust du wieder so, als wüsstest du nichts davon? Für Webdesign gibt's auch Fernstudiengänge, hab ich mal gesehen. Also ... so zufällig.«

Ich werfe ihm einen missmutigen Blick zu. »Du hast ernsthaft Studiengänge für mich gegoogelt?«

»Zufällig!«

»Ist klar.«

»Aus Versehen habe ich auch den Link gespeichert, könnte ich dir mal schicken.«

»Du hast echt mehr mit meiner Mutter gemeinsam, als mir lieb ist. Aber schön. Mach das.« Mir wird mulmig zumute, wenn ich an ein Studium denke. Vermutlich, weil jeder Schritt, den ich von meinem aktuellen Job weg mache, bedeutet, dass ich mit Dad sprechen und ihm endlich meine Gedanken gestehen muss.

»Und was ist mit Riven?«, fragt Laina vorsichtig. »Willst du nicht wenigstens mal mit ihr reden? Ich weiß, wie schwer es ihr gefallen ist, die Insel zu verlassen. Kann sie ihren Job nicht auch irgendwie von hier aus machen? Oder so was Ähnliches? Nur so theoretisch, meine ich ... nur für den Fall, dass sie dich entgegen deiner Überzeugung doch ein bisschen sehr mag.«

Darüber zerbreche ich mir seit Wochen, vielleicht sogar seit Monaten den Kopf. Und tatsächlich fallen mir ein paar Möglichkeiten ein, wie es theoretisch funktionieren könnte.

»Sie träumt davon, sich selbstständig zu machen«, murmle ich.

»Mit was?«, will Tommy wissen.

»Einem Vintageladen für Designerklamotten ... Aber das ist so ein großes Risiko. Und außerdem leben wir auf Malcolm Island. Das ist hier ein denkbar schlechtes Geschäftsmodell.«

»Hm. Aber man sollte es vielleicht nicht sofort ausschließen, sondern könnte ja mal konkreter drüber nachdenken. So rein theoretisch natürlich nur.«

Ich seufze tief. »Ich komm aus der Sache nicht mehr raus, was?«

Laina zuckt mit den Schultern. »Doch, schon ... wenn du willst. Aber alternativ sind wir mehr als bereit, dir bei ein paar theoretischen Überlegungen zu helfen. So theoretisch.«

»Ich hab gehört, man kann Klamotten auch übers Internet verkaufen«, mischt Tommy sich ein. »Und wenn du dich für ein Studium bewirbst, brauchst du noch ein paar Websites für dein Portfolio, kann das sein?«

Missmutig löse ich mich von ihm, um ihn anschauen zu können. »Warum fühlt sich das jetzt so an, als hättet ihr das alles geplant?«

»Keine Ahnung«, behauptet er und macht eine Unschuldsmiene. »Weiß auch nicht, wie du darauf kommst. Ich hatte in den letzten vier Wochen wirklich so gar keine Zeit, um mir irgendwas zu überlegen.«

Ich wünschte, *ich* hätte in dieser Zeit mal *aufgehört*, mir Dinge zu überlegen. Aber stattdessen hat auch mein Kopf wilde Pläne geschmiedet. Und besonders ein Gedanke sitzt mir nach wie vor im Nacken – schon seit meiner letzten Nacht mit Riven und erst recht, seit ich am Flughafen meinen verdammten Mund nicht aufbekommen habe.

Ich hätte es ihr sagen müssen.

Ganz egal, was danach passiert.

RIVEN

Ich komme gerade von einem besonders furchtbaren Meeting, als mein Handy klingelt. Auch wenn niemand etwas dergleichen gesagt hat, weiß ich, dass ich meinen Vortrag vermasselt habe. Meine Leistung ist in den letzten Wochen wieder besser geworden, aber ich schätze, sie ist grade gut genug, um mich weiterhin zu bezahlen, und grade schlecht genug, um mich doch zu entlassen, sollte ich mich nicht bald zusammenreißen. Ich versuche es *wirklich*. Aber ich bin so müde. Wo früher schier endlose Energie war, ist jetzt nur noch Erschöpfung. Wann ist mein Job so furchtbar anstrengend geworden?

»Ja?«, nehme ich den Anruf entgegen. Ich verlasse die U-Bahn-Station und laufe die letzten Meter zu meinem Apartment. Es ist bereits dunkel, meine Stiefel knirschen auf dem frisch gefallenen Schnee.

»Hey.« Leevis Stimme versetzt mir einen winzigen Stromschlag, der wieder Leben in mein Gehirn zu bringen scheint.

»Hi!«, stoße ich aus und beschleunige meinen Gang ein wenig. Bei den eisigen Temperaturen frieren mir sonst die Finger ab, und ich sehne mich nach meinem Sofa und einer warmen Decke. Ungeduldig krame ich meinen Schlüssel aus meiner Handtasche. »Was gibt's?«

»Wo bist du gerade?«, will er wissen. »Noch auf der Arbeit?«

»Nein, ich bin gleich zu Hause. Wieso fragst du?«

»Weil mir verdammt kalt ist.«

Ich stocke und stolpere beinahe über meine eigenen Füße. Mein Herz beginnt ungebeten zu rasen. »Hä?«, mache ich, laufe jedoch gleichzeitig noch schneller.

»Du hast mir nicht gesagt, dass Toronto eine Eiswüste ist.«

Ich höre meinen eigenen Herzschlag in meinen Ohren donnern, so laut ist er plötzlich. »Wo bist du?«, stoße ich aus und haste um die Straßenecke vor meinem Hochhaus. Noch bevor ich den Satz ganz ausgesprochen habe, erkenne ich eine dunkle Silhouette unter der Laterne vor dem Eingangsbereich. Eine große Tasche lehnt neben ihr an der Hauswand, und sie hält sich eine Hand ans Ohr, als würde sie telefonieren. »Leevi…« Meine Stimme bricht, und meine Gefühle überschlagen sich. Da ist Verwirrung. Erleichterung. Trauer.

»Du hast nicht zufällig einen Platz auf deinem Sofa?«, scherzt er.

Die Person vor dem Eingang blickt sich scheinbar unsicher zu beiden Seiten um und bemerkt mich. Sie schaut mich an. *Er.*

Mir entweicht ein Keuchen. Ich lasse mein Smartphone sinken und stürme auf ihn zu. Zwei Passanten mustern mich irritiert, als ich an ihnen vorbeirenne, doch ich habe nur Augen für Leevi, der mir mit ausgebreiteten Armen entgegenkommt.

Ich erreiche ihn, werfe meine Handtasche in den Schnee und falle ihm um den Hals. Sein Duft hüllt mich ein. Der Geruch nach Wald und Meer, Heimat und Geborgenheit. Am liebsten würde ich auch die Beine um ihn schlingen, mich an ihn klammern, so fest es geht.

»Warum bist du hier?«, schluchze ich, mein Gesicht an seinem Hals vergraben. Ich wage es nicht, mich von ihm zu lösen. Es fühlt sich zu surreal an, dass er hier ist. Als könnte er verschwinden, wenn ich es tue.

Leevi hält mich fest umschlungen. Ich spüre seinen Atem auf meinem Haar. »Weil ich dir etwas sagen muss«, raunt er.

Seine Stimme klingt seltsam ernst. Angespannt.

Widerwillig lockere ich nun doch meinen Klammergriff und schlucke. »Okay?« Ich schaue ihm ins Gesicht und würde am liebsten weinen vor Freude. Sein Anblick ist so vertraut. Und ich habe ihn endlos vermisst.

Leevi zögert. »Okay«, wiederholt er, und die Pause zieht sich in die Länge. Er wirkt beklommen, und meine Freude darüber, dass er hier ist, wandelt sich in Sorge.

»Ist was mit Dad?«

»Nein«, sagt er schnell, und ich lege fragend den Kopf schief. Betroffen wirkt er nicht. Eher ... peinlich berührt?

»Was dann?«

Hörbar atmet er aus. »Das ... ist jetzt übel, aber leider ist es zu spät, um es anders zu machen.«

Verwirrt runzle ich die Stirn. »Warum ist es übel?«

»Weil ... Weil ich es dir schon, als du gegangen bist, hätte sagen sollen. Aber dafür war ich zu feige. Auch wenn ich glaube, dass du es ohnehin längst weißt. Es geht ums Prinzip, schätze ich.«

»Dass ich was weiß?« Er spricht in Rätseln, und langsam werde ich nervös. Er ist extra hergeflogen, nur um mir etwas zu sagen? »Verrätst du es mir jetzt, oder muss ich raten?«

»Ich würde ehrlich gesagt das mit dem Raten bevorzugen.«

»Leevi.«

»Okay«, sagt er wieder und räuspert sich. »Okay.«

Erneut kehrt Stille ein. Und diesmal breche ich sie nicht. Ich halte Leevis Blick, während sich zwischen unseren Gesichtern Atemwölkchen bilden. Gänsehaut breitet sich auf meinen Armen aus, doch sie liegt nicht an der Kälte. Der Moment fühlt sich bedeutsam an. Als würde gleich etwas Weltbewegendes passieren.

Leevi schluckt. »Ich liebe dich, Riv«, stößt er aus, und ein Prickeln durchzieht meinen gesamten Körper. »Ich liebe dich mit allem, was ich habe. Und ich weiß, das ist nicht viel, aber ...«

»Was redest du denn da?«, unterbreche ich ihn.

Leevi stockt, und die Verunsicherung in seinem Gesicht bricht mir fast das Herz. »Ich ... Tut mir leid, ich dachte wirklich, du wüsstest es schon. Und ich weiß, das war nicht Teil unseres *Deals*, aber ich kann es nicht ändern, egal wie ...«

»Das meine ich nicht.« Meine Stimme wackelt, und ich habe Mühe, ruhig stehen zu bleiben. Ich wollte ihm nicht so ins Wort fallen – nicht, wenn er solche Geständnisse macht, aber dieser Satz hat mir einfach zu sehr wehgetan. Ich kann ihn nicht so stehen lassen. »Ich meinte den zweiten Teil«, flüstere ich. »Warum sollte das nicht viel sein?«

Wieder schweigt er. Und diesmal schmerzt die Stille. »Ich ... Was hab ich dir denn zu bieten, Riv?«

Wie kann er nur so denken? Ich schlucke. »Alles, Leevi. Einfach alles.«

»Ich verstehe nicht ...«

Ich lege meine Hand an seine Wange und küsse ihn. »Ich liebe dich auch«, hauche ich auf seine Lippen, und er atmet zittrig aus. Gleichzeitig löst sich eine Träne aus meinem Augenwinkel. »Aber ...«

»Sag's nicht«, haucht er. »Bitte sag's nicht ...«

»Leevi.«

»Ich will nicht ohne dich zurück, Riv.« Er sieht mich an, ebenfalls Tränen in den Augen, sein Blick so voller Verzweiflung, dass mir die Luft wegbleibt. »Ich will nichts mehr ohne dich.«

Mein Herz bricht endgültig. »Leevi, mein Job …«

»Ich weiß. Aber was ist mit deinem Traum?«

Ich schnaube müde. »Was soll mit ihm sein? Ich kann ihn nicht umsetzen. Nicht hier und schon gar nicht auf einer winzigen Insel, fünf Stunden Fahrt von der nächsten Großstadt entfernt.«

»Riv. Bitte.« Er versucht sich an einem traurigen Schmunzeln. »Wir leben im einundzwanzigsten Jahrhundert.«

Ich lache verzweifelt auf. »Das weiß ich, aber inwiefern hilft mir das?«

Warum diskutieren wir das? Ich kann das nicht. Es bringt doch nichts! Es tut einfach nur weh, weil es mir die Unmöglichkeit des Möglichen wieder vor Augen führt.

Er lässt mich los, und sofort wünsche ich mich zurück in seine Arme. Ich will nicht, dass er wieder geht. Er ist ernsthaft hergeflogen – nur meinetwegen? Um mich zu bitten, zurückzukommen?

»Kann ich dir etwas zeigen, und du schaust es dir an und lässt mich ausreden?«, fragt Leevi. »Bitte. Was auch immer du danach entscheidest, ich werde es akzeptieren. Aber wenn ich jetzt nicht um dich kämpfe, Riv, dann bereue ich es den Rest meines Lebens.«

Er will um mich kämpfen? Versteht er denn nicht, dass er das nicht muss? Dass es viel weniger ein Kampf um mich ist und vielmehr einer gegen das Schicksal? Und den können wir nicht gewinnen.

»In Ordnung«, sage ich dennoch. Leevi diese Bitte abzuschlagen, fühlt sich unmöglich an. Besonders, weil ich nicht weiß, wie wir hiernach zueinander stehen. Nun liegt die Wahrheit offen. Und sie lässt unsere Herzen blutend zurück. Sie werden niemals heilen, wenn wir uns weiter aneinander aufreiben, das habe ich jetzt verstanden. Der Schmerz wird nie vergehen, wenn wir ihn weiter schüren. »Sollen wir erst reingehen?«

Er nickt und bückt sich nach meiner Handtasche. Wir sammeln auch Leevis Gepäck ein und fahren mit dem Aufzug hoch bis zu meinem Apartment. Die Einrichtung besteht größtenteils aus Secondhandmöbeln, die ich mir in verschiedenen Vintageshops zusammengesucht habe. Es ist wohl nichts, was Laina neidisch machen würde, aber so strahlt die kleine Zweizimmerwohnung über den Dächern Torontos doch einiges an Gemütlichkeit aus.

Wir ziehen uns Schuhe und Jacken aus, und Leevi nimmt auf dem Sofa Platz. Er wirkt ziemlich durchgefroren. Sein Windbreaker ist offensichtlich nicht für den Winter hier gemacht, sondern eher für das maritime Inselwetter.

»Tee oder Kaffee?«, frage ich.

»Tee, bitte«, sagt er leise und verschränkt nervös die Hände in seinem Schoß.

Als ich kurz darauf aus der Küche zurückkomme, hat er seinen Laptop ausgepackt und ihn auf dem Couchtisch vor sich aufgestellt.

»Sagst du mir das WLAN-Passwort?«, will er wissen und nimmt dankend die Tasse entgegen.

Ich suche es aus meinen Smartphone-Notizen heraus und diktiere es ihm. Leevi dreht den Laptop weg, sodass ich den Bildschirm nicht mehr sehen kann, und tippt etwas. Es ist so skurril, dass er hier sitzt. Skurril schön. Skurril schmerzhaft.

Ich will auch nicht, dass er ohne mich geht. Aber ich kann nicht weg. Es geht einfach nicht ...

»So«, murmelt er und lässt mich wieder auf den Bildschirm blicken. »Bist du bereit?«

Er hat den Browser geöffnet, jedoch keine Seite. Auf den zweiten Blick erkenne ich, dass er eine Domain oben in die Leiste getippt hat. *Vancouver Vintage.*

»Was ist das?«, frage ich.

»Drück *Enter*.«

Ich tue es, und eine Website mit cremefarbenem Hintergrund öffnet sich. Ein stilvolles Font-Logo begrüßt mich. Die Schrift kenne ich doch. Ist das ... Leevis? Stirnrunzelnd scrolle ich auf der Seite nach unten und finde dort einen Shop mit einzelnen Fotos von Kleidern, die mich jeweils zu einer eigenen Produktseite führen. Alles sieht sehr professionell aus, aber es sind keine Preise eingetragen und auch keine Beschreibungen. Die Seite scheint noch nicht ganz fertig zu sein. Einige der Kleidungsstücke kommen mir allerdings seltsam bekannt vor.

Dann entdecke ich Moms Hochzeitskleid.

»Leevi?«, frage ich und schaue ihn irritiert an.

»Es ist ein Dummy«, erklärt er. »Nur zum Zeigen, aber an sich voll funktionstüchtig, man müsste nur die jeweiligen Bilder und Beschreibungen anpassen.«

Meine Brust wird ganz eng. »Anpassen wofür?«

»Öffne mal das Menü. Da findest du die Kategorie *Über uns*.«

Ich tippe auf die Seite, und nun öffnet sich ein Bild von einem hübschen Zimmer mit Dielenfußboden und cremefarben gestrichenen Wänden. Licht flutet den kleinen Raum, in dem an einer breiten Kleiderstange augenscheinlich jede Menge Vintagekleider hängen. Darunter finde ich eine Beschreibung.

Bei Vancouver Vintage, gegründet von Riven Wong, finden Sie einzigartige Kleidungsstücke für besondere Anlässe. Hier liegt der Fokus auf Qualität, Design und der Liebe fürs Detail. Stöbern Sie gern in unserem Onlineshop oder besuchen Sie uns direkt in Sointula auf Malcolm Island.

»Das kann man natürlich alles noch ändern«, höre ich Leevis Stimme, während ich auf den Text und das Bild starre. Er klingt ein wenig unsicher und gleichzeitig selbstbewusst in dem, was er sagt. »Es ist alles noch provisorisch, und wenn du es ganz anders haben möchtest, geht auch das. Ich bezweifle außerdem, dass diese Klamotten alle für deine Zwecke taugen würden, das ganze Dorf hat seine Kleiderschränke dafür aussortiert, und so manches davon sollte man nicht mal mehr auf einer *Bad-Taste-Party* anziehen. Aber ja … Wir könnten es versuchen. Oder du allein, wenn du willst. Und ich weiß, es ist ein finanzielles Risiko, aber solange du bei deinem Dad lebst, hast du kaum Ausgaben, und die Ladenfläche kostet dich keinen Cent. Sally hat zugestimmt, dir den alten Secondhandladen zu überlassen, wenn du ihn möchtest. Er ist ohnehin nur eine Rumpelkammer, die niemand wirklich benutzt, und so kommt vielleicht wieder ein bisschen Leben ins Dorf. Und glaub mir, ich weiß, dass es verdammt Furcht einflößend ist. Aber wenn man etwas wirklich will, muss man sich überwinden, egal, wie hart es ist. Oder zumindest hab ich mir das sagen lassen. Hab ich erwähnt, dass ich ab dem Frühjahr studiere?«

Ich blinzle. »Du studierst?«

»Jap. Webdesign. Nur ein Fernstudium in Teilzeit, aber es ist ein Anfang, glaube ich. Ich konnte Dad auf dem Schiff nicht ganz allein lassen, der Sturkopf wäre einfach ohne mich rausgefahren. Jetzt haben wir uns darauf geeinigt, dass wir nur noch vier Tage in der Woche arbeiten und das langsam auf drei reduzieren, bis er in Rente geht.«

Er klingt so glücklich. Glücklicher, als ich ihn jemals gehört habe.

»Du lebst deinen Traum«, stelle ich fest, und eine Träne stiehlt sich in meinen Augenwinkel.

»*The woods are lovely, dark and deep*«, raunt er, und mir bleibt die Luft weg. Darum ging es also. Und wieder kann ich nicht umhin zu denken: Das ist so Leevi.

»Und trotzdem hältst du deine Versprechen.«

»Ja. Immer. Und ich verspreche dir auch etwas, Riv.« Er blinzelt ebenfalls Tränen weg, doch sie werden immer mehr. »Du kannst immer auf mich zählen. Egal, wie wir zueinander stehen. Egal, ob du auf der Insel bist oder in Toronto oder sonst wo auf der Welt. Wenn du mich brauchst, wenn das Meer mal wieder stürmisch ist, bin ich für dich da. Und wenn es nur durch ein Telefon oder einen Chat ist. Ich wünschte nur wirklich, du wärst bei mir. Es ist ein bisschen schwierig, dich auf Händen zu tragen, wenn du so weit weg bist.«

Mir entweicht ein schniefendes Lachen. »Oh, Leevi …«

Wieder bricht seine Stimme leicht. Doch er hält sie erstaunlich gut aufrecht. Würde ich es nicht sehen, würde ich ihm vielleicht abkaufen, dass er nicht weint. Doch mein Blick hängt an seinem geröteten Gesicht, und ich sauge all den Schmerz, der darin steht, unweigerlich in mich auf. »Ich bin mir nicht sicher, ob das ein Korb wird oder nicht«, krächzt er.

»Ich mir auch noch nicht«, gestehe ich flüsternd, wenngleich sich alles in mir gegen die Worte wehrt. »Ich ... Das ist verdammt angsteinflößend, weißt du?«

»Ich weiß.«

»Und Dad ... Sally meinte, es wird schlimmer. Selbst wenn ich bei ihm wohne und er nicht ins Heim geht ... Ich glaube, Jaspar hatte recht. Ich kann das nicht allein stemmen.«

»Du bist nicht allein«, erinnert er mich.

»Aber du hast einen Job *und* ein Studium, Leevi.«

»Riv. Ich bin auch nicht allein. *Wir* sind nicht allein. Sally, Mom, Dad, Brenda, Lav – das ganze Dorf hat sich daran gewöhnt, sich um deinen Vater zu kümmern – *er* ist auf der Insel nicht allein und wird es niemals sein. Ich glaube, du könntest sie nicht mal davon abhalten weiterzumachen, wenn du es versuchen würdest. Sogar die Teenager bringen ihm schon Gebäck. Ich will dich nicht überreden. Lass dir Zeit, um darüber nachzudenken. Triff keine voreiligen Entscheidungen. Ich will nicht, dass du es irgendwann bereust. Ich will nur sagen: Ich bin hier. Immer. Wo auch immer hier sein mag.«

Und mit diesem Satz bricht etwas in mir. Doch nicht auf schmerzhafte Weise. Es ist ein Bruch, auf den ich gewartet habe. Einer, nach dem ich mich schon mein ganzes Leben sehne.

Glas splittert.

Luft dringt herein.

Der Duft von Wind und Meer füllt den kleinen Kasten, der mein Gefängnis war, und es ist, als würde Leevi zu mir hereingreifen, seine Hand nach mir ausstrecken, zaghaft meine Finger umfassen. Bevor ich daran zweifeln kann, ob ich das könnte, das darf, das *sollte*, trete ich die Wand nieder, die uns getrennt hat, schaffe gleichzeitig Scherben und Freiheit.

Tränen laufen mir über die Wange, tropfen von meinem Kinn und auf meine dicke Strumpfhose. Ein Zittern nimmt von mir Besitz, zugleich lähmend und beflügelnd.

»Was ist?«, flüstert er und schlingt seinen Arm um mich. Ich klammere mich an Leevis Pullover, dränge mich so eng an seine Brust, wie es irgendwie geht. »Was denkst du?«

»Ich will zurück«, schluchze ich, und mit einem Mal ist mir alles andere egal. Selbst wenn meine Geschäftsidee scheitert und ich mir einen anderen Beruf suchen muss – Dad, Leevi, Sointula ... Das alles ist mir so viel wichtiger als meine Karriere. Und ich bin mir plötzlich sicher, dass ich auch ohne diesen Job erfolgreich sein kann. Selbst wenn es bedeutet, dass ich von null starten muss.

Ich muss es nicht allein tun, und das macht es so viel leichter. Geradezu selbstverständlich.

Epilog

RIVEN

»Bist du bereit für die geballte Ladung Sointula?« Leevi steht auf unserer Veranda, die Hände grinsend in den Hosentaschen vergraben. Es ist Mai und vergleichsweise warm auf der Insel, weshalb er keine Jacke trägt. Die Abendsonne fängt sich in seinen Haaren und bringt seine braunen Locken zum Leuchten.

Seit meiner Kündigung vor drei Monaten hat der Frühling auf der Insel Einzug gehalten und mich bei meiner Rückkehr mit warmer Luft und Vogelgezwitscher begrüßt. Ich bin über Nacht geflogen und habe im Flugzeug geschlafen. Leevi hat mich heute Morgen in Port Hardy abgeholt, und nach einem Nickerchen saß ich den ganzen Nachmittag mit Dad auf der Veranda.

Ich habe ihn so sehr vermisst und freue mich unendlich, ihn wiederzusehen. Ihm schien es ähnlich zu gehen. Seine Freude über meinen Umzug ist offensichtlich, und ich fühle mich in diesem Haus so zu Hause wie nie zuvor. Dad und ich werden gemeinsam hier leben, solange es geht. Und die Dorfgemeinschaft hat bei der letzten Ratsversammlung beschlossen, dass auch weiterhin Hilfe für uns organisiert werden soll. Alle greifen uns unter die Arme. Sogar meine Geschwister und Mom haben meine Entscheidung nach einigen klärenden, wenn auch teilweise hitzigen Gesprächen akzeptiert und unterstützen uns jetzt mit dem Geld, das eigentlich für Dads Pflegeheim gedacht war. Wäre seine Krankheit nicht, wäre ich jetzt vermutlich wunschlos glücklich.

»Kann man dafür bereit sein?«, scherze ich.

Leevi schnaubt. »Ich weiß jedenfalls, dass ich es nicht bin.« Er tritt über unsere Türschwelle, umfasst sanft meine Taille und küsst mich. »Hi«, raunt er.

Ich schiebe meine Hände in seinen Nacken und schmiege mich enger an ihn. »Hey«, flüstere ich auf seine Lippen und stehle mir noch einen Kuss. Er konnte nur eine Woche bei mir in Toronto bleiben, bevor er wieder zurückmusste, um Bernard bei der Arbeit zu helfen. Und ich kann es kaum erwarten, heute Abend endlich wieder in seinen Armen einzuschlafen.

»Hallo, Leevi!« Dad kommt aus der Küche und mustert uns zufrieden lächelnd. »Was machst du denn schon wieder hier?«

»Er holt uns für die Party ab«, erinnere ich ihn sanft.

»Party ... ach jaa! Ja, ja. Ich hol nur schnell meine Mütze. Wo hab ich die ... Das dauert jetzt kurz, tut mir leid.«

»Kein Problem«, erwidert Leevi. Dad schlurft die Treppe nach oben, was schon mal ein guter Impuls ist. In letzter Zeit scheint seine altbekannte Sherlock-Holmes-Mütze eine wichtige Rolle zu spielen. Das hat Sally mir bereits am Telefon erzählt.

»Dann haben wir wohl noch fünf Minuten«, stellt Leevi fest und küsst mich erneut.

»Fünf Minuten, in denen du mich über diese Party vorwarnen kannst. Was haben sie geplant?«

Er schmunzelt. »Ich schweige wie ein Grab.«

»Leevi ...«

»Nichts da. Ich hab versucht, sie zurückzuhalten. Leider ohne Erfolg. Wenn ich jetzt auch noch die Überraschung ruiniere, kann niemand mehr für unsere Sicherheit garantieren. Willst du das?«

Ich ziehe die Nase kraus. »Deine Scherze machen es nicht besser.«

Er lacht. »Keine Sorge. Ich glaube, es sind keine Live-Acts geplant. Ein peinliches Kostüm hab ich auch nicht gesehen. Und den Stripper konnten sie sich nicht leisten.«

Gespielt genervt verdrehe ich die Augen. »Du bist unmöglich!« Niemand, aber auch wirklich niemand auf dieser Insel ist bereit, mir zu sagen, was für eine Party sie für mich geplant haben. Nicht mal Laina konnte ich weichklopfen.

»Es wird schön«, versichert Leevi mir jetzt. »Glaub mir.«

»Na gut. Aber wehe, da ist wirklich ein Stripper.«

»Wo ist ein Stripper?«, ertönt Dads Stimme von oben, und er kommt die knarzende Treppe zu uns herunter, seine Mütze auf dem Kopf. Außerdem trägt er jetzt ein Hemd und sogar eine Krawatte, die allerdings noch nicht gebunden ist. Er hat sich richtig rausgeputzt für mich. »Kann das zufällig einer von euch?«, fragt er peinlich berührt und zupft am Ende der Krawatte herum. »Bin wohl aus der Übung.«

Ich will ihm bereits helfen, doch Leevi kommt mir zuvor. Er löst sich von mir, stellt sich vor Dad und bindet sie ihm. »So, Richard«, meint er und zieht sie fest. »Jetzt wird sich der Rest von uns neben dir furchtbar underdressed fühlen.«

Sie grinsen sich an, und mir wird warm ums Herz. Dad klopft Leevi auf die Schulter. »Danke, mein Junge. Das wollte ich hören.«

Leevi führt uns durchs Dorf – wohin, weiß ich nicht. Ich kann nur Vermutungen anstellen. »Ist es im Community Center?« In dem Gebäude finden die meisten Versammlungen und Indoor-Veranstaltungen statt, und wir laufen zumindest in die richtige Richtung.

»Auch«, antwortet er nur vage. »Die Afterparty ist dort.«

»Afterparty?«

Wir biegen in die Straße ein, in der sich links das Museum und ein paar Hundert Meter weiter rechts das Community Center befindet. Vor Ersterem hat sich eine riesige Menschentraube gebildet. Voll beladene Büfetttische stehen an der Straße aufgereiht, überall hängen Luftballons und Girlanden.

»Sie kommen!«, ruft irgendjemand, und die Ankündigung wird sofort weitergetragen, bis sie selbst aus dem letzten Winkel der Straße zu hören ist.

Ich werde rot. Normalerweise habe ich kein Problem damit,

in der Öffentlichkeit zu stehen, aber hier fühle ich mich, als hätte man mich versehentlich mit einem Promi verwechselt.

Die ersten Dorfbewohner kommen zu uns geeilt. Mit manchen von ihnen habe ich während der drei Monate hier hin und wieder geredet, beispielsweise, wenn wir uns bei Brenda im Laden über den Weg gelaufen sind. Viele andere erkenne ich nur noch vage aus meiner Kindheit wieder. Aber sie alle begrüßen uns freundlich, schütteln mir die Hand, umarmen Dad und erinnern ihn an ihre Namen, von denen er wohl auch schon hin und wieder welche vergessen hat.

Während meiner Abwesenheit haben sie sich um ihn gekümmert, teilweise Tag und Nacht. Und ich kann nicht in Worte fassen, wie dankbar ich ihnen dafür bin.

»Riven!« Laina drängt sich zu uns durch und fällt mir um den Hals. Sie umarmt mich so fest, dass sie mir die Luft aus den Lungen drückt, und ich muss lachen. So kenne ich sie gar nicht. Normalerweise ist da mehr Zurückhaltung. Nach ein paar Sekunden löst sie sich wieder von mir und lächelt. Röte hat sich in ihre Wangen gestohlen. »Ich hatte schon Angst, du lässt mich allein mit dem da!« Sie deutet auf Leevi, der grinsend den Kopf schüttelt und sie in seine Arme zieht.

»Die letzten zehn Jahre hat dich das auch nicht gestört!«

»Tja, jetzt bin ich aber verwöhnt von Rivens Anwesenheit. Kommt mit! Dann können wir das Büfett eröffnen!«

Wir folgen ihr tiefer ins Getümmel hinein, und mir entgeht nicht, wie misstrauisch Leevi die Büfetttische mustert. Nach allem, was ich mittlerweile über das Debakel von Mr. Aaltons Geburtstagsfeier letzten Sommer gehört habe, hat er auch guten Grund dazu. Doch diesmal erweckt es nicht den Anschein, als würden die Tische gleich zusammenbrechen.

Wir umrunden eine Ecke des Gebäudes, und ich stocke. Mir war gar nicht mehr bewusst, dass das *hier* ist. Der Secondhandladen, der früher so heruntergekommen wirkte, dass es ebenso der Eingang zu einem Gruselkabinett hätte sein können, erstrahlt in neuem Glanz. Die alte Holztür wurde in schickem Salbeigrün gestrichen. Die Wände wurden von wucherndem Unkraut befreit und ebenfalls aufgearbeitet. Das Schild mit der abblätternden Farbe, das sicher älter war als ich, wurde entfernt.

Stattdessen prangt darüber nun das wunderschöne Logo mit Leevis Handschrift, das Laina für mich entworfen hat und das ich sofort bereitwillig übernommen habe.

Vancouver Vintage

Darüber hängt eine große bunte Girlande, die sachte im Wind flattert.

Willkommen zu Hause!

»Lavender hat den Jugendclub mobilisiert«, raunt Leevi mir zu. »Und dein Dad hat auch mitgeholfen, aber er sagt, ich darf's dir nicht verraten.«

Ich bin so gerührt, dass mir die Tränen kommen. Besonders, als sich nun auch Lavender, Jonne, Tommy, Auri und Sally aus der Gruppe der Umstehenden lösen und mich allesamt herzlich begrüßen.

»Freust du dich?«, fragt Leevi mich leise und legt seinen Arm um mich, während Sally davonrauscht, um die Büfetteröffnung zu verkünden.

»Ihr seid so süß«, flüstere ich und küsse ihn sanft.

»Willst du mal reingehen?«, schlägt Laina vor. »Wir haben bisher nur gestrichen und nichts großartig eingerichtet, weil wir nicht wussten, wie du es gern hättest. Aber sobald du einen Plan hast, helfen wir dir!«

»Jonne und ich können auch gemeinsam mit den Jugendlichen noch Regale und eine Ladentheke bauen«, schlägt Lavender vor.

»Und ich bin tolle moralische Unterstützung!«, behauptet Auri.

Ich wische mir eine Träne aus dem Augenwinkel und nicke. »Danke euch. Das … Ich weiß gar nicht, was ich sagen soll.«

Laina öffnet die Tür für mich.

»Kommst du mit?«, frage ich Dad und hake mich bei ihm unter.

Er lächelt schwach und macht den ersten Schritt. »Immer doch, Riven.«

Gemeinsam betreten wir den hübschen Raum, den ich von der Website wiedererkenne. In live ist er sogar noch schöner. Während ich den Laden begutachte, berichtet mir Laina von den Design-Ideen, die sie dafür hat. Jonne verbringt den Großteil der Zeit damit, an den Kleiderstangen, Fensterbrettern und Türrahmen zu rütteln, als würde er prüfen, ob sie sicher sind. Auri und Tommy krabbeln aus irgendeinem Grund plötzlich quietschend unter den vollen Kleiderstangen durch und jagen sich quer durchs Zimmer. Dad streicht geistesabwesend über Moms alte Kleider, als würde er in Erinnerungen schwelgen. Und Leevi weicht mir keine Sekunde von der Seite, fast als könnte er es nicht ertragen, sich von mir zu lösen.

Nach einer Weile lassen wir uns von Sally zum Büfett scheuchen, und Dad mischt sich unter die älteren Dorfbewohner. Ich erhasche einen Blick auf ihn mit Leevis Eltern. Bernard klopft ihm auf die Schulter, während Gina freudestrahlend seine Hände in ihre nimmt und irgendetwas zu ihm sagt.

»Wir werden immer mehr«, stellt Tommy fest und lässt zu, dass Auri ihm ein halbes Schokobrötchen von seinem Dessertteller klaut. »Herzlichen Glückwunsch, Riven, du hast uns jetzt offiziell an der Backe.«

»Keine Sorge«, raunt Leevi mir ins Ohr. »Ich weiß, wie man sich vor ihnen versteckt, sodass sie einen nicht finden.«

Auri bewirft ihn mit einem Stück Schokobrötchen, und Tommy funkelt sie an. »Du musst *echt* aufhören, mit Essen zu werfen!«

Sie bewirft auch ihn, und er versucht, das Stück mit dem Mund zu fangen.

Jonne schnaubt belustigt und schüttelt nur den Kopf.

»Wir sind übrigens fertig mit der Renovierung des Ferienhauses«, teilt Lavender uns mit. »Eigentlich schon seit ein paar Wochen, aber wir mussten uns erst überwinden, es auch wirklich online einzustellen.«

»Respekt, dass ihr das geschafft habt«, meint Leevi, und die anderen nicken zustimmend.

Jonne zuckt schwach mit den Schultern. »Manchmal ist es besser, sich der Vergangenheit zu stellen«, murmelt er und drückt Lavender einen Kuss aufs Haar.

Sie lächelt zu ihm empor. Immer noch traurig, aber ich habe das Gefühl, beiden geht es schon um einiges besser als noch im November.

»Wir haben sogar schon eine erste Buchung«, bemerkt Lavender. »Ein gewisser Ethan Gold kommt nächste Woche.«

»*Was?!*« Auri lässt ihr Schokobrötchen fallen, und Tommy fängt es gerade noch mit der freien Hand auf. »*Ethan Gold* kommt in *dein Haus*?!«

Sie klingt, als hätte Lav soeben den Weltuntergang prophezeit. Die anderen schauen irritiert. Ich hingegen kann mir vorstellen, warum sie so ausflippt. Okay, die Schnappatmung ist vielleicht etwas übertrieben.

»Ähm … Ja, so steht es zumindest in der Mail. Er hat geschrieben, er würde gerne einen Privaturlaub mit zwei Freunden machen.«

»Oh mein Gott!« Auri japst nach Luft.

»Was hat sie?«, fragt Laina irritiert.

»Ich glaube, sie ist ein Fan?«, versuche ich es.

Auri nickt heftig.

»Fan von wem?«

»Ethan Gold. Kennt ihr ihn nicht? Er ist ein Profi-Kitesurfer aus Vancouver. Hat eine riesige Instagram-Followerschaft. Ich dachte, den kennt hier jeder. Moment.« Ich krame mein Smartphone aus meiner Tasche, suche sein Profil auf Instagram und reiche das Handy weiter. Die anderen mustern es irritiert bis besorgt.

»Zwei Millionen Follower für Poser-Bilder?«, stellt Laina empört fest. »Boah, besitzt er T-Shirts? Wenn ja, könnte er mal welche anziehen, nur ein Vorschlag.«

Auri schnaubt. Es klingt geradezu empört. »Wehe! Er ist *so* heiß! Und soooo sympathisch! Ich schaue immer seine Storys!«

Tommy schaut sie missmutig von der Seite an. »Du stehst auf den?« Er nimmt ebenfalls das Handy entgegen und scrollt durch das Profil. »Ich stimme Laina zu. T-Shirts wurden nicht umsonst erfunden.«

»War ja klar, dass du das nicht verstehst! Und er kommt wirklich her, Lav? Wirklich?« Sie macht große Augen, und Lavender nickt, nun doch etwas verunsichert.

Laina verzieht das Gesicht. »Super. Hoffentlich lässt er die Fangirls zu Hause.«

»Wie lange bleibt er denn?«, will Leevi wissen.

»Er meinte, er weiß es noch nicht genau. Da wir sonst noch keine Anfragen bekommen haben und ich das mit dem Vermieten sowieso erst mal austesten wollte, hab ich ihm gesagt, dass er nach Belieben verlängern kann, wenn alles passt.«

»Das überlegt er sich vermutlich zweimal, wenn Auri ihm vor der Haustür auflauert.« Leevi grinst sie an, und sie streckt ihm die Zunge raus.

»Schauen wir mal«, brummt Jonne und gibt mir das Smartphone zurück, ohne selbst einen Blick darauf zu werfen.

»Ich merke schon, hier wird es nicht langweilig«, stelle ich fest.

»Nein«, stimmt Lav mir zu. »Da kannst du dir sicher sein.«

Ich werfe erneut einen Blick über meine Schulter und suche nach Dad. Ich sehe ihn lachen, und meine Brust wird eng. Die nächste Zeit wird hart, das kann ich nicht leugnen. Mich um ihn zu kümmern und nebenbei auch noch das Geschäft aufzubauen, wird eine Herausforderung. Aber wir sind mit dem Geld meiner Familie erst mal abgesichert. Und wie Leevi schon sagte: Auf Malcolm Island sind wir nicht allein. Niemand ist das. Das ganze Dorf steht hinter uns, bereit, uns aufzufangen, sollten wir fallen. Und mit dieser Sicherheit, diesem Gefühl von Zusammenhalt, blicke ich der Zukunft mit neuer Zuversicht entgegen.

Ich habe Dad.

Ich habe Leevi.

Und ich habe endlich die Chance, meinen Traum zu verwirklichen.

Mehr brauche ich nicht, um glücklich zu sein.

Danksagung

Puh, wo soll ich anfangen?

Ganz ehrlich, dieses Manuskript war das härteste, an dem ich bisher saß. Lange dachte ich, Band 2 der Reihe würde mir am leichtesten von der Hand gehen, doch letztendlich haben Leevi und Riven es mir so schwer gemacht wie noch nie. Ich bin an diesem Buch verzweifelt. Ich habe es verflucht. Ich habe manche Kapitel tausendmal neu geschrieben und alles fünfmal umgekrempelt, weil nichts so lief, wie es sollte. Aber irgendwie sind wir dann doch noch zusammengewachsen. Irgendwann war ich tatsächlich zufrieden. Und ich glaube, dieses schwierigste aller Bücher ist dabei mein persönlichstes geworden. Schon komisch, wie sich die Dinge manchmal entwickeln.

Sicher ist allerdings: Ohne die wundervollen Menschen um mich herum hätte ich es nie bis zum Ende dieses Manuskripts geschafft. Deshalb hier ein riesengroßer Dank an:

Sarah, meine weltbeste Lieblings-Zauberagentin, ohne die hier doch sowieso nichts geht (sind wir mal ehrlich) – für alles, alles, aaaalleeeees. In ewiger Liebe, ne. :*

Fam – für deinen immerwährenden Support und den einen oder anderen Plotting-Geistesblitz.

Christiane – für deine Unterstützung, deinen Zuspruch und deine Geduld mit diesem Manuskript.

Mareike, auch bei diesem Band noch mal – für diese Chance und dass du von Anfang an an mich geglaubt hast.

Jenny – für die Rettung in letzter Sekunde. Ich stehe auf ewig in deiner Schuld!

Rabia, Thorina, Kim – dafür, dass ihr Leevi und Riven von Beginn an die Liebe gegeben habt, die sie verdienen, und meine Zweifel damit ein bisschen im Zaum gehalten habt.

Chris, Marie, Laura, Theresa, Alex, Amena, Leila, Kim und Thorina – für euer Feedback, ohne das ich vermutlich noch immer das Dokument anstarren und mich fragen würde, was damit nicht stimmt.

Emy, Patty, Franzi, Ju, Natalie, Laili, Simone, Jenny, Rabia, Fam und all meine anderen wundervollen Kolleg:innen, für die die Seite nun leider zu eng wird – dafür, dass es euch gibt. Für all die Schreibdates und Late-Night-Calls und Plotting-Sessions und, und, und. Und dafür, dass ihr mich während der Schreibphase dieses Buches tapfer ertragen habt. Ich weiß, es war nicht leicht. ☺

Wie immer auch danke an meine Familie und Freunde außerhalb der Branche, ganz besonders aber an dich, Janine.

Und zu guter Letzt: Danke an dich, dass du dieses Buch gelesen hast! Rivens und Leevis Geschichte ist so anders als die von Jonne und Lavender, aber ich habe gelernt, genau das an ihr am meisten zu lieben. Ich hoffe sehr, sie hat dir gefallen.

Wenn du auf dem neuesten Stand bleiben möchtest, was mich und meine Projekte angeht, dann besuch mich gern auf Instagram oder auf meiner Website, ich würde mich freuen! Und ansonsten:

Bis zum nächsten Mal auf Malcolm Island! Ich kann es kaum erwarten.

Liebe Leser:innen,
dieses Buch behandelt Themen, die bei bestimmten Menschen unerwünschte Reaktionen hervorrufen können. Diese sind:

Alzheimer und Demenz
Kontrollverlust
Verlust von Angehörigen
Freundschaft Plus